Sherlock Holmes

9

The Case-Book of
Sherlock Holmes

셜록 홈즈 전집 9
셜록 홈즈의 사건집

초판 1쇄 펴냄 2012년 7월 10일
개정판 4쇄 펴냄 2020년 5월 25일

지은이 아서 코난 도일
옮긴이 바른번역
감수 박광규
펴낸이 하진석
펴낸곳 코너스톤
주소 서울시 마포구 독막로3길 51
전화 02-518-3919
ISBN 979-11-956573-9-1 04840

셜록 홈즈
전집

9

Sherlock Holmes

셜록 홈즈의
사건집

아서 코난 도일 지음
바른번역 옮김 박광규 감수

코너스톤
Cornerstone

나는 자못 걱정스럽다. 셜록 홈즈가 오랫동안 무대를 떠나지 못하고 관대한 청중들에게 아직도 고별인사를 하고 싶은 유혹을 느끼는 인기 테너 가수처럼 될까 봐 말이다. 그런 일은 중단되어야 하며, 홈즈는 실상으로든 상상 속에서든 이 땅에서의 삶을 마쳐야 한다. 사람들은 소설 속의 인물들이 살아가는 멋진 연옥 같은 곳이 있다고 믿고 싶어 한다. 필딩(헨리 필딩. 영국 소설의 확립에 일조한 작가―옮긴이)의 멋진 남성들이 리처드슨(새뮤얼 리처드슨. 헨리 필딩과 함께 영국 근대 소설을 개척한 일인―옮긴이)의 아름다운 여인들과 아직도 사랑을 나누는 곳, 그리고 스콧(월터 스콧. 서사시와 역사 소설로 유명한 영국 작가―옮긴이)의 영웅들이 활보하고, 디킨스의 런던내기들이 변함없이 웃음을 선사하며, 새커리(윌리엄 새커리. 인도 콜카타 출신의 영국 소설가―옮긴이)의 속물들이 낮 뜨거운 이력을 이어가는 신기하고 있을 수 없는 장소 말이다. 어쩌면 그런 발할라(북유럽 신화의 오딘 신이 사는 신전―옮긴이) 같은 곳의 어느 귀퉁이에서 셜록 홈즈와 그 친구 왓슨이 한동안 머물지도 모른다. 그러면서 이 예리한 탐정과 덜 예리한 동료는 자신들이 비워두었던 무대를 채울 수도 있다.

홈즈의 탐정 경력은 제법 오래되었다. 연로한 신사들이 나에게 찾아와 홈즈의 모험을 읽으며 어린 시절을 보냈다고 언명한다 해도 될 정도지만, 나는 그런 신사들이 기대할 법한 반응을 보여주지 않는다. 자신의 어린 시절에 대해 그토록 쌀쌀맞게 반응하는 것을 반길 사람은 없다. 사실 홈즈는 《주홍색 연구》와 《네 사람의 서명》을 통해 데뷔했는데, 이 얇은 두 작품은 1887년과 1889년에 발표되었다. 단편을 장기간에 걸쳐 연재한 첫 작품인 〈보헤미아 스캔들〉이 〈스트랜드 매거진〉에 실린 해는 1891년이다. 독자들의 사랑과 성원에 힘입어 36년 전 그날부터 간혹 공백기를 거치면서 지금까지 이어온 단편들이 56편에 이르렀고, 그 단편들을 묶어서 《셜록 홈즈의 모험》, 《셜록 홈즈의 회고록》, 《셜록 홈즈의 귀환》, 《그의 마지막 인사》를 출간했다. 그리고 지난 몇 년 동안 나온 12편의 단편을 모아 《셜록 홈즈의 사건집》이라는 제목의 책을 선보이게 되었다. 빅토리아 시대 후기에 모험을 시작한 홈즈는 너무나 짧았던 에드워드의 통치 시기(1901~1910. 에드워드 7세는 당시의 복잡한 국제 정세 속에서 영국의 외교를 성공적으로 이끌었다―옮긴이)를 거쳐 지금처럼 어지러운 시대에도 그런대로 제 역할을 하고 있다. 그러니 어린 시절에 홈즈를 처음 접한 사람들이 장성한 후에도 같은 잡지의 같은 모험담을 읽는다고 해도 틀린 말은 아닐 것이다. 이는 영국 독자들이 얼마나 참을성 있고 충실한지를 보여주는 놀라운 본보기다.

나는 《셜록 홈즈의 회고록》을 끝으로 홈즈 이야기를 그만 끝내기로 결심했다. 내 문학적 에너지가 너무 한쪽으로 치우 쳐서는 안 된다고 여겼기 때문이다. 창백하고 이목구비가 뚜 렷한 얼굴에 몸놀림이 유연한 이 인물은 내 상상의 세계를 독 점하다시피 했다. 나는 결심을 실천에 옮겼지만, 다행히 어떤 검시관도 홈즈의 유해를 발견했다고 공표하지 않았고, 그래서 오랜 공백기 이후 독자들의 달콤한 요구에 응해 나의 경솔한 행동을 해명하고 이야기를 다시 시작하는 것은 그리 어려운 일이 아니었다. 나는 새로운 단편들을 쓰면서 결코 후회하지 않았다. 이 가벼운 글쓰기가 역사와 시, 역사 소설, 심리 연구, 드라마 등 여러 문학 분야를 탐구하며 나의 한계를 확장하는 데 조금도 방해가 되지 않았음을 몸소 확인했기 때문이다. 홈 즈가 없었다면 나는 더 많은 문학적 탐구로 나아가지 못했을 테지만, 보다 진중한 작품 활동을 하는 데 홈즈가 약간의 걸림 돌이 된다는 것은 부정할 수 없을 듯하다.

　그러니 독자들이여, 셜록 홈즈를 부디 놓아주시라! 지금껏 여러분이 보여준 변함없는 사랑에 감사를 표한다. 그리고 낭 만의 세계에서만 찾을 수 있는 즐거움과 자극을 통해 여러분 이 삶의 근심을 잠시 잊고 새로운 활력을 얻을 수 있었기를 바 랄 뿐이다.

— 아서 코난 도일

Contents

셜록 홈즈의 사건집

셜록 홈즈의 사건집

The Case-Book of
Sherlock Holmes

*Sherlock
Holmes*

1
저명한 의뢰인

"이젠 괜찮을 것 같아."

지난 몇 년 동안 그 사건을 글로 쓰게 해달라고 열 번이나 부탁한 끝에 홈즈가 말했다. 마침내 나는 내 친구의 이력에서 최고로 꼽히는 순간을 기록해도 된다는 허락을 받은 것이다.

홈즈와 나는 터키탕이라면 사족을 못 썼다. 홈즈가 말수가 많아지고 다른 어디에서보다 인간적인 매력을 풍기는 것은 쾌적하고 나른한 터키탕의 건조한 방에서 담배를 피울 때였다. 노섬벌랜드 애비뉴에 있는 터키탕 건물 2층의 외진 구석에는 침상 두 개가 나란히 놓여 있었다. 이야기는 우리가 그 침상에 누워 있던 1902년 9월 3일에 시작된다. 흥미로운 일이 없느냐고 내가 묻자, 홈즈는 대답 대신 덮고 있던 시트 밖으로 길고 가늘고 섬세한 팔을 쭉 뻗더니 옆에 걸어둔 외투 안주머니에서 편지 봉투를 꺼냈다.

"거들먹거리기 좋아하는 멍청이의 허풍일 수도 있지만, 생사가 걸린 문제일 수도 있지." 홈즈가 편지를 건네주며 말했

다. "내가 아는 건
여기 적힌 게 다야."

봉투를 보니 전날 칼
턴 클럽에서 보낸 것이었
다. 내용은 다음과 같았다.

제임스 데이머리 경이 셜록 홈즈
선생에게 경의를 표하며, 내일 4시 30분에 방문하기를 원하십
니다. 선생에게 의뢰하고 싶은 것이 있다고 하시는데, 몹시 미
묘하고도 중대한 문제인 만큼 선생이 면담에 응해주시리라 믿
고 계십니다. 부디 칼턴 클럽으로 전화해서 답을 주시기 바랍
니다.

"당연히 응하겠다고 했지." 내가 편지를 돌려주자 홈즈가 말
했다. "데이머리라는 사람에 관해 아는 게 있나?"

"글쎄, 사교계에서 유명하다는 것밖에는."

"흠, 나는 그보다는 많이 알고 있지. 제임스 데이머리 경은
신문에 실려서는 안 되는 미묘한 사건을 처리하는 능력으로
명성이 높아. 그자가 해머퍼드 유언 사건에서 조지 루이스 경
(당시 잉글랜드에서 가장 유명한 변호사—옮긴이)과 협상을 벌인
일은 자네도 알고 있을 걸세. 수완이 좋고 세상 물정에 밝은
자야. 그래서 나는 이 편지가 허튼소리가 아니라고 생각해. 우
리의 도움이 진정으로 필요한 것 같아."

"우리?"

"왓슨, 자네만 좋다면."

"나야 영광이지."

"약속 시간 잊지 말게. 4시 30분! 그럼 그때까지 이 문제는 접어두도록 하세."

당시 퀸앤 스트리트에서 살고 있던 나는 약속 시간보다 일찍 베이커 스트리트에 갔다. 정확히 30분이 되자, 대령 제임스 데이머리 경이 도착했다. 굳이 대령의 됨됨이를 설명할 필요는 없을 것이다. 화통하고 시원시원하고 솔직한 성격에 넓적하고 깔끔하게 면도된 얼굴, 무엇보다 밝고 부드러운 목소리를 지니고 있다는 것은 누구나 아는 사실이었다. 아일랜드계 특유의 잿빛 눈동자에는 진솔한 성격이 드러났고, 풍부한 미소가 맴도는 입가에는 유쾌한 기질이 엿보였다. 반짝거리는 중산모와 짙은 색의 프록코트, 검은색 새틴 넥타이에 꽂은 진주 핀과 윤기 나는 구두 위의 라벤더색 각반까지, 패션 감각으로 유명한 인물답게 옷차림에 세심하게 신경 썼다는 것을 알 수 있었다. 자신감 넘치는 거구의 귀족은 작은 방을 압도했다.

"물론 왓슨 선생님도 오실 줄 알았습니다." 제임스 경이 공손하게 허리를 굽히며 말했다. "홈즈 씨, 왓슨 선생의 도움이 필요할 겁니다. 우리가 상대해야 하는 자는 폭력은 물론이고 수단과 방법을 가리지 않으니까요. 유럽에서 그자보다 위험한 사람은 없을 겁니다."

"저는 그 같은 찬사에 어울리는 자들을 여러 번 상대해봤습니다." 홈즈가 싱긋 웃으며 말했다. "담배는 안 피우시나요? 그럼 제 파이프에 불을 붙여도 이해해주시길. 당신의 적이 죽은 모리아티 교수나 살아 있는 세바스찬 모런 대령보다 위험하다면 대적할 가치가 있을 겁니다. 그자의 이름을 물어봐도 될까요?"

"그루너 남작이라고 들어보셨습니까?"

"오스트리아의 살인자 말입니까?"

제임스 경은 가죽 장갑을 끼고 있는 양손을 치켜들며 껄껄 웃었다. "역시 사정에 밝으시군요. 놀랍습니다! 그럼 이미 그자가 살인자라 판단하셨습니까?"

"유럽에서 일어나는 범죄를 낱낱이 추적하는 게 제 일입니다. 프라하에서 일어난 사건에 관한 기사를 읽은 사람이라면 누구나 그루너 남작을 범인이라고 여기지 않겠습니까? 그자가 목숨을 구한 것은 오로지 법의 허점과 증인의 의심스러운 죽음 때문입니다. 남작의 아내가 슈플뤼겐 고개에서 이른바 '사고'로 죽었다지만, 나는 남작이 자기 아내를 죽였다고 믿습니다. 내 눈으로 본 것처럼 확실하게요. 또 남작이 영국으로 왔다는 사실도 알고 있었고, 그자가 조만간 내게 일거리를 줄 것 같다는 불길한 예감도 있었죠. 자, 그루너 남작이 어떤 악행을 저질렀나요? 예전과 같은 비극이 다시 일어난 건 아니겠죠?"

"그보다 훨씬 심각합니다. 범죄를 응징하는 것도 중요하지만 사전에 방비하는 건 더욱 중요하죠. 홈즈 씨, 눈앞에서 무섭고 섬뜩한 일이 벌어지고 있고, 어떻게 흘러갈지 똑똑히 알고 있습니다. 하지만 막을 길이 전혀 없어요. 인간에게 이보다 더한 시련이 있을까요?"

"없겠지요."

"그렇다면 당신은 내가 대변하고 있는 의뢰인의 심정을 헤아릴 수 있을 겁니다."

"제임스 경이 대리인일 뿐이라니 뜻밖이군요. 그럼 의뢰인은 누구인가요?"

"홈즈 씨, 부디 그 질문은 가슴에 묻어두십시오. 내 입장에서는 그분의 존함이 이 사건과 절대 엮이지 않도록 해야 하거든요. 그분은 고결하고 의로운 뜻에서 나서셨지만, 이름이 알려지는 것은 원치 않으십니다. 홈즈 씨의 보수는 틀림없이 지급될 것이고, 일의 과정도 전부 재량에 맡기겠습니다. 의뢰인의 실명이 그리 중요하지는 않겠죠?"

"유감이군요." 홈즈가 말했다. "나는 수수께끼가 하나인 사건에 익숙해져 있는 터라 두 개나 되니 당혹스럽습니다. 아무래도 이 사건은 맡지 못할 것 같습니다."

손님의 표정에 당황한 기색이 역력했다. 흔들리는 감정과 실망으로 크고 섬세한 얼굴에 그늘이 드리웠다.

"홈즈 씨, 당신의 결정이 어떤 결과를 가져올지 전혀 모르시는군요." 제임스 경이 말했다. "정말 난감합니다. 내가 알고 있는 사실들을 당신에게 알려드린다면, 자랑스럽게 사건을 맡으실 텐데. 하지만 의뢰인의 이름을 밝히지 않는다는 약속이 내 발목을 붙잡고 있군요. 그럼 이름을 제외한 나머지 얘기만이라도 들어보시겠습니까?"

"그러죠. 내가 사건을 맡지 않을 거라는 점만 유념하신다면."

"알겠습니다. 먼저 드 머빌 장군에 대해서는 당연히 들어보셨겠죠?"

"그 유명한 카이버의 드 머빌 말인가요? 네, 들어봤습니다."

"장군에겐 바이올렛 드 머빌이라는 딸이 있습니다. 젊고, 부유하고, 아름답고, 다재다능하고, 모든 면에서 놀라운 여성이죠. 바로 이 사랑스럽고 순결한 드 머빌 장군의 딸이 우리가 악마의 손아귀에서 구해야 할 사람입니다."

"남작이 드 머빌 양을 잡아두기라도 했나요?"

"여자를 구속하는 가장 강력한 무기는 바로 사랑입니다. 알고 계신지 모르겠지만, 그 악당은 외모가 출중해요. 거기에 배려도 잘하고, 목소리도 부드럽고, 여심을 홀리는 낭만적이고 신비로운 분위기까지 풍기죠. 그자는 여자라면 누구나 자기에게 끌린다는 걸 알고 그 점을 최대한 이용한다고 합니다."

"하지만 그런 자가 어떻게 바이올렛 드 머빌 양처럼 고귀한 여성과 만나게 된 겁니까?"

"지중해에서 요트 여행을 하다 만났습니다. 선별된 승객들이었는데, 각자 뱃삯을 냈습니다. 주최 측이 남작의 정체를 알

왔을 때는 너무 늦은 뒤였죠. 그 악한은 드 머빌 양에게 접근해서 타고난 능력으로 마음을 송두리째 빼앗았어요. 아가씨가 남작을 사랑한다는 말로는 부족할 정도입니다. 아가씨는 남작에게 홀딱 빠진 채 온통 그 작자 생각만 하고 지냅니다. 세상에서 오직 남작만이 보인다고 할 정도죠. 남작을 비난하는 말은 한마디도 들으려 하지 않아요. 아가씨의 광기 어린 사랑을 치료하려고 갖은 수단을 다 동원했지만 소용없었습니다. 결국 다음 달에 결혼식을 올리기로 했어요. 성년인 데다 의지도 워낙 강해서 막을 방법이 전혀 없습니다."

"드 머빌 양이 오스트리아에서 일어난 사건을 알고 있습니까?"

"그 교활한 악당은 세상에 알려진 자신의 불미스러운 과거를 몽땅 털어놓았지만, 자신을 무고한 순교자인 양 포장했습니다. 아가씨는 남작의 말을 곧이곧대로 믿어버리고는 다른 사람들의 말은 귓등으로 흘려버린답니다."

"맙소사! 그런데 제임스 경께서 무심코 의뢰인의 이름을 밝히고 말았군요. 드 머빌 장군이지요?"

우리의 손님은 의자에 앉은 채 몸 둘 바를 몰라 했다.

"당신 말이 맞다고 거짓말을 할 수도 있지만, 홈즈 씨, 그건 사실이 아닙니다. 장군은 상처를 입었어요. 그 강한 군인이 이 사건 때문에 완전히 기가 꺾였습니다. 전장에서 그토록 용맹스럽던 양반이 예전의 기백을 몽땅 잃어버리고, 제대로 걷지도 못하는 나약한 노인이 되었답니다. 이 오스트리아 사람 같은 교활하고 강력한 악당과 겨룰 힘이 전혀 없단 말입니다. 내 의뢰인은 여러 해 동안 장군과 가까이 지낸 친구분으로, 드 머 빌 양이 소꿉장난을 하던 때부터 친아버지처럼 아꼈습니다. 그분은 이 비극이 그대로 완성되는 것을 두고 볼 수 없어서 뭐 라도 해보려는 겁니다. 런던 경찰국이 개입할 일은 아닙니다. 이 사건을 홈즈 씨에게 맡기자고 한 것도 그분의 제안이죠. 하 지만 아까도 말했듯이 본인이 이 일에 연루되어서는 안 된다 는 조건을 분명히 밝히셨어요. 홈즈 씨, 당신의 출중한 능력이 라면 내 뒤를 캐서 의뢰인의 정체를 밝히는 건 식은 죽 먹기라 는 것을 잘 압니다. 하지만 명예가 걸린 문제이니 부디 삼가주 세요. 그분의 신변을 보호해달라는 말입니다."

홈즈는 알 수 없는 미소를 지었다. "그 점은 꼭 약속드리죠. 게다가 이 사건에 흥미가 가는군요. 조사해보고 싶어졌습니 다. 이후 연락은 어떻게 하면 될까요?"

"칼턴 클럽을 통하시면 됩니다. 하지만 급한 일을 대비해서 개인 연락처를 알려드리지요. 'XX.31'번으로 연락하십시오."

연락처를 받아 적고 다시 앉은 홈즈는 무릎 위에 수첩을 펼 쳐놓은 채 여전히 웃음을 머금고 있었다.

"남작은 지금 어디에 머물고 있나요?"

"킹스턴 인근의 버넌 주택입니다. 대저택이죠. 그자는 떳떳 하지 못한 투기로 부자가 되었어요. 그래서 더 위험한 자입니 다."

"그자가 지금 집에 있나요?"

"네."

"지금까지 말씀하신 것 말고 남작에 관한 또 다른 정보는 없습니까?"

"남작은 사치스러운 취미를 가지고 있습니다. 말을 아주 좋아하죠. 잠깐 동안 헐링엄에서 폴로 선수로 뛰기도 했지만, 프라하 사건으로 시끄러워지자 그만둬야 했죠. 도서나 그림도 수집합니다. 제법 예술적인 면모가 있거든요. 제가 알기로 중국 도자기에 일가견이 있다고 인정을 받아서 그 주제로 글을 쓰기도 했습니다."

"정신세계가 복잡한 인간이군요." 홈즈가 말했다. "거물급 범죄자들의 공통점이죠. 나의 옛 친구인 찰리 피스는 바이올린 연주의 거장이었어요. 웨인라이트도 대단한 예술가였고, 그 밖에 수많은 사람들이 있습니다. 그럼 제임스 경, 내가 사건을 맡기로 했다고 당신 의뢰인에게 전해주세요. 더는 말할 수가 없군요. 나도 나름대로 정보원이 있으니 조만간 사건을 해결할 방법을 찾을 수 있을 겁니다."

손님이 떠난 뒤 홈즈는 내 존재를 잊어버린 듯 아주 오랫동안 생각에 잠긴 채 앉아 있었다. 하지만 마침내 활기차게 현실로 돌아왔다.

"자, 왓슨, 자네는 어떻게 생각하나?" 홈즈가 물었다.

"드 머빌 양을 만나보는 게 좋을 듯싶네."

"이 친구야, 자신의 낙담한 늙은 아버지의 말도 흘려듣는 아가씨가 나처럼 낯선 남자의 말에 설득될 거라 생각하는가? 다른 모든 시도가 실패하면 그런 제안도 의미가 있겠지. 하지만 우리는 조금 다른 각도에서 시작해야 할 것 같아. 내 생각엔 신웰 존슨이 도움이 될 것 같군."

나는 그동안 신웰 존슨을 언급할 기회가 없었다. 홈즈의 후기 사건에서 이야기 소재를 고른 적이 없기 때문이다. 존슨은 새로운 세기가 시작된 첫해에 조수로 일했는데, 안타깝게도 처음에는 악당으로 자신의 이름을 알리고 파크허스트에서 두 차례나 복역한 이력이 있었다. 결국 죄를 뉘우친 존슨은 홈즈와 손을 잡고 런던의 지하 범죄 세계에서 정보원으로 활약하며 종종 아주 결정적인 정보들을 물어다 주었다. 존슨이 경찰의 '앞잡이'로 활약했다면 정체가 금방 탄로 났을 것이다. 하지만 법정으로 직행하지 않은 사건들을 다루었기에 존슨의 범죄 세계 동료들은 아무것도 눈치채지 못했다. 존슨은 두 차례의 빛나는 복역 경력에 힘입어 런던의 모든 나이트클럽, 싸구려 여인숙, 도박장을 제집 드나들 듯할 수 있었으며, 남다른 눈썰미와 비상한 두뇌를 갖추었기에 정보원으로서 이상적이었다. 셜록 홈즈가 도움을 구하려고 하는 존슨은 바로 이런 사람이었다. 나는 의사 업무 때문에 친구의 계획에 바로 동참할 수는 없었지만, 약속을 잡고 그날 저녁 심슨 레스토랑에서 홈즈를 만났다. 창가의 작은 테이블에 앉아 도시의 삶이 강물처럼 흐르는 스트랜드 스트리트를 굽어보면서 홈즈가 그동안의 경과를 들려주었다.

"존슨이 정보를 물어다 줄 거네." 홈즈가 말했다. "지하 세계의 어두운 귀퉁이에서 쓰레기를 뒤지다 보면 뭐라도 건질 게 있을 거야. 우리가 캐내야 하는 남작의 비밀이 저 아래 범죄의 검은 뿌리 근처에 도사리고 있을 테니까."

"하지만 그 아가씨가 이미 알려진 사실들을 받아들이려 하지 않는다면, 새로운 정보를 캐낸다 한들 무슨 소용이 있는 거지?"

"혹시 모르지 않는가? 남자에게 여자의 생각과 감정이란 맞출 수 없는 퍼즐 같은 거라네. 살인은 용서나 해명이 가능하지만, 사소한 잘못이 여자의 마음을 갈가리 찢어놓을 수도 있지. 그루너 남작이 나에게 말하길…."

"남작이 자네에게 말했다고?"

"아, 미처 자네에게 일러주지 못했군. 자, 왓슨, 나는 적수와 직접 만나는 걸 좋아한다네. 눈과 눈을 마주하며 상대가 어떤 인간인지 파악하는 거지. 존슨에게 지시를 내린 뒤 마차를 타고 킹스턴으로 가서 남작을 만났는데 아주 상냥하더군."

"자네를 알아보던가?"

"나를 알아보는 거야 어려울 게 없었지. 미리 명함을 건넸거든. 그자는 대단한 적수야. 얼음처럼 차갑고, 자네 같은 일류 의사처럼 부드러운 목소리에 분위기도 차분해. 그러면서도 코브라처럼 독을 품고 있는 인간이었지. 그자는 범죄 세계의 귀족이라 할 만해. 겉으로는 오후의 차 한잔을 권하면서도 속으로는 잔혹한 범죄를 계획하거든. 맞아, 나는 아델베르트 그루너 남작과 맞서게 된 사실이 기쁘다네."

"그자가 상냥하다고?"

"먹잇감을 앞에 두고 가르랑거리는 고양이 같더군. 주먹을 휘두르는 험악한 사내보다 상냥하게 구는 사람이 더 치명적일 때가 있지. 인사말이 참 별났어. '홈즈 씨, 당신을 조만간 만나게 될 줄 알았습니다. 드 머빌 장군의 의뢰를 받으셨지요? 나와 드 머빌 양의 결혼을 막으려고요. 안 그런가요?'

나는 순순히 인정했어.

'이보시오, 홈즈 씨, 여태껏 쌓아놓은 명성만 무너질 겁니다. 당신이 막을 수 있는 결혼이 아니거든요. 별 소득도 없이 위험만 자초하게 될 테니 좋은 말로 할 때 당장 손을 떼시지요.'

'그것참 재밌군요.' 내가 대답했지. 그리고 계속 말했어. '하지만 그 충고는 내가 당신에게 하고 싶었던 말입니다. 나는 남작의 두뇌에 경의를 표하는 바입니다. 인간성은 별로인 것 같지만, 그렇다고 내 존경심이 줄어들지는 않아요. 남자 대 남자로 말하겠습니다. 당신의 과거를 캐내서 마음을 어지럽히고 싶어 하는 사람은 아무도 없습니다. 다 지난 일이고, 지금은 아무 탈 없이 잘 살고 있으니까. 하지만 이 결혼을 고집한다면 강력한 적수들이 벌 떼처럼 달려들어 당신을 내버려 두지 않을 겁니다. 영국 땅이 당신을 뱉어낼 때까지요. 이 게임에 그만한 가치가 있나요? 드 머빌 양은 건들지 않는 게 좋을 겁니다. 그 아가씨가 당신의 과거를 알게 된다면 당신에게 좋을 리가 없겠죠.'

남작은 콧수염에 왁스를 먹였는데, 모양이 꼭 곤충의 짧은 더듬이 같았어. 내가 말하는 동안 그 털들이 재미있다는 듯 바르르 떨리는가 싶더니 남작이 이내 껄껄 웃더군.

'무례를 용서하시오, 홈즈 씨. 하지만 수중에 패도 없이 게임을 하려는 모습을 보니 참 우습군요. 당신보다 잘할 수 있는 사람은 없겠지만, 그래도 애처롭긴 매한가지예요. 당신에게는 좋은 패가 하나도 없습니다. 가장 한심한 패가 있을 뿐이죠.'

'그렇게 생각하십니까?' 내가 물었어.

'그렇습니다. 한 가지만 똑똑히 알려드리죠. 내 수중의 패가 워낙 강해서 그 정도는 보여줄 수 있거든요. 운 좋게도 나는 드 머빌 양의 사랑을 한 몸에 받고 있습니다. 내 과거의 온갖 불행한 사건들을 낱낱이 밝혔음에도 그 사랑엔 변함이 없어요. 또한 그 숙녀에게 사악하고 교활한 사람이 찾아와서 그런 일들을 떠벌릴 거라고 말했답니다. 홈즈 씨, 당신이 그런 사람임을 인정하셨으면 좋겠지만, 아무튼 나는 드 머빌 양에게 그런 인간을 어떻게 대해야 하는지도 일러두었소. 후 최면 암시(최면이 끝난 후 특정 암시가 실현되도록 최면 중에 암시를 주는 것 — 옮긴이)라는 말을 들어보았소? 그 효과를 알게 될 겁니다. 나 같은 인격자는 저속한 술수나 허튼짓을 하지 않고도 최면을 걸 수 있죠. 따라서 드 머빌 양은 홈즈 씨를 맞을 준비가 되어 있고, 물론 당신을 만나줄 겁니다. 아버지 말을 잘 듣는 효녀거든요. 딱 한 가지 사소한 문제만 제외하고 말이오.'

그러니 왓슨, 내가 무슨 말을 더 할 수 있었겠나. 나는 최대한 냉정하고 품위 있게 작별을 고했지. 그런데 내가 출입문 손잡이를 잡는 순간 그자가 나를 불러 세웠어.

'그런데 홈즈 씨, 혹시 르 브룅이라는 프랑스 탐정을 아시나요?'

'네, 압니다.'

'그 사람이 무슨 일을 당했는지도 아시는지요?'

'몽마르트르에서 깡패에게 두들겨 맞고 불구가 되었다더군요.'

'맞아요, 홈즈 씨. 흥미로운 우연이지만, 딱 일주일 전에 그자가 내 뒷조사를 하고 다녔거든요. 그러지 마세요, 홈즈 씨. 행운과는 거리가 먼 짓입니다. 여러 사람이 깨달았죠. 마지막으로 하고픈 말은, 당신은 당신의 길을 가되 내 발목을 붙잡지는 말라는 겁니다. 안녕히 가시오!'

여기까지야, 왓슨. 일이 여기까지 진행된 상태야."

"위험한 친구로군."

"아주 위험하지. 나는 대놓고 떠드는 사람은 무시하지만, 그자는 자신이 한 말보다 더 많은 속뜻을 감추고 있어."

"이 일에 정말 끼어들 건가? 남작이 그 아가씨와 결혼하는 게 그토록 중요한 문제야?"

"그자가 전처를 죽였음이 분명하다는 걸 감안하면 무척 중요한 문제지. 게다가 그 의뢰인도 있어! 아니지, 그 점에 대해서는 논할 필요가 없어. 커피 다 마셨으면 어서 집으로 가세. 유쾌한 존슨이 우리에게 정보를 줄 테니까."

집에 당도하니 존슨이 와 있었다. 몸집이 크고, 험상궂고, 얼굴이 붉은 괴혈병 환자인 존슨은 생기 어린 까만 눈동자만 아니면 약삭빠른 티가 나지 않았다. 존슨이 자신의 기이한 왕국으로 잠수해서 건져오기라도 한 것인지, 그 옆에는 젊은 여자하나가 긴 의자에 앉아 있었다. 그 여자는 늘씬하고 후끈한 몸매에 핼쑥하고 열에 뜬 얼굴을 하고 있었지만, 한센병이 남긴 듯한 흉터에서 죄악과 슬픔에 찌든 채 모진 세월을 살아온 기색이 역력했다.

"이쪽은 키티 윈터 양입니다." 신웰 존슨이 통통한 손으로여자를 가리키며 말했다. "이 아가씨가 모르는 건, 그러니까아가씨한테 직접 듣기로 하죠. 홈즈 씨, 전갈을 받고 한 시간만에 이 아가씨를 찾아냈습니다."

"나를 찾는 건 아주 쉬워요." 젊은 여자가 말했다. "런던에만죽치고 있거든요. 뚱보 존슨과는 주소도 같아요. 우리는 오래된 친구예요. 뚱보, 너랑 나 말이야. 그런데 빌어먹을! 세상에정의라는 게 있다면 우리보다 더 끔찍한 지옥으로 떨어져야할 인간이 있어요! 홈즈 씨, 바로 당신이 쫓고 있는 인간이죠."

홈즈가 빙그레 웃었다. "아가씨가 우리에게 덕담을 해주는군요."

"그자를 지옥에 처넣을 수만 있다면 무슨 일이든 하겠어요."
우리의 손님이 격한 어조로 말했다. 그 여자의 희고 결연한 얼굴과 이글거리는 눈빛에는 깊은 증오가 담겨 있었다. 남자는 결코 품을 수 없고 여자에게서도 좀처럼 볼 수 없는 맹렬한 증오였다.

"내 과거는 조사할 필요도 없어요. 그런 건 중요하지 않으니까요. 하지만 나를 이 모양으로 만든 인간이 바로 아델베르트 그루너예요. 그 인간을 나락으로 끌어내릴 수만 있다면!" 그 여자는 손으로 미친 듯이 허공을 움켜쥐었다. "아, 그 인간이 수많은 사람을 밀어뜨린 그 지옥으로 그자를 끌어내릴 수만 있다면!"

"일이 어떻게 진행되고 있는지 아시죠?"

"뚱보 존슨이 말해줬어요. 그자가 어떤 불쌍한 바보를 쫓아다니더니 결국 결혼을 하려고 한다면서요? 당신은 그자를 막고 싶어 하고요. 그 인간을 막으려는 걸 보니 그자에 대해 어느 정도 아시는 것 같네요. 정신도 멀쩡한 지체 높은 여자가 그런 악당과 한 이불을 덮고 싶어 하다니."

"그 아가씨는 멀쩡하지 않습니다. 사랑에 미쳐 있어요. 그루너 남작에 대해 모든 걸 들었지만 전혀 개의치 않고 있습니다."

"살인에 대해서도 들었나요?"

"네."

"맙소사! 정말 간이 큰 여자군요."

"모든 게 근거 없는 비방인 줄 알고 있어요."

"그 여자의 흐려진 눈앞에 증거를 들이댈 순 없나요?"

"그럴 수 있도록 아가씨가 도와주겠소?"

"내가 증거잖아요! 내가 그 여자 앞에 서서 그 악당이 나를 어떻게 이용했는지 말하면…."

"그렇게 해주겠어요?"

"내가요? 못 할 것 없죠!"

"시도할 가치는 있는 것 같습니다. 하지만 그자는 자신의 죄를 대부분 털어놓았고 용서를 받았습니다. 그러니 아마 그 문제를 다시 거론하려고 하지 않을 겁니다."

"전부 털어놓았을 리가 없어요." 윈터 양이 말했다. "세상을 떠들썩하게 한 사건 말고도 한두 건의 살인에 대해 얼핏 들은 적이 있어요. 그자는 차분한 말투로 어떤 사람에 대해 말하다가 흔들림 없는 눈빛으로 나를 바라보더니 이렇게 말했어요. '그 녀석은 한 달 만에 죽어버렸어.' 그 말투 역시 차분했어요. 하지만 나는 거의 신경 쓰지 않았죠. 당시에는 그자에게 푹 빠져 있었으니까. 그자가 무슨 짓을 하든 상관없었어요. 그 불쌍한 바보처럼요! 그런데 나에게 충격을 준 일이 딱 하나 있었어요. 그래요, 빌어먹을! 그 인간이 독 묻은 혓바닥으로 거짓말을 하며 나를 구워삶고 달래지만 않았다면, 그날 밤에 그자를 떠났을 텐데. 그자에게 책이 하나 있어요. 자물쇠가 달린 갈색 가죽 책인데, 겉표지에 금 문장이 새겨져 있죠. 그날 밤 그 인간이 많이 취했던 것 같아요. 아니면 나에게 그 책을 보여줬을

리가 없죠."

"무슨 책이었습니까?"

"그러니까 홈즈 씨, 그 남자는 여자를 수집해요. 나방이나 나비를 수집하듯 여자 수집하는 걸 자랑스럽게 여기죠. 그 책에 수집한 여자들이 담겨 있었어요. 사진, 이름, 세세한 신상 정보 등 별의별 기록들이 다 들어 있었답니다. 쓰레기 같은 책이었어요. 아무리 막돼먹은 인간이라 할지라도 어떻게 그런 걸 만들 수 있는지. 하지만 그 책을 만든 자가 아델베르트 그루너라는 건 변함없는 사실이죠. 마음만 먹었다면 '내가 망가뜨린 여자들' 같은 제목을 붙일 수도 있었을 거예요. 하지만 다 부질없는 얘기죠. 어차피 그 책이 홈즈 씨에게 도움이 될 리도 없고, 그렇다 한들 찾을 수도 없으니까요."

"그 책은 어디 있나요?"

"지금 어디 있는지는 나도 몰라요. 내가 그자의 곁을 떠난 지 1년도 넘었는걸요. 하지만 전에 책을 어디에 두었는지는 알고 있어요. 그자는 고양이처럼 정확하고 깔끔한 체하니까, 지금도 서재 내실의 낡은 책상 서류함에 들어 있을지도 몰라요. 그 인간의 집은 아세요?"

"서재에 가봤습니다." 홈즈가 말했다.

"벌써요? 오늘 아침에 시작한 일이라더니 동작이 빠른 편이시군요. 불쌍한 아델베르트가 이번에 제대로 된 적수를 만난 것 같군요. 서재 외실에는 중국 도자기가 있어요. 창문 사이에 있는 커다란 유리 찬장에 말이죠. 책상 뒤에는 내실로 통하는 문이 있어요. 서류 따위를 보관하는 작은 방이죠."

"남작이 도둑 걱정은 안 합니까?"

"아델베르트는 겁이 없어요. 아무리 무서운 적이라도 그 인간에게 겁이 있다고는 말 못 할 거예요. 그자는 자기 몸은 충분히 지킬 수 있는 사람이거든요. 야간 경보 장치가 있어요. 중국 도자기라면 모를까, 도둑이 털어갈 것도 없고요."

"그건 쓸 데가 없지." 신웰 존슨이 전문가 같은 어조로 단정 지었다. "어떤 장물아비도 녹이거나 되팔 수도 없는 그런 물건을 사려고 하진 않을 거야."

"그렇겠군." 홈즈가 말했다. "자, 그럼 윈터 양, 내일 오후 5시에 이곳으로 다시 들러주십시오. 그사이에 그 아가씨와 직접 만날 수 있을지 알아보겠습니다. 도와주셔서 정말로 감사드립니다. 내 의뢰인이 보수는 아주 넉넉하게…."

"그런 건 바라지도 않아요, 홈즈 씨." 여자가 소리쳤다. "돈을 바라고 온 게 아니에요. 나는 그 인간이 진흙탕에 나뒹구는 모습을 보고 싶어요. 그걸로 보상은 충분합니다. 그자의 가증스런 얼굴을 콱 밟아서 진창에 처넣고 싶단 말이에요. 그게 내 보수예요. 홈즈 씨가 그자를 쫓는 한, 내일이든 언제든 부르면 항상 달려오겠습니다. 이 뚱보한테 물어보시면 내가 있는 곳을 언제든 찾아낼 수 있을 거예요."

내가 홈즈를 다시 만난 것은 이튿날 저녁, 스트랜드 스트리트의 식당에서 저녁 식사를 할 때였다. 내가 드 머빌 양을 만난 소득이 있었느냐고 묻자, 홈즈는 어깨를 으쓱했다. 그러고는 다음 이야기를 들려주었다. 홈즈의 말투는 너무 딱딱하고 건조해서 좀 더 부드러운 일상의 말로 다시 풀어써야 했다.

"약속을 잡는 건 전혀 어렵지 않았어. 약혼 때문에 노골적으로 아버지 뜻에 반하는 걸 만회하려고 다른 부차적인 일들에서는 아주 고분고분한 모습을 보여주고 있거든. 장군이 전화로 준비를 마쳤다고 전해주었고, 예정대로 증오에 불타는 윈터 양이 나타났지. 우리는 마차를 탔고 5시 반에 노병이 사는 버클리 광장 104번지에서 내렸지. 교회 건물이 초라해 보일 정도로 장엄한 잿빛 성채였지. 하인이 나와 우리를 노란색 커튼이 드리워진 커다란 거실로 안내했는데, 참하고 창백하며 말수가 적어 보이는 드 머빌 양이 우리를 기다리고 있더군. 마치 산꼭대기에 쌓인 눈처럼 고고하고 차가워 보였어.

그 숙녀에 관해 어떻게 설명해야 할지 모르겠군, 왓슨. 우리 일이 끝나기 전에 아마 자네도 그 아가씨를 만날 기회가 생기겠지. 그러면 자네의 탁월한 글재주로 한번 묘사해보게. 그 여자는 아름답다네. 하지만 이 세상이 아닌 높은 곳만을 우러러보는 성녀에게서나 볼 수 있는 천상의 아름다움이었지. 중세 거장들의 그림에서 그런 얼굴을 본 적이 있네. 어떤 짐승 같은 인간이 그런 천상의 존재에게 날카로운 발톱을 들이댈 수 있는지 상상이 안 갔어. 하지만 상극은 서로 통한다는 걸 자네도 알고 있겠지. 영적인 존재와 동물, 동굴 인간과 천사는 서로 통하는 거지. 이보다 최악의 경우는 자네도 본 적이 없을 거야. 숙녀는 물론 우리가 찾아온 이유를 알고 있었어. 그 악당이 지체 없이 숙녀의 마음속에 우리에 대한 나쁜 인식을 심어놓았더군. 윈터 양의 등장에 다소 놀란 듯했지만, 한센병에 걸린 탁발 수사를 맞이하는 수녀원 원장처럼 우리를 보더니 의자에 앉으라고 손짓을 했지. 이보게, 왓슨, 만약 자네에게 자만심이 깃들기 시작한다면 부디 바이올렛 드 머빌 양을 본받도록 하게.

'그런데 선생님.' 드 머빌 양이 빙하에서 불어오는 바람 같은 목소리로 말했어. '선생님 성함이 귀에 익어요. 선생님은 제 약혼자인 그루너 남작을 비방하려고 오신 걸로 알고 있습니다. 제가 선생님을 만난 건 오직 아버지가 원하셨기 때문입니다. 미리 말씀드리지만, 선생님이 어떤 말씀을 하시든 제 마음은 조금도 흔들리지 않을 거예요.'

나는 그 아가씨가 참 안쓰러웠네. 순간 나는 그 아가씨가 마치 친딸인 것처럼 느껴졌어. 나는 그리 달변이 아니야. 또 가슴보다는 머리형 인간이지. 하지만 나는 성격에 어울리지 않게 내가 알고 있는 온갖 따뜻한 말들로 간곡히 호소했어. 결혼한 후에야 비로소 남편의 본성을 깨달은 여성, 피 묻은 손과 호색한의 입술에 몸을 허락해야 하는 여성의 끔찍한 처지를 생생하게 들려주었지. 그런 여성이 감내해야 할 그 모든 수치, 두려움, 분노, 무력감을 남김없이 얘기해주었어. 내가 그렇게 열변을 토했는데도 숙녀의 상앗빛 볼은 조금도 상기되지 않았고, 멍한 두 눈에는 한 치의 흔들림도 보이지 않았네. 나는 그 악당이 후 최면 암시 효과에 대해 한 말이 떠올랐지. 누가 봐도 그 숙녀는 꿈속에서 구름 위를 걷고 있는 듯 몽롱해 보였어. 하지만 대답만큼은 똑 부러지게 하더군.

'지금까지 인내심을 갖고 들었습니다, 홈즈 씨. 선생님의 말이 마음에 미친 영향은 예상한 대로입니다. 제 약혼자 아델베르트가 폭풍 같은 인생을 살아오면서 쓰디쓴 증오와 부당한 비방을 샀다는 것을 다시 한 번 확인하게 되는군요. 홈즈 씨보다 앞서서 그이의 이름을 욕되게 한 사람들이 많았습니다. 선생님으로서는 선의에서 한 일이겠지만, 어차피 돈 받고 일하는 대리인일 뿐이죠. 지금은 아델베르트 남작을 모함하고 계시지만, 반대로 남작을 위해 일하게 될 수도 있으니까요. 하지만 경우야 어떻든 나와 그이가 서로 사랑하고 있다는 걸 알아주시길 바랍니다. 그리고 나에게 세상 사람들의 의견은 창밖에서 짹짹거리는 새소리로밖에 들리지 않는다는 것도요. 그이의 고결한 성품이 잠시라도 추락한다면, 다시 진실하고 고귀한 수준으로 끌어올리기 위해 특별히 신이 저를 보냈는지도 모르죠. 그런데…' 이 대목에서 드 머빌 양의 시선이 윈터 양에게로 옮겨졌지. '이 젊은 아가씨는 누구시죠?'

내가 막 대답하려는 찰나 윈터 양이 돌풍처럼 끼어들었어. 그 불같은 얼굴과 얼음처럼 차가운 얼굴의 만남을 자네가 보았다면 좋았을 텐데. 참으로 극명한 대조였다네.

'나로 말하면.' 윈터 양은 의자에서 벌떡 일어서며 외쳤어. 맹렬한 감정 때문인지 입이 잔뜩 일그러져 있었지. '그루너 남작의 헤어진 애인입니다. 그 인간이 꼬이고, 이용하고, 망가뜨려서 쓰레기장으로 던져버린 수백 명의 여자들 중 하나죠. 아가씨도 곧 그중 하나가 될 겁니다. 당신이 던져질 쓰레기장은 무덤이 되겠군요. 아마 그게 제일 나을 거예요, 이 바보 같은 아가씨! 그 인간과 결혼하는 건 저승사자를 불러들이는 거나 마찬가지라고요. 머리를 때리든 목을 부러뜨리든, 아무튼 당신을 죽이고 말 거예요. 당신을 생각해서 하는 말이 아니에요. 아가씨가 죽건 말건 나는 상관없어요. 내가 이러는 건 그 인간을 증오하기 때문입니다. 그 인간을 물어뜯고 내가 당한 만큼 그대로 돌려주고 싶은 마음뿐이에요. 하지만 피차일반이니까. 나를 그런 눈으로 보지 마요, 예쁜 아가씨. 당신은 나보다 더한 나락으로 떨어질 테니까.'

'그런 문제는 얘기하고 싶지 않군요.' 드 머빌 양이 차갑게 말했어. '하나만 더 말하죠. 내가 듣기로 아델베르트는 자신과 엮인 교활한 여자들과 세 번의 관계를 맺었어요. 그 작자는 그 여성들에게 저지른 과오를 진심으로 뉘우쳤어요.'

'세 번이라고?' 윈터 양이 소리를 질렀다. '이런 바보! 당신은 바보 천치야!'

'홈즈 씨, 이제 그만 이 면담을 끝내달라고 부탁드리고 싶군요.' 차가운 목소리가 말했어. '아버지 때문에 당신을 만나긴 했지만, 이 미친 여자의 헛소리는 더 이상 들어줄 수가 없네요.'

욕설을 날리며 윈터 양은 앞으로 달려들었지. 내가 그 여자의 손목을 붙잡지 않았다면, 아마도 열불 나게 하는 그 숙녀의 머리채를 움켜잡았을지도 몰라. 나는 윈터 양을 문 앞까지

질질 끌고 가서 다행
히 사람들 눈에 띄지 않
고 마차에 태울 수 있었네.
그 여자가 분노로 제정신이 아
니었기 때문에 어쩔 수 없었지.
냉정을 유지하려 했지만 나 자신도
속이 부글부글 끓더군. 우리가 구하려고 애쓰는 숙녀가 차분
하고 냉담하고 공손한 태도를 보이니까 왠지 모르게 약이 올
랐거든. 자, 그럼 이제 우리가 어떤 상황인지 자네도 정확하게
파악했겠지. 이 방법이 그쪽에서 먹히지 않았으니 판을 새롭
게 짜야 한다는 게 분명해졌네. 왓슨, 자네도 도울 일이 있을
테니 곧 연락하겠네. 우리보다 먼저 행동에 나설 가능성이 크
겠지만."

정말 그랬다. 그들이, 아니 그자가 먼저 일격을 가했다. 드
머빌 양이 개입했다고 믿을 수는 없었으니까. 그 플래카드를
바라보고 있던 자리를, 그리고 그 순간 내 심장을 뚫고 간 공
포의 전율을 지금도 기억한다. 내가 서 있던 곳은 외다리 신문

팔이가 석간신문을 팔고 있던 그랜드 호텔과 채링 크로스 역 사이였다. 지난번 대화를 나눈 뒤 딱 이틀 지난 후였다. 끔찍한 신문지에는 노란 바탕에 검은 글씨로 이렇게 쓰여 있었다.

셜록 홈즈, 습격당하다!

나는 멍한 채로 한동안 서 있었던 것 같다. 그 뒤의 기억은 가물가물하다. 신문을 낚아챘고, 신문팔이가 돈을 내라고 소리쳤고, 어느 약국에 들어가서 기사를 읽은 듯하다. 기사 내용은 이랬다.

저명한 사립 탐정인 셜록 홈즈가 오늘 아침 살인적 공격을 받고 위중한 상태에 빠졌다. 정확한 내용은 알 수 없지만, 12시경 리전트 스트리트의 카페 로얄 밖에서 봉변을 당한 것으로 보인다. 셜록 홈즈는 지팡이를 든 두 명의 괴한에게 머리와 몸통을 가격당했고, 의사에 따르면 심각한 부상을 입었다. 채링 크로스 병원으로 이송된 후 줄곧 베이커 스트리트의 자기 집으로 옮겨줄 것을 고집했다고 한다. 셜록 홈즈를 폭행한 괴한들은 말쑥한 차림을 하고 있었고, 카페 로얄의 후문을 빠져나가 글래스하우스 스트리트로 달아난 것으로 보인다. 범인들은 평소 빼어난 활약을 해오던 피해자에게 원한을 품은 범죄 조직의 일원일 가능성이 높다.

두말할 나위 없이 나는 기사를 읽자마자 마차를 잡아타고 베이커 스트리트로 달려갔다. 병원 홀에 유명한 외과 의사 레슬리 오크숏 경이 있었고, 길가에 의사의 마차가 대기하고 있었다.

"당장 위험하지는 않을 겁니다. 머리가 두 군데 찢어졌고, 몇 군데 심한 멍이 있습니다. 여러 바늘을 꿰매야 했죠. 모르핀을 투여했고 한동안 안정을 취해야 합니다만, 몇 분 정도의 면담은 허락해드리겠습니다."

의사의 허락을 받고 나는 어두운 병실로 들어갔다. 환자는 멀쩡하게 깨어 있었고, 쉰 목소리로 나직하게 내 이름을 부르는 소리가 들렸다. 창문의 블라인드가 4분의 3 정도 드리워져 있었지만, 햇빛이 비스듬히 들어와 환자의 붕대 감은 머리를 비추고 있었다. 하얀 아마포 압박 붕대로 스며 나온 핏자국이 보였다. 나는 내 친구의 곁에 앉아 고개를 푹 숙였다.

"괜찮아, 왓슨. 그렇게 겁먹은 표정 짓지 말게." 홈즈가 아주 가느다란 목소리로 중얼거렸다. "눈에 보이는 것만큼 심하지는 않아."

"그렇다니 다행이군."

"자네도 알다시피 내가 목검을 좀 휘두를 줄 알잖아. 다른 공격은 잘 막았는데, 두 번째 사내를 당해내지 못했어."

"내가 어떻게 할까, 홈즈? 괴한들을 보낸 건 틀림없이 그 작자야. 자네가 말만 하면 당장 쳐들어가서 그 인간을 박살 내주겠네."

"진정해, 왓슨! 그건 안 될 말이야. 경찰이 그놈을 잡지 않는 한 우리가 할 수 있는 일은 없어. 하지만 놈들이 도주한 걸 보면 사전에 치밀하게 계획한 건 틀림없어. 그 점은 확신할 수 있어. 조금만 기다려. 나도 생각이 있어. 먼저 할 일은 내 부상을 부풀리는 거야. 사람들이 소식을 물으러 자네를 찾아갈 거야. 그러면 잔뜩 과장해서 말하게. 뇌진탕으로 길어야 일주일밖에 못 산다고 해도 좋고, 자네 마음대로 떠벌리게. 과장이 심하면 심할수록 좋아."

"하지만 레슬리 오크숏 경은 어떡하고?"

"아, 그분 걱정은 말게. 나에게서 최악의 상태만 보게 될 거야. 내가 알아서 하겠네."

"다른 건 없어?"

"존슨에게 윈터 양을 피신시키라고 하게. 괴한들이 이제 그 여자를 잡으려고 할 거야. 물론 그자들도 윈터 양이 나를 도우려고 했다는 걸 알고 있어. 나를 해치려고 달려든 자들이 그 아가씨를 내버려 둘 리가 없지. 서둘러야 하네. 오늘 밤 안으로 해야 해."

"그럼 가볼게. 또 다른 건?"

"내 파이프를 탁자 위에 놓아둬. 잎담배는 슬리퍼 속에 넣고. 아침마다 들러줘. 함께 계획을 짜야 하니까."

그날 저녁, 나는 신웰 존슨에게 윈터 양을 한적한 교외로 보내 위험이 사라질 때까지 숨어 지내게 하라고 일러주었다.

엿새 동안 세상 사람들은 홈즈가 죽음의 문턱에 이른 줄로만 알았다. 의사는 아주 심각하다는 소견을 발표했고, 신문에는 불길한 기사가 실렸다. 나는 홈즈를 자주 방문했기 때문에 상태가 그렇게 나쁘지 않다는 사실을 알고 있었다. 강인한 체질과 단호한 의지 덕분에 홈즈는 놀라운 힘을 발휘하고 있었다. 어찌나 빠르게 회복되고 있던지, 가끔은 믿기 힘들 만큼 빠른 회복 속도 때문에 나까지 속고 있는 것은 아닌가 의심이 들 정도였다. 홈즈에게는 흥미로운 구석이 있었다. 가장 친한 친구에게도 정확한 계획이 무엇인지 알려주지 않고 궁금증을 키우게 하다가 마지막에 극적인 결과를 연출하는 것이었다. 홈즈는 혼자 꾸민 계획만이 안전하다는 격언을 철저히 지켰다. 나는 그 누구보다 홈즈와 가까웠지만, 우리 둘 사이의 간격을 항상 느끼고 있었다. 석간신문에는 홈즈가 단독(피부나 점막 따위의 헌데나 다친 곳으로 세균이 들어가서 생기는 급성전염병—옮긴이)에 걸렸다는 기사가 실렸다. 아프거나 말거나 나는 같은 날 석간신문들을 홈즈에게 보여줘야 했다. 금요일에 리버풀에서 출항하는 커나드 해운사의 루리타니아호 승객들 중에 아델베르트 그루너 남작이 포함돼 있다는 기사가 났기 때문이다. 남작이 드 머빌 장군의 외동딸과의 결혼식을 앞두고 중요한 재정 문제를 처리하기 위해 미국으로 간다는 내용이었다. 홈즈는 냉정하고 골똘한 표정으로 기사 내용에 귀를 기울였는데, 충격을 받은 기색이 역력했다.

"금요일이라니!" 홈즈가 소리쳤다. "불과 사흘밖에 안 남았어. 그 악당이 위험에서 벗어나려는 거야. 하지만 그럴 순 없지. 맹세코 그렇게는 안 돼! 왓슨, 나를 위해 자네가 할 일이 있네!"

"홈즈, 난 늘 준비가 돼 있어."

"좋아, 그럼 앞으로 24시간 동안 중국 도자기에 관해 집중적으로 공부하게."

홈즈는 더 이상 아무것도 설명해주지 않았고 나도 아무것도 묻지 않았다.

오랜 경험을 통해 나는 홈즈가 시키는 대로 하는 게 현명하다는 사실을 배웠다. 하지만 홈즈의 집을 나와 베이커 스트리트를 따라 걷는 동안 그런 이상한 지시를 어떻게 따라야 할지 궁리하고 있었다. 생각 끝에 나는 세인트 제임스 광장에 있는 런던 도서관으로 마차를 타고 가서 사서인 내 친구 로맥스에게 자초지종을 털어놓았고, 책을 한 아름 안고 집으로 향했다. 전문가 증인을 심문하기 위해 월요일에 벼락치기로 사건을 공부한 변호사는 주말이 되기도 전에 그 내용들을 까맣게 잊어버린다는 말이 있다. 나는 도자기의 권위자인 양 행세하고 싶은 생각은 없었다. 하지만 그날 저녁부터 이튿날 아침까지 거의 쉬지도 않고 도자기에 관한 지식을 빨아들이고 관련 용어도 달달 외웠다. 위대한 예술가들의 낙관, 수수께끼 같은 육십갑자, 주원장의 인장과 영락제 시대의 아름다운 작품들, 당인의 글씨, 송나라와 원나라 시대의 빛나는 작품들에 대해 배웠다. 나는 이 방대한 지식을 머릿속에 채워 넣고 다음 날 홈즈를 찾아갔다. 신문 기사만 접하는 사람들은 상상도 못 할 일이지만, 홈즈는 침대가 아닌 가장 좋아하는 안락의자에 앉은 채 붕대 감은 머리를 손으로 받치고 있었다.

"이봐, 홈즈. 신문에 따르면 자네는 지금 죽어가고 있어."

"그게 바로 내가 심어주려는 인상이야." 홈즈가 말했다. "자, 공부는 열심히 했어?"

"열심히 하기는 했네."

"잘했군. 그럼 도자기에 관해 지적인 대화를 나눌 수 있겠나?"

"가능할 것 같아."

"그럼 벽난로 위에 있는 작은 상자를 좀 건네주게."

홈즈는 상자 뚜껑을 열어서 동양의 고운 비단 보자기로 감싼 작은 물건을 꺼냈다. 보자기를 벗기자, 아름답기 그지없는 진청색의 작고 섬세한 받침잔이 자태를 드러냈다.

"살살 다루게, 왓슨. 이건 명나라 때 만들어진 진품 박태 자기야. 크리스티 경매에 이보다 정교한 예술 작품은 나온 적이 없었네. 이 받침잔에 찻잔까지 한 벌로 갖추면 그 가치가 한 나라 왕의 몸값에 이를 정도네. 사실 베이징의 황궁에나 있겠지만. 어쨌든 골동품 전문가가 이걸 보면 흥분을 감추지 못할 걸세."

"내가 그걸 가지고 뭘 해야 하지?"

홈즈는 내게 '힐 바턴 박사, 하프문 스트리트 369번지'라고 적힌 명함을 한 장 건네주었다.

"그게 오늘 밤 자네 이름이야. 그루너 남작을 찾아가게. 내가 그자의 생활 습관을 좀 알고 있는데, 8시 반이면 한가할 거야. 자네의 방문을 알리는 편지를 미리 보내서, 중국 명나라 시대의 진귀한 도자기 한 벌을 소장하고 있는데 그 견본을 보여주겠다고 하면 돼. 의사라고 소개하는 게 좋을 거야. 이중으로 연기할 필요가 없어지니까. 자네는 골동품 수집가인데 어쩌다 이 도자기를 얻은 거야. 그러다 그루너 남작이 그 분야에 관심이 많다는 걸 듣고 적당한 가격에 팔고 싶다고 하는 거지."

"얼마에?"

"좋은 질문이군. 자기 물건의 가치를 모른다면 크게 낭패를 당하기 쉽지. 이 받침잔은 제임스 경이 가져다주었는데, 그 사람의 의뢰인이 수집한 물건으로 알고 있네. 세상에 둘도 없는 진귀한 보물이라고 해도 지나치지 않을 걸세."

"전문가의 감정을 받아보는 게 좋겠다고 말하면 되겠군."

"훌륭해! 자네 오늘 기지가 번득이는군. 크리스티나 소더비 경매 얘기를 슬쩍 꺼내봐. 잘만 하면 자네 입으로 가격을 말하지 않아도 될 거야."

"하지만 그자가 만나주지 않는다면?"

"오, 그렇지 않을 거야. 남작은 못 말리는 수집광이거든. 특히나 도자기라면 거의 전문가 수준이지. 왓슨, 여기 앉아서 내가 불러주는 대로 편지를 쓰게. 답장은 필요 없어. 방문하겠다고 하면서 이유만 밝히면 돼."

편지의 문장은 놀라울 정도로 빼어났다. 간결하면서도 예의 바르고, 전문가의 귀를 솔깃하게 할 만큼 자극적이었다. 홈즈가 사는 지역의 담당 우체부가 때맞춰 편지를 전달했다. 그날 저녁, 한 손에는 진귀한 받침잔을 들고 호주머니에는 가짜 명함을 넣은 채 나는 모험에 나섰다. 아름다운 주택과 마당을 보니 제임스 경의 말대로 그루너 남작은 상당한 재력가인 듯했다. 길 양쪽으로 희귀한 관목이 자란 길고 구불구불한 진입로를 지나자, 자갈이 깔리고 조각상들이 서 있는 널따란 마당이 펼쳐졌다. 그 집은 남아프리카의 금광 왕이 한창 재산을 불릴 때 지은 것인데, 길고 낮은 건물의 모서리마다 작은 탑이 세워져 있었다. 건축학적으로는 악몽이라 할 만한 집이지만 규모와 견고함만큼은 인상적이었다. 주교의 벤치(성공회 주교는 영국 국교의 대표자로서 상원 의원으로 자동 임명된다. 그 상원 의원석이 여기서 말하는 주교의 벤치다─옮긴이)에 앉아도 어울릴 법한 집사가 나를 집 안으로 맞이해서 화려한 옷을 입은 하인에게 인계했고, 하인이 나를 그루너 남작 앞으로 안내했다. 그루너 남작은 창문 사이에 놓인 커다란 진열장 앞에 서 있었다. 앞이 트인 진열장에는 남작이 수집한 도자기들 중 일부가 진열되어 있었다. 내가 들어서자 남작은 자그마한 갈색 꽃병을 든 채 나를 돌아보았다.

"앉으십시오, 의사 선생." 남작이 말했다. "내 보물들을 보면서 하나를 더 추가할 여유가 있는지 생각하고 있었습니다. 7세기에 당나라에서 제작된 이 작은 도자기를 보면 선생도 관심이 생길 겁니다. 이렇게 정교하고 표면이 아름다운 도자기는 본 적이 없을 거라 확신합니다. 선생이 말씀하신 명나라 받침잔은 가지고 오셨나요?"

나는 조심스레 보자기를 풀어서 남작에게 건네주었다. 남작은 책상에 앉아서 날이 저문 탓에 램프를 끌어당기고 받침잔을 살펴보기 시작했다. 받침잔을 살피는 동안 노란 불빛이 남작의 모습을 비추어 나는 찬찬히 남작을 뜯어볼 수 있었다.

남작은 분명 보기 드문 미남이었다. 유럽에서 외모로 이름을 날릴 만했다. 체구는 보통을 넘지 않았지만, 선이 우아하고 날렵했다. 얼굴은 동양인처럼 까무잡잡하고, 우수에 젖은 크고 검은 눈은 여성들이 쉽게 저항할 수 없는 매력을 발산하고 있었다. 머리칼과 콧수염은 숯처럼 검었다. 특히 콧수염은 짧고 끝이 뾰족했는데, 밀랍을 발라 깔끔하게 정리되어 있었다. 이목구비가 뚜렷하고 호감 가는 얼굴이었지만, 일자 모양의 얇은 입술만은 예외였다. 살인자의 입술이 따로 있다면 바로 이런 모양일 것 같았다. 깊게 베인 기다란 상처처럼 남작의 앙 다문 입술은 잔인하고 끔찍해 보였다. 콧수염으로 얼굴을 가리지 않은 것은 실수였다. 그 입술은 남작의 희생자들에게 경고와도 같은 자연의 위험 신호였기 때문이다. 남작의 목소리는 매력적이었고 태도는 흠잡을 데 없었다. 나이는 서른이 조금 넘어 보였지만 나중에 기록을 보니 마흔두 살이었다.

"아주 훌륭하군요." 관찰을 마친 남작이 말했다. "편지로 이런 도자기가 여섯 벌이 있다고 하셨죠? 그런데 이상한 점은 이런 놀라운 예술품에 대해 내가 들어본 적이 없다는 겁니다. 내가 알기로 영국에는 이런 물건이 딱 하나 있거든요. 그리고 그건 경매 시장에 나오지 않을 게 확실합니다. 힐 바턴 박사, 이 물건을 어떻게 입수하셨나요?"

"그게 중요합니까?" 나는 최대한 무심한 말투로 물었다. "당신도 이게 진품이란 걸 아실 테죠. 가격이라면 전문가한테 감정을 받아도 상관없습니다."

"정말 이상하군요." 남작의 까만 눈동자에 의심의 빛이 스쳐 지나갔다. "이렇게 값진 물건을 취급할 때는 거래 내역을 전부 알고 싶은 게 당연합니다. 이게 진품이라는 사실은 분명합니다. 그 점에 대해서는 전혀 의심하지 않아요. 하지만 선생에게 이 물건을 팔 권리가 없다는 게 나중에 밝혀지면 어떻게 합니까? 나로서는 모든 가능성을 고려해볼 수밖에 없어요."

"그건 내가 보증하겠소."

"그럴 경우 선생의 보증이 얼마나 가치 있느냐 하는 문제로 이어집니다."

"그건 내 거래 은행이 대답해줄 거요."

"좋습니다. 하지만 이 모든 과정이 참으로 수상쩍어 보이는군요."

"거래를 하든 말든 당신 마음이오." 내가 심드렁하게 대꾸했다. "나는 남작이 전문가

라고 하기에 거래를 제안한 거요. 다른 구매자를 찾는 것은 나에게 어려운 일이 아니에요."

"내가 전문가라고 누가 그러던가요?"

"남작이 골동품에 대한 책을 쓴 걸로 알고 있습니다."

"읽어보셨나요?"

"아니오."

"맙소사, 갈수록 태산이로군! 선생은 전문가에다 진귀한 예술품을 소장한 수집가입니다. 그런데 소장품의 의미와 가치를 일깨워 주는 책을 한 권도 읽어보지 않았다니요. 그걸 어떻게 해명할 겁니까?"

"나는 아주 바빠요. 개업 의사란 말이오."

"말이 안 돼요. 취미가 있는 사람은 그걸 공부하기 마련입니다. 직업은 상관이 없어요. 선생은 편지에 전문가라고 쓰지 않았습니까?"

"전문가 맞소."

"그럼 시험 삼아 몇 가지 물어보겠습니다. 의사 선생, 당신이 정말 의사인지 아닌지 모르겠지만, 아무튼 갈수록 의혹이 쌓이는군요. 자, 질문하겠습니다. 일본의 쇼무 천황에 대해 무엇을 알고 계신가요? 또 나라 근교의 쇼소인과 천황 사이에는 어떤 관계가 있나요? 맙소사, 모르십니까? 그럼 중국 북위 왕조와 도자기 역사에서 북위가 차지하는 위치에 대해 조금이라도 말해보십시오."

나는 화가 난 척하며 의자에서 벌떡 일어났다.

"이거 참을 수가 없군요. 나는 남작에게 호의를 베풀러 온 거지 학생처럼 시험을 보러 온 게 아닙니다. 도자기에 관한 지식은 당신보다 못하겠지만, 이렇게 불쾌한 질문에는 대답하지 않겠소."

남작은 가만히 나를 바라보았다. 두 눈에 어린 우수는 사라져버렸고, 갑자기 이글거렸다. 무자비한 입술 사이로 이빨이 드러났다.

"무슨 수작을 부리는 거지? 당신은 스파이야. 홈즈가 보낸 밀정이라고! 나를 잡으려고 덫을 놓았어. 듣자 하니 홈즈는 죽어가고 있다던데, 그래서 나를 감시하려고 첩자를 보낸 건가? 당신은 내 집에 무단 침입을 한 거야. 들어오기는 쉬웠어도 나가는 건 어려울 거야!"

남작이 벌떡 일어서자 나는 뒤로 물러나며 공격에 대비했다. 남작이 분노로 제정신이 아니었기 때문이다. 애초부터 나를 의심했는지도 몰랐다. 이런저런 질문을 던져서 자신의 의혹이 사실임을 확인한 것이다. 남작을 속이는 것은 처음부터 불가능했다. 남작은 책상 서랍에 손을 넣고 미친 듯이 뒤졌다. 그러다 무슨 소리를 들었는지 가만히 서서 귀를 기울였다.

"앗!" 남작이 소리쳤다. "이런!" 남작은 자기 뒤쪽의 방으로 뛰어들어 갔다. 나는 두 걸음 만에 열린 방문까지 갔는데, 방 안에서 결코 잊을 수 없는 광경이 펼쳐졌다. 정원으로 통하는 창문이 활짝 열려 있었고, 그 옆에 셜록 홈즈가 서 있었다. 헬쑥하고 핏기 없는 얼굴을 하고 머리에 피로 얼룩진 붕대를 감

은 홈즈의 몰골은 유령처럼 끔찍했다. 다음 순간 홈즈는 창밖
으로 뛰어내렸다. 월계수 덤불 사이로 떨어지는 소리가 들렸
다. 집주인은 분노에 차 으르렁거리며 창문 쪽으로 달려갔다.
바로 그때였다! 순식간의 일이었지만 나는 두 눈으로 똑똑히
보았다. 팔 하나가, 여인의 팔 하나가 나뭇잎 사이에서 불쑥 나
왔다. 그와 동시에 남작이 무시무시한 괴성을 질렀다. 지금도
잊히지 않는 끔찍한 소리였다. 남작은 두 손으로 얼굴을 감싼
채 방 안을 뛰어다니며 머리를 벽에 찧어댔다. 그러다 양탄자
위로 쓰러지더니 데굴데굴 구르고 몸부림치며 집 안이 떠나가
도록 비명을 질렀다.

"물! 제발 물 좀 줘!" 남작이 외쳤다. 나는 탁자 위에 있던 물
병을 잡고 남작에게 달려갔다. 동시에 집사와 하인 몇 명이 홀

에서 달려왔다. 내가 상처 입은 남작 곁에 무릎을 꿇고 그 처참한 얼굴을 램프 불빛 쪽으로 돌렸을 때, 하인 하나가 졸도한 기억이 난다. 황산이 얼굴을 태우며 귀와 턱에서 뚝뚝 떨어지고 있었다. 한쪽 눈은 이미 뿌옇게 흐려져 있었고, 나머지 눈은 심하게 충혈되어 있었다. 몇 분 전만 해도 내가 그토록 감탄하던 얼굴이 이제는 화가가 물에 젖은 더러운 스펀지로 쓱 문질러버린 아름다운 그림처럼 되어버렸다. 얼룩지고 변색된 남작의 얼굴은 인간이라 할 수 없을 정도로 참혹했다. 황산 공격에 관한 한 나는 하인들에게 정확한 사정을 간단히 알려주었다. 몇몇 하인들은 창문을 넘어 아래로 내려갔고, 어떤 하인들은 잔디밭으로 뛰어나갔다. 하지만 날이 저물었고 비도 내리기 시작했다. 비명을 지르는 사이사이에 남작은 자기에게 복수한 여자에게 분노의 절규를 터뜨렸다. "지독한 악녀! 키티 윈터였어!" 남작이 소리쳤다. "악마 같은 것! 가만두지 않겠어! 두고 보자고! 아, 이런! 너무 아파서 견딜 수가 없어!"

나는 남작의 얼굴을 오일로 씻어내고 화상을 입은 피부에 약솜을 얹은 다음 모르핀 주사를 놓아주었다. 이처럼 충격적인 일을 당한 남작의 마음속에서 나에 대한 의구심은 눈 녹듯이 사라졌다. 남작은 죽은 물고기 같은 눈으로 나를 쳐다보며 나에게 치료의 힘이 있기라도 한 듯 내 손을 붙잡고 매달렸다. 이토록 흉측한 꼴을 당한 남작의 사악한 삶을 똑똑히 기억하지 못했다면, 나는 남작의 몰락에 눈물을 흘렸을지도 모른다. 화상을 입고 뜨거워진 남작의 손이 내 몸을 더듬는 느낌은 참으로 불쾌했다. 잠시 후 주치의와 전문의가 차례대로 도착해 내 짐을 덜어주자 나는 마음이 놓였다. 뒤이어 찾아온 경위에게 나는 내 진짜 명함을 건네주었다. 나는 런던 경찰국에서 홈즈만큼이나 얼굴이 알려져 있었기 때문에 다른 사람 행세를 하는 것은 부질없고 어리석은 짓이었다. 나는 암울하고 공포스러운 그 집에서 나왔고, 한 시간도 안 되어 베이커 스트리트에 들어섰다.

홈즈는 몹시 창백하고 지친 얼굴로 안락의자에 앉아 있었다. 부상은 제쳐놓더라도 오늘 있었던 사건은 홈즈의 강철 같은 담력도 크게 흔들어놓았다. 홈즈는 남작의 변형에 관한 나의 이야기를 듣고 공포에 몸을 떨었다.

"죄를 지은 대가야, 왓슨. 죄를 지은 대가라고." 홈즈가 말했다. "조만간 이렇게 될 일이었어. 너무 많은 죄를 저질렀으니까." 이렇게 말하고 홈즈는 탁자 위에 있던 갈색 책을 들었다. "키티 윈터 양이 말한 책이네. 이 책으로도 결혼을 막을 수 없다면 아무것도 소용이 없을 거야. 하지만 이거면 될 거네. 그렇게 돼야 하고. 자존심 강한 여성이라면 참을 수 없을 테니까."

"남작의 연애 일기인가?"

"아니면 욕정의 일기? 뭐라고 부르든 상관없네. 그 여자가 이 책에 관해 말하는 순간, 손에 넣을 수만 있다면 치명적인 무기가 될 거라고 생각했어. 그때 내가 잠자코 있었던 것은 그 여자가 다른 데 발설할 수도 있기 때문이었네. 하지만 나는 한동안 이 책에 관해 곰곰이 생각했지. 그러다 괴한들에게 습격을 당한 후, 남작이 나를 경계할 필요가 없다고 생각하게끔 만들 수 있는 기회를 얻었어. 일이 생각대로 흘러갔지. 좀 더 기다릴 생각이었지만, 미국으로 간다는 소리에 손을 쓸 수밖에 없었어. 자신의 뒤통수를 칠 수도 있는 책을 두고 갈 리가 없기 때문이야. 그래서 바로 행동에 나서야 했어. 경보 장치 때문에 밤에 훔치는 건 불가능했지. 하지만 남작의 주위를 다른 데로 돌릴 수만 있다면, 저녁에는 기회를 잡을 수 있었어. 받침잔과 함께 자네를 그 집으로 들여보낸 건 이런 뜻에서였네. 하지만 나는 책의 위치를 확실히 알아야 했어. 그리고 도자기에 관한 자네의 지식이 많지 않기 때문에 내가 행동할 수 있는 시간이 얼마 되지 않는다는 것도 알고 있었지. 그래서 나는 마지막 순간에 윈터 양을 불렀어. 그 여자가 망토 속에 몰래 숨겨온 꾸러미가 뭔지는 나도 몰랐어. 그 여자가 나를 도와주러 온 줄로만 알았는데, 자기 나름대로 꿍꿍이가 있었던 거야."

"자네가 나를 보낸 걸 그자가 알았어."

"그럴 줄 알았네. 하지만 자네는 책을 찾는 데 필요한 만큼 충분히 시간을 끌어주었어. 비록 들키지 않고 도망칠 수 있을 만큼은 아니었지만. 아, 제임스 경, 오셨군요. 반갑습니다."

우리의 예의 바른 친구가 홈즈의 연락을 받고 나타났다. 홈즈가 그동안의 일을 이야기하는 동안 제임스 경은 진지한 표정으로 경청했다.

"실로 기적 같은 일을 하셨군요!" 이야기가 끝난 뒤 제임스 경이 외쳤다. "하지만 왓슨 선생의 말씀대로 남작이 그렇게 끔찍한 상처를 입었다면 굳이 이 불쾌한 책을 이용하지 않아도 결혼을 막겠다는 우리의 목표는 이뤄진 겁니다."

홈즈는 고개를 저었다.

"드 머빌 양 같은 부류의 여자들은 그런 식으로 처신하지 않습니다. 그 아가씨는 흉측해진 순교자를 더 큰 사랑으로 품을 겁니다. 우리가 파괴해야 하는 건 남작의 신체가 아니라 정신적인 측면입니다. 이 책은 드 머빌 양이 남작의 실체에 눈뜨도록 도와줄 겁니다. 다른 것으로는 할 수 없는 일이죠. 남작의 손 글씨로 기록된 것이니 드 머빌 양도 책의 내용을 그냥 넘기지는 못할 겁니다."

제임스 경은 남작의 책과 귀중한 받침잔을 챙겼다. 나도 시간이 늦어서 제임스 경과 함께 거리로 내려갔다. 사륜마차 한 대가 대기하고 있었다. 제임스 경이 마차에 훌쩍 올라타더니 꽃 모양 모표로 장식한 모자를 쓴 마부에게 서둘러 지시를 했고, 마차는 빠르게 멀어져 갔다. 나는 몸을 돌려 다시 홈즈의 방으로 올라갔다.

"우리의 의뢰인이 누군지 알아냈다네!" 나는 큰 소리로 외치며 놀라운 소식을 알렸다. "그러니까 홈즈, 그건…."

"의뢰인은 장군의 충실한 친구이자 기사도를 아는 신사지." 홈즈가 손으로 말을 막으며 말했다. "우리에게는 그 정도로 충분하네."

나는 남작의 더러운 행적이 담긴 책이 어떻게 쓰였는지 아는 바가 없다. 제임스 경이 알아서 했을 것이다. 어쩌면 그 미묘한 문제가 드 머빌 양의 아버지에게 맡겨졌는지도 모른다. 어쨌든 효과는 매우 만족스러웠다. 사흘 후 〈모닝 포스트〉 신문에 아델 베르트 그루너 남작과 바이올렛 드 머빌 양의 결혼이 취소되었다는 기사가 났다. 같은 신문에 황산 공격이라는 중범죄를 지은 윈터 키티 양에 대한 즉결재판소의 첫 공판 소식이 실렸다. 다들 기억하겠지만, 이 경우 정상이 참작되어 그러한 범죄에 대한 가장 낮은 형량이 선고되었다. 셜록 홈즈는 절도죄로 기소될 뻔했지만, 의도가 선량하고 의뢰인이 워낙 저명한 덕분에 엄격한 영국 법원조차도 인간적이고 융통성 있는 모습을 보였다. 내 친구는 아직까지 피고석에 서본 적이 없다.

2
피부가 하얘진 병사

　무한정은 아니긴 하지만 내 친구 왓슨은 집요한 구석이 있다. 왓슨은 내 경험을 직접 써보라며 오랫동안 나를 못살게 굴었다. 어쩌면 내가 고난을 자초한 건지도 모른다. 툭하면 왓슨의 글이 얼마나 피상적인지 지적하면서 사실과 수치에 충실하기보다는 대중의 취향에 영합한다고 독설을 날렸기 때문이다.

　"그럼, 자네가 직접 써보든가!" 왓슨이 투덜댔다. 직접 펜을 들고 보니 독자의 흥미를 자아낼 수 있는 방식으로 글을 풀어야 한다는 것을 비로소 절감하게 된다. 하지만 이 사건은 결코 독자의 기대를 벗어나지 않을 것이다. 비록 왓슨의 목록에서 빠지긴 했지만 내 사건 가운데 가장 기묘한 편에 속하기 때문이다. 나의 오랜 친구이자 전기 작가인 왓슨의 이름이 언급되었으니, 꼭 하고 싶은 말이 있다. 내가 다양한 사건을 조사하면서 굳이 왓슨을 대동한 것은 단순한 감상이나 일시적인 기분 때문이 아니었다. 왓슨은 미덕을 갖추었다. 내가 한 일에 대해서는 지나치게 높이 평가하면서도 정작 자신의 장점에 대해서는 부각시키지 않기 때문이다. 추리의 결론과 행동 과정을 내다보는 공모자는 항상 위험한 법이다. 하지만 사건이 전개될 때마다 늘 놀라고 미래를 내다보는 눈이 닫혀 있는 사람은 이상적인 조력자라 할 수 있다.

노트를 살펴보니 제임스 M. 도드 씨가 나를 찾아온 것은 보어 전쟁이 끝난 직후인 1903년 1월이었다. 우람한 몸집에 활기차고, 햇볕에 그을린 건강해 보이는 영국인이었다. 당시 착한 왓슨은 나를 버리고 아내에게 가 있었는데, 그건 우리 두 사람의 관계에서 내가 유일하게 기억하는 이기적인 행동이다. 나는 혼자였다.

나는 의뢰인이 오면 항상 창문을 등지고 앉았다. 의뢰인의 얼굴이 햇빛을 받아 훤히 드러나도록 내 맞은편에 앉히기 위해서였다. 제임스 M. 도드 씨는 무슨 말부터 꺼내야 할지 난감해하고 있었다. 침묵이 길어질수록 의뢰인을 관찰할 시간이 늘어나기 때문에 굳이 침묵을 깨고 싶지는 않았다.

"남아프리카에서 오신 것 같군요."

"네, 그렇습니다." 도드 씨가 흠칫 놀라며 대답했다.

"대영 제국 기마 의용병 출신이시고."

"맞습니다."

"보나 마나 미들섹스 부대 소속이셨죠?"

"그렇습니다. 무슨 마법사 같군요."

나는 의뢰인의 놀란 표정을 보며 싱긋 웃었다.

"씩씩한 모습의 한 신사가 내 방으로 들어왔는데, 영국의 태양으로는 불가능한 구릿빛 얼굴에 주머니가 아니라 소매에 손수건을 넣고 있다면 어떤 사람인지 쉽게 맞힐 수 있죠. 짧은 수염을 보니 정규군은 아니었군요. 머리 모양은 기병대 스타일이고요. 미들섹스 부대에 대해 말하자면, 당신이 건네준 명함에 스록모턴 스트리트의 주식 중개인이라고 쓰여 있습니다. 그렇다면 어떤 부대에 지원했을지는 불을 보듯 뻔하죠."

"매의 눈이 따로 없군요."

"특별한 능력이 있는 건 아닙니다. 관찰력을 키우려고 훈련했을 뿐이죠. 그런데 도드 씨, 관찰력 얘기를 하려고 아침부터 나를 찾아온 건 아니시죠? 턱스베리 올드 파크에서 무슨 일이 있던 겁니까?"

"맙소사!"

"하하, 이상할 것 없습니다. 발신인의 주소가 그곳으로 되어 있고, 이렇게 급하게 약속을 잡았다는 건 분명 갑작스럽고 중대한 일이 일어났다는 뜻이니까요."

"네, 맞습니다. 하지만 편지를 쓴 건 오후였는데, 그 후 많은 일이 일어났습니다. 엠스워스 대령이 저를 쫓아내지 않았다면….."

"쫓아내요?"

"네, 그런 셈입니다. 엠스워스 대령은 지독한 사람이에요. 현역에 있을 때 육군에서 가장 깐깐한 장교로 악명을 날렸죠. 게다가 말도 거칠게 하던 시절이었어요. 고드프리를 위해서가 아니라면 저는 그 대령을 참아내지 못했을 겁니다."

나는 파이프에 불을 붙이고 의자 뒤로 등을 붙였다.

"자세한 사정을 얘기해주시겠습니까?"

의뢰인이 짓궂은 표정으로 씩 웃으며 말했다.

"말하지 않아도 다 아실 줄 알았습니다. 사실을 알려드리죠. 그리고 어떻게 된 영문인지 제게 말씀해주시면 고맙겠습니다. 밤새도록 머리를 굴려봤지만, 생각할수록 의혹만 깊어지더라고요.

저는 딱 2년 전인 1901년 1월에 입대했습니다. 그때 젊은 고드프리 엠스워스가 같은 기병대에 들어왔어요. 고드프리는 크림 전쟁 때 빅토리아 십자 훈장을 받은 엠스워스 대령의 외동아들로 군인의 피가 흐르고 있었죠. 입대한 것도 놀랄 일은 아니었습니다. 연대에 그 친구보다 뛰어난 병사는 없었어요. 우리는 금방 친구가 되었죠. 같은 삶을 살며 동고동락하는 사이에서만 가능한 그런 친구 말입니다. 고드프리는 내 단짝이었는데, 군대에서 단짝이라는 건 의미하는 바가 크죠. 힘겨운 전투가 계속되는 1년 동안 우리는 고락을 함께 나누었어요. 그러다 고드프리는 프레토리아 외곽의 다이아몬드 힐 근처에서 적을 뒤쫓다가 코끼리 총(구경이 큰 소총. 원래는 코끼리 등 커다란 동물을 사냥하기 위해 만들었다—옮긴이)에 맞았습니다. 고드프리가 케이프타운의 병원과 사우샘프턴에서 보낸 편지를 한 통씩 받았지만, 그 후로는 단 한 통도 받지 못했어요. 가장 친한 친구의 소식을 6개월 동안 한 번도 듣지 못한 거죠.

어쨌든 전쟁이 끝나고 영국으로 돌아온 저는 고드프리의 부친에게 편지를 보내 고드프리가 어디에 있는지 여쭤보았습니다. 답장이 없었어요. 조금 더 기다려보다가 다시 편지를 보냈습니다. 짧고 퉁명스럽긴 했지만 이번엔 답장이 왔습니다. 고드프리는 배를 타고 세계 일주를 떠났고 1년 후에야 돌아올 거라는 내용이었죠. 그게 달랑 전부였어요.

왠지 만족스럽지 않았습니다. 모든 게 부자연스러워 보였거든요. 고드프리는 경우가 바른 사람이라 친구를 내팽개칠 위인이 아니었습니다. 전혀 고드프리답지 않았어요. 그러다가 우연히 고드프리가 막대한 돈을 물려받았고, 아버지와도 사이가 나쁘다는 이야기를 듣게 되었어요. 늙은 부친이 이따금 난동을 부릴 때면 혈기 왕성한 고드프리가 그걸 참지 못했다는 소문도 들었습니다. 저는 뭔가 미심쩍다는 생각이 들어서 진상을 알아보기로 결심했습니다. 하지만 2년 동안이나 집을 떠나 있던 사이에 정리해야 할 일들이 많이 생겼죠. 결국 이번 주가 되어서야 고드프리의 문제를 돌아볼 여유가 생겼어요. 이왕 다시 시작했으니 만사를 제쳐놓고 알아볼 작정입니다."

제임스 M. 도드는 적으로 삼기보다는 친구로 둬야 할 부류의 사람처럼 보였다. 푸른 눈동자에서 결연한 빛이 드러났고, 각진 턱은 강인해 보였다.

"그래서 어떻게 하셨습니까?"

"맨 먼저 친구의 집으로 가보기로 했습니다. 베드퍼드 근처의 턱스베리 올드 파크에 가서 상황을 직접 알아봐야겠다고 생각했죠. 부친의 괴팍한 성질에 질려 있던 터라 고드프리의 어머니께 편지를 보냈습니다. 정면 돌파를 선택한 거죠. 고드프리와는 친한 친구 사이다, 우리가 함께한 흥미로운 추억을 얘기해드리겠다, 근처에서 며칠 묵고 싶은데 괜찮으시겠는가 등의 내용이었죠. 호의적인 답장이 왔고, 와서 자고 가라고 하셨어요. 그래서 월요일에 내려갔습니다.

턱스베리 올드 홀 저택은 외딴곳에 있었습니다. 어느 길로 가든 8킬로미터 정도 더 들어가야 했어요. 역에는 마차도 없어서 여행 가방을 들고 걸어가야 했죠. 저는 해 질 무렵이 되어서야 도착했죠. 널따란 정원에 자칫하다간 헤매기 쉬운 거대한 저택이 보였습니다. 여러 시대의 건축 양식이 두루 적용된 것 같았어요. 엘리자베스 시대의 목재 골조로 기초를 세우고, 빅토리아 시대의 주랑 현관으로 마무리를 했더군요. 건물 내부는 판자로 벽을 댔고, 태피스트리와 오래되어 색이 바랜 그림들이 걸려 있었습니다. 음침하고 어딘가 비밀이 깃든 듯한 집이었어요. 랠프라는 이름의 집사는 저택만큼이나 나이 들어 보였습니다. 집사의 아내는 더 늙어 보였고요. 집사의 아내는 고드프리의 유모였습니다. 고드프리가 어머니 다음으로 사랑하는 사람이라고 말한 걸 들은 기억이 있어서인지, 외모가 특이했지만 그래도 호감이 갔습니다. 어머니도 인상이 좋았어요. 하얀 생쥐처럼 아담하고 온순한 분이셨죠. 마음에 걸리는 사람은 대령 한 사람뿐이었습니다.

저는 대령과 만나자마자 언쟁을 벌였어요. 다시 역으로 돌아가고 싶은 마음이 굴뚝같았지만, 그게 바로 대령의 노림수라는 생각이 들어서 꾹 참았습니다. 현관에 들어선 후 곧바로 안내를 받아 대령의 서재로 들어갔고, 거구의 대령과 만났습니다. 지저분한 책상 뒤에 앉은 대령은 등이 활처럼 굽고, 피부는 칙칙했으며, 반백의 수염이 뒤엉켜 있었죠. 붉은 핏줄이 드러나 보이는 코는 독수리 부리처럼 튀어나와 있었고, 짙은 눈썹 아래서 이글거리는 잿빛의 두 눈으로 나를 노려보고 있었습니다. 고드프리가 왜 아버지 얘기를 꺼내려 하지 않았는지 그제야 이해가 되었습니다.

'이보게.' 대령이 카랑카랑한 목소리로 말했습니다. '자네가 우리 집에 찾아온 진짜 이유가 궁금하군.'

저는 고드프리의 어머니에게 보낸 편지 내용대로 대답했습니다.

'알아, 알아. 아프리카에서 내 아들을 만났다고 했지. 물론 그 사실을 증명하는 건 자네의 말뿐이지만 말이야.'

'아드님에게 받은 편지를 갖고 있습니다.'

'보여주게.'

대령은 건네준 편지들을 훑어보고는 다시 돌려주더군요.

'그래서 어쩌자는 말인가?' 대령이 물었습니다.

'저는 대령님의 아드님을 좋아했습니다. 많은 인연과 추억으로 엮인 사이죠. 그런 친구가 갑자기 연락이 끊겼으니 무슨

일이 생긴 건 아닌지 알아보고 싶은 게 당연하죠.'

'그러고 보니 생각나는군. 내가 자네에게 편지를 써서 내 아들의 소식을 알려주었지. 고드프리는 배를 타고 세계 일주를 하고 있네. 아프리카에서 고생한 탓에 심신이 쇠약해져 있었어. 그래서 우리 내외는 고드프리가 몸도 추스르고 기분 전환을 해야 할 필요가 있다고 결론을 내렸지. 이 문제에 관심 있을지도 모를 다른 친구들에게도 이 말을 전해주게나.'

'그렇게 하겠습니다. 하지만 고드프리가 탄 배의 이름과 노선을 알려주시기 바랍니다. 출항 날짜도요. 편지라도 보낼 수 있게 말입니다.'

내 요청에 대령은 당혹스럽기도 하고 짜증도 났던 것 같았습니다. 숯검정 같은 눈썹을 잔뜩 찡그리며 손가락으로 초조하게 탁자를 두들겼어요. 그러다 마치 체스에서 상대방이 결정적인 수를 놓는 것을 본 뒤, 어떤 수로 대응할지 결정한 사람 같은 표정으로 고개를 쳐들었어요.

'도드 군, 자네의 옹고집에는 누구나 반감을 가질 걸세. 이렇게 억지를 부리다니 무례하기 짝이 없군.'

'아드님에 대한 관심의 표현이라고 봐주십시오.'

'그래. 그 점에 대해서는 충분히 봐주었지. 하지만 이쯤에서 그만두게. 집집마다 남들에게 밝힐 수 없는 사정이나 사연이 있다네. 상대가 아무리 선의를 가진 사람이라 해도 집안 사정을 외부인에게 반드시 알려야 하는 건 아니잖은가. 자네가 들려줄 수 있다는 고드프리에 대한 추억을 아내가 듣고 싶어 하더군.

하지만 현재와 미래의 일은 내버려 두게. 그런 걸 캐내려고 해 봤자 유익할 게 없으니까. 괜히 우리 입장만 곤란해질 뿐이야.'

홈즈 씨, 그래서 저는 막다른 골목에 다다랐습니다. 어떻게 해볼 도리가 없었어요. 겉으로는 상황을 받아들이는 척했지만 속으로 다짐했습니다. 내 친구에게 어떤 운명이 닥쳤는지 알아낼 때까지 멈추지 않겠다고요. 막막한 저녁이었습니다. 우울하고 빛바랜 낡은 방에서 우리 셋은 조용히 식사를 했습니다. 어머니는 아들에 관해 열심히 물어보았지만, 대령은 침통하고 풀이 죽은 표정이었습니다. 이 모든 과정이 너무 지루해서 정중하게 양해를 구하고 침실로 물러났습니다. 넓고 횅한 1층 방이었는데, 다른 방들처럼 음산하기 짝이 없었죠. 하지만 홈즈 씨, 1년 동안 남아프리카의 초원에서 뒹굴다 보면 잠자리 따위는 가리지 않게 된답니다. 전 커튼을 젖히고 정원을 내다보기도 하고, 환한 반달이 걸려 있는 아름다운 밤하늘을 감상하기도 했습니다. 그러다 활활 타는 벽난로 곁에 앉아 옆 테이블에 놓인 램프에 불을 켠 다음, 소설책을 읽으며 마음을 다잡으려고 했습니다. 하지만 늙은 집사가 방해했습니다. 난로에 석탄을 더 넣어주려고 들어왔거든요.

'새벽에 석탄이 떨어질까 염려가 되더군요. 날씨가 추워서 집이 몹시 썰렁합니다.'

집사는 머뭇거리며 방을 떠나지 않고 있었습니다. 내가 돌아보자 주름진 얼굴 위로 뭔가 바라는 표정을 지으며 나를 마주 본 채 서 있었습니다.

'죄송합니다만, 저녁 식사 시간에 고드프리 도련님에 대해 말씀하시는 걸 들었습니다. 아시다시피 제 아내가 도련님을 키웠기 때문에 저한테도 도련님은 아들이나 마찬가지입니다. 우리가 관심을 갖는 것도 당연하죠. 그런데 우리 도련님이 품행이 좋으셨다고요?'

'연대에서 고드프리보다 용맹스러운 병사는 없었습니다. 한번은 보어인들의 총알 세례에서 저를 구해주기도 했어요. 그렇지 않았다면 저는 이 자리에 없었을 겁니다.'

집사가 앙상한 손을 비비며 말했습니다.

'그래, 그랬군요. 우리 도련님은 그런 분이었죠. 언제나 용감하셨답니다. 정원에는 도련님이 오르지 못할 나무가 없었어요. 거침이 없었죠. 참으로 멋진 소년, 아니 멋진 남자였습니다.'

나는 벌떡 일어섰습니다.

'이봐요!' 내가 외쳤습니다. '과거형으로 말씀하시는군요. 마치 고드프리가 죽은 사람인 것처럼요. 도대체 무슨 비밀이 있는 겁니까? 고드프리 엠스워스가 어떻게 된 거죠?'

나는 늙은 집사의 어깨를 움켜잡았지만, 집사는 몸을 움츠리며 물러섰습니다.

'무슨 말씀인지 모르겠습니다. 도련님에 대해서는 주인님께 여쭤보십시오. 그분이 아시니까요. 제가 끼어들 문제가 아닙니다.'

집사가 방을 나가려고 했지만, 나는 다시 집사의 팔을 붙잡았습니다.

'이봐요. 한 가지만 대답해주세요. 안 그러면 밤새도록 붙잡고 있을 테니까. 고드프리가 죽었소?'

집사는 내 눈을 똑바로 쳐다보지 못했습니다. 마치 어디에 홀린 사람 같았어요. 그러다 결국 집사가 입을 열었어요. 끔찍하고 전혀 예상치 못한 대답이었죠.

'차라리 그랬으면 좋겠습니다!' 집사가 외치고는 제 손을 뿌리치고 방에서 뛰쳐나갔습니다.

홈즈 씨도 예상하셨겠지만, 저는 하늘이 무너지는 심정으로 의자에 털썩 주저앉았습니다. 집사의 말은 한 가지로밖에 해석할 수가 없었어요. 나의 가엾은 친구가 어떤 범죄에 연루되었거나, 적어도 불명예스러운 거래에 휘말려 가문에 먹칠을 한 게 분명했습니다. 엄격한 대령은 불미스러운 일이 세상에 알려질까 두려워 자기 아들을 어딘가로 빼돌린 거고 말이죠. 고드프리는 신중하지 못한 구석이 있어서 주변의 영향을 쉽게 받았어요. 나쁜 무리의 손에 놀아나다 신세를 망친 게 분명합니다. 정말 그렇다면 안타까운 일이지만, 지금이라도 고드프리를 찾아내 도울 일이 없는지 알아보는 게 친구의 도리라고 여겼습니다. 그러다 무심결에 고개를 들었는데 이게 뭡니까. 고드프리 엠스워스가 눈앞에 서 있지 뭡니까."

의뢰인은 가슴이 먹먹해졌는지 잠시 말을 잇지 못했다.

"계속하세요. 아주 독특한 데가 있는 사건이군요."

"고드프리는 창밖에서 얼굴을 유리창에 바짝 붙인 채 서 있었어요. 제가 밤에 창밖을 내다봤다고 말씀드렸죠? 그때 커

튼을 조금 젖혀놓았는데, 고드프리의 모습이 커튼 사이로 보인 것이었죠. 바닥까지 내려온 창문이라서 저는 친구의 전신을 볼 수 있었지만, 제 눈길을 사로잡은 건 얼굴이었어요. 고드프리의 얼굴은 지나치리만큼 창백했어요. 그렇게 하얀 얼굴은 난생처음 봤습니다. 유령이 아닌가 싶을 정도로 말이죠. 하지만 눈이 마주쳤을 때, 저는 그 눈이 살아 있는 사람의 눈이라는 걸 깨달았습니다. 고드프리는 내가 보고 있다는 걸 알고는 풀쩍 창문에서 떨어지더니 이내 어둠 속으로 사라졌습니다.

홈즈 씨, 제 친구에게는 어딘가 놀라운 데가 있었어요. 어둠 속에서 치즈처럼 하얗게 빛나던 섬뜩한 얼굴만은 아니었습니다. 무언가 은밀하고, 수상하고, 양심의 가책을 느끼는 듯한 묘한 분위기가 풍겼습니다. 제가 알고 있던 솔직하고 남자다운 모습은 전혀 찾아볼 수 없었죠. 제 마음속에는 두려움이 생겼습니다.

하지만 보어인과 한두 해 정도 겨루다 보면 담력도 생기고 행동도 민첩해지기 마련입니다. 고드프리가 사라지는 순간 저는 창가에 있었습니다. 걸쇠가 뻑뻑해서 시간이 제법 걸려서야 창문을 들어 올릴 수 있었죠. 저는 재빨리 창문을 빠져나와 고드프리가 사라진 듯한 방향으로 냅다 달렸습니다.

길이 먼 데다 빛도 그리 밝지 않았습니다. 하지만 앞에서 뭔가가 움직이고 있다는 건 느껴졌습니다. 계속 달리며 친구의 이름을 불렀지만, 아무 대답도 없었습니다. 그러다가 여러 별채로 이어지는 기로에 섰습니다. 더 이상 가지 못하고 망설이고 있는데, 어디선가 문이 닫히는 소리가 들렸습니다. 제 뒤쪽이 아니라 어둠에 잠긴 앞쪽 어딘가에서 난 소리였습니다. 제가 환영을 본 게 아니라는 것은 그 소리로 확실해졌죠. 나에게서 달아난 고드프리가 어느 별채로 들어가서 문을 닫은 게 분명했습니다.

하지만 더 이상 할 수 있는 일은 없었습니다. 이 문제로 고민하며 밤새 뒤척였어요. 모든 사실을 해명할 수 있는 가설을 세우려고 했죠. 다음 날, 대령은 전날보다 누그러진 태도를 보이더군요. 그리고 어머니가 근처에 가볼 만한 장소가 있다고 말씀하시기에 저는 그 기회를 놓치지 않고 하룻밤 더 묵어도 되겠느냐고 여쭤보았습니다. 대령이 마지못해 승낙한 덕분에 저는 조사할 시간을 하루 더 벌었습니다. 저는 고드프리가 근처 어딘가에 숨어 있다는 것을 확신했지만, 정확한 장소와 이유는 여전히 풀리지 않는 숙제였습니다.

저택은 워낙 크고 이리저리 뻗어 있어서 일개 연대가 숨을 수 있을 정도였습니다. 집 안에 비밀이 숨겨져 있다 해도 위치를 알아내기는 어려웠어요. 하지만 닫히는 소리가 들린 문은 분명히 저택 안에 있지 않았습니다. 정원을 뒤져서 어디 있는지 알아내야 했어요. 그거야 어려울 게 없었습니다. 대령 부부는 자기들 일로 바빠서 나를 혼자 내버려 두었거든요.

여러 채의 작은 별채가 있었는데, 정원 끝에는 제법 커다란 건물 하나가 따로 떨어져 있었습니다. 정원사나 사냥터지기가 머물 수 있을 만한 크기의 집이었어요. 문 닫히는 소리가 난 건물이 바로 그 집이었을지도 모른다고 생각하며 가까이 가보았습니다. 저는 마당을 한가하게 산책하는 척하면서 자연스럽게 다가갔습니다. 그때 작은 체구에 턱수염을 기른 기운이 세 보이는 남자가 검은 외투에 중산모 차림을 하고 문을 열고 나왔습니다. 정원사처럼 보이지는 않았습니다. 놀랍게도 남자는 방금 나온 문을 잠그더니 열쇠를 호주머니에 넣었습니다. 그리고 나를 보고 놀란 표정을 지었습니다.

'이 집 손님인가요?' 그자가 물었어요.

나는 그렇다고 대답하면서 고드프리의 친구라고 덧붙였습니다.

'고드프리가 여행을 떠나서 참 안타깝습니다. 그 친구도 나를 무척 보고 싶어 할 텐데 말이죠.' 내가 계속 말했습니다.

'그래요, 정말 그렇겠군요.' 남자가 뭔가 켕기는 듯이 말했어요. '때를 잘 맞춰서 다음에 꼭 다시 오십시오.' 사내는 자리를 떴지만, 나중에 돌아보니 정원 반대편의 월계수 덤불 사이에 몸을 반쯤 숨긴 채 저를 지켜보고 있었습니다.

나는 지나가면서 별채를 자세히 살펴보았습니다. 하지만 창문마다 두꺼운 커튼으로 가려져 있어서 겉으로 봐서는 빈집 같았죠. 너무 대담하게 행동하다가는 일을 그르치고 쫓겨날 수도 있었습니다. 등 뒤에서 아직도 나를 지켜보는 시선이 느껴졌거든요. 그래서 저택으로 돌아가서 밤에 다시 조사할 생각으로 날이 저물기를 기다렸습니다. 해가 지고 고요해지자, 저는 몰래 창문으로 빠져나와 가능한 한 소리를 내지 않으며 의문의 별채로 향했습니다.

창문이 온통 커튼으로 가려져 있었다고 말씀드렸는데, 이제는 덧문까지 닫혀 있었습니다. 하지만 빛이 새어 나오는 창문이 있어서 그곳을 통해 안을 들여다보았습니다. 다행히 커튼이 완전히 가려져 있지 않았고, 덧문도 살짝 열려 있었기 때문에 내부를 살펴볼 수 있었어요. 방 안은 아늑해 보였습니다. 환한 램프가 실내를 밝히고 있었고, 벽난로 불도 활활 타고 있었죠. 아침에 본 키 작은 사내가 내 쪽을 향해 앉아 있었습니다. 파이프 담배를 피우며 신문을 읽고 있더군요."

"무슨 신문이었죠?" 내가 물었다.

의뢰인은 내가 이야기를 끊은 것에 대해 짜증이 난 듯했다.

"그게 중요한가요?"

"매우 중요합니다."

"미처 눈여겨보지 못했습니다."

"크기가 컸는지 아니면 주간지처럼 작았는지 정도는 기억이 나실 텐데요."

"말씀을 듣고 보니 크지는 않았습니다. 〈스펙테이터〉였나? 하지만 그런 세세한 부분에는 신경 쓸 겨를이 없었습니다. 다른 남자가 창문을 등지고 앉아 있는 게 보였거든요. 고드프리가 확실했습니다. 얼굴은 볼 수 없었지만, 눈에 익은 어깨선이 딱 고드프리였습니다. 우울한 태도로 팔꿈치를 짚은 채 벽난로를 바라보고 있었어요. 어떻게 해야 하나 주저하고 있는데 누가 내 어깨를 툭 치더군요. 고개를 돌려보니 고드프리 엠스워스 대령이 서 있었습니다.

'따라오게.' 대령이 나직한 목소리로 말했습니다. 대령은 말없이 저택을 향해 걸었고, 저는 대령을 따라 침실로 들어갔어요. 대령이 손에 기차 시간표를 들고 있었습니다. '런던행 기차가 8시 반에 있네. 8시에 마차가 문 앞에 기다리고 있을 걸세.'

대령의 얼굴은 분노로 하얗게 질려 있었습니다. 난처해진 저는 사과의 말을 두서없이 늘어놓았습니다. 친구에 대한 걱정이 지나쳐서 그만 결례를 범했다고 말이죠.

'그 얘기는 이제 됐네.' 대령이 퉁명스럽게 말을 끊었습니다. '자네는 우리 집안의 사생활에 대해 너무 깊이 개입했네. 손님으로 와서 스파이 짓을 하다니, 더 이상 할 말이 없군. 다시는 자네를 보고 싶지 않다는 말밖에는.'

대령의 말에 저는 이성을 잃었고, 화를 내며 말했습니다.

'저는 아드님을 봤습니다. 무슨 이유에서인지 대령님은 아드님을 세상으로부터 격리시키고 있습니다. 왜 이런 식으로 가뒀는지는 모르겠지만, 아드님이 자유를 잃은 건 분명합니다. 엠스워스 대령님, 제 친구가 무사한지 확인하기 전까지는 끝까지 진실을 파헤칠 겁니다. 대령님이 어떻게 나오시든 절대 겁먹지 않을 거라고요.'

노인의 얼굴이 무섭게 일그러졌습니다. 당장이라도 주먹을 날릴 것 같았죠. 대령이 마르고 사납다는 건 앞서 말씀드렸죠? 제가 약골은 아니지만 그 노인을 당해내기가 쉽지는 않았을 겁니다. 하지만 대령은 분노에 찬 눈으로 한참 동안 저를 노려보더니 발길을 돌려 나가 버렸습니다. 저는 아침에 런던행 기차를 탔어요. 앞서 편지에 쓴 대로, 홈즈 씨에게 곧장 달려와서 조언과 도움을 구할 생각으로 말입니다."

의뢰인이 털어놓은 사건은 그러했다. 예리한 독자는 이미 알아챘겠지만, 이 문제를 푸는 건 그리 어렵지 않았다. 다른 경우의 수가 없는 사건은 핵심만 파악하면 되기 때문이다. 하지만 간단한 사건이기는 해도 흥미롭고 신기한 데가 있어서 기록으로 남겼다. 나는 익숙한 논리적 분석 방법을 사용해서 해결 방안의 범위를 좁히기 시작했다.

"집 안에 하인들은 몇 명이나 있었나요?" 내가 물었다.

"제 기억으로 늙은 집사 내외가 전부였습니다. 대령은 아주 검소하게 사는 것 같았어요."

"별채에는 하인이 없었나요?"

"키 작고 수염을 기른 남자 말고는 아무도 없었는데, 하인처럼 보이지는 않았습니다."

"짚고 넘어가야 할 대목이군요. 저택에서 별채로 음식을 날라주는 모습은 보지 못했나요?"

"말씀을 듣고 보니 집사가 웬 바구니를 들고 별채 쪽으로 걸어가는 모습을 보았습니다. 그때는 그게 음식일 거라는 생각은 하지 못했지만."

"마을 사람들에게 물어보셨나요?"

"네, 물어봤습니다. 역장에게도 물어보고, 여관 주인과도 얘기를 나눴어요. 고드프리에 대해 아는 게 있는지만 물어봤죠. 두 사람 다 세계 일주를 떠났다고 알고 있더군요. 여행을 마치고 돌아왔다가 곧바로 다시 떠났다고요. 마을 사람들은 다 그렇게 알고 있는 것 같았습니다."

"수상쩍은 데가 있다는 말은 하지 않았고요?"

"네, 전혀요."

"잘하셨습니다. 사건을 확실히 조사해볼 필요가 있군요. 같이 턱스베리 올드 파크로 가봅시다."

"오늘이요?"

그때 나는 왓슨이 애비 스쿨 사건으로 기록한 그레이민스터 공작이 깊이 연루된 사건을 조사하고 있었다. 또한 터키의 술탄이 의뢰한 사건도 맡고 있었다. 소홀히 했다가는 자칫 정치적인 문제가 생길 수도 있기 때문에 서둘러 처리해야 하는 사안이었다. 그래서 내 기록에 따르면, 나는 다음 주 초나 되어서야 제임스 M. 도드 씨와 베드퍼드셔로 출발할 수 있었다. 마차를 타고 유스턴으로 가는 길에 나는 철회색 정장을 입은 진중하고 과묵한 신사를 태웠다. 미리 약속한 것이었다.

"이쪽은 내 오랜 친구입니다." 내가 도드에게 말했다. "동행할 필요가 없을 수도 있지만, 꼭 필요할 수도 있습니다. 지금 단계에서 더 조사할 필요는 없을 것 같지만요."

왓슨의 이야기에 익숙한 독자라면, 내가 사건에 관해 생각할 때는 허튼소리를 하거나 내 생각을 드러내는 법이 없다는 사실을 잘 알고 있을 것이다. 도드는 놀란 눈치였지만, 나는 더 이상 말을 하지 않았다. 우리 셋은 함께 여행을 이어갔다.

"도드 씨, 창문을 통해 당신 친구의 얼굴을 똑똑히 봤다고 하셨는데, 친구라는 걸 확신할 수 있을 만큼 생생했나요?"

"의심의 여지가 없습니다. 고드프리는 유리창에 코를 바짝 대고 있었어요. 램프 불빛도 얼굴을 환히 비추고 있었고요."

"닮은 사람일 가능성은 없나요?"

"네, 틀림없이 고드프리였습니다."

"하지만 변했다고 하셨는데요?"

"피부색만 바뀌었어요. 얼굴 피부가… 뭐라고 해야 하나? 물고기 배처럼 하얀 색깔이었어요. 표백한 것처럼."

"전체가 다 하얀색이었습니까?"

"그렇지는 않았던 것 같아요. 이마는 또렷하게 봤습니다. 창문에 얼굴을 대고 있었을 때 봤죠."

"친구의 이름을 불렀나요?"

"당시에는 너무 놀라기도 했고, 겁에 질려 있었어요. 지난번에 말씀드렸듯이 뒤쫓아봤지만 소득은 없었습니다."

이 사건은 사실상 해결된 거나 마찬가지였다. 하지만 매듭지어야 할 작은 문제가 하나 있었다. 제법 먼 거리를 달려서야 우리는 의뢰인이 말한 오래된 저택에 당도했고, 나이 지긋한 랠프 집사가 문을 열어주었다. 마차를 종일 사용하기로 한 터라 나이 많은 내 친구한테는 우리가 부르기 전까지 마차 안에서 기다려 달라고 부탁했다. 주름진 얼굴의 랠프 집사는 평소대로 검은 외투에 희고 검은 점이 섞인 바지를 입고 있었지만, 한 가지 눈에 띄는 변화가 있었다. 갈색 가죽 장갑을 끼고 있었던 것이다. 집사는 우리를 보자마자 재빨리 장갑을 벗어서 홀의 탁자 위에 내려놓았다. 내 친구 왓슨이 말했는지 모르겠지만, 비정상적일 정도로 감각이 예민한 나는 희미하지만 코를 찌르는 듯한 냄새를 맡았다. 홀 탁자에서 나는 것 같았다. 나는 몸을 돌려 탁자 위에 모자를 내려놓으며 장갑을 툭 쳐서 떨어뜨렸다. 그리고 몸을 굽혀 장갑을 주우면서 코를 갖다 댔다. 아니나 다를까 장갑에서 이상한 타르 냄새가 풍겼다. 이어 서재로 들어섰을 때 이미 사건은 해결된 셈이었다. 이런, 이야기를 들려주면서 손에 쥔 패를 다 보여주다니! 왓슨이 독자에게 그럴싸한 결말을 선사할 수 있었던 것은 그런 연결 고리를 감추었기 때문인 것을.

엠스워스 대령은 서재에 없었지만, 집사의 전갈을 받고 금방 돌아왔다. 대령의 묵직하지만 서두르는 듯한 발소리가 복도를 울렸다. 문이 휙 열리더니 수염을 곤두세우고 얼굴을 잔뜩 일그러뜨린 대령이 들어왔다. 어디서도 본 적이 없는 험상궂은 인상이었다. 대령은 한쪽 손에 들고 있던 우리 명함을 갈기갈기 찢어서 발로 마구 짓밟았다.

"지긋지긋한 녀석 같으니! 내가 전에 관심 끊으라고 경고했는데도 또 낯짝을 내밀어? 내 허락 없이 이 집에 발을 들여놨으니 폭력을 써도 할 말이 없을 거다. 총으로 쏴버리겠어! 반드시 쏘고 말 거야." 대령이 나를 향해 몸을 돌렸다. "자네에게도 똑같이 경고하겠네! 자네의 한심한 직업에 대해서는 나도 알고 있는데, 그 잘난 재능은 다른 일에나 쓰는 게 좋을 거야. 여기서는 소용없는 능력이니까."

"절대 떠날 수 없습니다." 의뢰인이 단호하게 말했다. "고드

프리가 갇혀 있는 게 아니라는 걸 본인한테 직접 듣기 전에는 말입니다."

노인은 어쩔 수 없다는 듯 초인종을 눌렀다. "랠프." 대령이 말했다. "경찰서에 연락해서 경위더러 순경 두 명만 보내달라고 하게. 집에 도둑이 들었다고 해."

"잠깐만." 내가 끼어들었다. "도드 씨, 당신은 대령이 우리를 몰아낼 권리가 있다는 것과 우리가 이 집에 있을 법적 권리가 없다는 것을 아셔야 합니다. 반면에 대령께서는 도드 씨의 행동이 전적으로 아드님에 대한 걱정에서 비롯되었다는 것을 인정하셔야 합니다. 감히 바라건대 제게 5분만 주신다면 이 문제에 대한 관점을 바꿔드릴 수 있습니다."

"내 생각은 그렇게 쉽게 바뀌지 않을 거요." 노병이 대답했다. "랠프, 시키는 대로 하게나. 뭘 주저하고 있는가? 어서 경찰에 연락해!"

"그렇게는 안 됩니다." 내가 문을 막아서며 말했다. "경찰이 개입하면 대령께서 두려워하는 참사가 빚어질 겁니다." 나는 수첩에서 종이 한 장을 찢어서 단어 하나를 휘갈겨 썼다.

"그것이." 대령에게 종이를 건네며 말했다. "우리가 여기에 온 이유입니다."

대령은 놀라움 이외의 모든 표정이 사라진 얼굴로 쪽지를 들여다보았다.

"어떻게 알았소?" 놀란 대령이 의자에 털썩 주저앉았다.

"뭐든지 알아내는 게 제 직업이죠."

여윈 손가락으로 헝클어진 수염을 잡아당기면서 대령은 골똘히 생각에 잠겨 있었다. 그러고는 체념한 듯 말했다.

"고드프리를 만나고 싶다면 그리하시오. 그러고 싶지 않지만 당신들이 원하니 어쩔 수 없지. 랠프, 고드프리와 켄트 씨에게 알리게. 5분 뒤에 그곳으로 가겠다고."

5분이 지난 후 우리는 정원을 지나 의문의 별채 앞에 도착했다. 수염을 기른 키 작은 남자가 몹시 놀란 얼굴로 문 앞에 서 있었다.

"너무 갑작스럽군요, 엠스워스 대령." 사내가 말했다. "이러면 우리 계획이 다 어그러집니다."

"나도 어쩔 수 없어요, 켄트 씨. 다른 방도가 없어요. 고드프리를 만나도 되겠소?"

"네, 안에서 기다리고 있습니다." 사내가 몸을 돌려 수수한 가구가 놓인 널찍한 거실로 우리를 안내했다. 한 남자가 벽난로를 등진 채 서 있었다. 의뢰인은 그 남자를 보자 냉큼 달려가서 팔을 뻗었다.

"고드프리, 이 사람아, 얼마나 다행인가!"

하지만 남자는 다가오지 말라고 손짓했다.

"만지지 말게, 지미. 내게서 떨어져 있게. 아, 보는 건 괜찮아! 예전 B 기병대의 멋진 엠스워스 병장하고는 사뭇 다르지?"

남자의 외모는 확실히 정상이 아니었다. 과거에는 분명 조각 같은 외모에 아프리카의 태양에 그을린 잘생긴 남자였을 터였다. 하지만 구릿빛 얼굴 곳곳에 표백된 것처럼 하얀 반점이 퍼져 있었다.

"이래서 내가 손님을 꺼린 거네." 남자가 말했다. "지미, 자네는 상관없어. 하지만 같이 온 친구는 곤란하네. 물론 그럴 만한 이유가 있겠지. 하지만 이러면 내가 힘들어지네."

"고드프리, 자네가 무사한지 확인하고 싶었네. 그날 밤 자네가 창문으로 나를 봤을 때 나도 자네를 봤어. 진실을 알아내기 전까지는 가만히 있을 수 없었네."

"랠프한테 자네가 거기 있다고 듣고 나니 잠깐이라도 한번 보고 싶었네. 자네 눈에 띄고 싶진 않았어. 그래서 창문이 올라가는 소리가 나길래 바로 도망친 거야."

"그런데 도대체 무슨 일이 생긴 건가?"

"그리 깊은 사연은 아니네." 남자가 담배에 불을 붙이며 말했다. "그날 아침, 프레토리아 외곽의 버펠스프루트에서 벌어진 전투를 기억할 거야. 동부 철도 노선이 있는 곳 말이야. 내가 총에 맞았다는 소식은 들었지?"

"그래. 하지만 자세한 사정은 몰랐네."

"나까지 세 명이 부대에서 떨어져 나왔는데, 자네도 기억하겠지만 그곳은 기복이 심한 지역이었어. 우리가 대머리 심슨이라고 부른 그 녀석하고 앤더슨, 나, 이렇게 셋이었지. 우리는 보어인을 쫓고 있었는데, 적이 매복하고 있다가 우리를 덮쳤네. 두 친구는 목숨을 잃었고, 나는 어깨에 코끼리 총을 맞았지. 하지만 나는 말 등에 달라붙어 10킬로미터 넘게 달리다가 그만 의식을 잃고 굴러떨어졌지.

정신을 차리고 보니 날이 저물어 있었어. 몸을 일으켜봤지만 전신이 후들거리고 총 맞은 부위가 아프기만 하더군. 놀랍게도 근처에 집이 한 채 보였지. 넓은 베란다와 창문이 많은 커다란 집이었네. 몹시 추운 밤이었어. 저녁이면 온몸의 감각이 마비될 정도로 매서운 추위를 떠올려 보게. 서리가 낀 산뜻한 추위와는 차원이 다른, 살을 에는 듯한 추위 말이야. 아무튼 나는 뼛속까지 추위를 느끼고 있었고, 그 집까지 가는 것만이 유일한 희망이었던 것 같아. 비틀거리면서 간신히 몸을 끌고 갔는데, 사실 거의 의식이 없는 상태였지. 희미하기는 하지만 계단을 오르고, 활짝 열린 문을 지나 여러 대의 침대가 놓인 큰 방에 들어간 기억이 나네. 그중 하나에 몸을 던지고는 안도의 한숨을 내쉬었던 것 같아. 침대가 정돈되어 있지는 않았지만 전혀 상관없었지. 나는 부들부들 떨리는 몸 위로 이불을 끌어당기자마자 순식간에 곯아떨어졌어.

　일어나 보니 아침이었는데, 정상적인 세상으로 빠져나온 게 아니라 기이한 악몽의 세계로 빠져든 것만 같았어. 아프리카의 뜨거운 태양이 커튼도 없는 큰 창문으로 쏟아져 들어오는 바람에, 가구나 장식도 없이 하얗게 벽을 칠한 커다란 공동 침실이 눈에 확 띄더군. 내 앞에는 크고 둥글납작한 머리를 가진 난쟁이 같은 사내가 서 있었는데, 잔뜩 흥분한 채 갈색 스펀지처럼 생긴 끔찍한 두 손을 휘두르며 네덜란드어로 지껄이고 있었어. 난쟁이 뒤에 있는 한 무리의 사람들은 눈앞의 상황을 즐기고 있는 것 같았지만, 나는 그자들을 보고 소름이 확 돋았네. 멀쩡한 인간이 하나도 없었거든. 하나같이 어딘가가 뒤틀려 있거나, 부풀어 있거나, 흉하게 문드러져 있었지. 해괴한 인간들이 내는 웃음소리를 듣고 있자니 아주 섬뜩하더군.

영어를 할 줄 아는 사람은 아무도 없는 것 같았어. 하지만 뭐라도 해야 하는 상황이었지. 머리 큰 난쟁이가 점점 화를 내다가 짐승처럼 울부짖었거든. 그자가 기형적인 손으로 내 몸을 잡고 나를 침대 밖으로 끌어내리기 시작했어. 상처에서 피가 흘러나오는 건 아랑곳하지 않았지. 작은 체구에도 불구하고 난쟁이는 힘이 장사였어. 책임자인 듯한 나이 많은 사람이 소란스러운 소리를 듣고 달려오지 않았다면, 나는 어떻게 되었을지 모르네. 그 사람이 네덜란드어로 엄하게 꾸짖자 나를 괴롭히던 난쟁이가 움츠러들더군. 그 후 그 책임자는 몸을 돌려 휘둥그레진 눈으로 나를 쳐다보았어.

'도대체 여기는 어떻게 온 겁니까?' 그 사람이 놀라서 물었어. '잠깐만요! 몹시 지쳐 보이는군요. 부상당한 어깨도 치료해야 되겠군요. 나는 의사입니다. 당장 붕대를 감아드리죠. 그런데 맙소사! 당신은 전장에 있는 것보다 훨씬 위험한 상황에 처해 있습니다. 여기는 한센 병원입니다. 당신은 한센병 환자의 침대에서 잔 거라고요.'

지미, 무슨 말이 더 필요하겠는가. 다가올 전투에 대비해서 한센병 환자들이 전날 피신했다가, 영국군이 다른 곳으로 이동하자 병원장이 다시 데려온 거야. 원장은 자기가 한센병에 면역이 되었는데도 함부로 한센병 환자의 침대에서는 자지 않는다고 하더군. 원장은 내게 독방을 주고 친절하게 치료해주었어. 그리고 일주일쯤 지난 후 나는 프레토리아에 있는 종합병원으로 옮겨졌어.

이제 자네도 내 비극을 알게 됐군. 나는 혹시나 하고 요행을 바랐지만, 집에 도착한 이후 얼굴에 나타난 끔찍한 증상을 보고는 내가 병에 걸렸다는 걸 알았지. 그러니 어떻게 해야 했겠나? 이 외딴집에 머물 수밖에. 그나마 전적으로 믿을 수 있는 하인이 두 명 있고, 내가 살 수 있는 집도 있었지. 외과 의사인 켄트 씨가 비밀 서약을 하고 내 곁에 머물기로 했고, 나로서는 최선의 환경이었어. 다른 대안은 너무 끔찍했네. 풀려날 가망도 없이 격리된 장소에서 낯선 사람들과 평생을 살아야 하니까. 하지만 비밀은 철저히 유지되어야 했다네. 그렇지 않으면 이렇게 한적한 시골에서도 항의가 쏟아질 거고, 나는 무서운 운명 속으로 끌려 들어갈 테니까. 지미, 그래서 자네한테도 비밀을 지켜야 했네. 하지만 아버지가 왜 마음을 굽히셨는지 잘 모르겠군."

엠스워스 대령이 나를 지목했다.

"이 사람 때문에 어쩔 수가 없었다." 대령은 내가 '한센병'이라고 적은 쪽지를 펼쳤다. "이 정도까지 알고 있다면 차라리 모든 걸 밝히는 게 더 안전할 것 같다고 생각했어."

"그건 그렇습니다." 내가 말했다. "전화위복이 될지 누가 알겠습니까? 환자를 본 게 켄트 씨 한 사람뿐이라고 알고 있습니다. 켄트 씨, 열대나 아열대 지방에서 발병한다는 이 질병에 대해서 잘 알고 계십니까?"

"의료 교육을 받은 사람이라면 다들 아는 수준의 지식을 갖고 있습니다." 의사가 경직된 얼굴로 말했다.

"틀림없이 켄트 씨는 유능한 의사일 겁니다. 하지만 이러한 질병에 대해서는 다른 의사의 소견을 들어보는 것도 매우 중요하다는 데 동의하실 겁니다. 하지만 그렇게 하지 않으셨죠. 격리하라는 요구에 부딪힐까 봐 두려웠던 겁니다."

"그렇소." 엠스워스 대령이 말했다.

"나는 이러한 상황을 내다보고 신중하고 믿을 만한 분을 모셔왔습니다. 예전에 내 도움을 받은 적이 있는 분으로, 이 일에 대해 그분이 의사가 아닌 친구로서 조언을 해주시겠다고 합니다. 성함은 제임스 손더스 경입니다."

로버츠 경(인도 항쟁에서 공을 세우고 빅토리아 십자 훈장을 받은 영국 사령관—옮긴이)을 면담할 수 있게 된 신임 소위보다 더 놀라고 기쁜 표정이 켄트 씨의 얼굴에 고스란히 드러났다.

"정말 영광입니다." 켄트 씨가 중얼거리듯 말했다.

"그럼 제임스 경을 이리로 모시겠습니다. 지금 문밖의 마차 안에 계십니다. 엠스워스 대령, 그동안 우리는 서재에 가 있는 게 좋을 것 같군요. 거기서 필요한 설명을 해드리겠습니다."

왓슨이 그리워지는 것은 바로 이런 때다. 왓슨은 교묘한 질문과 감탄으로, 상식을 체계화한 것에 지나지 않는 나의 단순한 기술을 천재적인 능력으로 승화시킬 줄 알았다. 하지만 내가 직접 이야기를 해야 하니 그런 도움을 받을 수가 없다. 고드프리의 어머니를 포함한 소수의 청중에게 들려준 그대로 내 생각의 과정을 이야기해보겠다.

"그 과정은 이러한 전제에서 시작됩니다. 즉 불가능한 것을 모두 제외하고 무언가가 남는다면 그게 무엇이 되었든 사실이라는 겁니다. 아무리 사실 같지 않다고 하더라도 말이죠. 여러 가능성이 남아 있을 수도 있습니다. 그럴 경우 확실한 근거가 확보될 때까지 하나하나 검증을 해야 합니다. 우리는 이런 원칙을 이 사건에 적용할 겁니다. 이 일에 대해 처음 들었을 때, 나는 이 신사가 아버지의 저택 별채에 격리 또는 감금된 데는 세 가지 가능성이 있다고 보았습니다. 죄를 짓고 숨어 있을 가능성, 미쳤지만 정신병원에 보내고 싶지 않았을 가능성, 격리가 필요한 질병에 걸렸을 가능성입니다. 다른 설득력 있는 가능성은 떠오르지 않았습니다. 그렇다면 이 세 가지를 따지고 비교해봐야 했습니다.

우선 범죄 가능성은 배제했습니다. 이 지역에서 미해결된 범죄 사건이 있다는 보고가 없었으니까요. 아직 발각되지 않은 범죄였다면, 부모는 죄를 범한 자식을 집에 숨겨두기보다 해외로 피신시키려고 했겠죠. 범죄자라면 그런 식으로 집에 숨겨둘 리가 없다고 본 거죠.

정신병일 가능성은 더 높았습니다. 별채에 있는 제2의 인물은 환자를 돌보는 사람일 수도 있죠. 그 사람이 집을 나서면서 문을 잠갔다는 것은 누군가를 감금하고 있다는 뜻이므로 이 추측에 무게를 실어줍니다. 한편 이 감금은 그리 심각한 정도는 아니었습니다. 그랬다면 친구를 보러 밖으로 나올 수가 없었을 테니까요. 도드 씨, 내가 켄트 씨가 읽고 있던 신문에 관해 이것저것 물어본 걸 기억하시죠? 〈란셋〉이나 〈영국의학회지〉이었다면 내 추리를 더욱 뒷받침했겠죠. 하지만 돌봐 줄 의사가 있고 당국에 신고만 한다면, 정신병자를 개인 집에서 돌보는 것은 불법이 아닙니다. 그렇다면 왜 그토록 비밀을 유지하는 데 필사적이었을까요? 따라서 정신병 역시 적절한 가설이 아니었습니다.

이제 남은 것은 세 번째 가능성뿐입니다. 그건 드문 일이라 가능성은 적지만, 모든 면에서 사실과 맞아떨어집니다. 남아프리카에서라면 한센병은 희귀한 질병이 아닙니다. 이 젊은 신사는 운 나쁘게도 그 병에 걸렸을 수도 있죠. 어떻게든 격리되는 걸 막고 싶었던 가족들은 여간 난처하지 않았을 겁니다. 소문이 퍼져서 보건 당국이 개입하지 않도록 비밀을 철저하게 유지해야 했죠. 넉넉한 보수를 약속한다면 환자를 정성껏 돌봐 줄 의사를 찾기는 어렵지 않았을 겁니다. 날이 저문 뒤에는 환자에게 자유를 주지 못할 이유도 없었고요. 피부가 하얘지는 것은 한센병에서 흔히 나타나는 증상입니다. 여러모로 매우 설득력 있는 추리였기 때문에 나는 수수께끼가 다 풀렸다고 전제하고 움직이기로 했습니다. 이곳에 도착했을 때, 나는 먹을거리를 가져다주는 랠프 집사가 살균 소독한 장갑을 사용한다는 것을 알아챘습니다. 마지막 의심마저 제거되는 순간이었죠. 나는 대령께 단어 하나를 보여줌으로써 비밀이 노출되었다는 것을 알려드렸습니다. 말로 하지 않고 굳이 써서 보여드린 이유는, 내가 믿어도 될 만큼 신중한 사람이란 걸 입증하기 위해서였습니다."

내가 사건 분석을 마무리할 때쯤 문이 열리더니 근엄한 자태의 훌륭한 피부과 의사가 서재 안으로 들어왔다. 하지만 이번만은 그 의사의 스핑크스 같은 얼굴에 긴장된 기색이 없었고, 두 눈에서는 따뜻한 인간미가 느껴졌다. 의사는 성큼성큼 걸어가서 엠스워스 대령에게 악수를 청했다.

"저는 좋은 소식보다 나쁜 소식을 전할 때가 더 많습니다." 의사가 말했다. "하지만 이번 경우는 다르군요. 아드님은 한센병에 걸린 게 아닙니다."

"뭐라고요?"

"한센병과 비슷한 질환으로 비늘증이라고 하죠. 피부에 보기 흉한 비늘 같은 게 생기는 병입니다. 잘 낫지는 않지만, 치료가 가능하고 전염되지도 않아요. 홈즈 씨, 이것 참 기막힌 우연이군요. 하지만 정말 우연의 일치일까요? 우리가 모르는 교묘한 힘이 작용한 건 아닐까요? 이 젊은이는 한센병 환자와 접촉한 이후 끔찍한 불안감에 시달렸을 게 분명합니다. 그런 불안감 때문에 자신이 두려워한 질병과 유사한 신체적 변화가 나타난 게 아닐까요? 아무튼 의사로서의 내 명성을 걸고 맹세하겠습니다. 저런, 부인께서 기절하셨군요. 부인이 행복한 충격에서 회복될 때까지 켄트 씨가 곁에서 돌봐 드리는 게 좋겠군요."

3
마자랭 보석

그 많고 놀라운 모험의 출발점이었던 베이커 스트리트 2층의 어수선한 방을 다시 찾은 왓슨은 느낌이 새로웠다. 왓슨은 방 안을 둘러보았다. 벽에 붙은 과학 도표, 산성 물질 때문에 까맣게 탄 자국이 있는 화학 실험대, 구석에 세워진 바이올린 케이스, 홈즈가 오랫동안 애용해온 파이프와 담배가 들어 있는 석탄 통, 그리고 마지막으로 앳되고 웃음 띤 빌리의 얼굴이 보였다. 어리지만 영리하고 눈치 빠른 꼬마 사환인 빌리는 위대한 탐정의 무뚝뚝한 얼굴에 감도는 외로움과 고립감을 덜어주는 데 조금이나마 도움이 되었다.

"이곳은 모든 게 여전하구나, 빌리. 너도 그대로야. 그 친구도 변하지 않았으면 좋겠는데?"

빌리는 조금 걱정스런 눈빛으로 닫혀 있는 침실 문을 힐끔 쳐다보았다. "지금 주무시고 계신 것 같아요." 빌리가 말했다.

기분 좋은 여름날 저녁 7시였지만 왓슨은 전혀 놀라지 않았다. 오랜 친구의 생활 습관이 불규칙하다는 것을 익히 알고 있었기 때문이다.

"그건 사건을 맡았다는 뜻이겠지?"

"네, 요즘 새로운 일에 집중하고 계세요. 건강이 걱정될 정도로요. 얼굴이 점점 더 창백해지고 살도 빠지고 있는데, 아무것도 드시지를 않네요. '홈즈 씨, 저녁은 언제 드시겠어요?'라고 허드슨 부인이 물으면 '모레 7시 반' 하고 대답하신다니까요. 일에 한번 빠지면 어떤지 잘 아시잖아요."

"그래, 빌리. 잘 알지."

"지금 누군가를 뒤쫓고 계세요. 어제는 일감을 찾는 노동자로 변장하고 나가셨는데, 오늘은 할머니였죠. 정말 감쪽같이 속았다니까요. 이젠 그런 변장에 익숙해질 때도 됐는데 말이에요." 빌리는 씩 웃으며 소파에 기대어 있는 후줄근한 양산을 가리켰다. "저건 할머니 소품이랍니다."

"하지만 이게 다 무슨 일이냐, 빌리?"

빌리는 국가 기밀이라도 털어놓듯이 목소리를 낮췄다. "선생님께 말씀드리는 건 괜찮겠죠? 하지만 더 자세히는 안 돼요. 바로 왕관 다이아몬드에 관한 사건이랍니다."

"아, 도난당했다는 수십만 파운드짜리 다이아몬드 말이야?"

"네. 그걸 도로 찾아오는 일이에요. 아니, 총리와 내무 장관께서 바로 저 소파에 앉아 계셨다니까요. 홈즈 선생님은 그분들을 매우 친절하게 대해주셨어요. 그분들을 금세 안심시키고 나서 최선을 다하겠다고 약속하셨죠. 그러다 캔틀미어 경이 오셨는데…."

"아!"

"그래요, 무슨 뜻인지 아시죠? 이렇게 말해도 될지 모르겠지만, 캔틀미어 경은 꽉 막힌 분이에요. 저는 총리님과 잘 지낼 수 있어요. 내무 장관님과도 별문제 없고요. 매너 있고 친절한 분이시니까요. 하지만 캔틀미어 경은 참을 수가 없어요. 그건 홈즈 선생님도 똑같아요. 캔틀미어 경은 홈즈 선생님을 믿을 수 없다며 의뢰하지 말자고 했다니까요. 오히려 선생님이 실패하길 바라는 것 같았어요."

"홈즈도 그 사실을 알고?"

"선생님은 알아야 하는 것이라면 무엇이든 아시죠."

"그래, 우리는 홈즈가 실패하지 않도록 바라야겠구나. 캔틀미어 경이 틀렸다는 걸 보여주도록 말이야. 그런데 빌리, 창문을 가린 저 휘장은 무엇에 쓰는 거야?"

"선생님이 사흘 전에 달았는데, 뒤에 재미난 게 있어요."

빌리가 다가가서 내닫이창의 벽감을 가린 휘장을 젖혔다. 왓슨은 너무 놀라서 소리를 질렀다. 거기에는 오랜 친구를 닮은 인형이 실내복을 입고 안락의자에 푹 파묻혀 있었다. 창문 쪽으로 고개를 4분의 3 정도 돌린 채 보이지 않는 책을 읽고 있는 듯 고개를 숙이고 있었다. 빌리는 모형의 머리를 분리해서 손에 들었다.

"우리는 머리를 여러 각도로 돌려놔요. 진짜 사람처럼 보이게 하려고요. 커튼이 젖혀진 상태에서는 함부로 만지지 않아요. 길 건너에서 이게 보일 수도 있거든요."

"전에도 이런 걸 한번 사용한 적이 있단다."

"제가 오기 전이죠." 빌리가 말했다. 빌리는 커튼을 양옆으로 젖히고 창밖을 내다보았다. "저기에 우리를 지켜보는 사람들이 있어요. 지금 창가에 누군가가 보여요. 직접 한번 보세요."

왓슨이 한 걸음 앞으로 나아갔을 때, 침실 문이 열리더니 키가 크고 호리호리한 홈즈가 나타났다. 얼굴은 창백하고 헬쑥했지만 발걸음과 자세는 변함없이 힘이 넘쳤다. 홈즈는 한 번 훌쩍 뛰어 창가에 가더니 다시 커튼을 쳤다.

"그만해라, 빌리." 홈즈가 말했다. "방금 넌 아주 위험할 뻔했어. 난 아직 네가 필요하단 말이야. 그래, 왓슨. 여기서 다시 자네를 보게 되니 기쁘군. 중요한 순간에 찾아왔어."

"그런 것 같네."

"나가도 된다, 빌리. 저 애 때문에 골치가 아파, 왓슨. 빌리를 위험에 빠뜨리는 게 과연 옳은 일일까?"

"무슨 위험인데, 홈즈?"

"돌연사의 위험. 오늘 저녁에 무슨 일이 생길 것 같아."

"무슨 일?"

"내가 살해당할지도 몰라."

"저런, 자네 농담하는 건가?"

"내 유머 감각이 시원찮긴 하지만 이보다는 나아. 하지만 그 전까지는 마음 놓고 있어도 될 거야. 술 한잔 하겠나? 탄산수 제조기와 시가는 원래 있던 자리에 있네. 자네가 늘 사용하던 안락의자에 다시 한 번 앉아보게. 혹시나 내 파이프와 소박한 담배를 경멸하게 된 건 아니겠지? 요즘은 이 녀석들이 내 주식이야."

"밥은 왜 안 먹어?"

"정신력은 배가 고플 때 예리해지거든. 오, 물론 왓슨 자네도 인정할 거야. 소화 기관에 혈액이 공급되면 뇌는 그만큼의 혈액을 잃어버리게 되지. 나는 두뇌야, 왓슨. 나머지는 그저 부록일 뿐이지. 내가 중시해야 하는 것은 두뇌란 말이야."

"하지만 홈즈, 지금 위험하다면서?"

"아, 그렇지. 그 위험에 대비해서 살인자의 이름과 주소를 자네가 기억하는 게 좋겠군. 그걸 런던 경찰국에 넘겨주면 돼. 내 사랑과 작별 인사도 같이 전해주고 말이야. 실비어스라는

이름이네. 니그레토 실비어스 백작. 받아 적게. 적으라고! 서
북 지구 무어사이드 가든스 136번지. 됐어?"

왓슨의 솔직한 얼굴이 불안으로 일그러졌다. 왓슨은 홈즈
가 엄청난 위험에 처해 있다는 것을 알고 있었다. 그리고 홈즈
가 상황을 부풀려서 말하지 않고 절제해서 말했다는 것도 잘
알고 있었다. 왓슨은 행동파였기에 친구의 위기에 동참하기로
했다.

"나도 끼워주게, 홈즈. 하루 이틀은 별로 할 일도 없네."

"자네의 도덕성은 나아지질 않는군. 이제 거짓말까지 하다
니. 수시로 환자가 몰려오는 바쁜 의사라는 게 뻔히 보이는데
말이야."

"그리 중요한 일들은 아니야. 하지만 이 친구를 체포할 수는
없는 건가?"

"아니, 체포할 수 있어. 범인이 두려워하는 것도 그거야."

"그런데 안 하는 거야?"

"다이아몬드의 소재를 모르기 때문이지."

"아! 빌리가 말했네. 잃어버린 왕관 보석!"

"그래, 노란색의 커다란 마자랭 보석(17세기에 프랑스의 총리
와 추기경을 겸한 마자랭의 이름을 딴 다이아몬드―옮긴이)이지. 나
는 이미 그물을 던져서 물고기를 잡았지. 하지만 그 보석은 찾
지 못했어. 범인들을 잡아서 뭐하겠어? 놈들을 감옥에 가둬두
면 세상이 더 좋아질 순 있겠지. 하지만 내 목적은 그게 아니
야. 보석을 찾는 거지."

"그러면 실비어스 백작이 자네가 잡은 물고기란 말인가?"

"맞아. 그자는 상어야. 물어뜯는 상어. 다른 한 놈은 샘 머틴이라는 권투 선수야. 그렇게 악질은 아니지만 백작이 그놈을 부리고 있어. 상어는 아니야. 덩치는 크지만 아둔하고 고집 센 모샘치(낚시 미끼로 쓰는 작은 물고기—옮긴이)랄까. 내 그물 속에서 팔딱거리고 있지."

"실비어스 백작은 어디 있나?"

"오전 내내 바짝 붙어서 미행했네. 왓슨, 자네는 늙은 여자로 변장한 나를 본 적이 있지. 오늘 나의 변장은 완벽했어. 그자가 내 양산을 집어주면서 '실례하지만, 부인' 하고 말했다니까. 자네도 알겠지만 백작은 반은 이탈리아인이라서 기분이 내킬 때는 남유럽의 우아한 매너를 발휘한다네. 하지만 악마의 화신처럼 굴 때도 있어."

"비극이라 할 만하군."

"글쎄, 그럴지도 모르지. 나는 미노리즈 스트리트에 있는 스트로벤지 씨의 작업장까지 백작의 뒤를 밟았네. 스트로벤지는 공기총을 만드는데, 물건이 제법 좋아. 그 총이 지금 창문 맞은편 집에 있다고 봐야지. 자네, 인형은 봤나? 물론 빌리가 보여줬겠지. 그 아름다운 머리에 언제 총알이 박힐지 몰라. 아, 빌리, 그게 뭐냐?"

소년은 명함을 담은 쟁반을 들고 다시 방에 나타났다. 홈즈가 눈썹을 올리며 명함을 슬쩍 보더니 재미있다는 듯 미소를 지었다.

"그자야. 생각보다 빨리 찾아왔군. 준비 태세를 갖추게, 왓슨! 보통내기가 아니야. 백작이 맹수 사냥에 능하다는 건 들어봤을 거야. 나를 잡아서 포획물 가방에 넣을 수 있다면, 그자의 뛰어난 사냥 경력을 장식하는 빛나는 피날레가 되겠지. 지금 왔다는 건 백작이 내가 밀착 미행한 걸 알아챘다는 증거야."

"경찰을 부르세."

"그럴 거야. 하지만 아직은 아니야. 창밖을 잠깐 살펴주겠어? 거리를 어슬렁거리는 사람이 있지 않아?"

왓슨은 커튼 끝으로 돌아가서 창밖을 조심스럽게 살폈다.

"그래, 문 근처에 험상궂은 친구가 하나 있군."

"샘 머턴일 거야. 충직하지만 어리석은 친구지. 빌리, 이 신사는 어디에 있지?"

"대기실에 있어요."

"내가 벨을 울리면 모셔와."

"예, 선생님."

"내가 방에 없어도 그냥 안으로 모셔."

"예."

왓슨은 문이 닫힐 때까지 기다렸다가 홈즈 쪽으로 재빨리 몸을 돌렸다.

"이보게, 홈즈. 이러면 안 돼. 이자는 지금 막다른 길에 몰린 터라 물불을 가리지 않는다고. 자네를 죽이러 온 걸지도 몰라."

"그렇다 해도 놀라지 않을 거야."

"내가 곁에 있겠네."

"말도 못 하게 방해가 될 거야."

"그자에게?"

"아니, 나에게."

"그래도 자네를 두고 갈 순 없어."

"아니, 할 수 있어. 자네는 그렇게 할 거야. 자네는 게임에 실패한 적이 없으니까 끝까지 잘해낼 거라 믿네. 백작은 자신의 목적을 위해 왔지만, 나는 나의 목적을 이룰 거야."

홈즈는 노트를 꺼내더니 몇 줄을 휘갈겨 썼다. "마차를 타고 런던 경찰국으로 가서 범죄 수사과의 욜에게 이걸 전해줘. 경찰을 대동해서 오게. 그자를 체포하게 될 거야."

"기꺼이 그렇게 하지."

"자네가 돌아오기 전까지 보석의 소재를 알아낼 수 있을 거야." 홈즈가 벨을 눌렀다. "우리는 침실로 나가야 해. 이 두 번째 출구는 쓸모가 참 많아. 그 상어가 나를 보지 못하는 곳에 숨어서 지켜보고 싶어. 자네도 알겠지만 나만의 방법이 있지."

이렇게 해서 빌리가 1분 후 실비어스 백작을 데리고 왔을 때 방은 텅 비어 있었다. 유명한 사냥꾼이자 사교계의 멋쟁이인 실비어스 백작은 체구가 크고 피부가 까무잡잡했다. 검고 위협적인 콧수염이 얇고 잔인해 보이는 입술을 가리고 있었고, 길고 구부러진 코는 독수리 부리처럼 튀어나와 있었다. 옷은 잘 차려입었다. 밝은색 넥타이와 빛나는 넥타이핀, 반짝이는 반지가 화려한 느낌을 주었다. 자기 뒤로 문이 닫히자, 백작은 곳곳에 덫이 놓여 있을까 의심하는 사람처럼 사납고 경계하는 눈으로 주위를 둘러보았다. 그러다 창가의 안락의자 위로 무심한 듯 솟은 머리와 실내복 옷깃을 보고 깜짝 놀랐다. 처음에는 그저 놀란 표정뿐이었다. 하지만 잠시 후 까맣고 살기 어린 두 눈에 잔인한 희망의 빛이 번득였다. 백작은 보는 사람이 없는지 확인하려고 다시 한 번 주위를 둘러보았다. 그리고 굵은 지팡이를 들어 올린 채 말없이 앉아 있는 인물을 향해 까치발로 다가갔다. 달려들어 최후의 일격을 가하려고 몸을 웅크리는 순간, 열린 침실 문 쪽에서 차갑고 조롱하는 듯한 목소리가 들려왔다.

"부수지 마시오, 백작! 부수지 마요!"

암살자는 놀라서 일그러진 얼굴을 하며 주춤주춤 뒤로 물러났다. 그 순간 백작은 이번에는 인형이 아니라 진짜 사람을 죽이겠다는 듯 다시 묵직한 지팡이를 치켜들었다. 하지만 흔들림 없는 잿빛 눈동자와 비웃는 듯한 미소에서 무언가를 느꼈는지 이내 손을 내렸다.

"참 잘 만들지 않았소?" 홈즈가 인형 쪽으로 다가가며 말했다. "프랑스의 모형 제작자인 타베르니에가 만든 겁니다. 당신 친구 스트로벤지가 공기총을 잘 만들 듯 타베르니에는 밀랍 인형에 능하죠."

"공기총이라니, 무슨 말이오?"

"모자와 지팡이는 테이블 위에 올려두시죠. 고마워요! 자리에 앉으세요. 권총도 꺼내주시겠습니까? 오, 그냥 깔고 앉으시

겠다면 그것도 좋습니다. 때를 잘 맞춰 방문하셨군요. 안 그래도 얘기를 나누고 싶었거든요." 백작이 눈썹을 무섭게 찌푸리며 홈즈를 쏘아보았다.

"나도 당신과 얘기를 나누고 싶던 참이었소, 홈즈 씨. 그래서 여기에 왔소. 내가 지금 당신을 살해할 의도가 있다는 걸 부인하지는 않겠소."

홈즈가 탁자 끝에 한쪽 발을 걸쳤다.

"그런 생각을 하고 계실 줄 알았습니다." 홈즈가 말했다. "그런데 왜 이렇게 내게 관심을 갖고 계신 겁니까?"

"당신이 나를 못살게 구니까. 내 뒤에 하수인을 붙여서 미행했잖소."

"하수인이라니! 말도 안 됩니다!"

"터무니없는 소리! 난 그 사실을 눈치채고 일부러 그들이 나를 잘 따라오도록 했지. 나도 당하고만 있을 순 없으니 말이오, 홈즈!"

"사소한 문제지만, 실비어스 백작, 내 이름을 부를 때 존칭을 붙여주시기 바랍니다. 당신도 아시겠지만 내 일의 특성상 악당의 절반이 제 친구랍니다. 백작에게만 예외를 둔다면 다른 친구들의 마음이 상할 것 같군요."

"그렇다면 음, 홈즈 씨."

"훌륭해요! 하지만 백작께서 말한 그 하수인들 말인데, 그 점에서 당신은 분명히 실수를 저질렀어요."

실비어스 백작이 코웃음을 쳤다.

"당신만 관찰력이 좋은 게 아니라오. 어제는 운동을 하는 늙은이였고, 오늘은 노파였지. 둘 다 온종일 눈에 띄더군."

"정말로 나를 높게 평가해주시는군요. 도슨 남작께서 교수형을 당하시기 전날 저녁 이렇게 말했습니다. 무대가 잃어버린 인재를 법정이 얻었다고요. 그리고 오늘 백작께서 나의 보잘것없는 연기를 칭찬해주시는군요."

"홈즈, 당신이었다고?"

홈즈가 어깨를 으쓱했다.

"저 구석을 보시죠. 백작이 미행을 의심하기 전에 미노리즈 거리에서 내게 건네준 양산입니다."

"그때 알아차렸다면 당신은 절대…."

"이 궁색한 집에 다시 오지 못했겠죠. 나도 잘 압니다. 누구나 기회를 놓치고 땅을 친 경험이 있는 법이죠. 안타깝게도 백작이 알아차리지 못하는 바람에 여기서 이렇게 만난 겁니다!"

실비어스 백작의 무서운 두 눈 위로 찌푸린 눈썹이 더 찌푸려졌다. "그렇게 말한다면 상황은 더욱 나빠질 뿐이오. 하수인이 아니라 참견하기 좋아하는 당신이 연기한 것이었다니! 미행했다는 사실을 시인하는 이유가 뭐요?"

"이봐요, 실비어스 백작. 백작은 알제리에서 사자를 곧잘 잡지 않소."

"그런데?"

"왜 잡으시죠?"

"왜냐고? 짜릿하고 스릴이 넘치니까!"

"그리고 그 해로운 동물로부터 나라를 구하기 위해?"

"맞소!"

"내 이유가 바로 그겁니다."

백작이 벌떡 일어서더니 자기도 모르게 손이 바지 뒷주머니 쪽으로 갔다.

"앉으십시오, 앉아요! 실제적인 이유가 하나 더 있어요. 나는 그 노란색 다이아몬드를 원합니다."

실비어스 백작은 의자에 등을 붙이고 앉아 사악하게 웃었다.

"나 참!" 백작이 말했다.

"백작은 내가 그것 때문에 당신을 쫓고 있다는 걸 알고 있어요. 당신이 오늘 밤 여기에 온 진짜 이유는 내가 그 다이아몬드에 관해 얼마나 알고 있는지, 그리고 나를 제거해야 할 확실한 이유가 있는지 알아보려는 것입니다. 당신의 입장에서는 반드시 죽여야 할 겁니다. 나는 다이아몬드에 관한 모든 걸 알고 있으니까요. 당신이 내게 말할 한 가지만 빼고 말입니다."

"오, 그렇군요! 그래, 알고 싶은 게 뭡니까?"

"왕관 다이아몬드의 소재."

실비어스 백작이 홈즈를 날카롭게 쏘아보았다. "오, 그게 알고 싶으시다? 그런데 내가 그걸 어떻게 말해줄 수 있겠소?"

"백작은 말할 수 있고, 그렇게 할 겁니다."

"정말?"

"내 앞에서 허세 부려도 소용없어요, 실비어스 백작." 백작

을 응시하는 홈즈의 두 눈동자가 점점 작아지더니 송곳의 끝
처럼 날카롭게 빛났다. "당신은 판유리 같아요. 속이 훤히 비
친다는 말입니다."

"그렇다면 물론 다이아몬드가 어디 있는지도 알겠군."

홈즈는 그럴 줄 알았다는 듯이 손뼉을 쳤다. 그리고 조롱하
듯 손가락질을 했다. "역시 백작은 알고 있었군요. 스스로 시
인한 셈이오."

"나는 아무것도 시인하지 않았소."

"자, 실비어스 백작, 당신이 합리적인 사람이라면 우리는 거
래를 할 수 있습니다. 그렇지 않으면 다칠 겁니다."

백작은 천장으로 눈길을 던졌다. "누가 누구를 속이려는지
모르겠군!" 백작이 말했다.

홈즈는 최고의 한 수를 두기 위해 고민하는 일류 체스 선수
처럼 백작을 뚫어져라 쳐다보았다. 그러다 책상 서랍을 열더
니 작은 공책을 꺼냈다.

"내가 여기에 무엇을 기록했는지 아십니까?"

"아니, 모르오."

"백작 당신!"

"나를?"

"그렇습니다, 바로 당신! 당신의 모든 것이 여기에 담겨 있
어요. 사악하고 위험한 모든 행적 말입니다."

"빌어먹을!" 백작이 이글거리는 눈빛을 하고 외쳤다. "참는
데도 한계가 있소!"

"모든 것이 여기에 기록되어 있어요, 실비어스 백작. 가령 헤럴드 부인의 죽음에 대한 진실 말입니다. 당신이 도박으로 날려버린 블라이머 저택을 물려준 사람이죠."

"무슨 잠꼬대 같은 소리야!"

"그리고 미니 워렌더 양의 한평생도 있죠."

"쯧쯧, 그런 걸로는 아무것도 할 수 없어."

"그게 다가 아닙니다. 1892년 2월 13일에 리비에라로 가던 호화 열차에서 벌어진 강도 사건도 있어요. 같은 해 크레디트 리요네 은행의 위조 수표 사건도 있고요."

"아니, 그건 틀렸소."

"그럼 다른 것들은 맞나 보군요! 자, 실비어스 백작, 당신은 카드놀이를 하고 있어요. 상대방이 으뜸 패를 전부 가지고 있다면 당신은 손을 털고 일어나는 게 가장 현명할 겁니다."

"이 모든 얘기가 당신이 말하는 보석과 무슨 상관이 있지?"

"진정해요, 백작. 흥분을 가라앉히세요. 간단하게 요점을 말씀드리겠습니다. 나는 백작에게 불리한 모든 증거를 가지고 있습니다. 무엇보다 왕관 다이아몬드 사건과 관련해서 당신과 그 권투 선수에게 불리한 분명한 증거를 가지고 있습니다."

"설마!"

"나는 백작을 화이트홀에 데려다준 마부와 거기서 데리고 온 마부를 둘 다 증인으로 확보했습니다. 당신이 진열장 가까이에서 얼쩡거리는 모습을 본 경비원과 다이아몬드를 절단해 달라는 당신의 요청을 거절한 아이키 샌더스도 확보했고요.

아이키가 고발했으니 게임은 끝난 겁니다."

실비어스 백작의 이마에 핏줄이 부풀어 올랐다. 백작은 털이 무성한 시커먼 두 손을 꽉 쥔 채 분을 참으며 몸을 떨었다. 무슨 말이라도 하려고 했지만 말문이 열리지 않았다.

"이게 바로 내가 가진 패입니다." 홈즈가 말했다. "나는 가진 패를 몽땅 꺼내놓았습니다. 하지만 하나가 빠져 있어요. 바로 다이아몬드의 킹이지요. 나는 그 보석이 어디 있는지 모릅니다."

"절대 알아내지 못할 거다."

"그래요? 이성적으로 생각해보세요, 실비어스 백작. 상황을 살피셔야죠. 백작은 20년 동안 감옥에서 썩게 될 겁니다. 샘도 마찬가지고요. 그 다이아몬드로 무슨 영화를 누리시겠다고 이러는 겁니까? 당신에겐 아무 쓸모도 없어요. 하지만 그걸 넘겨준다면 협상을 할 수 있습니다. 우리가 원하는 건 백작이나 머턴이 아니거든요. 다이아몬드죠. 그것만 포기하면 다른 말썽을 일으키지 않는 한 자유롭게 살 수 있을 겁니다. 만약 실수를 또 저지른다면, 그땐 정말 마지막이 되겠죠. 하지만 이번에 내가 의뢰받은 건 백작이 아니라 다이아몬드입니다."

"내가 거절한다면?"

"안타깝게도 보석이 아니라 백작을 잡아야겠죠."

벨을 울리자 빌리가 다시 나타났다.

"실비어스 백작, 당신 친구 샘 머턴도 동석하는 게 좋을 것 같군요. 샘의 의견도 들어봐야 하니까요. 빌리, 밖에 몸집이 크고 못생긴 신사가 있을 거야. 이리로 올라오시라고 해."

"오지 않으려고 하면 어떻게 하죠?"

"폭력은 안 된다. 거칠게 굴지는 마라. 실비어스 백작이 부른다고 하면 분명히 올 거야."

"지금 뭘 하려는 건가?" 빌리가 나가자 백작이 물었다.

"방금 전까지 나는 내 친구 왓슨과 함께 있었습니다. 그 친구한테 내가 상어 한 마리와 잘 속는 모샘치 한 마리를 그물로 잡았다고 말했어요. 이제 그 그물을 당겨 올리려고 하는 겁니다."

실비어스 백작이 의자에서 벌떡 일어나 손을 등 뒤로 보냈다. 홈즈는 실내복 주머니에 손을 넣고 뭔가를 반쯤 꺼냈다.

"침대에서 편하게 죽진 못하겠군, 홈즈."

"가끔 죽음에 대한 생각을 해봤습니다. 하지만 그게 그렇게 대수인가요? 당신은 결국 수평으로 눕지 못하고 수직으로 떨어지면서 생을 마감하겠군요(교수대에 매달려 죽을 것이라는 뜻—옮긴이). 하지만 이런 식으로 미래를 예측하는 건 일종의 병입니다. 우리는 왜 현재의 무한한 즐거움에 자신을 내맡기지 않는 걸까요?"

뛰어난 범죄자의 어둡고 위협적인 두 눈에서 순간 짐승처럼 사나운 눈빛이 번쩍거렸다. 긴장하고 준비 태세를 갖추는 홈즈의 키가 더 커지는 것 같았다.

"권총을 만지작거려도 소용없습니다." 홈즈가 나직하게 말했다. "그걸 사용할 수 없다는 걸 당신도 잘 알잖아요. 설령 그걸 뽑을 시간을 준다고 해도 권총이란 성가시고 시끄러운 물건이죠. 차라리 공기총이 더 나아요. 아, 당신의 존경할 만한 친구의 발소리가 들리는군요. 반가워요, 머턴 씨. 길가에 있으려니 심심하지 않던가요?"

우람한 체격에 멍청하고 우직하고 길쭉한 얼굴을 한 권투 선수가 당황한 듯 주위를 둘러보며 문간에서 머뭇거리고 있었다. 홈즈의 친절하고 당당한 태도가 낯설어서 희미한 적개심을 품었지만, 어떻게 대처해야 할지 몰라 쭈뼛대고 있는 중이었다. 샘은 좀 더 약삭빠른 동료에게 도움을 요청하려고 몸을 돌렸다.

"백작님, 지금 뭐가 어떻게 돼가고 있는 겁니까? 이 친구가 원하는 게 뭐죠? 무슨 일이냐고요?" 머턴이 낮고 걸걸한 목소리로 물었다.

실비어스 백작이 어깨를 으쓱하자 홈즈가 대답했다.

"요점만 말하면 머턴 씨, 모든 게 끝났습니다."

하지만 권투 선수는 자신의 동료에게 다시 물어보았다.

"이 작자가 저를 웃기려는 건가요? 전 웃을 기분

이 아닌데."

"네, 그럴 겁니다." 홈즈가 말했다. "장담하건대 저녁이 지나갈수록 점점 재미가 없어질 겁니다. 자, 보세요, 실비어스 백작. 나는 바쁜 사람이라 허비할 시간이 없습니다. 지금 저 침실로 들어갈 테니 내가 없는 동안 조용히 상의해보세요. 당신 친구에게 지금 상황이 어떤지 설명해주세요. 나는 바이올린으로 〈호프만의 뱃노래〉를 연주하고 있겠습니다. 그리고 5분 후에 돌아와서 답변을 듣기로 하죠. 체포될 것인지, 보석을 내놓을 것인지, 양자 중에 골라야 한다는 걸 알고 계시죠?"

홈즈는 구석에 있는 바이올린을 집어 들고 침실로 들어갔다. 잠시 후 닫힌 문틈으로 구슬피 늘어지는 가락이 희미하게 들려왔다. "대체 뭔가요?" 샘이 불안한 듯 묻자, 동료가 샘 쪽으로 몸을 돌렸다. "저 사람이 보석에 관해 알고 있나요?"

"너무 많이 알고 있어. 아무래도 모르는 게 없는 것 같아."

"세상에!" 권투 선수의 창백한 얼굴이 더욱 하얗게 질렸다.

"아이키 샌더스가 우리를 배신했어."

"그 녀석이 그랬단 말이에요? 내가 교수형을 당하게 되면 그 녀석을 온몸이 바스러지도록 패주겠어."

"그래 봤자 도움이 안 돼. 우리는 이제 어떻게 해야 할지 결정해야 돼."

"잠깐만요." 침실 문을 의심스럽게 쳐다보며 권투 선수가 말했다.

"저자는 교활해서 우리를 엿듣고 있을지도 몰라요. 그런 건 아니겠죠?"

"바이올린을 켜면서 어떻게 엿듣겠어?"

"그렇긴 하네요. 하지만 커튼 뒤에 누가 있을지도 몰라요. 무슨 커튼이 이렇게 많지?" 방 안을 둘러보던 머턴은 창가의 인형을 발견했다. 순간 너무 놀란 나머지 아무 말도 못 하고 선 채 손으로 인형을 가리키고만 있었다.

"저건 인형일 뿐이야." 실비어스 백작이 말했다.

"모형이라고요? 놀랍네요. 마담 튀소가 만든 건 아니겠지. 실내복이랑 죄다 실물과 정말 똑같군요. 그런데 백작님, 저 커튼 좀 봐요!"

"오, 빌어먹을 커튼! 우리는 시간을 허비하고 있어. 시간이 많지 않아. 저 녀석은 보석 때문에 우리를 감방에 처넣을 수도 있어."

"제기랄!"

"하지만 그 물건이 어디 있는지 말해주기만 하면 우리를 놓아주겠다는군."

"뭐! 그걸 포기해요? 10만 파운드를?"

"양자택일의 문제야."

머턴은 짧게 깎은 머리를 긁적였다.

"홈즈는 저기 혼자 있어요. 없애버립시다. 저자가 죽으면 우리는 겁날 게 없잖아요."

실비어스 백작이 고개를 저었다.

"홈즈는 무장한 채 단단히 대비하고 있어. 총을 쏜다 해도 달아날 데도 없고. 게다가 녀석이 가지고 있는 증거를 경찰이 알고 있을 가능성이 높아. 아니, 방금 뭐였지?"

창문 쪽에서 무슨 희미한 소리가 들렸다. 두 사람은 벌떡 일어나서 주변을 살폈지만 아무 소리도 들리지 않았다. 의자에 앉아 있는 이상한 인형 말고는 방 안은 분명히 비어 있었다.

"거리에서 난 소리겠죠." 머턴이 말했다. "자, 이보세요, 대장. 대장은 머리가 있잖아요. 그 머리로 좋은 수를 생각해내 보세요. 녀석을 없애버리는 게 안 된다면 이 문제는 대장한테 달려 있어요."

"나는 녀석보다 똑똑한 자들도 속여봤어." 백작이 말했다. "보석은 여기 내 비밀 주머니 안에 있지. 어디 두고 다닐 수 없어서 말이야. 보석을 오늘 밤 영국 밖으로 빼돌릴 수 있다면 일요일이 되기 전에 암스테르담에서 네 조각으로 자를 거야. 홈즈는 밴 세다에 대해서는 아무것도 몰라."

"밴 세다는 다음 주에 가는 걸로 알고 있었는데요."

"그랬지. 하지만 사정상 다음 배편으로 가야 해. 우리 중 하나가 보석을 가지고 몰래 라임 스트리트에 가서 그자에게 일러줘야 해."

"하지만 아직 이중 바닥이며 미처 준비가 안 됐어요."

"그럼 운에 맡기고 그냥 가져가라고 해. 한시가 급하다고."

사냥을 하면서 위험을 감지하는 능력이 발달된 백작은 잠시 멈춰 창문 쪽을 유심히 보았다. 희미한 소리가 들려온 곳은 분명 거리였다.

"홈즈에 대해서는." 백작이 이어서 말했다. "우리는 충분히 녀석을 속일 수 있어. 그 빌어먹을 바보는 보석을 얻을 수만 있다면 우리를 체포하지 않을 거야. 아무튼 우리는 홈즈에게 보석을 넘기겠다고 약속할 거야. 엉뚱한 길을 알려주는 거지. 녀석이 길을 잘못 들어선 걸 깨달았을 때쯤 우리는 영국을 벗어나 네덜란드에 가 있을 거야."

"좋은 생각이네요." 샘 머턴이 씩 웃었다.

"자네는 그 네덜란드인에게 가서 서두르라고 말해. 나는 홈즈를 만나서 허위 자백을 할 테니까. 녀석에게 다이아몬드는 리버풀에 있다고 할 거야. 저 청승맞은 음악 소리가 신경을 건드리는군. 보석이 리버풀에 없다는 걸 홈즈가 알아챘을 때쯤이면, 보석은 네덜란드에 있을 테고 우리는 푸른 바다 위에 떠 있겠지. 저 열쇠 구멍으로 볼 수 없게 이쪽으로 와. 보석은 여기에 있어."

"그걸 갖고 다니다니 뜻밖이군요."

"이보다 더 안전한 장소가 어디 있겠어? 우리가 이걸 화이트홀에서 훔칠 수 있다면, 다른 누군가도 내 방에서 훔칠 수 있지 않겠어?"

"어디 좀 봐요."

실비어스 백작은 동료를 언짢은 눈으로 쳐다보고는 자신을 향해 뻗은 더러운 손을 무시해버렸다.

"내가 뺏어가기라도 할까 봐 그러세요? 이봐요, 대장의 이런 행동에 슬슬 넌더리가 난단 말이에요."

"자, 자, 진정해, 머턴. 우리는 다툴 여유가 없어. 이 아름다운 보석을 제대로 보고 싶으면 창가로 와. 빛에 비춰 보자고. 이렇게!"

"고맙소이다!"

인형 의자에서 풀쩍 뛰어오른 홈즈가 순식간에 보석을 잡아챘다. 홈즈는 한 손으로는 보석을 들고 있었고, 다른 손으로는 실비어스 백작의 머리에 권총을 겨누고 있었다. 두 악당은 아연한 표정을 하며 뒤로 주춤거렸다. 두 사람이 정신을 차리기 전에 홈즈는 전기초인종을 눌렀다.

"폭력은 안 됩니다, 신사 여러분. 폭력은 안 돼요. 부탁드립니다! 가구 조심하세요! 두 분은 절대 빠져나갈 곳이 없다는 걸 아셔야 합니다. 경찰이 밑에서 대기하고 있어요."

실비어스 백작은 너무 당황

한 나머지 분노도 두려움도 잊어버렸다.

"아니 어떻게 이런 일이…?" 백작이 입을 다물지 못한 채 말했다.

"그렇게 놀란 것도 무리는 아닙니다. 내 침실의 두 번째 문이 커튼 뒤로 연결되어 있다는 걸 모를 테니까요. 백작은 분명 내가 인형을 치우고 앉는 소리를 들었지만, 행운은 내 편이 되어주었죠. 덕분에 흥미진진한 얘기를 들을 수 있었어요. 당신이 내가 있다는 걸 의식하고 있었다면 말할 수 없는 내용이었죠."

백작은 체념의 빛이 역력했다.

"당신에게 졌어, 홈즈. 당신은 악마야."

"뭐, 많이 다르진 않죠." 홈즈가 점잖은 미소를 지으며 말했다.

샘 머턴의 둔한 머리로는 상황을 이해하는 데 시간이 조금 걸렸지만, 바깥 계단에서 묵직한 발소리가 들려오자 마침내 침묵을 깨뜨렸다.

"경찰이다!" 머턴이 외쳤다. "그런데 저 바이올린 소리는 어떻게 된 거지? 아직도 들리잖아."

"쯧쯧." 홈즈가 혀를 찼다. "그럴 수밖에 없지. 계속 감상하시오! 최신 축음기는 놀라운 발명품이니까."

경찰이 들이닥치자 이내 수갑이 채워졌고, 범인들은 밑에 대기 중이던 마차로 연행되었다. 홈즈와 둘이 남은 왓슨은 홈즈의 월계관에 잎이 하나 추가된 것을 축하해주었다. 둘의 대화는 명함 쟁반을 들고 온 차분한 빌리로 인해 다시 중단되었다.

"캔틀미어 경이에요, 선생님."

"들어오시라고 해, 빌리. 이번에는 왕실의 이익을 대변하는 고명한 귀족께서 납시었군." 홈즈가 말했다. "훌륭하고 충직한 사람인 건 맞지만 좀 구식이지. 나긋나긋하게 대해드릴까, 아니면 장난을 좀 쳐볼까? 아마도 방금 일어난 일을 전혀 모를 테니까."

문이 열리자 마르고 근엄한 모습의 신사가 들어왔다. 길고 날카로운 얼굴에 까맣고 윤기 나는 중기 빅토리아풍의 구레나

룻을 길게 길렀지만, 굽은 어깨와 힘이 없어 보이는 걸음걸이에는 그런 수염이 전혀 어울리지 않았다. 홈즈가 정중하게 다가가서 무덤덤한 손을 잡고 악수했다.

"안녕하십니까, 캔틀미어 경? 무척 쌀쌀한 날씨지만 집은 따뜻합니다. 외투를 받아드릴까요?"

"아니요, 됐습니다. 벗지 않겠습니다."

홈즈는 끈질기게 소매를 붙잡았다.

"부디 허락해주십시오. 내 의사 친구인 왓슨도 이러한 온도의 변화가 건강에 해롭다고 할 겁니다."

캔틀미어 경은 그만하라는 듯 홈즈의 손을 뿌리쳤다.

"나는 아주 편안합니다. 여기 오래 머물 것도 아니고. 그저 당신이 자청해서 맡은 사건이 얼마나 진척되었는지 알아보려고 잠깐 들렀을 뿐입니다."

"일이 안 풀려요. 아주 안 풀립니다."

"그럴까 봐 걱정하던 참이었소."

늙은 귀족의 말과 태도에 냉소가 잔뜩 묻어났다.

"사람은 누구나 자신의 한계를 깨닫게 되나 봅니다, 홈즈 씨. 하지만 덕분에 자만심이라는 약점은 치료하게 되지요."

"그렇습니다. 정말 어떻게 해야 좋을지 모르겠더군요."

"그랬을 겁니다."

"특히 한 가지가 어려웠습니다. 어쩌면 캔틀미어 경께서 도움을 주실 수도 있겠군요."

"도움을 참 일찍도 청하시는군요. 홈즈 씨는 다른 사람의 도

움 따위는 필요 없을 거라고 생각했습니다. 하지만 나는 도와
줄 준비가 되어 있소."

"알고 계시겠지만, 캔틀미어 경, 우리는 분명히 도둑들의 죄
를 입증할 수 있습니다."

"잡기만 한다면야."

"맞습니다. 하지만 제가 드리고 싶은 질문은 장물을 취득한
자에 대해서는 어떻게 해야 하느냐 하는 겁니다."

"그런 질문은 시기상조 아니오?"

"미리 대비하자는 뜻입니다. 자, 장물 취득자라는 명백한 증
거는 무엇이라고 생각하십니까?"

"그 보석을 실제로 갖고 있는 것이겠지요."

"그러면 그 사람을 체포하시겠습니까?"

"물론이오."

홈즈는 좀처럼 웃는 법이 없었다. 하지만 오랜 친구인 왓슨
의 기억에 따르면 이번 경우만은 웃음이 터졌다.

"그렇다면 캔틀미어 경, 마음은 아프지만 경을 체포하라고
조언할 수밖에 없군요."

캔틀미어 경은 버럭 화를 냈다. 남자의 창백한 두 볼에 태곳
적의 불길 같은 것이 타올랐다.

"홈즈, 당신은 참으로 무례하군요. 50년 공직 생활에서 이런
모욕은 처음입니다. 나는 바쁜 사람이오. 중요한 용무가 있어
서 이런 한심한 농담이나 듣고 있을 시간이 없단 말이오. 솔직
히 말해 나는 당신의 능력을 결코 믿지 않소. 그래서 이 사건

을 정규 경찰에게 맡기는 편이 더 안전하다는 게 일관된 내 소신이었소. 당신의 행동을 보니 내 생각이 옳았군. 이만 갈 테니 잘 있으시오."

홈즈는 재빨리 움직이더니 늙은 귀족과 문 사이에 섰다.

"잠깐 기다리시죠." 홈즈가 말했다. "실제로 그 보석을 갖고 가시면 잠시 소유하는 것보다 훨씬 중대한 범죄가 될 겁니다."

"이건 참을 수가 없군요! 비키시오!"

"외투 오른쪽 주머니에 손을 넣어보십시오."

"무슨 말을 하는 거요?"

"제 말대로 해주십시오."

잠시 후 귀족은 놀란 채 눈을 깜박이며 말을 더듬거렸다. 귀족의 떨리는 손바닥 위에 노란색의 커다란 보석이 놓여 있었다.

"아니 이런! 이게 어찌 된 일이요, 홈즈 씨?"

"제가 지나쳤습니다, 캔틀미어 경, 내가 심했어요." 홈즈가 외쳤다. "나는 짓궂은 장난을 즐기는 못된 습관이 있어요. 여기 나의 오랜 친구가 증언해줄 겁니다. 또 극적인 상황을 연출하는 걸 무척 좋아하죠. 무례를 범했습니다. 그것도 아주 큰 무례를 말입니다. 이 방에 처음 들어오셨을 때 경의 주머니에 보석을 흘려 넣었답니다."

캔틀미어 경은 보석을 바라보다가 앞에서 웃고 있는 홈즈에게 눈길을 옮겼다.

"당황하긴 했지만, 네, 마자랭의 다이아몬드가 맞습니다. 큰 빚을 졌소, 홈즈 씨. 당신의 유머 감각은 다소 지나친 감이 있었고, 시기도 적절하지 않았소. 하지만 당신의 능력에 대해서는 그간의 편견을 재고해보겠소. 그런데 어떻게….”

　“하지만 이 사건은 아직 절반만 해결되었습니다. 사소한 문제들이 남아 있어요. 아무튼 캔틀미어 경, 돌아가셔서 이 성공적인 결과를 고귀하신 분들께 전해드릴 수 있는 기쁨을 누리게 되셨습니다. 그 기쁨이 내 짓궂은 장난에 대한 보상이라고 생각해주십시오. 빌리, 캔틀미어 경을 배웅해드리도록 해라. 그리고 허드슨 부인에게 전해. 되도록 빨리 2인분 저녁 식사를 올려 보내주면 고맙겠다고 말이야.”

4
세 박공집

셜록 홈즈와 함께한 모험 중에서 세 박공집(책을 엎어놓은 모양의 박공지붕을 얹은 집—옮긴이) 사건만큼 느닷없고 극적으로 시작된 일은 없었다. 나는 며칠 동안 홈즈를 보지 못한 터라 어떤 새로운 일에 뛰어들었는지 아는 바가 없었다. 하지만 그날 아침 홈즈는 할 말이 제법 많아 보였다. 나를 벽난로 한쪽의 낡고 나지막한 안락의자에 앉힌 채, 파이프를 물고 맞은편 의자에 웅크리고 앉아 있었다. 그때 손님이 도착했다. 미친 황소가 들이닥쳤다고 말한다면 무슨 일이 일어났는지 한결 더 선명한 이미지를 떠올릴 수 있을 것이다.

문이 벌컥 열리더니 거구의 흑인이 집 안으로 불쑥 뛰어들었다. 그자의 얼굴이 험상궂지 않았다면 우스꽝스러워 보였을 행색이었다. 사내는 헐렁한 회색 체크무늬 양복에 연어 살빛 넥타이를 목 밑에 늘어뜨리고 있었다. 그리고 납작한 코가 달린 납대대한 얼굴을 들이밀면서 악의가 가득한 까맣고 음험한 눈으로 우리 두 사람을 훑어보았다.

"두 분 중에 홈즈 씨가 누구쇼?" 사내가 물었다.

홈즈가 내키지 않는 듯한 미소를 지으며 파이프를 들었다.

"오! 당신이쇼?" 불청객은 기분 나쁘게 살금살금 걸으며 탁자 모서리를 돌아 다가왔다.

"이보쇼, 홈즈 씨. 남들 일에서 그만 손 떼쇼. 자기들 일은 자기들이 알아서 해결하도록 놔두란 말이오. 알았소?"

"계속 말해봐요. 난 괜찮소." 홈즈가 말했다.

"호, 괜찮으시다?" 사내가 야수처럼 으르렁거렸다. "내 주먹 맛을 보면 괜찮다는 말이 안 나올 텐데. 당신 같은 부류를 전에도 다뤄봤거든. 나한테 당하고 나서는 다들 괜찮아 보이지 않았지. 맛 좀 보쇼, 탐정 나리!"

사내는 여기저기 혹이 난 커다란 주먹을 내 친구의 코 밑에 갖다 댔다. 홈즈는 아주 흥미롭다는 듯 주먹을 자세히 살펴보았다.

"날 때부터 이런 거요, 살면서 이렇게 변한 거요?" 홈즈가 물었다.

내 친구의 얼음장처럼 차가운 태도 때문이었는지, 아니면 내가 부지깽이를 집으면서 달그락 소리를 내서였는지는 모르겠다. 어쨌든 손님의 기세가 조금 누그러졌다.

"아무튼 나는 경고했수다." 사내가 말했다. "해로 쪽에 친구가 하나 있는데, 당신이 참견하는 걸 반기지 않아. 무슨 말인지 알겠수? 당신은 법관이 아니고 나도 법관이 아니오. 만약 계속 참견한다면 나도 가만있지 않을 거요. 잊지 마쇼."

"안 그래도 당신을 만나고 싶었소." 홈즈가 말했다. "당신보고 앉으라고 하진 않겠소. 고약한 냄새가 나니까. 그런데 혹 당신은 권투 선수 스티브 딕시 아니오?"

"그렇소, 홈즈 씨. 괜히 헛소리를 나불거렸다간 경을 칠 줄 아슈."

"그럴 일은 절대 없을 거요." 홈즈가 손님의 못생긴 입을 보며 말했다. "하지만 호본 바 밖에서 퍼킨스 청년을 죽인 건… 아니! 왜 그러시오?"

사내는 얼굴이 납빛으로 변하더니 뒤로 펄쩍 물러섰다. "그딴 말은 듣지 않겠수. 내가 퍼킨스 나부랭이와 무슨 상관이 있다는 거유? 그자가 사건에 휘말렸을 때 나는 버밍엄의 체육관에서 훈련을 하고 있었단 말이오."

"그래요. 그 일에 관해서는 치안판사에게 말씀하시오, 스티브 씨." 홈즈가 말했다. "나는 당신과 바니 스톡데일을 줄곧 지켜보고 있었소."

"오, 맙소사! 홈즈 씨…."

"됐소. 여기서 나가요. 내가 필요할 때 찾아가겠소."

"안녕히 계슈, 홈즈 씨. 오늘 일은 마음에 담지 마슈."

"누가 당신을 보냈는지 말하지 않으면 마음에 담아둘 수밖에요."

"아, 그건 비밀이라고 할 것도 없슈. 당신이 방금 말한 사람과 같은 신사니까."

"그럼 누가 그 사람에게 일을 맡겼소?"

"오, 신이시여. 그건 나도 몰라유. 그 사람은 이렇게 말했을 뿐이니까. '스티브, 홈즈에게 가서 전해. 해로 쪽으로 내려오면 무사하지 못할 거라고.' 이게 전부요." 손님은 다음 질문을 더 기다리지도 않고 들어올 때처럼 느닷없이 밖으로 뛰쳐나갔다. 홈즈는 조용히 웃으며 파이프의 재를 털었다.

"왓슨, 자네가 그자의 곱슬머리를 깨부술 일이 생기지 않아 다행이군. 자네가 부지깽이를 만지작거리는 걸 봤네. 하지만 그자는 위험한 친구가 아니야. 완력은 강하지만 멍청한 애송이에다 쉽게 겁을 먹지. 자네도 봐서 알겠지만 말이야. 스펜서 존슨 일당 중 한 명인데 최근에 일어난 추잡한 살인 사건과 관련이 있지. 그 일에 대해서는 나중에 시간이 나면 조사해보려고. 그자의 현재 두목인 바니는 좀 더 약삭빠른 인간이야. 폭행과 협박이 그 녀석들의 주특기지. 내가 알고 싶은 건 이번 사건에서 녀석들의 배후가 누구냐 하는 거야."

"하지만 그자들이 왜 자네를 협박하는 거지?"

"이건 해로 월드 사건이야. 그 때문에 더욱 깊이 조사해보기로 한 거네. 누군가가 그렇게 많은 문제를 감수할 만한 사건이라면, 거기에는 분명 뭔가가 있는 거지."

"하지만 그게 무슨 사건인데?"

"안 그래도 그 얘기를 하려고 했는데, 잠시 이런 촌극이 벌어진 거네. 이건 매벌리 부인이 보낸 편지야. 나와 같이 가고 싶다면 부인에게 전보를 넣어서 바로 가보세."

친애하는 셜록 홈즈 씨

이 집과 관련해 내게 이상한 일이 일어났습니다. 그래서 홈즈 씨의 조언이 절실히 필요합니다. 내일 중 언제라도 좋으니 방문해주세요. 집은 월드 역에서 걸어와도 될 만큼 가깝습니다. 작고한 남편 모티머 매벌리는 홈즈 씨의 초기 의뢰인 중 한 명입니다.

— 매리 매벌리 드림

주소는 '해로 월드, 세 박공집'이었다.

"그래, 거기야." 홈즈가 말했다. "자, 왓슨. 지금 시간을 낼 수 있다면 바로 출발하자고."

잠깐 기차를 타고, 더 잠깐 마차를 탄 뒤에 세 박공집에 도착했다. 개발되지 않은 초원 위에 벽돌과 목재로 지은 저택이었다. 2층 창문들 위로 솟은 세 개의 작은 박공지붕이 이 집의 이름이 알맞게 지어졌다는 사실을 수줍게 주장하는 듯했다. 저택 뒤로 반쯤 자란 음울한 소나무 숲이 있어서인지 전체적인 인상은 빈약하고 암울해 보였지만, 집 안의 가구는 잘 갖춰져 있었다. 우리를 맞은 부인은 나이가 지긋했지만 아주 매력적인 데다 세련되고 교양 있는 분위기가 잔뜩 묻어났다.

"부군에 대한 기억이 생생합니다." 홈즈가 말했다. "고인께서 사소한 일로 저를 찾으신 지 몇 년이 흘렀지만 말입니다."

"아마 우리 아들 더글러스의 이름이 더 귀에 익을 거예요."

홈즈는 아주 흥미롭다는 듯 부인을 바라보았다.

"세상에! 부인이 더글러스 매벌리의 모친이셨군요. 아드님을 좀 압니다. 하지만 런던 사람이라면 누구나 알죠. 참으로 훌륭한 인물이었죠. 그런데 지금은 어디에 있나요?"

"죽었어요, 홈즈 씨. 죽었답니다. 더글러스는 로마 주재 대사관에서 일했는데, 지난달 대사관에서 폐렴으로 죽었습니다."

"안타깝군요. 그런 훌륭한 청년이 죽다니 너무나 뜻밖입니다. 그렇게 활력이 넘치는 청년은 본 적이 없었습니다. 참 열정적인 삶을 살았습니다. 온몸과 온 마음을 다해서 말이죠."

"너무 열정적이었어요, 홈즈 씨. 그 열정이 아들을 파괴했답니다. 홈즈 씨는 그 아이의 당당하고 빛나는 모습을 기억하시는군요. 변덕스럽고, 침울하고, 어두운 사람으로 변해가는 모습은 보지 못하셨죠. 아들은 마음의 상처를 입었습니다. 그렇게 당찬 아이가 불과 한 달 만에 지치고 냉소적인 모습으로 돌변했어요."

"애정 문제였나요? 여자와?"

"아니, 악마였어요. 하지만 내가 당신을 만나자고 한 건 아들 때문이 아닙니다."

"왓슨 선생과 제가 도와드리겠습니다."

"아주 이상한 일들이 일어났어요. 지금까지 1년 넘게 이 집에서 살았는데, 조용히 지내고 싶어서 이웃 사람들은 거의 만나지 않았어요. 그런데 3일 전 한 남자가 찾아왔어요. 자기를 부동산 중개인이라고 소개하더군요. 그 사람은 자기 고객이 이 집을 마음에 들어 한다면서, 집을 팔 의향이 있으면 돈은 문제가 되지 않는다고 말하더군요. 부동산 시장에 이 집과 비슷한 집이 여럿 나와 있었기 때문에 참 이상하다고 생각했죠. 하지만 나는 그 사람의 말에 구미가 당겼어요. 그래서 처음 산 가격에 500파운드를 얹어서 값을 불렀죠. 흔쾌히 받아들이더군요. 그런데 그 고객이 가구도 원한다면서 가구값도 추가로 받지 않겠느냐고 묻더라고요. 이 집의 가구 중 일부는 옛날 집에서 가져온 거고, 보셔서 알겠지만 아주 고급이랍니다. 그래서 상당한 액수를 불렀어요. 그것도 선뜻 받아들였죠. 나는 늘 여행을 하고 싶었고, 거래도 무척 잘 이뤄졌기 때문에 여생을 자유롭게 보낼 수 있겠구나 생각했어요. 그리고 어제 그 남자가 계약서를 작성해서 가져왔어요. 다행스럽게도 나는 그 계약서를 해로에 사는 제 변호사인 서트로 씨에게 보여주었어요. 그분이 말하더군요. '계약서가 참 이상합니다. 부인께서 여기에 서명하실 경우 법적으로 이 집에서 아무것도 가져갈 수 없다는 것을 알고 계시나요? 개인 소지품도 가져갈 수 없어요.' 저녁에 그 남자가 다시 왔을 때 나는 이 점을 지적하면서 가구만 팔 생각이었다고 말했어요.

'아니, 안 돼요. 모두 파셔야 합니다.' 남자가 말했죠.

'하지만 내 옷과 장신구는요?'

'그럼 소지품은 양보해드리죠. 하지만 우리의 허락 없이는 어떤 물건도 집 밖으로 가져갈 수 없습니다. 제 고객은 아주 자유분방하지만 자기만의 취향과 방식이 있습니다. 전부가 아니면 아무것도 아니라는 게 그분의 철학입니다.'

'그러면 이 계약은 없던 걸로 하고 싶군요.' 내가 말했어요. 거래는 거기서 멈췄죠. 하지만 모든 게 이상해서 나는 생각했어요…."

얘기는 여기서 갑자기 중단되었다.

홈즈가 조용하라는 신호로 손을 든 것이다. 그리고 방을 가로질러 가더니 문을 벌컥 열고 수척한 여인의 어깨를 잡아 안으로 끌어들였다. 꼴사납게 몸부림치며 안으로 끌려 들어오는 모습이 마치 날개를 퍼덕이고 꼬꼬댁 소리치면서 우리를 벗어나려는 암탉을 떠올리게 했다.

"이거 놔요! 뭐하는 거예요?" 하녀가 새된 소리를 질렀다.

"아니, 수잔, 무슨 일이지?"

"글쎄, 마님, 손님들이 점심을 드실 건지 물어보려고 왔는데 이분이 갑자기 달려드시지 뭐예요."

"나는 이 여자가 내는 소리를 5분 동안 듣고 있었지만, 부인의 이야기가 워낙 흥미로워서 끊고 싶지 않았습니다. 수잔, 당신은 숨을 쌕쌕거리며 쉬죠? 이런 일을 하기엔 숨소리가 너무

크군요."

수잔은 자신을 붙잡은 남자를 향해 부루퉁하면서도 놀란 얼굴을 보여주었다. "당신이 누군지는 모르겠지만, 무슨 권리로 나를 이렇게 붙잡고 있는 거죠?"

"당신이 있는 자리에서 하나 묻고 싶었을 뿐입니다. 매벌리 부인, 부인께서 나에게 편지를 보내 상담을 하려고 했다는 말을 다른 누군가에게 하신 적이 있나요?"

"아뇨, 홈즈 씨. 없습니다."

"누가 당신의 편지를 부쳤나요?"

"수잔이요."

"그렇군요. 그럼 수잔, 부인께서 나에게 조언을 구하려 한다는 걸 누구에게 알렸습니까?"

"말도 안 돼요. 저는 그런 짓을 한 적이 없어요."

"자, 수잔. 숨을 쌕쌕거리는 사람은 오래 살지 못합니다. 거짓말은 사악한 짓이죠. 누구에게 말했습니까?"

"수잔!" 여주인이 외쳤다. "이제 보니 네가 나를 배신했구나. 네가 울타리 너머로 누군가와 얘기하는 걸 본 적이 있어."

"그건 개인적인 용무였어요." 수잔이 부루퉁하게 말했다.

"바니 스톡데일과 얘기했습니까?" 홈즈가 말했다.

"이미 알고 있으면서 뭣하러 나한테 물어보는 거죠?"

"확신은 없었는데 이제 알겠군요. 자, 그럼 수잔, 바니의 배후에 누가 있는지 말해준다면 10파운드를 줄게요."

"당신이 10파운드를 줄 때마다 1000파운드씩 줄 수 있는 사람도 있어요."

"그렇게 돈이 많은 남자인가요? 아니군. 그렇게 웃는 걸 보니 여자로군요. 자, 여기까지 왔으니 그만 이름을 밝히고 10파운드를 챙겨요."

"지옥에나 가시지."

"오, 수잔! 고운 말을 쓰셔야죠!"

"여기에서 나가야겠어요. 당신들 모두 지긋지긋하다고요. 짐 실을 상자는 내일 보낼게요." 수잔은 여봐란듯이 방문을 향해 걸어갔다.

"잘 가요, 수잔. 숨을 편히 쉬는 데는 파레고릭(진통제로 쓰이는 마약의 일종으로 호흡을 안정시키는 효과가 있다—옮긴이)이 좋아요." 화가 나서 얼굴이 빨개진 수잔이 문을 닫고 나가자, 홈즈는 활기찬 얼굴을 갑자기 심각한 표정으로 바꾸고 입을 열었다. "이 일당이 제대로 마음먹고 덤벼들었어요. 얼마나 세밀하게 일을 꾸미는지 보세요. 부인이 제게 보낸 편지의 소인에는 오후 10시라고 찍혀 있었습니다. 수잔은 바니에게 말을 전했고, 바니는 아직 시간이 있으니 윗선을 찾아가서 지시를 받았어요. 그리고 그자가 계획을 세웁니다. 수잔이 내가 잘못 짚었다고 생각하고 웃은 걸로 볼 때 윗선은 여자일 겁니다. 흑인 스티브가 투입되고, 이튿날 오전 11시 무렵 나는 손을 떼라는 경고를 받습니다. 일이 빠르게 진행되고 있어요."

"하지만 그들이 원하는 게 뭘까요?"

"그게 문제입니다. 부인, 이 집의 전 주인이 누구였죠?"

"퍼거슨이라는 은퇴한 선장이었어요."

"그 사람에게 주목할 점이 있었나요?"

"내가 듣기로는 없었어요."

"집에 뭔가를 묻어두었을 수도 있습니다. 물론 요즘은 묻을 게 있으면 우체국 은행을 이용하지만, 별난 사람이 늘 있기 마련이죠. 그런 자들이 없다면 세상은 참 따분할 겁니다. 처음에 나는 땅속에 묻힌 보물을 떠올렸습니다. 하지만 그럴 경우 놈들은 왜 부인의 가구를 원한 걸까요? 혹시 부인도 모르는 라파엘로의 그림이나 셰익스피어의 2절판 초판본 같은 게 있는 건 아니겠죠?"

"아니에요. 크라운 더비 찻잔 세트 말고는 이 집에 진귀한 물건은 없어요."

"그 물건으로는 이 모든 수수께끼가 풀리지 않는군요. 그 정도라면 솔직히 말하지 못할 이유가 없으니까요. 부인의 찻잔 세트를 탐내고 있다면, 이것저것 다 사들이지 않고 적당한 가격만 제시하면 될 일이죠. 내 생각엔 부인이 가지고 있다는 사실도 모르는 무언가가 있습니다. 부인이 알았다면 포기하지 않았을 그런 물건 말입니다."

"나도 그렇게 생각하네." 내가 말했다.

"왓슨 선생도 동의했으니 제 생각에 힘이 실리는군요."

"그러면 홈즈 씨, 그게 뭘까요?"

"이렇게 이성적 분석만으로 정확한 결론에 도달할 수 있을지 한번 알아봅시다. 부인은 이 집에서 1년을 머무셨습니다."

"거의 2년이에요."

"더 잘됐군요. 그렇게 오랜 시간 동안 부인에게서 뭔가를 원한 사람은 아무도 없었습니다. 그런데 갑자기 사나흘 전에 부인을 급히 찾는 사람이 생겼어요. 이 대목에서 무슨 생각이 드십니까?"

"그야 빤하지." 내가 말했다. "뭔지는 모르지만 어떤 물건이 최근 이 집에 들어왔다는 뜻이야."

"하나의 문제가 또 해결되었군요. 자, 매벌리 부인, 요 며칠 동안 새로 들여온 물건이 있습니까?"

"아니요. 올해 새로 들여온 물건은 없어요."

"이런! 그건 아주 주목할 만한 일이군요. 그렇다면 분명한 정보가 나올 때까지 사건이 전개되는 과정을 좀 더 지켜봐야겠어요. 부인의 변호사는 유능합니까?"

"서트로 씨는 아주 유능해요."

"하녀가 또 있나요? 방금 문을 걸어차고 나간 수잔 말고요?"

"여자애가 하나 있어요."

"서트로 씨더러 이 집에서 하루 이틀 지내달라고 하세요. 부인은 보호를 받아야 할지도 모릅니다."

"누구로부터요?"

"모르죠. 지금은 모든 게 흐릿합니다. 놈들이 무엇을 노리고 있는지 알 수 없으니 반대쪽에서 접근해 진짜 범인을 찾아내야죠. 그 부동산 중개인이 연락처를 남기고 갔나요?"

"명함을 받았는데 이름과 직업만 나와 있어요. 헤인즈 존슨,

경매사 겸 감정사."

"인명록에 나올 이름은 아닌 것 같군요. 정직한 업자라면 일터의 주소를 숨기지는 않죠. 자, 일이 진전되면 알려주십시오. 부인의 의뢰를 접수했으니, 끝까지 맡아서 해결해드릴 거라고 믿어도 됩니다."

우리가 홀을 지나가는 동안 홈즈는 어느 것 하나 놓치지 않겠다는 태도로 꼼꼼히 살펴보았다. 그러다가 구석에 쌓여 있는 여러 개의 트렁크와 상자를 보았다. 가방마다 꼬리표가 붙어 있었다.

"'밀라노', '뤼체른'. 이탈리아에서 온 것들이군요."

"가엾은 더글러스의 물건들이에요."

"짐을 풀지 않으셨나요? 받은 지 얼마나 되었습니까?"

"지난주에 도착했어요."

"부인께서… 아무튼 이 가방들이 잃어버린 고리일지도 모르겠군요. 저 안에 값진 물건이 없다는 걸 어떻게 아시나요?"

"저 안에 보물이 있을 리 없어요, 홈즈 씨. 더글러스는 급료와 얼마 안 되는 연금을 받았을 뿐이에요. 그 아이에게 어떻게 값진 물건이 있을 수 있겠어요?"

"여기에 계속 두지 마세요, 매벌리 부인." 결국 홈즈가 말했다. "이 짐들을 2층에 있는 부인의 침실로 옮기세요. 그리고 되도록 빨리 풀어서 무엇이 들어 있는지 살펴보세요. 저는 내일 와서 부인의 얘기를 듣겠습니다."

세 박공집이 철저히 감시당하고 있다는 것은 자명했다. 진

입로 끝에 있는 높다란 울타리를 돌아갔을 때 그림자 속에 흑인 권투 선수가 서 있었기 때문이다. 우리는 갑자기 그자와 마주쳤는데, 외진 장소에 서 있는 스티브의 얼굴은 몹시 음산하고 살벌했다. 홈즈는 반사적으로 주머니에 손을 찔러 넣었다.

"총이라도 찾고 계슈, 홈즈 씨?"

"아니. 향수병을 찾고 있소, 스티브."

"당신은 참 재밌는 양반이오. 안 그렇소?"

"내가 당신에게 이것저것 따져 물으면 재미없을 텐데. 오늘 오전에도 경고했지만."

"이봐, 탐정 양반. 당신이 한 말을 생각해봤는데, 퍼킨스에 관한 일로는 더 이상 말 섞고 싶지 않아. 내가 도울 일이 있다면 도울 수는 있수."

"그럼 말해. 이 일의 배후가 누구인지."

"허허, 참! 그건 전에 말했잖수. 모른다고. 내 보스인 바니가 지시를 내렸고, 그게 전부라니까."

"그럼 잘 들어요, 스티브. 저 집의 여주인과 그 지붕 아래 있는 모든 것은 내 보호 아래 있소. 그걸 잊지 마요."

"좋아요, 홈즈 씨. 잊지 않으리다."

"왓슨, 나는 저자에게 잔뜩 겁을 줬어." 홈즈가 걸어가며 말했다. "스티브는 배후가 누군지 알게 되면 배신하고 말 거야. 스펜서 존슨 일당에 대해 조금 알고 있던 게 행운이었어. 스티브가 그곳의 일원이라는 것 말이야. 자, 왓슨, 이건 랭데일 파이크에게 자문을 구할 만한 사건이야. 나는 지금 그 사람을 만나러 가겠네. 내가 돌아올 때쯤이면 사건의 실체가 좀 더 분명해져 있을 거야."

나는 그날 더 이상 홈즈를 보지 못했지만, 그 친구가 어떻게 시간을 보내고 있을지는 상상할 수 있었다. 랭데일 파이크는 사교계의 모든 스캔들을 머릿속에 담고 다니는 인간 참고서였다. 늘 나른해 보이고 기묘한 이 사내는 눈을 뜨고 있는 동안에는 세인트 제임스 스트리트에 있는 클럽의 내닫이창 가에서 시간을 보냈다. 랭데일 파이크는 런던의 모든 뒷소문이 오가는 수신기이자 발신기 같은 존재였다. 소문에 따르면, 그자는 대중의 호기심을 채워주는 쓰레기 같은 신문에 매주 글을 올려서 네 자릿수의 수입을 챙긴다고 한다. 런던 생활의 혼탁한 밑바닥에서 수상쩍은 소용돌이가 일거나 회오리바람이 불면, 그 표면에 있는 이 인간 레이더에게 정확한 신호가 자동으로 잡혔다. 홈즈는 엄

선한 정보를 랭데일에게 제공했고, 이따금 정보를 받았다.

이튿날 아침 일찍 친구의 집을 찾은 나는 홈즈의 태도에서 일이 잘 풀렸다는 것을 감지했다. 하지만 뜻밖에도 아주 불쾌한 소식이 우리를 기다리고 있었다. 바로 다음의 전보였다.

즉시 달려와 주시오. 간밤에 의뢰인의 집에 도둑이 들었음. 경찰 수사 중.

— 서트로

홈즈가 휘파람을 불었다. "드라마가 절정 국면에 이르렀군. 예상보다 빨리. 왓슨, 이 일의 배후에 거물급 세력이 도사리고 있었네. 앞서 들은 이야기가 있어서 그리 놀랍지는 않지만. 이 서트로라는 사람은, 물론 부인의 변호사지. 내가 실수한 것 같네. 자네보고 그 집에서 지내라고 해야 했는데. 이 친구는 결국 믿을 수 없는 사람이었어. 이제 다시 해로 월드로 가보는 것 말고는 다른 수가 없어."

세 박공집은 전날의 잘 정돈된 모습과는 판이하게 달라져 있었다. 일 없는 구경꾼 몇 명이 정원 입구에서 기웃거리고 있었고, 순경 두세 명이 창문과 제라늄 화단을 조사하고 있었다. 집 안에 들어간 우리는 자신을 변호사라고 소개한 머리가 희끗한 신사와 함께 부산스럽고 혈색 좋은 경위를 만났다. 경위는 오랜만에 만난 친구처럼 홈즈를 대했다.

"그런데 홈즈 씨는 이번 사건에 나설 필요가 없습니다. 흔하

디흔한 절도 사건이에요. 부실한 경찰만으로도 해결될 것 같습니다. 전문가가 나설 필요가 없어요."

"유능한 분이 사건을 맡고 계신 것 같군요." 홈즈가 말했다. "그런데 흔하디흔한 절도 사건일 뿐이라고요?"

"네, 그렇습니다. 우리는 범인들의 신원과 소재를 파악했어요. 바니 스톡데일 일당이죠. 그중에 흑인도 있고요. 이 근처에서 그들을 목격한 사람들이 있습니다."

"훌륭하군요! 그놈들이 뭘 훔쳤죠?"

"글쎄요, 뭘 많이 훔친 것 같지는 않습니다. 매벌리 부인은 클로로포름에 마취되어 있었고, 집은…. 아! 저기 부인이 오시는군요."

어제 만난 부인은 아주 창백하고 아픈 얼굴로 어린 하녀의 부축을 받으며 방으로 들어왔다.

"홈즈 씨, 적절한 충고를 해주셨어요." 부인이 쓸쓸하게 웃으며 말했다.

"아, 하지만 따르지 않았죠! 서트로 씨에게 폐를 끼치고 싶지 않았거든요. 그래서 보호받지 못했어요."

"오늘 아침에야 소식을 들었습니다." 변호사가 해명했다.

"홈즈 씨는 집에 친구를 부르라고 했는데, 저는 그 조언을 무시했어요. 대가를 치른 셈이죠."

"몹시 아파 보이십니다." 홈즈가 말했다. "자초지종을 말할 수 있는 상태가 아닌 것 같군요."

"여기 다 적혀 있어요." 경위가 두꺼운 노트를 톡톡 치며 말했다.

"하지만 부인께서 너무 힘들지만 않으시다면…."

"할 얘기도 별로 없답니다. 틀림없이 못된 수잔이 앞잡이 노릇을 했을 거예요. 그자들은 집 안을 구석구석 파악하고 있었어요. 마취제에 젖은 헝겊이 내 입에 닿는 순간은 기억이 나는데, 얼마나 오랫동안 잠들어 있었는지는 모르겠어요. 정신을 차리고 보니 한 남자가 내 침대 곁에 있었고, 다른 남자는 아들의 가방에서 어떤 뭉치를 꺼내고 있었어요. 가방은 반쯤 열려 있었고, 바닥에 물건들이 어지럽게 널려 있었죠. 나는 놈들이 빠져나가기 전에 벌떡 일어나서 그자를 잡았어요."

"너무 위험한 행동이었습니다." 경위가 말했다.

"그 남자를 붙잡고 매달렸지만 그자가 몸을 흔들어 나를 뿌리쳤어요. 그리고 다른 남자가 나를 때린 것 같아요. 그 뒤로는 기억이 없거든요. 하녀인 메리가 소리를 듣고 창밖으로 소리를 지르기 시작했어요. 그 덕분에 경찰이 왔지만, 악당들은 이미 사라지고 난 뒤였죠."

"그놈들이 무엇을 훔쳐갔나요?"

"비싼 물건을 훔친 것 같지는 않아요. 아들의 가방에는 분명 그런 물건이 없었어요."

"무슨 단서를 남기지는 않았나요?"

"내가 붙잡은 남자한테서 잡아챈 종이가 한 장 있어요. 잔뜩 구겨진 채 바닥에 떨어져 있었는데, 아들이 손으로 직접 쓴 글이에요."

"그건 별 쓸모가 없다는 뜻이군요." 경위가 말했다. "만약 도둑이 쓴 거라면…."

"맞아요." 홈즈가 말했다. "안타깝게도 그게 상식이죠! 하지만 한번 보고 싶군요."

경위는 수첩에서 반듯하게 접은 종이를 꺼냈다.

"저는 아무리 사소한 것이라도 절대 지나치지 않습니다." 경위가 빼기듯이 말했다. "이것이 제가 홈즈 씨에게 드리는 조언입니다. 경찰 생활 25년을 통해 얻은 교훈이죠. 어디에나 지문 같은 게 묻어 있을 가능성이 있어요."

홈즈는 종이를 자세히 살폈다.

"이게 무엇인 것 같습니까, 경위?"

"제가 보기엔 야릇한 소설의 끝부분인 것 같습니다."

"분명 그런 것 같군요." 홈즈가 말했다.

"페이지 상단의 숫자를 보셨을 겁니다. 245로군요. 나머지 244쪽까지는 어디에 있습니까?"

"도둑들이 가져간 것 같습니다. 놈들에게 제법 도움이 되겠군요!"

"그런 종이 쪼가리를 훔치기 위해 침입한다는 게 참 이상하군요. 뭔가 짚이는 게 있습니까, 경위?"

"네, 급한 와중에 가장 먼저 손에 잡힌 것을 들고 도망간 거겠죠. 놈들이 그 종이의 내용을 즐기기를 바랄 뿐입니다."

"내 아들의 물건에는 왜 손을 댄 걸까요?" 매벌리 부인이 물었다.

"글쎄요, 1층에 값진 게 없으니 2층에서 행운을 기대한 거 겠죠. 제가 보기엔 그렇습니다. 홈즈 씨는 어떻게 생각하십니 까?"

"생각을 좀 더 해봐야겠습니다. 창가로 오게, 왓슨." 우리는 함께 서서 종이에 적힌 것을 읽었다. 문장이 중간에서 시작되 었는데 다음과 같은 내용이었다.

…얼굴을 베이고 맞아서 피범벅이 되었다. 하지만 남자가 입 은 마음의 상처에 비하면 아무것도 아니었다. 남자는 사랑스 러운 그 얼굴, 자신의 목숨까지도 바칠 수 있는 여자의 얼굴이 말할 수 없는 고통과 굴욕에 빠진 자신을 내다보고 있다는 것 을 알고 절망했다. 여자는 미소를 머금었다. 어떻게 이럴 수가! 남자가 올려다보자 여자는 냉혹한 악마처럼 웃었다. 사랑이 죽고 증오가 태어난 것은 바로 그때였다. 남자는 살아야 할 목 표가 있어야 한다. 나의 여인이여, 당신의 포옹을 위해 살지 못 한다면, 당신의 파멸과 나의 철저한 복수를 위해 살겠소.

"뭔가 좀 이상하군요." 홈즈가 경위에게 종이를 돌려주며 웃 음을 지었다. "'남자'가 별안간 '나'로 바뀐 것을 알아차리셨나 요? 저자가 자기 이야기에 몰입한 나머지 극적인 순간에 자신 이 주인공이라고 상상한 겁니다."

"삼류 연애 소설 같습니다." 경위가 종이를 수첩에 끼워 넣 으며 말했다. "아니! 벌써 가십니까, 홈즈 씨?"

"유능하신 분들이 사건을 맡고 있으니 내가 있어야 할 이유가 없는 것 같습니다. 그런데 매벌리 부인, 여행하고 싶다고 말씀하셨죠?"

"저는 늘 여행을 꿈꿔왔어요, 홈즈 씨."

"어디로 가고 싶으신가요? 카이로, 마데이라, 리비에라?"

"오! 돈만 있다면 세계 일주를 하고 싶어요."

"그렇군요. 세계 일주라. 그럼 이만 가보겠습니다. 저녁에 연락을 드릴 수도 있습니다." 우리가 창문 앞을 지날 때 나는 경위가 웃으며 고개를 절레절레 흔드는 모습을 얼핏 보았다. 그 웃음은 이런 뜻인 것 같았다. '저 똑똑한 친구들에게는 미치광이 같은 구석이 있어.'

"자, 왓슨. 우리의 여정에서 마지막으로 들러야 할 곳이 있네." 소란스러운 런던 한복판으로 돌아왔을 때 홈즈가 말했다. "사건을 바로 해결해볼 셈이야. 자네도 함께 가주는 게 좋겠어. 이사도라 클라인 같은 여자를 상대할 때는 목격자가 있는 편이 더 안전하거든."

우리는 마차를 타고 그로브너 광장 어딘가를 향해 달려갔다. 홈즈는 골똘히 생각에 잠겨 있다가 갑자기 등을 쭉 폈다.

"그런데 왓슨, 어떻게 된 일인지 알겠어?"

"아니, 나로선 안다고 할 수가 없어. 이 모든 일의 배후에 있는 한 여자를 만나러 가고 있다는 것밖에는."

"맞아! 하지만 이사도라 클라인이라는 이름에서 뭔가 떠오르는 게 없나? 물론 그 여자는 유명한 미인이야. 필적할 여자가 없었지. 정복자들의 혈통을 이어받은 순수 스페인계로, 그 여자 가문의 사람들은 수 대에 걸쳐 페르남부쿠를 다스려왔네. 이사도라는 독일의 늙은 설탕 왕 클라인과 결혼해서 세상에서 가장 부유하고, 가장 아름다운 미망인이 되었네. 그 후 불장난을 하며 욕정을 채우던 시기가 있었지. 여러 명의 애인을 사귀었는데, 런던에서 손꼽히는 미남인 더글러스 매벌리도 그중 하나였어. 많은 사람들이 말하기를 그건 불장난 이상이었다고 하더군. 더글러스는 사교계의 바람둥이가 아니라 전부를 받고 싶어 하는 강하고 자부심 넘치는 남자였지. 하지만 이사도라는 소설에 나오는 '무정한 미인' 같은 여자였어. 자기의 욕정이 채워지면 관계는 끝나지. 그리고 자신의 이별 선언을 남자가 받아들이지 못할 경우 현실을 깨닫게 하는 방법을 알고 있었지."

"그렇다면 그 종이는 더글러스의 이야기였다는…."

"아! 이제야 조각이 맞춰지는 모양이군. 내가 듣기로 이사도라는 아들뻘 되는 로먼드 공작과 곧 결혼할 예정이야. 공작의 어머니가 나이 차에 대해서 개의치 않는 모양이지만, 큰 스캔들이 터지면 문제가 다르지. 그래서 그렇게 필사적일 수밖에…. 이런! 도착했군."

이사도라의 집은 웨스트엔드에서 손꼽히는 저택들 중 하나였다. 기계 같은 하인이 우리의 명함을 받아서 들어갔다가 여주인이 집에 안 계시다는 대답과 함께 돌아왔다. "그럼 오실때까지 기다리겠소." 홈즈가 밝은 목소리로 말했다.

그러자 무표정한 하인의 얼굴에 짜증이 묻어났다.

"안 계시다는 말은 당신에게만 안 계시다는 뜻입니다."

"좋아요." 홈즈가 대답했다. "그 말은 우리가 기다릴 필요가 없다는 뜻이군요. 그럼 이 쪽지를 전해주시오."

홈즈는 수첩에 서너 글자를 휘갈겨 쓴 다음 접어서 하인에게 건네주었다.

"뭐라고 썼나, 홈즈?" 내가 물었다.

"간단하게 썼네. '그럼 경찰을 부를까요?' 이제 곧 들어갈 수 있을 거야."

정말 그랬다. 그것도 놀라울 정도로 빨리. 잠시 후 우리는 《아라비안나이트》에 나올 법한 넓고 아름다운 거실에 들어섰다. 약간 어두운 거실 곳곳에 분홍색 전구가 빛나고 있었다. 아무리 아름답고 자부심 강한 여인이라도 결국은 어두운 조명을 더 좋아하게 되는 때를 맞게 되는 모양이었다. 우리가 들어서자 여주인이 긴 안락의자에서 일어났다. 큰 키에 여왕 같은 자태와 완벽한 몸매, 사랑스러운 가면 같은 얼굴을 한 스페인계 여인의 아름다운 두 눈동자가 우리를 집어삼킬 듯 쏘아보았다.

"이런 무례한 방문이 어디 있나요? 그리고 이 모욕적인 편지는 또 뭐죠?" 이사도라가 종이를 든 채로 따져 물었다.

"굳이 설명하지는 않겠습니다, 부인. 그러기에는 제가 부인의 지성을 아주 존경하고 있습니다. 하지만 그 지성이 최근 놀라울 만큼 위기를 맞고 있죠."

"무슨 뜻이죠?"

"악당을 고용해서 겁을 주면 제가 이 일에서 손을 뗄 거라고 생각하신 것 말입니다. 위험한 일에서 매력을 느끼지 못한다면 누구도 이런 일을 하지 못할 겁니다. 따라서 제가 매벌리 부인의 사건을 맡도록 등을 떼민 것은 바로 부인인 셈입니다."

"무슨 얘길 하는 건지 모르겠군요. 제가 무슨 악당을 고용했다고 이러는 거죠?"

홈즈가 맥 빠진 모습을 보였다.

"이런, 제가 부인의 지성을 과대평가했군요. 그럼 안녕히 계십시오!"

"잠깐만! 어디로 가시는 거죠?"

"런던 경찰국으로 갑니다."

우리가 문까지 절반도 채 가기 전에 이사도라가 쫓아와서 홈즈의 팔을 붙잡았다. 순식간에 이사도라는 강철에서 비단으로 바뀌었다.

"와서 앉아요, 신사님. 우리 얘기 좀 해요. 홈즈 씨와는 진실한 대화가 가능할 것 같군요. 당신에게는 신사다운 느낌이 있어요. 여자의 직감은 금방 알아차리죠. 이제부터 당신을 친구로 대할게요."

"저도 그러겠다고 약속하지는 못하겠군요, 부인. 저는 법관은 아니지만, 제 연약한 힘이 닿는 데까지 정의를 대변하려는 사람이니까요. 부인 말을 듣고 나서 제가 어떻게 행동할지 말씀드리겠습니다."

"당신처럼 용감하신 분을 겁주려고 했다니 제가 정말 어리석었어요."

"진짜 어리석은 짓은 협박과 배신을 일삼는 악당들에게 자신을 내맡긴 것입니다."

"아니, 아니에요! 저는 그 정도로 바보가 아니에요. 솔직해지겠다고 약속했으니까 다 말씀드릴게요. 바니 스톡데일과 그 아내 수잔을 제외하고는 누가 그들을 고용했는지 아무도 몰라요. 그 부부에 대해서는, 글쎄요, 이런 일이 처음이 아니라서….'"

이사도라는 고개를 끄덕이며 매력적이고 요염한 웃음을 흘렸다.

"알겠습니다. 부인은 이미 부부를 시험해보셨군요."

"그 두 사람은 말없이 달리는 착한 사냥개예요."

"그런 사냥개는 언젠가 먹이를 주는 손을 물어뜯기 마련이죠. 두 사람은 절도죄로 체포될 겁니다. 경찰이 벌써 쫓고 있어요."

"바니 부부는 어떤 일이든 감내할 거예요. 그렇게 함으로써 대가를 받으니까요. 저는 전면에 드러나지 않을 거예요."

"제가 그렇게 하지 않는 한에서죠."

"맞아요, 홈즈 씨는 그러지 않으실 거예요. 신사니까 여자의 비밀을 지켜주실 거예요."

"먼저 원고부터 돌려주십시오."

이사도라는 까르르 웃음을 터뜨리며 벽난로 쪽으로 다가가

더니 부지깽이로 잿더미를 들쑤셨다. "이걸 돌려드릴까요?" 이사도라가 물었다. 매혹적인 미소를 짓고 우리 앞에 서 있는 이사도라는 너무나 짓궂고 아름다워서, 나는 홈즈가 상대한 모든 악당 중에 이 여자만큼 어려운 적수는 없을 거라고 생각했다. 그러나 홈즈는 감정과는 거리가 먼 인물이었다.

"스스로 자신의 운명을 봉하셨군요." 홈즈가 차갑게 말했다. "당신은 행동이 아주 빨라요. 하지만 이번엔 너무 빨랐습니다."

이사도라가 부지깽이를 던지자 쨍그랑 소리가 났다.

"참으로 냉정한 분이시군요! 사실을 다 말씀드릴까요?"

"그건 저도 할 수 있습니다."

"하지만 제 입장에서 생각해보세요. 평생의 야망이 마지막 순간에 무너지는 걸 지켜보는 한 여자의 관점에서 말이에요. 그런 여자가 자신을 보호한다고 해서 비난을 받아야 하나요?"

"먼저 죄를 지은 쪽은 부인입니다."

"네, 네! 인정해요. 더글러스는 사랑스러운 남자였지만, 내 계획에 들어맞는 사람은 아니었어요. 그 사람은 결혼을 원했어요, 결혼을. 가난한 서민과 결혼이라니. 더글러스는 오직 결혼만 생각했어요. 그러다 집요해지더군요. 내가 자기한테 주니까 계속 주어야 하고, 그것도 자기에게만 주어야 한다고 생각하는 것 같았어요. 그건 참을 수가 없었어요. 결국 나는 그이가 깨닫도록 해야 했어요."

"깡패를 시켜서 당신 창문 아래에서 흠씬 두들겨 팬 것 말입니까?"

"정말 모르시는 게 없군요. 음, 사실이에요. 바니와 그 부하들이 그 사람을 끌고 가서 좀 심하게 때렸어요. 하지만 그 후에 그 사람이 어떻게 했죠? 신사라는 자가 어떻게 그런 행동을 할 수 있죠? 자기가 겪은 일을 책으로 썼어요. 물론 저는 늑대였고, 그 사람은 순한 양이었죠. 그래도 이름은 바꿨더군요. 하지만 런던 사람 중에 늑대와 양이 누군지 모를 사람이 어디 있겠어요? 그 점에 대해서는 뭐라고 말씀하실 거죠, 홈즈 씨?"

"흠, 책을 쓰는 건 자기 마음이죠."

"그 사람이 이탈리아 물을 좀 먹더니 핏속으로 옛 이탈리아인들의 잔인한 기질까지 스며 들어간 것 같았어요. 저에게 편지를 보내면서 그 책의 사본을 같이 보냈어요. 제가 앞날을 바라보며 고통스러워하라고 말이에요. 사본은 두 부라고 했죠. 하나는 나에게, 다른 하나는 출판사에 보낸다고 했어요."

"출판사가 사본을 받지 못했다는 건 어떻게 알았죠?"

"출판사 사장을 알고 있었어요. 아시겠지만 그게 첫 소설이 아니었거든요. 나는 출판사 사장이 더글러스의 소식을 듣지 못했다는 걸 알아냈어요. 그러다 그 사람이 갑자기 죽었죠. 이 세상에 다른 사본이 존재하는 한 저는 안전할 수 없었어요. 물론 원고는 더글러스의 유품 가운데 있을 것이고, 그 유품들은 틀림없이 그 사람의 어머니에게 보내졌겠죠. 나는 바니 일당을 움직였고, 그중 한 명이 하녀로 들어간 거예요. 나는 일을 정직하게 처리하고 싶었어요. 정말로 진실로 그랬어요. 그 집과 그 안에 있는 모든 것을 사들일 생각이었어요. 더글러스의 어머니가 얼마를 부르든 다 주기로 했죠. 하지만 모든 게 실패로 돌아가자 다른 방법을 쓰려고 한 거예요. 자, 홈즈 씨, 저는 더글러스에게 모질게 굴긴 했지만 미안하게 생각하고 있어요. 신은 아마 아실 거예요. 내 모든 미래가 위기에 몰렸는데 달리 무슨 방법이 있었겠어요?"

셜록 홈즈가 어깨를 으쓱했다.

"흠, 그렇다면." 홈즈가 말했다. "평소처럼 합의를 해야겠군요. 일등석을 타고 세계 일주를 하려면 비용이 얼마나 들까요?"

이사도라가 놀란 눈으로 쳐다보았다.

"5000파운드면 되겠습니까?"

"네, 그 정도일 거예요. 맞아요!"

"좋습니다. 부인께서 그 액수의 수표를 끊어주시면 제가 매벌리 부인에게 전해드리겠습니다. 매벌리 부인에게 그 정도의 기분 전환은 시켜드리셔야죠. 그런데 부인!" 홈즈가 집게손가락을 움직이며 말했다. "조심, 또 조심하세요! 날카로운 도구를 계속 가지고 놀다간 언젠가 그 고운 손에 상처가 나고 말거예요."

5
서식스의 뱀파이어

홈즈는 그날 마지막 우편집배원이 전해준 편지를 꼼꼼히 읽고 있었다. 그러다 그나마 웃음에 가장 가까운 메마른 웃음을 지으며 편지를 내게 획 던져주었다.

"현대와 중세, 현실과 공상이 뒤섞여 있어서 도저히 읽어줄 수가 없군. 자네가 보기엔 어때, 왓슨?"

내용은 다음과 같았다.

올드주리 46번지, 11월 19일
뱀파이어에 관하여

귀하
우리 회사 고객인 민싱 레인의 홍차 중개상인 퍼거슨 앤드 뮤어헤드의 로버트 퍼거슨 씨가 위와 동일한 일자에 우리에게 뱀파이어에 관한 문제를 의뢰했습니다. 하지만 본 회사는 기계류 사정 평가를 전문으로 하고 있기에 그런 문제는 취급하지 않습니다. 그래서 우리는 퍼거슨 씨에게 귀하게 문의하라고 권했습니다. 우리는 마틸다 브릭스 사건에서 귀하께서 보여주신 성공적인 활약을 잊지 않고 있습니다.

—모리슨, 모리슨, 앤드 도드 사무소
E. J. C. 드림

"마틸다 브릭스는 젊은 여인의 이름이 아니라 배의 이름이네, 왓슨." 홈즈가 회상에 잠긴 목소리로 말했다. "수마트라 섬의 거대한 쥐와 관련된 건데, 아직 세상에 알릴 수 없는 이야기지. 하지만 우리가 뱀파이어에 관해 알고 있는 게 뭐가 있지? 우리 영역이 맞는 건가? 가만히 노는 것보다는 낫겠지만, 정말이지 그림 동화에나 나올 법한 일을 맡게 되었군. 팔을 좀 뻗어보게, 왓슨. V 항목에 뭐라고 나와 있는지 봐야겠어."

나는 의자에 등을 기댄 채 홈즈가 말한 커다란 색인집을 꺼냈다. 홈즈는 책을 무릎 위에 올려놓고 평생 축적한 정보들과 함께 섞여 있는 오래된 사건들의 기록을 천천히 그리고 애정 어린 눈길로 훑어보았다.

"글로리아 스콧호의 항해." 홈즈가 항목을 읽었다. "고약한 사건이었어. 자네가 그 사건에 대

해 몇 가지 기록한 것들이 떠오르는군. 결과를 축하해줄 수는 없었지만 말이야. 위조범 빅터 린치. 독이 있는 도마뱀. 그건 굉장한 사건이었어! 서커스단의 미인 비토리아. 반더빌트와 금고 털이. 독사. 해머스미스의 신기한 비거. 여기! 찾았어! 정말 대단한 색인집이야. 자네도 인정할 수밖에 없을 거야. 들어봐, 왓슨. 헝가리의 뱀파이어 신앙, 그리고 트란실바니아의 뱀파이어." 홈즈는 열정적으로 페이지를 넘겼지만, 짧은 시간 동안 집중해서 읽은 후 실망 섞인 탄식을 내뱉으며 두툼한 색인집을 던져버렸다.

"쓰레기야, 왓슨. 이건 쓰레기라고! 심장에 말뚝을 박아야 무덤에 가둘 수 있다는 걸어 다니는 시체가 우리와 무슨 상관이 있다는 거지? 정말 터무니없는 소리군."

"하지만 뱀파이어가 꼭 죽은 사람일 필요는 없지 않은가? 살아 있는 사람 중에도 흡혈 행위를 하는 자가 있어. 젊음을 유지하기 위해 젊은이의 피를 빨아먹는 노인의 이야기를 들은 적이 있어."

"자네 말이 맞아, 왓슨. 색인집의 자료에도 그런 전설이 나와. 하지만 그런 전설을 진지하게 다룰 필요가 있을까? 탐정의 일이란 땅에 발을 딛고 있어야만 할 수 있는 거야. 늘 그래야 하지. 우리에게 세상은 이미 충분히 크다네. 유령까지 포함시킬 필요는 없어. 로버트 퍼거슨 씨의 사건은 진지하게 고려할 수가 없을 것 같군. 이 편지는 그 사람이 보낸 것 같은데, 이걸 읽어보면 그자가 염려하는 게 뭔지 감이 잡히겠지."

홈즈는 첫 번째 편지에 빠져 있느라 신경 쓰지 못한 두 번째 편지를 집어 들었다. 편지를 읽는 동안 애초의 즐거운 미소는 점차 사라지고 진지한 관심과 집중의 표정으로 바뀌었다. 홈즈는 다 읽은 편지를 흔들며 골똘히 생각에 잠긴 채 그대로 앉아 있었다. 그러다 갑자기 현실로 돌아오며 상념에서 깨어났다.

"램벌리의 치즈먼 저택. 왓슨, 램벌리가 어디에 있지?"

"호셤 남쪽 서식스 주에 있지."

"그리 멀지 않군. 치즈먼 저택은?"

"그 지역은 내가 잘 알아, 홈즈. 수백 년 전에 집을 지은 사람들의 이름을 붙인 고택이 많은 곳이야. 오들리 저택, 하비 저택, 캐리턴 저택 등이 있어. 사람들에겐 잊혔지만 이름은 집과 함께 남아 있지."

"맞아." 홈즈가 차갑게 말했다. 새로운 정보를 머릿속에 은밀하고 정확하게 쌓아두면서도 그런 내색을 하지 않는 것은 자존심 강하고 과묵한 홈즈의 특징이었다. "작업에 들어가기 전에 치즈먼 저택에 대해 공부를 해두는 게 좋겠어. 내가 바라던 대로 이 편지는 로버트 퍼거슨이 보낸 거야. 그런데 이 사람이 자네와 안면이 있다고 하는군."

"나를 안다고?"

"자네도 읽어보게."

홈즈가 편지를 건네주었다. 맨 위에는 앞서 말한 주소가 적혀 있었다.

친애하는 홈즈 씨

변호사들이 귀하께 자문을 구하라고 권고했지만, 문제가 워낙 미묘해서 어떻게 말해야 할지 난감합니다. 이 사건은 내가 도와주고 있는 친구와 관련된 일입니다. 이 친구는 5년 전 질산염 수입 건으로 만난 페루 상인의 딸과 결혼했습니다. 아주 아름다운 여인이었지만, 국적과 종교가 달라서 부부 사이에 관심사와 감정에 틈이 벌어졌습니다. 그래서 아내에 대한 친구의 사랑이 식어갔고, 결혼한 것을 실수로 여기기에 이르렀습니다. 친구는 아내에게 알아볼 수도 없고 이해할 수도 없는 면이 있다고 생각했습니다. 그 누구보다 사랑스럽고 모든 면에서 헌신적인 아내였기에 친구는 더욱 괴로웠다고 합니다.

더 자세한 내용은 만나서 말씀드리겠습니다. 이 편지는 그저 상황을 대략적으로 알려드리고, 귀하께서 이 일에 흥미를 느끼시는지 알아보기 위해 쓰는 것입니다. 그 여인은 원래의 다정하고 부드러운 성격과는 판이하게 다른 이상한 모습을 보이기 시작했습니다. 친구는 이번이 두 번째 결혼인데, 전처에게서 낳은 아들이 하나 있습니다. 이제 열다섯 살인 이 소년은 아주 사랑스럽고 정이 많지만, 불행히도 어린 시절에 사고로 몸을 다쳤습니다. 여인이 이 아이를 별다른 이유도 없이 학대하는 모습이 두 번이나 목격되었습니다. 한번은 막대기로 아이를 때려서 팔에 심한 자국을 남겼습니다. 하지만 그 여인이 돌도 지나지 않은 자기 친아들에게 한 짓에 비하면 이 일은 아무것도 아닙니다. 한 달 전쯤 유모가 몇 분 정도 아기를 혼자 둔 적이 있었습니다. 아기가 자지러지게 우는 소리가 들려서 달려갔더니 안주인이 아기 위로 몸을 숙이고 있었는데, 아기의 목을 물어뜯고 있는 게 분명했습니다. 아기의 목에는 작은 상처가 나 있었고, 거기서 피가 줄줄 흐르고 있었죠. 유모는 겁에 질린 나머지 바깥주인에게 연락하려고 했지만, 안주인은 유모에게 그러지 말라고 애원하면서 입을 다무는 대가로 5파운드를 주었습니다. 아무런 해명도 없이 그 일은 한동안 없던 일이 되었습니다.

하지만 유모는 그 기억을 떨칠 수가 없었습니다. 그때부터 유모는 여인을 철저히 감시하면서 아기를 더욱 가까이에서 돌봤습니다. 유모는 아기를 무척 사랑했습니다. 유모가 여인을 감시하는 동안 여인도 유모를 지켜봤던 모양입니다. 그리고 유모가 어쩔 수 없이 아기를 혼자 둘 때마다 아기를 해치려고 기회를 엿보고 있는 것 같았습니다. 유모는 밤낮으로 아기를 지켰고, 조용하고 빈틈없는 여인도 양을 노리는 늑대처럼 아기 곁을 쉬지 않고 맴도는 듯했습니다. 믿을 수 없는 이야기지만, 한 아기가 생명을 잃을 수도 있고 한 남자가 미칠 수도 있는 일입니다. 부디 이 일을 진지하게 고려해주셨으면 합니다.

마침내 끔찍한 날이 찾아왔습니다. 더 이상 유모가 여인의 남편에게 사실을 숨길 수 없게 된 겁니다. 너무 겁이 나서 견딜 수 없었기에 바깥주인에게 모든 것을 사실대로 털어놓았죠.

지금 귀하처럼 그 친구에게도 터무니없는 이야기로 들린 모양입니다. 친구가 알기로 그 여인은 사랑이 많은 아내였고, 의붓아들을 학대한 것만 제외하면 다정한 엄마였습니다. 그런데 왜 그런 여인이 자기 친아들에게 해를 입히겠습니까? 친구는 유모에게 무슨 잠꼬대 같은 소리냐고 말했죠. 그런 의심은 정신병자나 하는 짓이라며, 그런 식으로 안주인을 음해하는 것은 용납할 수 없다고 화를 냈습니다. 두 사람이 그렇게 같이 있는 동안 갑자기 고통에 찬 울음소리가 들려왔습니다. 유모와 내 친구가 아기방으로 달려갔습니다. 자기 아내가 아기 침대 옆에서 무릎을 꿇고 있다가 일어났는데, 아기의 드러난 목과 시트에 피가 묻어 있었다면 친구의 심정이 과연 어땠을지 상상해보십시오. 공포에 질려 소리를 지른 친구가 아내의 얼굴을 밝은 쪽으로 돌리니 입가에 피가 잔뜩 묻어 있었습니다. 아기의 목에서 피를 마신 것은 틀림없이 아내였습니다.

이것이 이제까지 일어난 일입니다. 지금 그 여인은 아무런 변명도 하지 않은 채 자기 방에 틀어박혀 있습니다. 친구는 넋이 나간 상태고요. 그 친구도 나도 뱀파이어에 대해서는 이름밖에 듣지 못했습니다. 우리는 뱀파이어가 이야기책에서나 나오는 존재인 줄 알았습니다. 하지만 바로 영국 서식스의 한복판에서…. 어쨌든 이 모든 문제를 귀하와 의논하고 싶습니다. 저를 만나주시겠습니까? 어느 넋 나간 남자를 돕는 일에 귀하의 능력을 발휘하시지 않겠습니까? 그래 주실 수 있다면 램벌리 치즈먼 저택의 퍼거슨에게 전보를 띄워주시기 바랍니다. 그럼 오전 10시에 찾아뵙겠습니다.

— 로버트 퍼거슨 드림

추신. 귀하의 친구인 왓슨 선생이 블랙히스의 럭비 선수였던 것으로 알고 있습니다. 그때 저는 리치먼드의 스리쿼터백이었습니다. 선생님과의 개인적인 친분은 이것밖에 없군요.

"물론 이 사람을 기억하네." 편지를 내려놓으며 내가 말했다. "리치먼드의 역대 스리쿼터백 중에서 최고의 선수였지. 성품이 정말 좋은 친구였어. 친구의 일에 이렇게 관심을 기울이다니 역시 퍼거슨답군."

홈즈가 나를 빤히 쳐다보더니 고개를 저었다. "왓슨, 자네의 끝을 모르겠어. 자네에겐 내가 모르는 면이 많아. 착한 친구답게 전보를 띄우도록 하게. '귀하의 사건을 기꺼이 조사하겠습니다'라고."

"'귀하'의 사건이라고?"

"우리 탐정 사무소가 뱀파이어 정도에 겁을 먹을 거라고 생각하게 해서는 안 되지. 물론 이건 퍼거슨 씨의 사건이네. 전보를 치고 나서 내일 아침까지는 이 일을 접어두도록 하세."

이튿날 오전 10시 정각에 퍼거슨이 성큼성큼 방으로 들어왔다. 내가 기억하는 퍼거슨은 유연한 팔다리로 빠르고 멋지게 몸을 틀어 상대 수비를 농락하던 키 크고 늘씬한 남자였다. 하지만 전성기 때 알고 지낸 뛰어난 운동선수가 망가진 모습을 보는 것보다 마음 아픈 일은 없다. 우람한 체구는 쪼그라들었고, 금빛 머리칼은 듬성듬성 빠져 있었으며, 어깨는 구부정했다. 나를 바라보는 친구도 나와 같은 심정이었을까?

"잘 지냈나, 왓슨?" 퍼거슨이 나직하고 따뜻한 음성으로 인사했다. "올드디어 파크에서 밧줄 너머 관중 속으로 자네를 집어 던졌을 때와는 판이하게 다른 모습인데? 내 모습도 조금 변했을 거야. 하지만 내가 이렇게 폭삭 늙은 것은 하루 이틀 전이네. 홈즈 씨, 다른 사람을 대변하는 척해봐야 소용없다는 걸 전보를 보고 알았습니다."

"직접 만나 해결하는 편이 더 간단합니다." 홈즈가 말했다.

"물론 그렇죠. 하지만 보호하고 도와줘야 할 여자에 대해 부정적인 말을 한다는 게 얼마나 어려운지 상상하실 수 있을 겁니다. 제가 어떻게 해야 할까요? 경찰서에 가서 그런 이야기를 어떻게 할 수 있겠어요? 하지만 아이들은 꼭 보호를 받아야 했습니다. 아내가 정신병에 걸린 걸까요? 집안에 그런 내력이 있는 걸까요? 비슷한 사건을 경험하신 적이 있습니까? 제발 조언을 좀 해주십시오. 저는 어떻게 해야 할지 정말 모르겠습니다."

"퍼거슨 씨, 당연히 그러실 겁니다. 여기 앉아 호흡을 가다듬으신 다음 좀 더 자세히 말씀해주십시오. 저는 어떻게 해야 할지 몰라 쩔쩔매는 일은 결코 없을뿐더러 문제를 해결할 자신도 있습니다. 우선 퍼거슨 씨께서 무슨 조치를 취했는지 말씀해주세요. 부인께서 아직도 아이들 가까이에 있나요?"

"우리는 끔찍한 광경을 봤습니다. 아내는 사랑이 넘치는 여자예요. 여느 여인이 자기 남자를 온 마음과 온 영혼을 다해 사랑하듯이 아내는 나를 사랑합니다. 내가 이 무섭고 믿을 수 없는 비밀을 알게 되자 아내는 깊은 슬픔에 빠졌어요. 아내는 입도 뻥긋하려 하지 않습니다. 내가 비난해도 아무런 대답도 하지 않고, 고통과 절망이 가득한 눈으로 가만히 바라볼 뿐이었죠. 그러다 자기 방으로 달려가더니 문을 잠가버렸습니다. 그 후로 아내는 나를 보려고도 하질 않아요. 아내에게는 결혼 전부터 데리고 있던 돌로레스라는 하녀가 있는데, 하녀라기보다는 친구에 가깝죠. 이 하녀가 아내에게 먹을 것을 가져다주고 있습니다."

"그럼 아기가 당장 위험하지는 않겠군요."

"유모인 메이슨 부인이 밤이나 낮이나 아기 곁을 떠나지 않겠다고 맹세했습니다. 저는 전적으로 아내를 믿어요. 마음이 더욱 쓰이는 건 잭입니다. 편지에도 썼듯이 그 아이는 아내에게 두 차례 매를 맞았어요."

"하지만 피를 흘리지는 않았죠?"

"네, 하지만 잔인할 만큼 때렸죠. 잭이 장애가 있고 소심한 아이라는 걸 생각하면 더욱 끔찍합니다." 자기 아들에 관한 이야기를 하는 동안 퍼거슨의 수척한 얼굴이 한결 부드러워졌다. "잭의 상태를 보면 누구든 연민을 느끼게 될 겁니다. 어릴 때 높은 데서 떨어지는 바람에 척추가 휘었어요. 하지만 마음만은 천사처럼 곱죠."

홈즈는 어제 받은 편지를 집어서 다시 읽고 있었다. "퍼거슨 씨 집에 다른 사람이 또 있습니까?"

"들어온 지 얼마 안 된 하인이 두 명 있어요. 마구간을 관리하며 우리 집에서 지내는 마이클이 있고, 아내, 나, 잭, 아기, 돌로레스, 메이슨 부인까지, 그게 전부입니다."

"결혼할 당시 아내에 대해 잘 몰랐던 것 같은데요?"

"만난 지 몇 주 안 됐죠."

"그 당시 하녀인 돌로레스가 부인과 함께 지낸 지는 얼마나 되었습니까?"

"몇 년 됐습니다."

"그렇다면 부인을 더 잘 아는 쪽은 퍼거슨 씨가 아니라 돌로레스겠군요."

"네, 아마 그럴 겁니다."

홈즈가 뭔가를 적었다.

"여기보다 램벌리에 있는 편이 문제 해결에 더 도움이 될 것 같습니다. 이 일은 직접 조사할 필요가 있는 사건이에요. 부인께서 방에서 나오지 않으신다면 우리 때문에 예민해지거나 불편할 일은 없겠군요. 물론 잠은 여관에서 잘 겁니다."

퍼거슨이 안도의 몸짓을 보였다.

"제가 바라던 바입니다. 바로 갈 수 있다면 오후 2시에 빅토리아에서 출발하는 특급 열차가 있습니다."

"물론 갈 수 있습니다. 마침 급한 일도 없으니 전력을 다해 도와드릴 수 있습니다. 왓슨, 자네도 같이 가야지? 하지만 출발하기 전에 한두 가지 짚고 넘어갈 일이 있습니다. 불행한 부인께서는 친아들과 퍼거슨 씨의 아들을 모두 폭행했죠?"

"그렇습니다."

"하지만 폭행한 방식이 달라요. 그렇죠? 당신의 아들은 때렸습니다. 한 번은 매로 때렸고, 또 한 번은 손으로 잔인하게 때렸어요. 왜 때렸는지 해명하던가요?"

"잭을 증오한다는 말 외에 다른 해명은 없었습니다. 그 말만 계속 반복했어요."

"음, 그건 계모들 사이에서는 흔한 일이에요. 전처에 대한 사후 질투라고 부르죠. 부인께서는 질투가 심한 성격인가요?"

"네, 아주 심해요. 열대 지방의 뜨거운 열정 때문인지 질투심이 많습니다."

"하지만 소년은 열다섯 살이고, 몸에 장애가 있는 만큼 정신은 더욱 발달했을 겁니다. 혹시 계모의 폭행에 대해 이유가 뭔지 말하던가요?"

"아니요, 이유가 없다고 했습니다."

"다른 때는 서로 사이가 좋았나요?"

"아니요, 둘 사이에는 애정이 전혀 없어요."

"하지만 아드님이 다정다감하다고 하지 않으셨나요?"

"그렇게 헌신적인 아들은 세상 어디에도 없을 겁니다. 내 삶이 곧 그 아이의 삶이죠. 잭은 내 말이나 행동을 하나도 놓치지 않습니다."

홈즈는 다시 수첩에 뭔가를 적고는 한동안 골똘히 생각에 잠겼다.

"당신과 아드님은 재혼 전까지 정말 친밀한 관계였군요. 아드님과 아주 가깝게 지내셨죠?"

"물론입니다."

"그리고 아드님은 천성이 다정한 만큼 친모에 대한 추억도 특별하겠군요."

"아주 특별하죠."

"아드님은 아주 흥미로운 소년인 것 같습니다. 폭행에 대해서 한 가지 생각해볼 점이 있어요. 아기에 대한 기묘한 공격과 아드님에 대한 폭행이 같은 시기에 일어났나요?"

"첫 번째 경우엔 그랬습니다. 광기에 사로잡힌 듯이 아내가 두 아이에게 분노를 퍼부었어요. 두 번째 경우에는 잭만 당했습니다. 메이슨 부인이 아기에 관해서는 별말이 없었으니까요."

"문제가 복잡해지는군요."

"무슨 뜻인가요, 홈즈 씨?"

"아닐 수도 있습니다. 사람들은 임시로 가설을 세우고, 그 가설을 무너뜨리기 위해 때를 기다리거나 더 많은 정보가 채워지길 기다립니다. 고약한 습관이지만 인간은 나약한 존재죠. 여기 있는 당신의 친구는 내 과학적 방법을 과대평가해왔습니다만, 지금 시점에서 드릴 수 있는 말씀은 이뿐입니다. 이 사건은 해결이 불가능한 사건 같지는 않다는 것, 그리고 오후 2시까지 빅토리아 역으로 가겠다는 것입니다."

흐리고 안개 낀 11월의 저녁이었다. 우리는 램벌리의 '체커즈'에 짐을 풀었다. 그리고 서식스의 길고 구불구불한 길을 마차를 타고 달려 이윽고 퍼거슨이 사는 오래된 외딴 농장에 도착했다. 몹시 낡은 중앙 건물의 양옆에 부속 건물을 새로 올린 크고 제멋대로인 듯 보이는 저택이었다. 튜더풍의 굴뚝이 솟아 있었고, 호섬 판석을 덮은 높다란 지붕에는 이끼가 덮여 있었다. 현관 계단은 닳아서 푹 파여 있었고, 바닥에 깔린 오래된 타일에는 원래 건축가의 이름인 치즈먼을 의미하는 치즈와 사람 그림이 새겨져 있었다. 안으로 들어서니 천장은 묵직한 떡갈나무 들보가 물결무늬를 이루고 있었고, 고르지 않은 바닥은 곳곳이 푹 내려앉아 있었다. 세월과 퇴락의 냄새가 무너져 가는 건물 전체에 배어 있었다.

퍼거슨은 중앙의 아주 커다란 방으로 우리를 안내했다. 방에는 뒤에 철제 가리개가 있는 커다란 벽난로가 있었다. 1670년에 제작되었다는 난로에서는 통나무가 탁탁 소리를 내며 활활 타오르고 있었다. 주위를 둘러보니 그 방은 다양한 시공간이 뒤죽박죽 섞여 있었다. 패널을 반쯤 두른 벽은 이 집의 첫 주인인 17세기의 자작농이 남긴 것 같았다. 패널 밑으로는 엄선된 현대의 수채화가 한 줄로 장식되어 있었고, 패널 위로는 떡갈나무 판자 대신 노란 회반죽이 칠해져 있었는데, 여기에는 남미의 각종 도구와 무기가 걸려 있었다. 이러한 물건들은 2층에 있는 페루 출신의 부인이 가져온 게 분명했다. 홈즈는 열정적인 마음에 솟구치는 호기심에 못 이겨 자리에서 일어나 무기와 도구들을 꼼꼼히 살펴보았다. 그리고 생각이 가득한 눈빛을 하고 다시 돌아왔다.

"저런! 저게 뭐지!" 홈즈가 외쳤다.

구석에 놓인 바구니에 스패니얼 한 마리가 있었다. 개가 주인을 보더니 천천히 다가왔다. 걸음걸이가 불편해 보였다. 뒷다리를 절뚝거리며 꼬리를 바닥에 끌고 온 개가 퍼거슨의 손을 핥았다.

"왜 그러시죠, 홈즈 씨?"

"그 개 말입니다. 무슨 문제가 있습니까?"

"수의사도 잘 모르더군요. 일종의 마비인데, 수막염일 수 있다고 했어요. 하지만 지나가는 증상이에요. 곧 좋아질 겁니다. 그렇지, 카를로?"

개는 주인의 말에 동의하듯 축 늘어진 꼬리를 살짝 흔들었다. 그리고 구슬픈 눈빛으로 우리를 쳐다보았다. 우리가 자기 얘기를 하는 걸 아는 모양이었다.

"갑자기 이렇게 됐습니까?"

"하룻밤 사이에요."

"그게 언제죠?"

"아마 넉 달 전이었을 겁니다."

"놀랍군요. 아주 의미심장합니다."

"카를로에게 무슨 단서가 있습니까?"

"생각하고 있던 것을 확증해주었습니다."

"맙소사! 생각이라고요, 홈즈 씨? 당신에게는 그저 지적인 퍼즐일 수도 있지만, 저에게는 생사가 걸린 문제입니다! 아내는 살인자가 될지도 모르고, 아들은 언제 화를 입을지 몰라요. 장난치지 마세요, 홈즈 씨. 이건 너무나 심각한 일입니다."

거구의 스리쿼터백이 온몸을 부들부들 떨었다. 홈즈가 퍼거슨의 팔을 부드럽게 잡았다.

"어떻게 해결되든 당신에게는 고통스러울 겁니다, 퍼거슨 씨. 아픔을 덜어드릴 수 있도록 최선을 다하겠습니다. 당장은 더 이상 드릴 수 있는 말씀이 없지만, 이 집을 떠나기 전에 명확한 답은 찾을 수 있을 것 같습니다."

"제발 그렇게 되길! 괜찮으시다면 저는 아내 방으로 올라가서 무슨 일이 없었는지 살펴보겠습니다."

퍼거슨이 자리를 비운 몇 분 동안 홈즈는 벽에 걸린 도구와 무기들을 다시 살펴보았다. 다시 돌아온 집주인의 풀 죽은 얼굴을 보니 아무런 진전이 없었음을 알 수 있었다. 퍼거슨은 키가 크고 날씬한 갈색 피부의 소녀를 데리고 왔다.

"차가 준비됐구나, 돌로레스. 마님에게 또 필요한 게 없는지 살펴보렴."

"마님이 많이 아파요." 하녀가 분노가 서린 눈으로 집주인을 쳐다보며 소리쳤다. "마님은 아무것도 안 드세요. 많이 아파요. 의사가 필요해요. 의사 없이 마님과 단둘이 있으면 무서워요."

퍼거슨이 한번 봐줄 수 있느냐는 눈빛으로 나를 쳐다보았다.

"내가 도움이 된다면 기쁘겠습니다."

"마님에게 왓슨 씨를 모셔가도 될까?"

"제가 모시고 갈게요. 허락은 안 받아도 돼요. 마님은 의사가 필요해요."

"그럼 바로 가자꾸나."

나는 격한 감정으로 몸을 떨고 있는 하녀를 따라 계단을 오르고 고풍스런 복도를 지나갔다. 복도 끝에 자물쇠가 채워진 육중한 문이 있었다. 문을 보니 퍼거슨이 아내를 만나는 것도 쉬운 일은 아니었을 거라는 생각이 들었다. 하녀가 주머니에서 열쇠를 꺼냈고, 떡갈나무 문이 열리면서 낡은 경첩에서 삐걱거리는 소리가 났다. 내가 안으로 들어가자, 하녀도 얼른 따라붙으며 문을 닫아걸었다. 침대에는 고열에 시달리고 있는 게 분명한 여자가 누워 있었다. 여자는 의식이 흐릿했지만, 내가 들어서자 겁에 질려 있으면서도 아름다운 두 눈을 들어 불안한 눈빛으로 나를 노려보았다. 하지만 낯선 사람인 것을 알고는 안도하는 기색으로 한숨을 내쉬며 베개에 다시 머리를 뉘었다. 나는 안심시키는 말을 몇 마디 건네면서 가까이 다가갔다. 내가 맥박과 체온을 재는 동안 여자는 잠자코 누워 있었다. 맥박도 빠르고 체온도 높았지만, 실제로 병에 걸렸다기보다는 정신과 신경이 흥분된 상태인 것 같았다.

"마님은 하루나 이틀 정도 누워 계셨어요. 마님이 돌아가실까 봐 걱정돼요."

부인이 빨갛게 달아오른 예쁜 얼굴을 나에게로 돌렸다.

"남편은 어디에 있나요?"

"1층에 계십니다. 부인을 만나고 싶어 할 거예요."

"저는 남편을 만나지 않을 거예요. 만나지 않을 거라고요." 이렇게 말하고는 곧 착란 상태에 빠져드는 것 같았다. "악마 같은 사람! 오, 이 악마를 어떻게 해야 하지?"

"내가 도울 게 있습니까?"

"아니, 아니에요. 아무도 도와줄 수 없어요. 다 끝났어요. 모

든 게 끝이라고요. 내가 뭘 하려고 하면 모든 게 엉망이 되고
말아요."

부인은 이상한 망상에 빠진 게 틀림없었다. 나로서는 정직
한 퍼거슨을 악마 같은 자로 볼 수 없었다.

"부인, 부군께서는 부인을 무척 사랑합니다. 그분은 이번 일
을 매우 마음 아파하고 있어요."

부인이 다시 아름다운 두 눈을 나에게로 돌렸다.

"그이는 저를 사랑해요. 맞아요. 그런데 나는 그이를 사랑하
지 않는 줄 아세요? 그이의 마음이 다칠까 봐 나를 희생시키
기까지 하는데, 내가 사랑하지 않는다고 할 수 있을까요? 그게
내가 그이를 사랑하는 방법
이에요. 하지만 그이는 나를
어떻게 생각하죠? 어떻게 나
한테 그런 말을 할 수 있죠?"

"부군께서는 깊은 슬픔에
빠져 있습니다. 그런데 부인
께 무슨 일이 일어난 건지 이
해하지 못하고 있어요."

"네, 그이는 이해할 수 없
어요. 하지만 믿어야 해요."

"부군을 만나보지 않으시
겠습니까?" 내가 제안했다.

"아니, 아니에요. 그이가

한 끔찍한 말과 얼굴을 잊을 수가 없어요. 만나지 않겠어요. 그만 가세요. 당신이 할 수 있는 일은 없어요. 그이에게 한 가지만 전해주세요. 아기가 보고 싶다고, 나에게는 권리가 있다고요. 이 말만 전해주세요." 부인은 얼굴을 벽 쪽으로 돌리고 더이상 아무 말도 하지 않았다.

나는 1층의 방으로 돌아왔다. 퍼거슨과 홈즈는 여전히 난롯가에 앉아 있었다. 퍼거슨은 우울한 표정으로 내가 부인을 만나고 온 이야기에 귀를 기울였다.

"내가 어찌 그 사람에게 아기를 보낼 수 있겠나. 이상한 충동이 아내를 사로잡으면 어떡하라고? 입가에 피를 묻힌 채 아기 곁에서 일어나던 아내의 모습을 내가 어찌 잊을 수 있겠나?" 퍼거슨은 기억을 떠올리며 몸서리쳤다. "아기는 메이슨 부인이 안전하게 돌보고 있고, 계속 그대로 있어야 하네."

집 안에서 유일하게 현대적인 존재인 영리한 하녀가 차를 가지고 들어왔다. 하녀가 차 시중을 드는 동안 문이 열리더니 한 소년이 들어왔다. 금발 머리에 창백한 얼굴을 한 소년은 눈에 띌만큼 매력적이었다. 아버지를 발견한 소년의 연푸른색 눈동자가 갑자기 뜨거운 감정과 기쁨으로 밝게 빛났다. 소년은 앞으로 달려가서 사랑에 빠진 소녀처럼 아버지의 목을 껴안았다.

"아, 아빠!" 소년이 외쳤다. "아빠가 오실 시간이 됐다는 걸 잊고 있었어요. 더 빨리 왔어야 했는데. 아, 보고 싶었어요."

퍼거슨이 당황한 표정을 지으며 소년을 품에서 떨어뜨렸다.

"애야." 퍼거슨이 소년의 금발 머리를 부드럽게 쓰다듬으며 말했다. "아빠가 홈즈 씨와 왔슨 선생께 우리 집에 와서 하룻밤 지내시라고 말씀드리고 이렇게 모셔왔단다. 그래서 조금 일찍 온 거야."

"저분이 홈즈 탐정이신가요?"

"그래."

우리를 뚫어져라 쳐다보는 소년의 눈빛이 어쩐지 우호적이지 않았다.

"퍼거슨 씨, 아기는 어디에 있습니까?" 홈즈가 물었다. "아기도 한번 보고 싶은데요?"

"메이슨 부인한테 아기를 데려오라고 해라." 퍼거슨이 말했다. 소년은 어색한 자세로 발을 끌며 방을 나섰다. 의사인 내가 보기에 척추가 약한 듯했다. 이윽고 돌아온 소년의 뒤로 키가 크고 수척한 여인이 아기를 팔에 안은 채 들어왔다. 까만 눈동자에 금빛 머리칼, 색슨계와 라틴계의 특징이 잘 어우러진 예쁜 아기였다. 퍼거슨이 아기를 받아서 부드럽게 어르는 모습을 보니 몹시 아끼는 게 분명했다.

"이런 예쁜 아기를 해치려고 하다니." 퍼거슨이 중얼거리며 아기의 통통한 목에 난 작고 새빨간 상처를 내려다보았다. 그때 나는 홈즈에게 고개를 돌렸다가 내 친구의 전매특허인 골똘히 생각에 빠진 모습을 보았다. 홈즈의 얼굴은 상아 조각처럼 굳어 있었다. 퍼거슨과 아기를 보던 홈즈는 눈길을 돌려 맞은편 벽의 무언가를 호기심 가득한 표정으로 열심히 바라보았다. 시선을 따라가 보니 창밖으로 비 내리는 우울한 정원이

보였다. 반쯤 닫힌 덧문 때문에 내 시야가 막혔지만, 홈즈는 분명 창밖을 유심히 바라보고 있었다. 그러다 빙긋 미소를 짓더니 다시 아기에게 눈길을 돌렸다. 통통한 아기의 목에 작은 상처 자국이 남아 있었다. 아무 말도 없이 홈즈는 상처를 꼼꼼히 들여다보았다. 이윽고 홈즈는 답을 찾았다는 듯 눈앞에서 꼼지락거리는 조그마한 주먹을 쥐고 악수를 했다.

"안녕, 아가야. 너는 인생을 참 이상하게 시작했구나. 유모, 조용히 하고 싶은 얘기가 있습니다."

홈즈는 유모를 한쪽으로 데려가서 몇 분 동안 열심히 이야기를 했다. 내가 들은 건 마지막의 이런 말뿐이었다. "그럼 유모, 곧 마음의 짐을 내려놓게 되길 바랍니다." 성격이 뚱하고 말수가 적어 보이는 유모가 아기를 안고 방을 나갔다.

"메이슨 부인은 어떤 사람인가요?" 홈즈가 물었다.

"보시다시피 호감 가는 인상은 아니지만, 마음이 따뜻하고 아기에게 헌신적이에요."

"잭, 유모를 좋아하니?" 홈즈가 고개를 돌려 갑자기 소년에게 물었다. 표정이 풍부한 소년의 얼굴이 어두워지더니 고개를 저었다.

"잭은 좋고 싫은 게 아주 분명하답니다." 퍼거슨이 소년의 어깨에 팔을 두르며 말했다. "저를 좋아해서 다행이에요." 소년이 애교를 부리며 아버지의 가슴에 얼굴을 묻었다. 퍼거슨이 소년을 부드럽게 떼어냈다. "이제 가보거라, 내 아들." 퍼거슨은 애정이 가득 담긴 눈으로 소년이 나가는 모습을 지켜보았다. "자, 홈즈 씨." 소년이 방을 나가자 퍼거슨은 말을 이어갔다. "내가 당신에게 터무니없는 일을 부탁한 것 같습니다. 동정을 베푸는 것 말고 하실 수 있는 일이 없을 테니까요. 홈즈 씨가 보기에도 이 일은 너무나 미묘하고 복잡할 겁니다."

"분명 미묘합니다." 홈즈가 밝은 미소를 머금고 말했다. "하지만 복잡하다고는 할 수 없어요. 처음에는 지적인 추리로 시작했습니다. 하지만 애초의 지적인 추리가 개별적인 사건들에 의해 하나하나 확증되다 보면 주관이 객관이 되어, 마침내 결론에 도달했다고 자신 있게 말할 수 있게 되죠. 사실 베이커 스트리트를 떠나기 전에 이미 답을 얻었습니다. 나머지는 그저 직접 보고 확증하는 과정이었어요."

퍼거슨이 큼직한 손을 주름진 이마로 가져갔다.

"맙소사, 홈즈 씨." 퍼거슨이 쉰 목소리로 말했다. "이 일의 진실을 알아내셨다면 제 마음을 졸이게 하지 마세요. 제가 어떻게 견디겠습니까? 정말로 답을 찾으셨다면, 그 답을 어떻게 찾았는지는 상관없습니다."

"나는 분명히 퍼거슨 씨에게 설명을 해드릴 수 있고, 또 들게 되실 겁니다. 하지만 이 문제를 내 방식대로 풀어나가도 되 겠습니까? 왓슨, 우리가 부인을 만나도 괜찮겠는가?"

"부인이 아프긴 하지만, 이성은 아주 멀쩡하다네."

"좋아. 부인이 있어야만 이 문제를 해결할 수 있어. 그럼 위 로 올라가 봅시다."

"저를 만나려고 하지 않을 겁니다." 퍼거슨이 외쳤다.

"오, 아닙니다. 만나주실 거예요." 홈즈가 말했다. 그리고 종 이에 몇 줄을 쓱쓱 적었다. "왓슨, 자네라면 출입할 자격이 있 지. 부인에게 이 쪽지를 건네주겠나?"

나는 다시 2층으로 올라가서 조심스레 문을 연 돌로레스에 게 쪽지를 전해주었다. 잠시 후 방 안에서 기쁨과 놀라움이 섞 인 탄성이 들려왔다. 돌로레스가 방에서 나와 말했다.

"만나시겠대요. 얘기를 들으시겠대요."

내가 부르자 퍼거슨과 홈즈가 올라왔다. 우리가 방으로 들 어섰을 때 퍼거슨이 아내를 향해 한두 걸음 다가갔다. 몸을 일 으키고 있던 부인은 손을 들어 남편이 다가오지 못하게 했다. 퍼거슨은 안락의자에 맥없이 주저앉았고, 홈즈가 부인에게 고 개 숙여 인사한 후 그 옆에 앉았다. 부인은 놀란 눈을 동그랗 게 뜨고 홈즈를 바라보았다.

"돌로레스는 나가 있었으면 합니다. 아, 물론 부인께서 돌로 레스가 곁에 있길 바라신다면 반대하지는 않겠습니다. 자, 퍼 거슨 씨, 나는 다른 일이 많이 밀려 있는 탓에 간결하고 직접 적인 방법을 써야 합니다. 수술이 빨리 끝날수록 고통도 적어지는 법이죠. 먼저 당신의 마음이 편안해질 수 있는 이야기부터 하겠습니다. 부인께서는 아주 착하고 사랑이 넘치지만, 몹시 부당한 대우를 받았습니다."

퍼거슨이 기쁨의 탄성을 외쳤다.

"이제 증명해주십시오, 홈즈 씨. 이 은혜는 평생 잊지 않겠습니다."

"그러긴 하겠지만 다른 쪽에서 깊은 상처를 받게 될 겁니다."

"아내가 결백해질 수만 있다면 아무 상관도 없습니다. 세상 어떤 일도 그에 비하면 대수롭지 않아요."

"그럼 말씀드리겠습니다. 베이커 스트리트에서 내 머릿속을 지나간 추리의 과정은 이렇습니다. 뱀파이어라는 생각은 나에게 황당하게 느껴졌습니다. 영국의 범죄 세계에서 그런 일은 일어나지 않아요. 하지만 퍼거슨 씨가 관찰한 것은 정확했습니다. 당신은 입가에 피를 묻힌 부인이 아기 침대 옆에서 일어나는 것을 목격했지요."

"그랬습니다."

"아기의 목에서 피가 난 것이, 누가 피를 빨아 먹어서가 아니라 다른 이유 때문이었을 거라는 생각은 안 해보셨나요? 영국의 역사를 보면 독을 뽑아내기 위해 상처에서 피를 빤 여왕이 있지 않은가요?"

"독이라니!"

"부인께서는 남미 출신이시죠. 나는 이 집 벽에 걸린 무기들을 보기 전부터 그런 물건이 있을 거라고 직감했습니다. 다른 독일 수도 있었지만, 나는 작은 새 잡이용 활 옆에 있는 화살통이 텅 비어 있는 것을 보고 내 예상이 맞았음을 알았습니다. 큐라레(남미 원주민이 화살촉에 바르는 독—옮긴이) 같은 치명적인 독이 묻은 화살에 아기가 찔렸다면, 독을 빨아내지 않고는 생명을 구할 수 있는 방법이 없습니다. 그리고 그 개! 누군가가 그런 독을 사용한다면, 먼저 독성이 사라지지 않았는지 확인해보려고 하지 않겠습니까? 나는 개가 그 대상이 될 줄은 몰랐지만 적어도 가능성은 있다고 보았고, 그 개는 재구성한 사건에 딱 들어맞았습니다. 이제 아시겠습니까? 부인께서는 그러한 공격을 두려워하신 겁니다. 그러다 실제로 공격이 이루어졌고, 부인은 아기를 구했지만 당신에게 사실을 말하지 않았어요. 당신이 아들을 얼마나 사랑하는지 알고 있었기에 당신의 마음이 찢어질까 봐 걱정되었던 겁니다."

"잭이!"

"방금 전 당신이 아기를 안을 때 소년을 지켜봤습니다. 덧문이 닫힌 창문 유리에 소년의 얼굴이 그대로 비쳤죠. 인간의 얼굴에서 그토록 무서운 질투와 증오를 본 건 처음이었습니다."

"우리 잭이!"

"퍼거슨 씨, 현실을 직시하셔야 합니다. 그런 행동을 하게 한 것이 당신을 향한, 어쩌면 죽은 친모를 향한 왜곡되고 광적이고 과장된 사랑 때문이라고 생각하면 더욱 괴로우실 겁니다. 소년의 영혼은 이 사랑스러운 아기에 대한 증오심으로 불타올랐어요. 건강하고 예쁜 아기에 비하면 자신의 병약한 모습이 너무나 초라했기 때문입니다."

"이럴 수가! 믿을 수가 없어!"

"제가 진실을 말했나요, 부인?"

부인은 얼굴을 베개에 묻고 흐느끼고 있었다. 그러다 남편을 향해 고개를 돌렸다.

"여보, 제가 어떻게 사실대로 말할 수 있겠어요? 당신이 충격을 받을 게 분명했어요. 그래서 기다리다가 내가 아닌 다른 사람에게서 듣는 편이 낫겠다고 생각했죠. 그때 마법의 힘을 지닌 듯한 이 신사분이 모든 것을 안다는 쪽지를 보내주셔서 얼마나 반가웠는지 몰라요."

"제 생각에는 잭이 한 1년 정도 바닷가에서 지냈으면 좋겠습니다." 홈즈가 의자에서 일어나며 말했다. "그런데 한 가지 궁금한 게 있습니다. 부인께서 잭을 때리신 것은 충분히 이해할 수 있습니다. 어머니의 인내심에도 한계가 있으니까요. 하지만 지난 2주 동안 어떻게 아기 곁을 떠나 계실 수 있었습니까?"

"메이슨 부인에게 말했거든요. 부인은 모든 사실을 알고 있어요."

"그랬군요. 짐작은 했습니다."

퍼거슨은 떨리는 두 손을 뻗은 채 침대 곁에 서서 울음을 참고 있었다.

"이젠 떠날 시간이군, 왓슨." 홈즈가 속삭이듯 말했다. "너무나 충직한 돌로레스는 우리가 같이 데리고 나가세. 그럼." 방에서 나와 문을 닫은 홈즈가 덧붙였다. "나머지 문제는 부부가 알아서 해결하겠지."

이 사건에 대해 덧붙일 게 한 가지 있다. 바로 이번 이야기의 서두에 인용한 편지에 대해 홈즈가 쓴 답장이다. 내용은 다음과 같다.

베이커 스트리트, 11월 21일
뱀파이어에 관하여

귀하
19일 자 귀하의 편지에 대하여 말씀드립니다. 귀하의 고객인 민싱 레인의 홍차 중개상인 퍼거슨 앤드 뮤어헤드의 로버트 퍼거슨 씨가 의뢰한 사건을 조사하여 문제를 원만하게 해결했습니다. 추천해주셔서 감사합니다.

— 셜록 홈즈 드림

6
세 명의 개리뎁 씨

그 일은 희극이었을 수도, 비극이었을 수도 있다. 그 일로 인해 한 사람은 추리를 해야 했고, 나는 피를 흘려야 했으며, 또 다른 한 사람은 법의 심판을 받아야 했다. 하지만 희극적인 면이 있었던 것은 분명하다. 이 부분은 독자 여러분이 직접 판단해보길 바란다.

나는 그 날짜를 똑똑히 기억하고 있다. 훗날 소개할 수도 있는 어떤 활약 덕분에 수여된 기사 작위를 홈즈가 거절한 날이 그 일과 같은 달이기 때문이다. 나는 그 일을 지나가는 말로 언급할 수밖에 없다. 동료이자 친구로서 혹시라도 실언을 하지 않도록 주의를 기울여야 할 의무가 있기 때문이다. 어쨌든 그 덕분에 날짜를 분명히 기억할 수 있는데, 바로 남아프리카 전쟁이 끝난 직후인 1902년 6월 말이었다. 가끔 그랬듯 며칠 동안 침대에서 나뒹굴던 홈즈가 그날은 아침부터 길쭉한 서류를 들고 나타났는데, 평소에는 근엄한 잿빛 눈동자가 즐거운 듯 빛나고 있었다.

"왓슨, 자네가 돈을 벌 수 있는 기회가 생겼네. 개리뎁이라는 성씨를 들어본 적이 있나?"

나는 들어보지 못했다고 말했다.

"개리뎁이라는 사람을 찾으면 돈을 벌 수 있다네."

"왜?"

"아, 사연이 길어. 엉뚱하기도 하고. 지금까지 우리는 인간의 온갖 복잡성을 탐구해왔지만, 이번처럼 독특한 일은 겪어보지 못한 것 같아. 의뢰인이 곧 면담하러 오기로 했으니, 내막은 그때 밝히기로 하겠네. 하지만 그동안 그 성씨에 대해 좀 알아보자고."

내 옆 탁자에 전화번호부가 놓여 있어서 나는 별다른 기대감 없이 페이지를 넘겼다. 하지만 놀랍게도 이 기묘한 성씨가 떡하니 자리를 잡고 있었다. 나는 승리의 환성을 질렀다.

"여기 있네, 홈즈! 내가 찾았어!"

홈즈가 내 손에서 전화번호부를 가져갔다.

"개리뎁, N. 서부 리틀라이더 스트리트 36번지. 이보게, 왓슨. 실망시켜서 미안하지만, 이 사람은 의뢰인이야. 그 사람의 편지가 이 주소로 되어 있네. 의뢰인과 성이 같은 다른 사람을 찾아야 해."

허드슨 부인이 명함 쟁반을 들고 들어왔다. 나는 명함을 집어서 슬쩍 읽어보았다.

"아, 여기 또 있군!" 나는 놀라서 외쳤다. "이건 이름이 달라. '존 개리뎁, 미국 캔자스 주, 무어빌의 변호사'라고 되어 있어."

홈즈가 명함을 보며 웃었다. "왓슨, 안타깝지만 이번에도 다른 사람을 찾아봐야 할 것 같아. 그 신사도 이미 각본 안에 있거든. 그 사람을 오늘 아침에 보게 될 거라는 예상은 못 했지만 말이야. 하지만 내가 알고 싶은 많은 것을 알려줄 위치에 있는 사람이지."

잠시 후 손님이 방으로 들어섰다. 존 개리뎁 씨는 생기 있는 동그란 얼굴에 미국의 여느 회사원처럼 깨끗이 면도한, 키가 작고 활력이 넘치는 사람이었다. 전체적으로 통통하고 동안인데다 미소를 활짝 짓고 있어서 청년 같은 인상을 주었다. 하지만 눈빛은 사뭇 달랐다. 그토록 강렬한 내면을 드러내는 눈은 어디서도 본 적이 없었다. 무척이나 밝고, 예리하고, 생각의 변화를 그대로 보여주는 눈빛이었다. 미국식 억양을 구사했지만 튀는 말투는 아니었다.

"홈즈 씨?" 손님이 물으며 우리를 훑어보았다. "아, 맞군요! 이렇게 말해도 될지 모르겠지만, 홈즈 씨 얼굴이 그림과 다르지 않군요. 나와 성씨가 같은 네이선 개리뎁 씨의 편지를 받으신 걸로 알고 있습니다만."

"앉으시죠." 셜록 홈즈가 말했다. "우리는 할 얘기가 많은 것 같습니다." 홈즈는 긴 서류를 집어 들었다. "당신은 물론 이 서류에 언급된 존 개리뎁 씨일 겁니다. 하지만 영국에서 제법 오래 머무셨죠?"

"왜 그런 걸 물어보시죠, 홈즈 씨?" 표현이 풍부한 의뢰인의 두 눈에서 순간 의심의 빛이 스쳐갔다.

"옷차림이 전부 영국식이어서요."

개리뎁 씨가 쓴웃음을 지었다. "홈즈 씨의 눈썰미에 대해서는 익히 들었지만, 내가 그 대상이 될 줄은 몰랐습니다. 어떻게 알아내셨습니까?"

"외투의 어깨 마름질과 부츠의 코를 보면 누구나 알 수 있죠."

"아이고, 내가 그렇게 영국 사람처럼 하고 다니는지 몰랐습니다. 사업 때문에 이곳에 온 지 꽤 됐습니다. 그리고 말씀하신 것처럼 내 복장은 전부 런던식입니다. 하지만 다른 일로도 바쁘실 텐데 이렇게 양말 마름질 얘기나 하고 있을 수는 없죠. 이제 손에 들고 계신 서류 얘기로 넘어가는 게 어떨까요?"

무슨 말에 심기가 언짢아졌는지 손님의 통통한 얼굴에서 밝은 표정이 사라졌다.

"참으세요! 참아요, 개리뎁 씨!" 내 친구가 달래는 어조로 말했다. "내가 간혹 하는 뜬금없는 얘기들도 결국에는 사건과 관련 있다는 사실을 왓슨 선생이 밝혀줄 겁니다. 그런데 왜 네이선 개리뎁 씨는 같이 오지 않으셨나요?"

"그자가 왜 당신을 끌어들인 겁니까?" 손님이 갑자기 발끈하며 물었다. "당신이 그 일과 무슨 상관입니까? 두 사람 사이에 사업상 문제가 있을 뿐인데, 그렇다고 탐정을 끌어들이다니! 오늘 아침 그자를 만났는데, 이런 바보 같은 짓을 했다고 하기에 이곳을 찾아온 겁니다. 아무튼 기분이 좋지는 않군요."

"개리뎁 씨, 당신에게 해가 될 일은 없습니다. 그분은 그저 목적을 이루려는 열의에서 그랬을 뿐이에요. 두 분 모두에게 중요한 목적이라고 알고 있습니다. 그분은 내가 정보를 수집할수 있다는 걸 알고 있었기 때문에 나한테 자연스레 도움을 요청한 겁니다."

손님의 얼굴에서 화가 누그러지기 시작했다.

"음, 그렇다면 얘기가 달라지는군요. 오늘 아침 네이선 씨를 만나러 갔다가 탐정에게 의뢰했다는 말을 들었습니다. 그래서 주소를 묻고 바로 여기로 찾아온 겁니다. 나는 사적인 문제에 경찰이 개입하는 것을 원치 않아요. 하지만 당신이 사람 찾는 일을 도와주기만 하는 것이라면 나쁠 건 없죠."

"네, 지금 상황이 바로 그렇습니다." 홈즈가 말했다. "그럼 기왕 오셨으니 자세한 사정을 들려주셨으면 좋겠습니다. 여기내 친구는 아무것도 모르거든요."

개리뎁 씨가 나를 우호적이지 않은 눈으로 쳐다보았다.

"이분이 알 필요가 있습니까?"

"우리는 항상 같이 일합니다."

"하기야 숨겨야 할 이유는 없죠. 최대한 간단하게 사실을 말씀드리겠습니다. 당신이 캔자스 출신이라면 앨릭잰더 해밀턴 개리뎁이 누군지는 말하지 않아도 아실 겁니다. 그분은 부동산과 나중에는 시카고의 소맥 거래소에서 큰돈을 벌었는데, 그 돈으로 포드 도지 서쪽 아칸소 강변에 있는 땅을 사들였습니다. 영국의 한 주와 맞먹는 넓은 땅이죠. 목초지, 벌목지, 경작지, 광산 지대 등 돈을 벌어다 줄 만한 땅을 죄다 사들인 거죠.

그분에게는 일가친척이 하나도 없습니다. 설령 있었다 해도 들어보지 못했습니다. 하지만 자신의 독특한 이름은 자랑스러워하셨죠. 그래서 우리가 만나게 된 겁니다. 내가 토프카에서 변호사로 일하던 중 어느 날 그분이 찾아오셨습니다. 자기와 성씨가 같은 사람을 간절히 만나고 싶어 하셨어요. 유별난 관심사였죠. 그분은 개리뎁이라는 사람이 또 있다면 반드시 찾아내겠다고 작정하셨습니다. 나에게 '또 다른 개리뎁을 찾아주게'라고 부탁하셨지만, 나는 바쁜 사람이라서 사람을 찾아 세계를 돌아다닐 수는 없다고 말씀드렸습니다. '하지만 일이 내 계획대로 진행된다면 그럴 수밖에 없을 거네' 하고 말씀하시더군요. 농담이라고 생각했지만, 그 말에 깊은 뜻이 숨어 있다는 것을 나중에 깨닫게 되었죠.

그 후 1년도 안 되어 그분이 돌아가시면서 유언을 남기셨어요. 여태껏 아칸소 주에서 작성된 유언 중에서 가장 희한한 유언이었어요. 그분의 재산을 삼등분해서 3분의 1은 내가 물려받는데, 나머지 3분의 2를 물려받을 두 명의 개리뎁을 찾아낸다는 조건이 붙어 있었습니다. 미국 돈으로 한 사람에 500만 달러나 되는 거액의 유산이었지만, 세 사람이 한 줄로 서지 않으면 손도 댈 수 없는 돈이었습니다.

엄청난 기회였기 때문에 나는 본업을 제쳐두고 두 명의 개리뎁을 찾는 일에 나섰어요. 미국 땅을 이 잡듯 샅샅이 뒤졌지만 한 명도 찾지 못했습니다. 그래서 나는 옛 나라에 가보기로 했죠. 런던 전화번호부를 뒤져보니 그 성씨가 나와 있더군요. 나는 이틀 전에 그 사람을 찾아가서 자초지종을 전부 털어놓았어요. 그 사람도 나처럼 홀몸이었습니다. 여자 친척은 있지만 남자 친척은 없더군요. 유언에는 성인 남자 세 명이라고 나와 있습니다. 그래서 당신도 아시다시피 아직 한 사람이 모자랍니다. 나머지 한 명을 찾을 수 있도록 도와주신다면 사례는 섭섭지 않게 해드리겠습니다."

"자, 왓슨." 홈즈가 미소를 머금고 말했다. "내가 엉뚱하다고 말했지? 개리뎁 씨, 내 생각엔 신문의 개인 광고란을 이용하는 게 가장 빠른 방법이라고 생각합니다."

"이미 해봤습니다, 홈즈 씨. 하지만 연락이 없어요."

"이런! 아주 흥미로운 문제군요. 시간 날 때 나도 한번 찾아보겠습니다. 그런데 토프카에서 오셨다니 재미있는 우연이네요. 지금은 돌아가셨지만, 1890년에 그곳 시장을 지내신 라이샌더 스타 박사님과 편지를 주고받곤 했는데 말이죠."

"그 훌륭한 스타 박사님을!" 손님이 외쳤다. "아직도 사람들이 그분의 성함을 기리고 있죠. 홈즈 씨, 우리가 할 수 있는 일은 홈즈 씨에게 틈틈이 보고하면서 일이 진전되는 과정을 알려드리는 정도일 겁니다. 하루나 이틀 뒤에 소식을 드리죠." 이렇게 장담을 하고 미국인 변호사는 인사를 하고 방을 나섰다.

홈즈는 파이프에 불을 붙이고, 얼굴에 묘한 미소를 머금은 채 가만히 앉아 있었다.

"왜 그러나?" 내가 잠시 후 물었다.

"궁금해서 그러네. 그뿐이야."

"궁금하다니, 뭐가?"

홈즈는 입술에서 파이프를 뗐다.

"도대체 무슨 이유로 이렇게 복잡한 거짓말을 장황하게 늘어놓는 걸까 궁금하네. 그래서 물어보려고도 했지. 무자비한 선제공격이 최선일 때도 있으니까. 하지만 속은 척하는 게 더 낫겠다고 판단했네. 팔꿈치가 닳은 영국식 외투와 1년은 족히 입어서 무릎이 튀어나온 바지를 입은 사람이 자신은 최근에 미국에서 런던으로 왔다고 주장하고 있네. 신문 개인 광고란에는 그런 광고가 실린 적이 없어. 자네도 알겠지만 나는 신문 광고란을 꼼꼼히 확인하네. 광고란은 내가 좋아하는 새들이 숨어 있는 곳이지. 그런데 그처럼 실한 꿩을 내가 못 보고 지나쳤을 리가 없어. 토프카에 라이샌더 스타라는 사람은 있지도 않아. 건드리는 족족 거짓말만 해댔네. 그 친구가 미국인인 건 분명하지만, 억양이 부드러워진 걸 보니 영국에서 지낸 지 여러 해 됐어. 도대체 무슨 일을 벌이고 있는 걸까? 그리고 개리뎁 씨를 찾는다는 터무니없는 시도 뒤에 어떤 목적이 숨어 있는 걸까? 주목할 가치가 있는 일이야. 그자가 악당이라고 하더라도 복잡하고 기발한 친구인 것만은 틀림이 없네. 그럼 우리에게 편지를 보낸 자도 사기꾼인지 확인해봐야겠군. 전화를 걸어보게, 왓슨."

내가 전화를 걸자 전화 저편에서 가늘게 떨리는 목소리가 들려왔다.

"예, 예. 내가 네이선 개리뎁입니다. 홈즈 씨 계신가요? 안 그래도 그분과 얘기를 나누고 싶던 참이었습니다."

홈즈가 전화기를 받자 평소처럼 중간에 끊어지는 대화가 들렸다.

"예, 그 사람이 다녀갔습니다. 잘 모르는 사람이죠? … 얼마나 됐나요? … 겨우 이틀 전! 예, 예. 무척 가망 있는 일입니다. … 저녁에 댁에 계십니까? … 당신과 이름이 같은 분이 같이 계시진 않겠죠? … 좋아요, 그때 찾아뵙죠. 그 사람이 없을 때 얘기하는 게 더 나으니까요. … 왓슨 선생도 동행할 겁니다. 편지를 보니 외출을 꺼리시는 것 같군요. … 그럼 6시쯤 들르겠습니다. 그 미국 변호사에게는 말할 필요 없습니다. 좋아요. 안녕히 계십시오."

산뜻한 봄날 저녁의 해 질 무렵이었다. 에지웨어 로드의 작은 갈래들 중 하나인 리틀 라이더 스트리트도 비스듬히 비치는 저녁 햇살을 받으며 찬란한 금빛에 물들어

있었다. 가까운 거리에 생각만 해도 섬뜩한 타이번 나무(1196년에서 1783년 사이에 교수대로 사용된 나무—옮긴이)가 있었는데도 말이다. 우리가 가고 있는 집은 크고 고풍스런 조지 왕조 초기의 건축물로, 1층에 달린 두 개의 퇴창을 제외하고는 밋밋하게 벽돌로 지은 집이었다. 우리의 의뢰인은 바로 1층에 살고 있었는데, 알고 보니 그 퇴창이 의뢰인이 깨어 있는 시간에 머무는 커다란 방의 창문이었다. 우리가 특이한 성씨가 새겨진 작은 황동 문패를 지나칠 때 홈즈가 그 문패를 가리켰다.

"몇 년 된 문패군." 문패의 변색된 표면을 가리키며 홈즈가 말했다. "어쨌든 이게 의뢰인의 진짜 성씨야. 기억해둬야겠어."

건물 안에는 공동 계단이 있었고 홀에는 여러 가지 명패가 걸려 있었는데, 일부는 사무실을, 일부는 개인용 셋방을 가리켰다. 주거용 공동 주택이라고 할 수는 없고, 자유로운 독신남을 위한 숙소에 가까웠다. 우리의 의뢰인이 직접 문을 열어주면서 여자 관리인이 4시쯤 떠났다고 사과를 했다. 네이선 개리뎁 씨는 키가 크고 수척한 예순 살가량의 대머리 노인이었는데, 관절도 부실한 데다 등도 굽어 있었다. 얼굴은 송장처럼 창백했고, 운동을 전혀 하지 않는 듯 피부에 탄력이 없었다. 크고 둥근 안경과 삐죽한 염소수염이 구부정한 자세와 함께 호기심 많은 인상을 자아냈다. 특이해 보이긴 했지만, 전체적으로 호감 가는 인상이었다.

방은 그 주인만큼이나 기묘했다. 마치 작은 박물관 같은 실내는 무척 넓었는데, 사방으로 놓인 벽장과 진열장에 지질학과 해부학 표본이 즐비했다. 입구 양옆으로 나비와 나방 표본이 든 상자들이 있었다. 중앙의 커다란 탁자에는 온갖 잔해들이 널려 있었는데, 그중에서 고배율 현미경의 기다란 황동 경통이 우뚝 솟아 있었다. 방 안을 둘러보며 나는 노인의 폭넓은 관심사에 놀랐다. 고대 주화가 담긴 상자도 있었고, 부싯돌 진열장도 있었다. 중앙 탁자 뒤에는 뼈 화석을 보관한 커다란 진열장도 있었다. 위에는 석고 두개골이 줄지어 있었고, 그 아래에 '네안데르탈인', '하이델베르크인', '크로마뇽인'이라고 쓰인 이름표가 붙어 있었다. 우리의 의뢰인은 다양한 분야를 연구하고 있는 게 분명했다. 노인은 동전에 윤을 내는 데 쓰는 섀미 가죽을 오른손에 든 채 우리 앞에 서 있었다.

"전성기 시절 시라쿠사의 동전입니다." 노인이 동전을 치켜들며 말했다. "쇠퇴기로 접어들면서 동전의 질이 떨어지게 되죠. 나는 이 시라쿠사 전성기의 동전을 최고로 치지만, 알렉산드리아 학파를 더 선호하는 이들도 있습니다. 여기 어딘가 의자가 있을 겁니다, 홈즈 씨. 이 뼈들을 좀 치우겠습니다. 아, 그리고 왓슨 선생, 일본 꽃병을 한쪽으로 옮겨주시면 고맙겠습니다. 이 방의 물건들은 내 평생의 관심사들입니다. 주치의는 내가 안에만 머문다고 지적하지만, 내 관심을 잡아끄는 것들이 이렇게 많은데 왜 나갑니까? 진열장 하나의 목록만 제대로 만들려고 해도 석 달은 족히 걸릴 겁니다."

홈즈는 호기심 어린 눈으로 방을 둘러보았다.

"그런데 외출은 정말 전혀 안 하시나요?"

"이따금 마차를 타고 소더비즈나 크리스티 경매장에 갑니다. 그것 말고는 거의 나가질 않죠. 나는 몸이 그리 튼튼하진 않지만 연구에는 푹 빠져 산답니다. 그런데 홈즈 씨, 그런 엄청난 행운이 나에게 찾아왔다는 말을 들었을 때 내가 얼마나 짜릿한 충격을 받았을지 짐작이 가십니까? 기쁜 정도가 아니라 전율이 일었어요. 나와 같은 성을 가진 사람을 하나만 더 찾으면 되는데, 한 명이야 못 찾겠어요? 나에겐 남자 형제가 있었지만 죽었어요. 여자 친척은 자격이 없고요. 하지만 또 다른 개리뎁이 어딘가에 꼭 있을 거예요. 홈즈 씨가 묘한 사건들을 많이 해결했다는 이야기를 듣고 연락을 드린 겁니다. 물론 그 변호사 친구의 말이 맞아요. 먼저 그 사람의 조언을 구해야 했죠. 하지만 나는 최선의 결과를 위해 행동한 겁니다."

"정말 현명한 행동이었습니다." 홈즈가 말했다. "그런데 미국 땅을 정말 갖고 싶으십니까?"

"당연히 아닙니다. 그런 것 때문에 내 소장품을 두고 갈 수는 없죠. 하지만 그 변호사는 우리가 땅을 물려받자마자 내 몫까지 사겠다고 말했습니다. 돈으로 따지면 500만 달러라고 하더군요. 내 수집품의 빈자리를 메워줄 수 있는 표본이 현재 시장에 나와 있지만, 몇백 파운드가 모자라서 살 수가 없어요. 500만 달러가 있으면 내가 무엇을 할 수 있을지 생각해보세요. 나는 국가적인 수집품의 알짜배기를 보유할 수 있을 겁니다. 이 시대의 한스 슬로안(18세기의 내과 의사이자 유명한 수집가로, 대영 박물관 설립에 크게 공헌했다—옮긴이)이 되는 거죠."

커다란 안경 너머로 노인의 눈이 반짝거렸다. 네이선 개리 뎁 씨가 제3의 개리뎁을 찾는 일에 사활을 걸 것이 분명했다.

"저는 개리뎁 씨의 안면을 익히고 싶었을 뿐 연구를 방해할 뜻은 없습니다." 홈즈가 말했다. "저는 의뢰인과 개인적으로 만나는 걸 좋아하죠. 제 주머니에 자세한 내용이 담긴 편지가 있기 때문에 따로 질문할 것은 별로 없습니다. 미진한 부분은 미국 변호사가 방문했을 때 채울 수 있었어요. 그런데 변호사의 존재를 알게 된 게 이번 주 들어서였다고요?"

"그렇습니다. 지난 화요일에 방문했어요."

"그자가 오늘 면담에 대해서 말하던가요?"

"예. 곧장 다시 찾아왔어요. 그전에는 화가 많이 나 있었죠."

"왜 화가 났을까요?"

"자기 명예를 더럽히는 일이라고 생각한 것 같습니다. 하지만 돌아왔을 땐 기분이 좋아 보이더군요."

"다른 행동을 제안하던가요?"

"아니요. 그렇지 않았습니다."

"당신에게 돈을 받았거나 빌려달라고 하지는 않았습니까?"

"아니요. 그런 일은 절대 없습니다."

"그자가 다른 꿍꿍이를 갖고 있는 것 같지는 않던가요?"

"아닙니다. 그 사람이 직접 말한 것 외에는."

"우리가 전화로 약속한 걸 그자에게 말했나요?"

"예, 말했습니다."

홈즈는 잠시 생각에 잠겼다. 난감해하는 기색이었다.

"수집품 중에 비싼 것도 있습니까?"

"난 부자가 아닙니다. 분명 좋은 수집품들이지만 비싸지는 않아요."

"도둑 걱정은 하지 않으시고요?"

"전혀 안 합니다."

"이 방에서 사신 지는 얼마나 됐습니까?"

"5년 가까이 됐죠."

다급하게 문을 두드리는 소리 때문에 홈즈의 질문 세례가 그쳤다. 우리의 의뢰인이 빗장을 끄르자마자 미국 변호사가 흥분한 표정으로 불쑥 들어왔다.

"찾았어요!" 변호사가 신문을 높이 쳐들고 흔들며 외쳤다. "다들 아직 계실 거라고 생각했습니다. 네이선 개리뎁 씨, 축하드립니다! 당신은 이제 부자입니다. 일이 잘 끝났어요. 모든 게 잘 풀렸습니다. 홈즈 씨, 당신한테는 미안하단 말밖에 드릴 수가 없군요. 쓸데없는 일로 폐를 끼쳐드렸으니까요."

미국인은 의뢰인에게 신문을 건네주었다. 의뢰인은 그대로 선 채 표시가 된 광고를 쳐다보았다. 홈즈와 나는 몸을 앞으로 기울여 어깨 너머로 읽었다. 내용은 이러했다.

하워드 개리뎁

농기구 제작자

-바인더, 수확기, 증기 및 수동 쟁기, 파종기, 써레, 농업용 수레, 사륜 짐마차 등 각종 농기구. 분수 우물 견적. 애스턴, 그로

브너 빌딩으로 문의하세요.

"세상에!" 노인이 아연 놀랐다. "세 번째 개리뎁을 찾았어."

"저는 버밍엄 지역을 조사하고 있었습니다." 미국인이 말했다. "그런데 그곳 대리인이 지역 신문에 실린 이 광고를 내게 보낸 겁니다. 서둘러 이 일을 매듭지어야 합니다. 저는 이 사람에게 편지를 보내서 네이선 개리뎁 씨, 당신이 내일 오후 4시에 사무실로 갈 거라고 말했습니다."

"내가 그 사람을 만난다고요?"

"어떻게 생각하십니까, 홈즈 씨? 그 편이 더 현명하지 않을까요? 저는 믿기 힘든 소식을 전하는 떠돌이 미국인일 뿐인데, 제 말을 믿으려고 하겠습니까? 하지만 네이선 개리뎁 씨는 신분이 확실한 영국인이니 당신 말에는 귀를 기울일 겁니다. 원하신다면 저도 동행하겠지만, 내일 바쁜 일이 있어서요. 만약 당신에게 문제가 생긴다면 따라갈 수도 있습니다만."

"글쎄요, 그런 장거리 여행은 몇 년 동안 해본 적이 없어서 말이죠."

"괜찮아요, 개리뎁 씨. 차편은 제가 다 알아봤습니다. 12시에 출발하면 2시에 도착할 겁니다. 그러면 당일 밤에 돌아올 수 있어요. 당신이 할 일은 그 사람을 만나서 사연을 전하고, 그 사람이 개리뎁이라는 것을 증명하는 진술서를 받아오는 겁니다. 이거 참!" 미국인이 열 오른 목소리로 덧붙였다. "제가 미국 한복판에서 영국으로 건너온 걸 생각하면, 일을 마무리하러 100여 킬로미터를 가는 건 일도 아니죠."

"그렇군요. 이 신사의 말씀이 지당한 것 같습니다." 홈즈가 장단을 맞췄다.

네이선 개리뎁 씨가 체념한 듯 어깨를 으쓱했다. "그렇게들 말씀하시니 내가 가야겠군요." 노인이 말했다. "당신이 내 삶에 가져다준 커다란 희망을 생각하면, 당신이 무슨 요구를 해도 거절하기가 어렵죠."

"그럼 결정된 겁니다." 홈즈가 말했다. "그리고 결과가 나오는 대로 내게도 알려주실 거라고 믿습니다."

"그렇게 하겠습니다." 미국인이 말했다. "그런데." 변호사가 시계를 보며 덧붙였다. "저는 가봐야 할 것 같습니다. 내일 전화하겠습니다, 네이선 씨. 그리고 버밍엄으로 가실 때 배웅해드리겠습니다. 같이 갈까요, 홈즈 씨? 아, 그러면 안녕히 계십시오. 내일 밤에 좋은 소식을 알려드릴 수 있을 것 같습니다."

미국인이 방을 나선 뒤 내 친구의 얼굴이 밝아지면서 난감해하던 표정이 사라졌다.

"개리뎁 씨, 수집품을 좀 살펴보고 싶습니다." 홈즈가 말했다. "제 직업상 별의별 지식이 다 도움이 되는데, 개리뎁 씨의 방은 지식의 보고입니다."

의뢰인의 표정이 기쁨으로 환해지면서 안경 너머의 눈에서 빛이 났다.

"홈즈 씨가 매우 지적인 분이라는 말은 늘 듣고 있었습니다. 시간이 있으시다면 안내를 해드리고 싶군요."

"안타깝지만 시간이 없습니다. 하지만 이 표본들은 분류가 아주 잘되어 있고, 꼬리표도 알아보기 좋게 붙어 있어서 직접 설명해주시지 않아도 될 것 같습니다. 내일 시간이 나면 둘러보고 싶은데, 괜찮겠지요?"

"물론이죠. 홈즈 씨라면 더욱 환영입니다. 물론 문이 잠겨 있겠지만, 오후 4시까지는 손더스 부인이 지하실에 있을 테니 부인의 열쇠로 들어오시면 됩니다."

"마침 내일 오후에 시간이 비는군요. 손더스 부인에게 미리 언질을 주시면 고맙겠습니다. 그런데 이 집의 중개인은 누구인가요?"

의뢰인은 느닷없는 질문에 놀란 표정을 지었다.

"에지웨어 로드의 홀로웨이 앤드 스틸 중개소입니다. 그런데 왜 그러시죠?"

"집에 대해 고고학적인 관심이 좀 있습니다." 홈즈가 웃으며 말했다. "이 집이 퀸앤 양식인지 조지 양식인지 궁금하군요."

"당연히 조지 양식이죠."

"그래요? 저는 좀 더 오래된 양식일 거라고 생각했습니다. 하지만 금세 확인이 됐군요. 그럼 안녕히 계십시오, 개리뎁 씨. 그리고 버밍엄 여행에서 좋은 결과가 있기를 바랍니다."

개리뎁 씨가 말한 중개소는 가까운 곳에 있었지만 그날은 문이 닫혀 있어 베이커 스트리트로 발길을 돌려야 했다. 홈즈는 저녁 식사 후에 이 사건을 다시 언급했다.

"이 일도 슬슬 끝이 보이는군." 홈즈가 말했다. "자네도 머릿

속에 해답의 윤곽을 그리고 있겠지?"

"나는 전혀 감이 안 잡히는걸."

"사건의 전모가 드러나고 있네. 내일 그 결과를 보게 될 거야. 그 광고에 대해서는 이상한 것을 눈치채지 못했나?"

"'쟁기plough'의 철자가 틀린 걸 봤네."

"오, 그걸 알아챘단 말이지? 왓슨 자네, 나날이 발전하고 있군. 자네 말이 옳아. 하지만 영국에서는 쟁기가 'plough'이지만, 미국에서는 'plow'가 맞네. 신문사에서는 광고주가 보낸 문구를 그대로 실었겠지. 그리고 '사륜 짐마차buckboard'도 미국에서 쓰는 말이야. 분수 우물은 영국보다 미국에서 더 흔한 것이고. 전형적인 미국식 광고를 영국 신문사에서 냈어. 자네는 그걸 어떻게 생각해?"

"이 미국 변호사가 직접 광고를 낸 것 같지만, 그 목적은 잘 모르겠어."

"음, 다른 설명도 가능하네. 아무튼 그자는 그 순진한 노인을 버밍엄으로 보내버리고 싶어 했어. 그건 아주 분명하지. 나는 노인에게 가봤자 헛물만 켤 거라고 말할 수도 있었지만, 재차 생각하니 노인이 무대에서 빠져주는 게 더 나을 것 같더군.

왓슨, 내일이네. 내일이면 모든 진실이 스스로 드러날 거야."

이튿날 홈즈는 일찌감치 일어나서 나갔다. 점심때쯤 돌아온 홈즈의 표정이 매우 무거워 보였다.

"왓슨, 이 일은 내가 예상한 것보다 아주 심각한 사건이야." 홈즈가 말했다. "자네에게 위험에 뛰어들 빌미를 주는 거나 마찬가지겠지만, 사실대로 말하는 편이 공정하겠지. 나는 자네를 잘 알아. 하지만 이번에는 정말 위험하다는 걸 알아야 해."

"우리가 위험을 함께한 게 처음은 아니야, 홈즈. 이번이 마지막이길 바라지만 말이야. 구체적으로 어떤 위험인가?"

"알고 보니 아주 까다로운 사건이었네. 변호사 존 개리뎁 씨의 신원을 조사해봤더니, 다름 아닌 '살인자' 에번즈였어. 사악하고 살인적인 악명을 떨치는 자야."

"나는 잘 모르겠는데."

"아, 기억 속에 《뉴게이트 캘린더》(18세기 말 런던에서 발간된 범죄 사례 편찬서─옮긴이)를 휴대하고 다니는 건 자네 직업과 어울리지 않지. 런던 경찰국에 있는 친구 레스트레이드를 만나고 왔어. 상상력과 통찰력은 부족하지만 철저하고 체계적인 친구지. 나는 경찰에 우리 미국인 친구에 대한 기록이 있을지도 모른다고 생각했네. 아니나 다를까, 악당들의 초상화 갤러리에서 예의 통통한 얼굴이 나를 보고 씩 웃고 있더군. 얼굴 밑에 이렇게 쓰여 있었네. '제임스 윈터, 일명 모어크로프트 혹은 살인자 에번즈.'"

홈즈는 주머니에서 봉투를 하나 꺼냈다.

"그자의 사건 기록에서 몇 가지를 적어왔네. 44세. 시카고 출신. 미국에서 세 사람을 총으로 죽임. 정치적 영향력으로 교도소 탈출. 1893년에 런던에 옴. 1895년 1월에 워털루 로드의 나이트클럽에서 카드 게임 중에 한 남자를 총으로 쏨. 사망했지만, 먼저 시비를 건 것으로 밝혀짐. 피살자는 시카고의 화폐 위조범으로 유명한 로저 프레스콧인 것으로 확인됨. 살인자 에번즈는 1902년에 석방. 그 후 경찰의 감시를 받고 있지만 겉보기에는 정직하게 살고 있음. 매우 위험한 인물. 평소에 무기를 소지하고 다니며 언제든 사용할 준비가 되어 있음. 바로 이런 자가 우리가 잡아야 할 새라네, 왓슨. 만만찮은 적수라는 걸 자네도 인정해야 해."

"하지만 그자가 노리는 게 뭔가?"

"음, 그건 스스로 드러나기 시작했어. 나는 부동산 중개인을 만나고 왔네. 우리 의뢰인은 자신이 말한 대로 5년을 살았더군. 그전의 1년 동안은 집이 비어 있었어. 이전 세입자는 월드런이라는 이름의 신사였는데, 중개인이 그 사람의 외모를 자세히 기억하고 있더군. 갑자기 자취를 감췄는데 그 후로 소식을 들은 사람이 아무도 없어. 월드런은 키가 크고 검은 얼굴에 턱수염을 길렀지. 그런데 살인자 에번즈가 쏴 죽인 프레스콧의 인상착의가 흥미롭네. 런던 경찰국에 따르면 키가 크고 얼굴이 검은 데다 수염을 길렀어. 여기서 가설을 세워보자면, 우리의 순진한 의뢰인이 박물관으로 쓰고 있는 방에서 살던 사람이 미국인 범죄자 프레스콧이었다고 볼 수 있어. 따라서 마침내 우리는 연결 고리를 찾아낸 거지."

"그럼 다음 고리는?"

"음, 그건 지금부터 찾아봐야지."

홈즈는 서랍에서 권총을 꺼내 나에게 건네주었다.

"나는 오랫동안 애용해온 게 있어. 서부의 황야에서 온 친구
가 이름값을 하려고 할지 모르니 대비를 해야지. 한 시간만 낮
잠을 자두게, 왓슨. 그러고 나면 라이더 스트리트로 모험을 떠
날 시간이 될 거야."

네이선 개리뎁의 기묘한 집에 도착한 것은 정각 4시였다. 관
리자인 손더스 부인은 막 퇴근하려는 참이었지만, 망설이지 않
고 우리를 들여보내 주었다. 열쇠가 없어도 잠글 수 있는 용수
철 자물쇠였기에 홈즈가 문단속을 잘하고 가겠다고 약속했다.
바깥문이 닫히자마자 부인의 보닛 모자가 창문 앞을 지나갔고,
1층에는 우리 두 사람만 남았다. 홈즈는 재빨리 집 안을 조사했
다. 어두운 구석에 벽에서 살짝 떨어진 진열장이 있었다. 우리
는 그 뒤에 숨었고, 홈즈가 귓엣말로 계획을 대강 일러주었다.

"확실한 사실은 그자가 우리의 마음씨 좋은 친구를 집에서
내보내고 싶어 했다는 거야. 수집가가 도통 외출을 하지 않으
니 계략을 꾸민 거지. 그자가 지어낸 개리뎁 이야기에는 다른
목적이 있는 것 같네. 그자의 이야기에는 악마적인 독창성이
있어. 세입자의 희귀한 성씨가 예상치 못한 기회를 열어주긴
했지만 말이야. 그자는 놀랍도록 교묘한 음모를 꾸몄네."

"하지만 그자가 뭘 하려는 건가?"

"음, 그걸 알아내려고 우리가 여기 온 거네. 내가 봤을 때 그자의 목적은 우리의 의뢰인과 전혀 상관이 없어. 오히려 살해된 남자와 관련이 있지. 어쩌면 그 남자는 에번즈와 한패였을 수도 있어. 이 방 안에 범죄와 관련된 비밀이 숨겨져 있네. 나는 그렇게 보고 있어. 처음에는 우리 의뢰인이 자기도 모르는 귀중한 소장품을 갖고 있을지도 모른다고 생각했어. 하지만 로저 프레스콧이 이 방에 살았다는 걸 알고 나니, 더 깊은 동기가 있을 것 같았지. 자, 왓슨, 우리는 시간이 밝혀줄 진실을 잠자코 기다리는 수밖에 없네."

오래 지나지 않아 그 시간이 찾아왔다. 바깥문이 열리고 닫히는 소리가 나자 우리는 어둠 속에서 몸을 더욱 웅크렸다. 열쇠가 내는 날카로운 금속성 소리가 들리더니 미국인이 방에 들어섰다. 그자는 조용히 문을 닫고 이상한 점은 없는지 날카로운 눈빛으로 주위를 살핀 뒤, 외투를 벗어 던지고 중앙의 탁자를 향해 주저 없이 걸어갔다. 무엇을 어떻게 해야 하는지 아는 사람처럼 자신감 넘치는 태도였다. 탁자를 옆으로 밀고 그 밑에 깔려 있던 네모난 양탄자를 걷어 둘둘 말아서 치우고는, 안주머니에서 지렛대를 꺼냈다. 그리고 바닥에 무릎을 꿇고 작업을 하기 시작했다. 이윽고 나무판을 미는 소리가 들리더니 마룻바닥에 네모난 구멍이 생겼다. 살인자 에번즈는 성냥불을 켜더니 몽땅한 양초에 불을 붙여서 구멍 속으로 사라졌다.

우리가 기다리던 때가 분명했다. 홈즈가 내 손목을 잡은 것이 신호였다. 우리는 함께 방금 뚫린 구멍 쪽으로 조심스레 다

가갔다. 하지만 낡은 마룻바닥이 우리 발밑에서 삐걱거렸는지 미국인이 머리를 불쑥 내밀고 불안한 눈빛으로 주위를 둘러보았다. 우리를 향한 미국인의 얼굴이 당황스러움과 분노로 일그러졌다. 하지만 두 정의 권총이 자기 머리를 겨누고 있다는 것을 알고는 점차 누그러지다가 부끄럽다는 듯 씩 웃었다.

"이런, 이런!" 미국인이 구멍 밖으로 기어 나오면서 냉정을 찾았다. "내 머리 꼭대기에 앉아 있던 모양이군요, 홈즈 씨. 내 속셈을 꿰뚫어 보고는 처음부터 나를 속였겠죠. 자, 그럼 당신에게 이걸 건네주겠소. 당신이 이겼으니…."

순식간에 그자가 가슴에서 권총을 꺼내 두 발을 쏘았다. 오른쪽 허벅지에 빨갛게 달군 인두로 지진 듯한 느낌이 들었다. 홈즈가 권총으로 그자의 머리를 내리치는 소리가 들렸다. 미국인은 얼굴에 피를 흘리며 대자로 뻗었고, 홈즈는 다른 무기를 찾으려고 몸을 뒤졌다. 그다음 내 친구는 철사처럼 가늘고

억센 팔로 나를 부축해서 의자에 앉혔다.

"다치지 않았지, 왓슨? 제발 다치지 않았다고 말해!"

다치는 것도 꽤 괜찮은 일이었다. 저 차가운 가면 뒤에 친구에 대한 깊은 충실함과 사랑이 감춰져 있다는 것을 알 수 있다면 몇 번을 다쳐도 괜찮을 것 같았다. 또렷하고 냉정한 눈이 잠시 흐릿해지고, 단호한 입술이 파르르 떨렸다. 나는 이 순간 딱 한 번 위대한 두뇌뿐만 아니라 위대한 마음도 엿보았다. 부족하나마 한결같이 친구를 도운 모든 세월이 바로 이 깨달음의 순간에 절정에 이르렀다.

"괜찮아, 홈즈. 스쳤을 뿐이야."

홈즈는 자기 주머니칼로 내 바지를 찢었다.

"자네 말이 맞아." 홈즈가 안도의 한숨을 크게 내쉬며 외쳤다. "아주 살짝 스쳤어." 홈즈는 차가운 얼굴로 멍하게 앉아 있는 포로를 쏘아보았다. "천만다행인 줄 알아야 할 거요. 만약 왓슨이 죽었다면 당신도 살아서 나가지 못했을 테니까. 자, 뭐라고 변명할 겁니까?"

에번즈는 할 말이 없었다. 얼굴을 찌푸린 채 앉아 있기만 했다. 나는 홈즈의 부축을 받으며, 비밀의 문이 열린 작은 지하실을 함께 내려다보았다. 그 안에는 에번즈가 가지고 내려간 촛불이 아직 켜져 있었다. 우리의 눈에 들어온 것은 녹슨 기계였다. 그 주변으로 커다란 종이 두루마리와 어질러진 병들이 있었고, 작은 탁자 위에 말끔하게 정리된 종이 꾸러미들이 수북하게 쌓여 있었다.

"인쇄기로군. 화폐 위조 시설이야." 홈즈가 말했다.

"맞소." 우리의 포로가 말했다. 그리고 비틀거리면서 천천히 일어나 의자에 털썩 주저앉았다. "런던 최고의 화폐 위조 장비요. 프레스콧의 물건이지. 탁자 위의 종이 다발들은 100파운드짜리로 2000장인데, 어디서나 쓸 수 있는 안전한 돈이지. 당신들이 가져요. 나를 놓아주는 대가로."

홈즈가 웃음을 터뜨렸다.

"우리는 그런 짓은 하지 않습니다, 에번즈 씨. 이 나라에 당신이 달아날 곳은 없어요. 당신은 프레스콧이라는 친구를 쏘았소. 그렇지 않소?"

"맞소. 그래서 5년이나 감옥에서 썩었지. 먼저 시비를 건 쪽은 그 녀석인데 말이야. 접시만 한 훈장을 받아야 할 사람에게 5년형이라니. 프레스콧의 위조지폐와 영국의 지폐를 구별할 수 있는 사람은 아무도 없어요. 내가 그자를 죽이지 않았다면 영국은 그 녀석의 위조지폐로 넘쳐났을 거요. 나는 그자가 어디서 그걸 만드는지 알고 있는 유일한 사람이었지. 내가 이곳에 오고 싶어 한 게 이상한 일입니까? 그리고 곤충 채집가라는 미친 얼간이가 그걸 깔고 앉은 채 죽치고 있다는 걸 알았을 때, 그 인간을 집 밖으로 내몰기 위해 최선을 다하는 것이 과연 이상한 일입니까? 차라리 없애버리는 게 더 현명한 처사였을지도 모르지. 아주 쉬운 일이었겠지만, 나는 마음이 약해서 총을 들지 않은 상대에겐 쏘지 않소. 그런데 홈즈 씨, 대체 내가 뭘 잘못했소? 나는 이 장비를 사용하지 않았어요. 이 늙은 영감을 죽이지도 않았고. 무슨 혐의로 나를 잡을 거요?"

"지금으로서는 살인 미수가 유일합니다." 홈즈가 말했다. "하지만 그건 우리 일이 아니오. 다음 단계는 경찰이 알아서 할 겁니다. 우리가 지금 원하는 건 당신의 몸뚱이뿐이죠. 왓슨, 런던 경찰국에 전화해주게. 거기서도 어느 정도 예상을 하고 있을 거야."

살인자 에번즈와 세 명의 개리뎁이라는 놀라운 자작극에 대한 사실은 이상과 같다. 우리의 불쌍한 노인이 사라져버린 꿈의 충격을 이겨내지 못했다는 소식이 나중에 들려왔다. 공중누각이 허물어지자 그 폐허 밑에 깔리고 만 것이다. 마지막으로 접한 소식은 노인이 브릭스턴의 요양원에서 머물고 있다는 것이었다. 프레스콧의 위조 장비가 발견된 날 런던 경찰국은 환호했다. 존재한다는 사실은 알았지만 프레스콧이 죽은 뒤 소재를 파악할 수 없었던 것이다. 에번즈는 큰 공을 세운 셈이었고, 그 덕분에 수사과 요원들은 두 발을 쭉 펴고 잘 수 있게 되었다. 화폐 위조범은 비할 데 없는 공공의 적이었기 때문이다. 경찰이라면 기꺼이 에번즈가 말한 접시만 한 훈장을 주고 싶었을 테지만, 안목이 모자란 법원은 그걸 그리 호의적으로 보지 않았다. 결국 살인자는 얼마 전에 벗어난 음지로 다시 돌아갔다.

7
토르교 사건

채링 크로스의 콕스 은행 금고 어딘가에는 뚜껑에 '존 H. 왓슨, 의학박사, 인도 육군 출신'이라는 이름표를 붙인 낡고 찌그러진 양철 서류함이 있다. 이 함 안에는 서류가 잔뜩 들어 있는데, 대부분 셜록 홈즈가 다양한 시기에 걸쳐 조사한 기이한 사건들을 묘사한 기록들이다. 일부 사건은 흥미로운 요소가 있긴 하지만 완전히 실패했기 때문에 결론을 설명할 수 없어서 이야기를 들려줄 수가 없다. 지적인 독자라면 결론 없는 사건이 흥미로울 수도 있겠지만, 일반적인 독자에게는 꺼림칙할 수밖에 없다. 이러한 미해결 사건 중에 우산을 가지러 집에 돌아갔다가 자취를 감췄다는 제임스 필리모어 씨 사건이 있다. 소형 범선인 앨리시어호 사건도 주목할 만하다. 이 배는 어느 봄날 아침 국지성 안개 속으로 들어갔다가 다시는 나오지 못했는데, 배와 선원 모두 그 후로 소식이 끊겼다. 세 번째로 주목할 만한 사건은 이사도라 페르사노 사건인데, 이름난 신문기자이자 싸움꾼인 이사도라 페르사노는 미지의 괴상한 벌레가 담긴 성냥갑을 앞에 두고 완전히 미친 채로 발견되었다.

이 같은 불가사의한 사건들 외에도 책으로 나온다는 생각만으로도 간담이 서늘해질 몇몇 명문가의 사사로운 비밀과 관련된 사건도 있다. 내가 이러한 비밀을 밝힌다는 것은 당연히 생각할 수조차 없는 일이다. 내 친구에게 그 문제에 관심을 돌릴여유가 생겼기 때문에 그러한 기록은 따로 추려져 폐기될 것이다. 대중을 식상하게 해서 내가 누구보다 존경하는 홈즈의 명성에 흠집을 낼지도 모른다는 걱정만 없다면 책으로 펴낼 만한 흥미로운 사건들이 많이 있다. 어떤 것은 내가 직접 관여한 사건이기에 목격자로서 증언할 수 있지만, 내가 참여하지 않았거나 너무 미미한 역할만 해서 제삼자로서 서술한 사건들도 있다. 이번 사건은 내가 직접 경험한 것이다.

10월의 어느 스산한 아침이었다. 옷을 입고 있던 나는 우리집 뒤뜰에서 아름다운 풍경을 선사하는 한 그루의 플라타너스에서 마지막 잎사귀가 떨어져 빙글빙글 떨어지는 모습을 바라보았다. 나는 미리 차려진 아침을 먹으러 내려가면서 감상에 젖은 내 친구의 모습을 상상했다. 위대한 예술가들이 흔히 그렇듯 내 친구도 주변 환경에 민감하게 반응하기 때문이다. 하지만 그 반대였다. 식사를 거의 마친 홈즈는 유난히 밝고 즐거워 보였다. 평소보다 들뜬 홈즈의 모습을 보면 나는 늘 약간 불길한 느낌을 받았다.

"사건을 맡았군, 홈즈?" 내가 말문을 열었다.

"추리 능력은 분명 전염되는 모양이야, 왓슨." 홈즈가 대답했다. "내 비밀을 탐지하는 걸 보니까 말이야. 맞아. 사건을 맡았어. 한 달 동안 시시한 일들이나 하며 놀다시피 했는데, 다시 바퀴를 굴리게 됐네."

"내가 도와줄까?"

"도움받을 일이 별로 없어. 하지만 자네의 새 요리사가 삶아 준 완숙 달걀 두 개를 다 먹고 나면 얘기를 나눌 수는 있지. 어제 홀 탁자에 놓여 있던 〈패밀리 헤럴드〉지와 이 달걀들의 상태 사이에 관련이 없다고 말할 수는 없을 거야. 달걀 삶기와 같은 사소한 일이라도 시간의 경과를 의식하는 주의력이 필요하거든. 그 훌륭한 잡지에 실린 연애담을 읽으면서 할 수 있는 일이 아니란 말이야."

15분 후 식탁이 치워지고 우리는 얼굴을 마주 보았다. 홈즈가 주머니에서 편지를 꺼냈다.

"황금 왕 닐 깁슨이라고 들어봤나?"

"미국 상원 의원 말인가?"

"음, 서부의 어느 주에서 상원 의원을 지내긴 했지만 세계 최고의 금광업자로 더 유명하지."

"그래, 들어보긴 했지. 한동안 영국에서 지낸 게 분명해. 아주 귀에 익은 이름이야."

"맞아. 5년 전쯤 햄프셔에서 대규모의 토지를 사들였어. 그럼 그 사람 아내의 비극적인 죽음도 알고 있겠군?"

"물론이지. 지금도 기억하네. 닐 깁슨의 이름이 익숙한 건 그 일 때문이야. 하지만 자세한 사정은 하나도 모르네."

홈즈가 의자 위에 놓인 신문을 가리키며 말했다. "이 사건을 맡게 될 줄은 정말 몰랐네. 알았다면 미리 스크랩을 해뒀을 텐데. 세상을 떠들썩하게 하긴 했지만, 그리 까다로운 사건 같지는 않아. 피의자의 성격이 흥미롭긴 하지만 명백한 증거를 가릴 정도는 아니야. 검시 배심은 물론이고 즉결재판 과정에서도 그런 관점을 보였네. 사건은 어제 윈체스터의 순회재판으로 넘어갔네. 아무래도 보람 있는 일은 아닌 것 같아. 사실을 밝혀낼 수는 있겠지만, 결과를 바꿀 수는 없을 테니까. 전혀 새롭고 예상치 못한 사실이 드러나지 않는 한 내 의뢰인에게는 희망이 없다고 생각하네."

"의뢰인이 누군가?"

"아, 깜빡하고 있었군. 거꾸로 얘기하는 자네의 습관에 물이 든 모양이야. 우선 이 편지부터 읽어보게."

홈즈가 건네준 편지는 필체가 굵고 힘찼다. 내용은 다음과 같았다.

클래리지 호텔
10월 3일

친애하는 셜록 홈즈 씨
신이 창조한 최고의 여성이 죽어가는 모습을 아무것도 하지 않은 채 보고 있을 수만은 없습니다. 나는 아무런 설명도 할 수 없고, 설명할 용기도 나지 않아요. 하지만 던바 양이 무고하다는 사실만큼은 단언할 수 있습니다. 홈즈 씨도 그 일을 아실 겁니다. 온 국민의 입방아에 오르내렸는데 누가 모르겠습니까? 하지만 누구도 그 여인을 위해 목소리를 내지 않았습니다. 이같은 부당함에 치가 떨리는군요. 그 여인은 너무나 마음이 여려서 파리 한 마리도 죽이지 못한답니다. 홈즈 씨가 한 줄기 빛을 던져주시리라는 기대를 안고 내일 오전 11시에 찾아뵙겠습니다. 나한테 단서가 있으면서도 그걸 모를 수도 있습니다. 당신이 그 여인을 구할 수만 있다면 내가 아는 모든 것, 내가 가진 모든 것, 아니 내 모든 것을 내놓겠습니다. 이전에 당신의 능력을 보여주신 적이 있다면, 이제 이 일에도 그 능력을 발휘해주십시오.

— J. 닐 깁슨 올림

"이제 누군지 알겠지?" 셜록 홈즈는 아침 식사 후에 피운 파이프의 재를 털고 다시 천천히 담배를 채우며 말했다. "지금 그 신사를 기다리고 있어. 사연에 대해 말하자면, 자네가 저 신문들을 모두 읽을 시간이 없을 테니 그 과정에 대한 지적인 관심이 있다면 간략히 요약해주겠네. 이 신사는 세계 최고의 갑부이자, 내가 알기로는 몹시 포악하고 섬뜩한 인물이지. 이 남자는 그 비극의 희생자와 결혼했는데, 내가 그 여인에 대해 아는 거라곤 당시 한창때를 지났다는 것, 그리고 더욱 불행하게도 두 아이의 교육을 맡은 여자 가정교사가 아주 매력적이었다는 점이네. 사건과 관련된 인물은 이 세 사람이고, 사건 현장은 잉글랜드의 유서 깊은 지역의 중심에 있는 웅장하고 오래된 저택이야. 이제 비극에 대해서 말하겠네. 신사의 아내는 집에서 800미터쯤 떨어진 장소에서 밤늦은 시간에 발견됐네. 야회복 차림에 어깨에 숄을 두르고 있었고, 머리에 권총의 총알이 박힌 상태였지. 시신 근처에서는 무기가 발견되지 않았고, 근방에는 살인자에 관한 단서도 없었네. 시신 근처에 무기가 없었다는 점에 주목하게, 왓슨. 범행이 일어난 때는 저녁 늦은 시간으로 보이고, 밤 11시쯤 사냥터지기가 시신을 발견했어. 경찰과 의사가 조사를 하고 나서 시신을 집 안으로 옮겼다는군. 너무 간단하게 말했나? 이해할 수 있겠어?"

"잘 이해했네. 그런데 왜 가정교사를 의심하는 거지?"

"음, 무엇보다 직접적인 증거가 있네. 약실이 비어 있고, 범행에 쓰인 총알과 구경이 같은 권총이 그 여자의 옷장 바닥에서 발견되었어." 홈즈가 시선을 고정시키고 또박또박 끊어서 되뇌었다. "그 여자의, 옷장, 바닥에서." 그러고는 침묵에 빠져들었다. 나는 홈즈의 머릿속에서 내가 끊어서는 안 되는 생각의 흐름이 지나가고 있음을 알 수 있었다. 잠시 후 느닷없이 홈즈가 현실로 돌아왔다. "그래, 왓슨. 총이 발견되었어. 움직일 수 없는 증거지? 두 배심원단은 그렇게 생각했어. 거기에 희생자는 범행 장소에서 만나기로 한 편지를 갖고 있었는데, 그 편지에 가정교사의 서명이 들어 있었지. 어떤가? 결정적인 동기도 있다네. 깁슨 상원 의원은 매력적인 남자야. 만약 본처가 죽는다면 누가 그 자리를 이을까? 자기를 고용한 남자로부터 이미 거절하기 힘든 관심을 받고 있는 젊은 여성이 아니라면 누가 그 빈자리를 대신하겠는가? 사랑, 돈, 권력을 한 명의 중년 신사가 모두 가지고 있네. 추해, 왓슨. 몹시 추잡한 사건이야!"

"정말 그렇군, 홈즈."

"가정교사한테는 알리바이도 없네. 오히려 범행 시각에 자기가 토르교 근처에 있었다는 걸 시인해야 했어. 지나가던 마을 사람들의 목격담 때문에 부인할 수가 없었거든."

"참으로 결정적이군."

"하지만 왓슨, 하지만! 우리는 그 다리에 주목해야 하네. 널따란 돌판 한 장으로 되어 있고 양쪽에 난간이 있는 그 다리는, 수심이 깊고 갈대가 물가를 따라 길게 늘어선 호수에서 폭이 가장 좁은 곳에 세워져 있어. 토르 미어라고 불리는 호수지. 다리에 들어서는 입구에 여자의 시신이 쓰러져 있었어. 여기까지가 중요한 대목이라네. 그런데 내가 잘못 들은 게 아니라면, 우리의 의뢰인이 약속 시간이 되기도 전에 온 것 같군."

하지만 빌리는 문을 열면서 뜻밖의 이름을 외쳤다. 우리 둘다 생소한 말로, 베이츠 씨라는 사람이었는데, 가늘고 예민해

보이는 체형에 겁먹은 눈을 하고 불안한 모습으로 망설이고 있었다. 의사인 내가 보기에는 신경 쇠약으로 당장이라도 쓰러질 것 같은 상태였다.

"어디가 불편해 보이시는군요, 베이츠 씨." 홈즈가 말했다. "여기 앉으세요. 11시에 선약이 있어서 긴 시간을 내드리지는 못할 것 같습니다."

"알고 있습니다." 손님은 숨이 찬 사람처럼 헐떡이며 짧은 문장을 뱉었다. "깁슨 씨가 오시겠죠. 제 고용주입니다. 저는 그 사람의 사유지를 관리하는 사람이에요. 홈즈 씨, 그자는 악당입니다. 극악무도한 악당이죠."

"지나친 표현이군요, 베이츠 씨."

"강한 표현을 쓸 수밖에 없습니다, 홈즈 씨. 시간이 없으니까요. 여기서 그자와 마주치면 안 됩니다. 거의 올 시간이 되었군요. 하지만 사정상 더 빨리 올 수가 없었습니다. 그자가 당신과 만난다는 얘기를 오늘 아침에야 그자의 비서인 퍼거슨 씨한테 들었거든요."

"당신이 그 사람의 사유지 관리인이라고요?"

"저는 그 사람에게 그만두겠다고 말했어요. 2~3주 후면 지긋지긋한 노예 생활을 청산하게 될 겁니다. 그자는 가혹한 사람이에요. 주변의 모든 사람에게 가혹하게 굴죠. 자선 활동을 하는 이유는 은밀한 죄악을 가리려는 겁니다. 하지만 가장 큰 희생을 감수한 사람은 그자의 아내입니다. 그자는 자기 아내를 잔인하게 대했어요. 맞아요, 잔인했죠! 어쩌다 죽임을 당했는지 모르지만, 그자는 그 여인의 인생을 끔찍한 고통으로 채웠어요. 그 여인은 열대 지방에서 태어났죠. 아시겠지만 브라질 사람입니다."

"아니요, 전혀 몰랐습니다."

"태생뿐만 아니라 기질적으로도 열대 지방 사람이었어요. 태양과 정열의 자식이었죠. 누구 못지않게 남편을 사랑했지만, 한때 대단했다는 육체적인 매력이 사라지자 남편의 관심은 멀어져 갔습니다. 우리는 모두 그 여인을 아끼고 동정했어요. 그리고 여인을 잔인하게 대하는 그 남자를 미워했죠. 하지만 그자는 말솜씨가 좋고 교활합니다. 제가 말할 수 있는 것은 이 정도가 다예요. 외모만으로 그자를 후하게 평가하지 마세요. 더 많은 것을 뒤에 숨기고 있는 작자입니다. 저는 이제 가보겠습니다. 안 됩니다, 안 돼요. 저를 잡지 마세요! 그자가 올 때가 다 됐습니다."

기묘한 방문자는 겁에 질린 표정으로 시계를 쳐다보고는 쏜살같이 문밖으로 사라졌다.

"이런, 이런." 잠시 침묵을 지키던 홈즈가 말했다. "깁슨 씨가 아주 충직한 가솔을 둔 것 같아. 하지만 유용한 경고야. 이제 당사자가 나타날 때까지 기다리기만 하면 되겠군."

11시 정각이 되자 계단을 오르는 육중한 발소리가 들리더니, 그 유명한 백만장자가 방 안에 나타났다. 그 사람을 쳐다보니 관리인이 보여준 두려움과 혐오감뿐만 아니라, 수많은 사업 경쟁자들이 그자를 향해 저주의 말을 퍼부은 것도 이해할 수 있었다. 내가 만약 강철 같은 용기에 가죽처럼 질긴 양심을 가진 성공한 사업가의 인물상을 만들고 싶다면, 닐 깁슨이야말로 가장 이상적인 모델이었다. 키가 크고 수척하고 우락부락한 외모에서 갈망과 탐욕이 드러났다. 고상한 목적보다는 저열한 욕망에 사로잡힌 에이브러햄 링컨을 연상시키는 인물이었다. 화강암을 깎은 듯 딱딱하고 거칠고 무자비해 보이는 그자의 얼굴에는 주름이 깊게 파여 있었고, 수많은 위기를 헤쳐 나온 듯 흉터투성이였다. 뻣뻣하게 곤두선 눈썹 아래로 매섭게 빛나는 회색 눈동자가 우리를 차례로 쏘아보았다. 홈즈가 내 이름을 언급하자, 그자는 형식적으로 고개를 숙이고는 가진 자의 오만한 자신감을 풍기며 내 친구 앞에 의자를 갖다 놓고 앉았다. 그자의 앙상한 무릎이 홈즈와 맞닿을 만큼 가까웠다.

"툭 터놓고 말하겠소, 홈즈 씨." 그자가 말문을 열었다. "돈은 얼마가 들어도 상관없어요. 진실을 위해서라면 돈을 태운다 해도 좋습니다. 그 여자는 무고하기 때문에 반드시 누명을 벗어야 하고, 이 일은 당신에게 달려 있습니다. 액수만 말하시오!"

"의뢰비는 정가로 받습니다." 홈즈가 차갑게 말했다. "면제를 하는 일은 있어도 더 받는 일은 없어요."

"돈이 당신에게 중요하지 않다면, 명예는 어떻소? 이 문제만 잘 해결하면 모든 신문이 당신의 이름을 칭송할 겁니다. 두 대륙을 망라한 유명 인사가 되는 거죠."

"고맙지만 깁슨 씨, 나는 유명 인사가 되고 싶은 생각이 없습니다. 알면 놀라실 수도 있겠지만, 나는 익명으로 일하는 걸 더 좋아한답니다. 나를 사로잡는 것은 사건 그 자체입니다. 시간을 허비하고 있군요. 그럼 사건 얘기로 들어가겠습니다."

"신문을 보면 중요한 내용이 다 나와 있기 때문에 더 보탤 게 없습니다. 하지만 당신이 더 알고 싶은 게 있다면, 글쎄요, 답해드리겠소."

"딱 한 가지가 있습니다."

"그게 뭐요?"

"당신과 던바 양은 실제로 어떤 관계입니까?"

황금 왕이 소스라치며 엉거주춤 일어섰다. 그러나 잠시 후 침착함을 되찾았다.

"그런 질문을 하는 것은 당신의 권리이면서 의무일 수도 있을 거라고 봅니다, 홈즈 씨."

"우리도 그렇게 생각합니다." 홈즈가 말했다.

"분명히 말하지만 우리 사이는 전적으로 그리고 항상 고용 관계였습니다. 던바 양이 아이들과 함께 있을 때를 제외하고는 따로 얘기한 적도 없고, 심지어 만난 적도 없소."

홈즈가 자리에서 일어났다.

"나는 제법 바쁜 사람입니다, 깁슨 씨." 홈즈가 말했다. "무의미한 얘기라면 시간도 없고 취미도 없어요. 안녕히 가시기 바랍니다."

먼저 일어나 있었던 손님은 체구에서 홈즈를 압도했다. 뺏

뻣하게 곤두선 눈썹 아래로 노기가 비쳤고, 누르께한 두 볼은 벌겋게 달아올랐다.

"이게 무슨 말이오, 홈즈 씨? 내 의뢰를 거절하는 거요?"

"글쎄요, 깁슨 씨. 사건이 아니라 당신을 거절한다고 해야겠죠. 내 의사는 충분히 전달된 것 같습니다만."

"잘 알아들었소. 하지만 저의가 뭐요? 가격을 올려보겠다는 심산이오, 아니면 사건을 감당할 자신이 없는 거요? 나에겐 명확한 답을 들을 권리가 있소."

"아마도 그렇겠죠." 홈즈가 말했다. "하나만 말씀드리겠습니다. 이 사건은 거짓 정보로 어려움을 더하지 않아도 충분히 복잡합니다."

"내가 거짓말을 하고 있다는 뜻이로군."

"되도록 우회해서 표현하려고 했습니다만, 그렇게 주장하신다면 반박하지는 않겠습니다."

나는 백만장자의 표정이 악마처럼 변하면서 울퉁불퉁한 주먹을 치켜드는 것을 보고 자리에서 벌떡 일어났다. 홈즈는 태평스런 미소를 지으며 파이프를 향해 손을 뻗었다.

"괜한 소란은 피우지 마십시오, 깁슨 씨. 아침 식사 후에는 사소한 언쟁만으로도 심란해지기 쉽죠. 아침 공기를 마시며 조용히 생각을 정리하면 마음이 가라앉을 겁니다."

황금 왕은 가까스로 분노를 가라앉혔다. 분노로 펄펄 끓던 사람이 싸늘하고 무관심한 표정으로 돌변하는 것을 보고 나는 감탄하지 않을 수 없었다.

"음, 그건 당신 재량에 달린 일이지. 사업을 할 줄 아는군. 본인이 싫다는데 억지로 사건을 맡게 할 수는 없지. 오늘 아침은 당신이 실수한 거요, 홈즈 씨. 나는 당신보다 강한 자도 꺾어봤소. 누구든 내 심기를 건드리는 자는 무사하지 못하지."

"그런 소리를 숱하게 들어봤지만 저는 아직도 건재합니다." 홈즈가 미소를 머금고 말했다. "자, 안녕히 가십시오, 깁슨 씨. 당신은 아직 배울 게 많군요."

손님은 요란한 소리를 내며 밖으로 나갔지만, 홈즈는 몽롱한 눈길을 천장에 붙박은 채 아무런 동요도 없이 조용히 담배를 피우고 있었다.

"어떻게 생각해, 왓슨?" 잠시 후 홈즈가 말문을 열었다.

"글쎄, 홈즈. 그자가 눈앞의 어떤 장애물이라도 다 쓸어버리는 사람이라는 것을 고려한다면, 그리고 베이츠 씨가 스스로 말했듯이 그자의 아내가 장애물이었고, 그래서 혐오의 대상이었을지도 모른다는 걸 생각한다면 나는 솔직히…."

"맞았어. 나도 그렇게 보네."

"하지만 그자와 가정교사는 어떤 관계일까? 그리고 자네는 그걸 어떻게 알아냈나?"

"넘겨짚은 거네, 왓슨. 넘겨짚은 거야! 그자의 편지는 열정적이고, 형식에 구애받지 않고, 사무적이지도 않았어. 자제력 있는 태도나 외모와는 전혀 다른 느낌이었지. 그렇다면 그자가 피살자보다는 피의자 쪽에 더 깊은 애정을 느끼고 있다는 게 분명해. 진리에 가까이 가려면 이 세 사람의 관계를 정확하게 이해해야 하네. 자네도 봐서 알겠지만, 내가 정면 공격을 가했을 때 그자는 침착하게 응수했어. 그래서 나는 그자의 속마음을 떠보았지. 사실은 모든 게 의심스러웠지만, 겉으로는 다 알고 있다는 듯한 인상을 준 거야."

"그자가 다시 돌아올까?"

"반드시 돌아올 거야. 돌아올 수밖에 없어. 그대로 두고 볼 수는 없을 테니까. 하! 초인종 소리 아닌가? 맞아. 발소리가 들리는군. 아이고, 깁슨 씨. 안 그래도 내 친구에게 당신이 돌아올 시간이 지났다고 말하던 참이었습니다."

다시 돌아온 황금 왕의 분위기는 방금 전에 나갔을 때보다 한결 누그러져 있었다. 분개한 두 눈을 보니 자존심에 입은 상처가 아직 사라지지 않았지만, 목적을 이루기 위해서는 양보할 줄도 알아야 한다는 상식을 갖추고 있는 듯했다.

"곰곰이 생각해봤소, 홈즈 씨. 아무래도 내가 당신의 말을 삐딱하게 들은 것 같군요. 당신은 무엇이 되었든 사실을 정확하게 파악해야 합니다. 그 점에 대해 당신을 더 높이 평가하게 되었소. 하지만 분명히 말하는데, 던바 양과 나의 관계는 이 사건과 아무런 상관이 없어요."

"그건 제가 판단할 몫입니다. 그렇죠?"

"그래요, 당신 말이 맞습니다. 당신은 진단에 앞서 모든 증상을 알아내려고 하는 외과 의사 같소."

"맞습니다. 적절한 표현이군요. 사실을 숨기려는 의뢰인은 의사를 속이려 하는 환자와 같습니다."

"일리가 있군요. 하지만 홈즈 씨, 여자와 무슨 관계냐고 대놓고 묻는다면 어떤 남자든 쑥스러워할 겁니다. 실제로 진지한 감정을 느끼고 있는 관계라면 말입니다. 남자라면 누구나 영혼의 한 귀퉁이에 누구도 침입하지 않기를 바라는 은밀한 데가 있을 거라고 생각합니다. 그런데 당신이 불쑥 쳐들어왔어요. 하지만 던바 양을 구하기 위한 것이니 이해해드리죠. 나는 마음의 빗장을 풀었으니 실컷 들여다보시오. 알고 싶은 게 뭐요?"

"진실입니다."

황금 왕은 생각을 모으듯 잠시 뜸을 들였다. 어둡고 주름살이 깊게 파인 얼굴이 더욱 슬프고 심각해졌다.

"몇 마디만 하겠소, 홈즈 씨." 마침내 부자가 말했다. "말하기가 어려운 걸 넘어서 괴롭기까지 한 일들이 몇 가지 있소. 그래서 필요 이상으로 깊이 들어가지는 않을 거요. 나는 브라질에서 금광을 찾던 시절에 아내를 만났소. 마리아 핀투는 마나우스에 사는 정부 관리의 딸이었는데 아주 아름다웠어요. 당시에 나는 젊었고 가슴이 뜨거웠지. 하지만 지금의 더욱 냉철하고 비판적인 눈으로 과거를 돌아봐도 아내는 놀라울 만큼 보기 드문 미인이었소. 깊고 그윽한 매력에 정열적이고, 일편단심이고, 시원시원하고, 격정적인 성격이었소. 내가 알던 미국 여성들과는 판이하게 다른 여자였죠. 긴 이야기지만 간단하게 말하면, 나는 그 여자를 사랑했고 결혼까지 했소. 하지만 수년간 지속된 연애 감정이 사라졌을 때, 나는 우리 둘 사이에

공통점이라고는 눈곱만큼도 없다는 것을 깨달았죠. 내 감정은 식었소. 아내의 감정도 같이 식었다면 문제가 더 쉬웠을 텐데. 하지만 여자는 참 놀라워요! 내가 무슨 짓을 해도 아내는 마음을 돌리지 않았소. 내가 아내를 모질게 대한 이유는, 혹은 남들이 말하는 대로 아내를 잔인하게 대한 이유는 우리 둘 다를 위한 것이었소. 내가 아내의 사랑을 지워버리는 편이, 그 사랑을 증오로 바꾸는 편이 더 낫다는 걸 알았기 때문이죠. 하지만 아내는 나를 떠나지 않았소. 아내는 20년 전 아마존 강둑에서 나를 사랑한 것처럼 영국의 숲 속에서도 나를 여전히 흠모했소. 내가 무슨 행동을 하든 변함없이 헌신적이었지.

그러다 그레이스 던바 양이 나타난 거요. 던바 양은 광고를 보고 찾아와서 우리 두 아이의 가정교사가 되었소. 아마 신문에서 그 여인의 초상화를 봤을 겁니다. 온 세상이 던바 양의 아름다움을 인정했죠. 자, 나는 다른 사람들보다 도덕적인 양 행세하고 싶지 않소. 솔직히 말해 그토록 아름다운 여인과 한 지붕 아래 살면서 매일 얼굴을 보는데, 어찌 뜨거운 감정을 느끼지 않을 수 있겠소? 나를 비난할 거요, 홈즈 씨?"

"그런 감정을 느낀다고 해서 비난할 마음은 없습니다. 하지만 그 감정을 표현했다는 점은 비난할 수밖에 없군요. 던바 양은 당신의 보호 아래 있는 사람이니까요."

"그럴지도 모르죠." 백만장자가 인정했다. 하지만 홈즈의 질책에 대한 반감의 빛이 순간적으로 남자의 눈을 스쳐갔다. "나는 성자인 척하지 않겠소. 나는 일평생 원하는 것을 얻기 위해 손을 뻗으며 살아왔고, 이번에는 그 여인의 사랑을 얻어서 내 사람으로 만들고 싶었소. 던바 양에게도 그렇게 말했고."

"오, 그렇게 말했다고요?"

홈즈는 감동을 받았을 때 오히려 더 섬뜩해 보이는 경우가 있었다.

"나는 던바 양에게 할 수 있다면 결혼하겠다고 말했소. 하지만 그건 내 능력 밖의 일이었소. 그래서 나는 돈이 많으니까 던바 양을 행복하고 안락하게 할 수만 있다면 무엇이든 해주겠다고 말했죠."

"아주 관대하시군요." 홈즈가 비아냥거렸다.

"이봐요, 홈즈 씨. 내가 여기에 온 건 증언하기 위해서지 훈계를 듣기 위해서가 아니오. 당신의 비판은 사양하겠소."

"내가 당신의 의뢰를 받아들인다면 그건 젊은 숙녀를 위해서입니다." 홈즈가 딱 잘라 말했다. "던바 양의 실제 혐의가 당신이 털어놓은 것보다 더 심각할 수도 있습니다. 그리고 당신의 지붕 아래 있던 무방비 상태의 여인을 당신이 직접 파멸시킨 것일 수도 있고요. 당신 같은 부자들은, 세상에는 뇌물을 써도 용서받을 수 없는 일이 있다는 걸 깨달아야 합니다."

놀랍게도 황금 왕은 홈즈의 질책을 얌전히 받아들였다.

"나도 지금 그걸 절감하고 있소. 나는 내 계획이 의도한 대로 흘러가지 않은 데 감사하고 있어요. 던바 양은 어떤 것도 받으려 하지 않았고, 바로 내 집에서 떠나고 싶어 했습니다."

"그런데 왜 떠나지 않았죠?"

"음, 무엇보다 부양해야 할 가족이 있었소. 던바 양에게 생활비를 포기하고 가족들을 실망시키는 것은 가벼운 문제가 아니었죠. 나는 던바 양에게 귀찮게 굴지 않겠다고 약속했고, 실제로 그렇게 했소. 그래서 던바 양이 남아 있기로 한 겁니다. 하지만 한 가지 이유가 더 있습니다. 던바 양은 자신이 나를 좌지우지할 수 있다는 것을 알고 있었고, 그 힘이 세상 어떤 힘보다 막강하다는 것도 알고 있었죠. 던바 양은 그 힘을 좋은 일에 쓰고 싶어 했습니다."

"어떻게 말입니까?"

"글쎄요. 던바 양은 내 사업에 대해 어느 정도 알고 있었소. 내 사업은 보통 사람들이 생각하는 것보다 훨씬 거대합니다. 나는 만들 수도 있고 부술 수도 있는데, 대개는 부수는 일이 많았소. 개인만이 대상이 아니었소. 집단이나 도시를 부수기도 했고, 심지어 나라를 부수기도 했소. 사업은 냉혹한 게임이라서 나약한 자는 금세 넘어지고 말아요. 나는 이익이 되는 일이라면 어디든 뛰어들었소. 나는 징징거리는 법이 없었고, 다른 누군가가 징징거려도 돌아보지 않았소. 하지만 던바 양은 게임을 다른 눈으로 봤어요. 그 여인이 옳았던 것 같소. 던바 양은 한 사람이 필요 이상의 돈을 모으기 위해 다른 사람들의 생계 수단을 빼앗아서는 안 된다고 믿고 나에게 그렇게 말했소. 던바 양은 사업을 그런 관점에서 보았죠. 그 여인은 돈보다 영원한 가치가 있다는 것을 알았던 겁니다. 던바 양은 내가 자신의 말에 귀를 기울인다는 것을 알고, 내 행동에 영향을 미침으로써 세계에 이바지한다고 믿었습니다. 그래서 내 집에 머물렀는데, 이런 일이 터지고 말았던 거요."

"사건 해결에 도움이 될 만한 단서가 없겠습니까?"

황금 왕은 두 손에 얼굴을 묻은 채 잠시 깊은 생각에 잠겨 있었다.

"던바 양에게는 참으로 암담한 상황입니다. 그건 부정할 수 없소. 여자는 내면적인 생활을 영위하기 때문에 남자가 생각지 못한 일을 할 수도 있습니다. 나는 너무 당황하고 깜짝 놀라서 던바 양이 자신의 본성과는 전혀 다른 해괴한 일탈을 시도한 건 아닌지 생각했습니다. 한 가지 가능성이 떠올랐소. 가치 있는 정보이니 알려드리리다. 내 아내의 질투가 지독했다는 것은 두말할 나위도 없습니다. 정신적인 질투도 육체적인 질투 못지않게 광적일 수 있죠. 육체적으로는 질투할 게 없다는 사실을 아내도 알고 있었을 거요. 하지만 그 영국 아가씨가 내 정신과 행동에 영향을 미치고 있다는 것은 알고 있었소. 아내는 결코 가져본 적이 없는 능력이었소. 그것은 선한 영향력이었지만, 그렇다고 해서 상황이 나아지지는 않았죠. 아마존의 열기로 항상 피가 뜨거웠던 아내는 증오로 활활 타올랐어요. 던바 양을 죽일 계획을 세웠을지도 모릅니다. 아니면 총으로 위협해서 쫓아낼 생각이었을 수도 있고. 그러다 옥신각신 다툼이 벌어지고 그만 총이 발사됐는데, 그걸 들고 있던 아내의 머리에 총알이 박힌 거요."

"그런 가능성은 저도 생각해봤습니다." 홈즈가 말했다. "고의적인 살인이 아니라면 그런 식의 우발적인 살인이겠죠."

"하지만 던바 양은 전적으로 부인하고 있소."

"음, 그게 다가 아니라는 말이군요. 그토록 두려운 상황에
처한 여인이 어쩔 줄 몰라 하며 권총을 손에 든 채로 집으로
달려갔을 수도 있습니다. 자기가 무엇을 하는지도 모르는 상
태에서 권총을 옷장에 던져버리고는, 나중에 발견되자 전적으
로 부정하면서 상황을 모면하려고 했는지도 모르죠. 할 수 있
는 변명이 없으니까요. 누가 이런 가설을 부정할까요?"

"던바 양 자신입니다."

"음, 그렇군요."

홈즈는 시계를 쳐다보았다. "오늘 아침에 던바 양 면회 허가
를 받은 다음 저녁 기차로 윈체스터에 가봅시다. 이 젊은 숙녀
를 만나보면 분명 좀 더 도움을 받을 수 있을 겁니다. 하지만
내 결론이 반드시 당신이 원하는 결론과 같으리라 장담할 수
는 없어요."

면회 허가를 받는 데 생각보다 시간이 오래 걸려서, 우리는
그날 윈체스터에 가지 않고 닐 깁슨 씨가 사는 햄프셔의 토르
플레이스로 내려갔다. 깁슨 씨는 우리와 동행하지 않았지만,
우리는 그 사건을 맨 처음 조사한 그 지방의 경찰인 코벤트리
경사의 주소를 알고 있었다. 경사는 키가 크고 비쩍 마른 유령
처럼 창백한 사내였는데, 비밀스럽고 묘한 태도에서 자신이
말하는 것보다 훨씬 많은 사실을 알고 있다는 분위기를 풍겼
다. 그리고 아주 흔한 정보를 떠벌리면서도 짐짓 중요한 기밀

사항이라는 듯 갑자기 소리를 낮춰 속삭이며 말하는 버릇이 있었다. 하지만 이러한 행동에 뒤이어 경사는 금방 겸손하고 정직한 자세를 보였다. 깊이 알지 못하기 때문에 어떤 도움이라도 받겠다는 표시였다.

"어쨌든 나에게는 런던 경찰국보다 홈즈 씨가 낫습니다." 경사가 말했다.

"런던 경찰국을 불러들일 경우, 성공하면 지방 경찰은 공을 다 빼앗기고 사건을 해결하지 못하면 비난을 다 뒤집어써야 해요. 하지만 홈즈 씨는 원칙대로 행동하신다고 들었습니다."

"나는 사건 전면에 나설 필요가 전혀 없어요." 홈즈가 우울한 경사를 안심시켰다. "내가 사건을 해결해도 내 이름은 언급되지 않았으면 합니다."

"아이고, 참 멋진 분이시군요. 당신 친구 왓슨 선생도 믿을 만한 분이라고 확신합니다. 자, 홈즈 씨, 이제 현장으로 내려가 보시죠. 궁금한 게 하나 있습니다. 오직 홈즈 씨에게만 여쭤보는 겁니다." 경사는 아주 위험한 발언이라도 되는 듯 주위를 둘러보았다. "닐 깁슨 씨가 범인일 거라는 생각은 안 해보셨나요?"

"가능성을 두고 있습니다."

"던바 양은 아직 못 보셨죠? 어느 한 곳도 빠질 게 없는 훌륭한 여성입니다. 깁슨 씨가 아내를 없애고 싶었다 해도 이상하지 않을 정도예요. 게다가 미국인들은 영국인보다 권총에 익숙하죠. 아시겠지만 그 권총의 주인은 깁슨 씨입니다."

"명백히 밝혀진 사실인가요?"

"그렇습니다. 깁슨이 가진 한 쌍 중 하나였어요."

"한 쌍 중 하나? 그럼 나머지 하나는 어디에 있죠?"

"음, 그 신사는 많은 종류의 총기를 구비하고 있어요. 그 권총과 똑같은 총기를 찾아내지는 못했지만, 총이 두 정 들어가는 상자였습니다."

"그 권총이 한 쌍 중 하나라면 나머지 하나를 반드시 찾아내야 합니다."

"깁슨 씨의 총들이 모두 집 안에 그대로 있으니 원하신다면 살펴보실 수 있습니다."

"나중에 보겠습니다. 우선 사건 현장부터 확인하고 싶군요."

이 대화가 오간 장소는 지역 파출소로 사용되고 있는 코벤트리 경사의 작은 오두막집 거실이었다. 시들어가는 황금빛과 청동빛의 양치류가 바람에 일렁이는 황야를 800미터쯤 걸어가자 토르 플레이스 저택으로 통하는 쪽문이 나왔다. 길을 따라서 꿩 보호 구역을 지나 공터에 이르니 언덕 위에 날개를 펼친 듯 서 있는 저택이 나타났다. 반 목조 건축물로, 반은 튜더 양식, 반은 조지 양식으로 지어져 있었다. 우리 옆으로 갈대숲이 있는 길쭉한 연못이 보였다. 폭이 좁은 가운데 부분에는 마차가 다닐 수 있는 돌다리가 놓여 있었는데, 다리 양옆으로는 연못이 다시 넓어지는 모양새였다. 우리를 안내하던 경사가 다리 입구에서 발길을 멈추고 바닥을 가리켰다.

"바로 저기가 깁슨 부인의 시체가 쓰러져 있던 자리입니다.

제가 저 돌로 표시를 해두었답니다."

"시신을 옮기기 전에 경사가 오신 걸로 압니다만?"

"그렇습니다. 발견하자마자 절 불렀어요."

"누가요?"

"깁슨 씨가요. 소식을 듣자마자 사람들을 데리고 달려왔다 더군요. 경찰이 오기 전까지 아무것도 옮기지 못하게 했다고 합니다."

"대처를 잘했네요. 신문에서는 가까운 거리에서 총이 발사 되었다고 하더군요."

"예, 아주 가까운 거리였습니다."

"오른쪽 관자놀이 근처였죠?"

"바로 그 뒤였습니다."

"시신이 어떻게 놓여 있었습니까?"

"등을 바닥에 대고 누워 있었어요. 몸 싸움을 벌인 흔적은 없었습니다. 발 자국도 없었고, 무기도 없었죠. 던 바 양이 보낸 짧은 편지만 손에 꼭 쥐고 있었습니다."

"쥐고 있었다고요?"

"예. 손가락을 펴느라 제법 애를 먹었죠."

"아주 중요한 사실이에요. 누군가가 살인을 저지른 뒤 거짓 단서를 만들려고 손에 편지를 쥐여주었을 가능성은 배제된다는 얘기군요. 이거 참! 그나저나 편지는 아주 짧았던 것으로 기억이 납니다. '밤 9시에 토르교로 가겠습니다. G. 던바.' 이런 내용이었죠?"

"예."

"던바 양이 자기가 썼다고 인정하던가요?"

"인정했습니다."

"뭐라고 해명하던가요?"

"변호는 순회재판 때 하겠답니다. 전혀 입을 열지 않더군요."

"아주 흥미로운 사건이군요. 그 편지에 담긴 의미가 모호합니다, 그렇죠?"

"글쎄요." 경사가 말했다. "감히 말씀드리자면, 이 사건에서 유일하게 분명한 증거가 바로 편지인 것 같은데요."

홈즈가 고개를 저었다.

"그 편지가 진짜이고 실제로 던바 양이 썼다면, 약속 시간 전에 받았을 게 분명합니다. 가령 한두 시간 전에요. 그렇다면 왜 깁슨 부인은 왼손에 편지를 계속 쥐고 있었을까요? 약속 장소에 굳이 편지를 가져간 이유는 뭘까요? 던바 양과 만나서 편지 얘기를 할 필요는 없었을 텐데 말입니다. 참으로 이상하지 않습니까?"

"그러고 보니 이상하군요."

"잠시 앉아서 생각을 좀 해봐야겠습니다." 홈즈는 다리의 돌난간에 걸터앉아 날카로운 회색 눈을 번득이며 의심스러운 눈초리로 다리 곳곳을 샅샅이 살펴보았다. 그러다 갑자기 벌떡 일어나 맞은편 난간으로 달려가더니 주머니에서 재빨리 돋보기를 꺼내 난간을 조사하기 시작했다.

"기묘한 일이군." 홈즈가 말했다.

"예, 우리도 난간에 흠집이 난 걸 봤습니다. 행인이 그런 게 아닐까 생각하고 있습니다."

돌난간은 잿빛이었지만, 6펜스짜리 동전만 한 크기의 흠집이 난 자리만은 흰색이었다. 가까이에서 살펴보니 날카로운 물건으로 가격해서 표면의 일부가 떨어져 나갔다는 것을 알 수 있었다.

"강한 힘으로 쳐야 이렇게 될 텐데." 홈즈가 골똘히 생각하며 말했다. 그리고 자신의 지팡이로 돌난간을 여러 번 내리쳤지만 아무런 흔적도 남지 않았다. "맞아. 아주 세게 친 거야. 위치도 참 이상하군. 위에서 내려친 게 아니라 아래에서 쳤어. 난간 아래쪽 가장자리에 흠집이 났으니까."

"하지만 시신에서 적어도 5미터는 떨어져 있습니다."

"예. 5미터쯤 떨어져 있죠. 이 사건과 무관할지도 모르지만, 눈여겨볼 가치가 있습니다. 여기는 더 이상 알아낼 게 없는 것 같군요. 발자국은 없었다고 했죠?"

"바닥이 쇠처럼 딱딱합니다. 발자국이 남을 수 없어요."

"그럼 이만 갑시다. 우선 집으로 가서 경사가 말한 총기류를 살펴보도록 하죠. 그다음 윈체스터로 갑시다. 조사를 더 진행

하기 전에 던바 양을 만나고 싶군요."

닐 깁슨 씨는 런던에서 돌아오지 않았지만, 아침에 우리를 찾아왔던 신경이 쇠약한 베이츠 씨를 집에서 만났다. 베이츠 씨는 자신의 주인이 험난한 삶을 살아오며 수집한 각양각색의 무시무시한 총기류를 즐겁게 비방하듯 우리에게 보여주었다.

"깁슨 씨는 적이 많아요. 그 사람의 성품과 사는 방식을 보면 누구나 알 수 있죠." 베이츠 씨가 말했다. "침대 옆 서랍장에 장전된 권총을 넣어두고 잔다니까요. 워낙 폭력적이라 우리 모두 겁에 질릴 때가 여러 번 있어요. 돌아가신 부인께서도 공포에 떨 때가 많았습니다."

"폭력을 휘두르는 모습을 본 적이 있습니까?"

"아니요. 그렇게는 말할 수 없어요. 하지만 폭력이나 다름없는 험한 말을 들은 적은 있습니다. 하인들 앞에서도 차갑고 매섭게 경멸하는 말을 서슴없이 퍼부었어요."

"우리의 백만장자는 사생활이 아름답지 않은 것 같군." 기차역으로 가는 길에 홈즈가 말했다. "그런데 왓슨, 그 집에서 유익한 정보를 제법 확보한 것 같네. 개중에는 몰랐던 것도 있고. 하지만 결론을 내리기에는 아직 부족해. 베이츠 씨는 자신의 주인을 혐오하는데도, 피살 소식이 전해졌을 때 주인이 틀림없이 서재에 있었다고 증언했어. 저녁 식사는 8시 반에 끝났고, 그때까지 모든 것이 평소와 다름없었지. 소식은 다소 늦은 저녁에 전해졌지만, 비극이 일어난 시각은 그 편지에 적힌 밤 9시쯤이었던 게 분명해. 깁슨 씨가 오후 5시에 런던에서 돌아온 이후 집 밖을 나섰다는 증거가 없어. 한편 던바 양은 다리에서 깁슨 부인을 만나기로 약속했다는 사실을 인정했지. 하지만 그 이상은 입을 열지 않아. 변호사가 재판 때까지 변호를 하지 말라고 조언했기 때문이야. 풀리지 않는 의문이 많아서 그 숙녀를 직접 만나기 전까지는 마음이 편치 않을 것 같군. 내가 보기에도 이 사건은 던바 양에게 매우 불리하네. 한 가지만 빼면."

"그 한 가지가 뭔가?"

"숙녀의 옷장에서 발견된 권총."

"세상에, 홈즈! 그거야말로 던바 양에게 가장 불리한 증거 아닌가?"

"그렇지 않아, 왓슨. 나는 그 얘기를 처음 들었을 때도 이상하다고 생각했네. 그런데 사건을 자세히 조사해본 지금은 그 권총이 유일하고 확고한 희망의 근거야. 우리는 일관성을 중시해야 하네. 일관성이 없으면 속임수가 아닐까 의심해봐야 하지."

"무슨 말인지 모르겠네."

"그러면 왓슨, 자네가 냉철하고 계획적으로 연적을 제거하려고 하는 여자라고 생각해보게. 자네는 계획을 세웠어. 편지를 썼지. 희생자가 왔네. 자네에겐 총이 있지. 범행을 저질렀어. 완벽한 솜씨로 마무리를 지은 거지. 그런데 그렇게 교활한 범죄를 저지르고 나서 아무도 찾을 수 없는 가까운 갈대밭에 총을 버리는 걸 깜박 잊고, 일부러 그걸 집으로 가져와서 맨 처음 수색당할 게 뻔한 자기 옷장에 던져버림으로써 완전 범죄를 망쳐버리겠다고 말할 텐가? 가장 친한 친구조차도 그런 걸 계획이라고 하지는 않을 거야. 나는 자네가 그처럼 어수룩하게 일을 처리할 거라고 생각하지 않네."

"하지만 당황하다 보면…."

"아니, 아니야, 왓슨. 나는 그럴 수 없다고 보네. 냉철하게 계획된 범죄는 은폐도 냉철한 계획에 따라 이뤄지는 법이야. 따라서 우리는 지금 심각한 오류에 빠져 있다고 생각해."

"하지만 설명할 수 없는 부분이 너무 많아."

"음, 이제부터 우리가 설명해야지. 일단 관점이 바뀌면 너무나 저주스러웠던 것이 진실에 이르는 단서가 되지. 가령 그 권총 말이야. 던바 양은 권총에 대해 전혀 모른다고 말했어. 우리의 새로운 가설에 따르면 그 말은 진실이야. 그러니까 다른 누군가가 그 옷장에 총을 넣어둔 거지. 누구 짓일까? 던바 양에게 누명을 씌우고 싶은 사람이겠지. 그렇다면 진범은 그 사람이 아닐까? 보다시피 새로운 가설을 세우자마자 이렇게 풍성한 결실을 거두게 됐잖아."

형식적인 절차를 다 밟지 못해 우리는 윈체스터에서 그날 밤을 보내야 했다. 하지만 이튿날 아침 이번 사건을 맡은 앞날이 유망한 법정 변호사 조이스 커밍스 씨와 함께 감방에 있는 던바 양을 만날 수 있었다. 그동안 들은 이야기가 있어서 아름다운 여성을 만나게 될 거라고 예상은 했지만, 던바 양의 인상은 참으로 감명 깊어서 앞으로도 잊을 수 없을 것 같다. 그 오만한 백만장자가 자기보다 강력한 힘, 그러니까 자기를 지배하고 이끄는 힘을 그 숙녀의 내면에서 발견한 것은 조금도 놀랄 일이 아니었다. 강인하고 윤곽이 뚜렷하면서도 섬세한 얼굴을 보면 충동적인 행동도 마다하지 않을 것 같지만, 자신의 영향력이 언제나 선한 방향으로 발휘되도록 제어할 수 있는 고귀한 성품을 타고났다는 것을 알 수 있었다. 던바 양은 흑갈색 머리칼에 키가 크고 귀족적인 외모와 위엄을 갖추었지만, 검은 눈동자에는 사냥꾼의 그물에 걸린 채 빠져나갈 길을 찾지 못하는 사냥감의 애처롭고 무력한 눈빛이 역력했다. 하지만 내 유명한 친구가 앞에 나타나 도움의 손길을 내밀자 숙녀의 창백한 두 볼에 화색이 돌았고, 우리를 바라보는 두 눈에서 희미하나마 희망의 빛이 비치기 시작했다.

"혹시 널 깁슨 씨가 우리 사이의 일을 말씀드렸나요?" 던바 양이 낮고 떨리는 목소리로 물었다.

"예." 홈즈가 대답했다. "그러니 고통스러운 얘기는 굳이 하지 않으셔도 됩니다. 이렇게 당신을 직접 만나니 깁슨 씨의 진술이 모두 사실이라는 것을 알겠습니다. 당신이 깁슨 씨에게 영향을 미치고 있다는 것, 그리고 두 분의 관계가 순수하다는 것 말입니다. 그런데 왜 법정에서는 이 모든 이야기를 털어놓지 않으셨습니까?"

"금방 혐의가 풀릴 줄 알았어요. 가만히 기다리다 보면, 그 집안의 고통스러운 내막을 자세하게 털어놓지 않아도 자연스레 모든 문제가 해결될 거라고 생각했죠. 하지만 해결되기는 커녕 점점 심각해졌어요."

"친애하는 던바 양." 홈즈가 진심으로 외쳤다. "부디 현실을 직시하시기 바랍니다. 현재 우리에게 불리한 패밖에 없다는 것은 여기 계신 커밍스 변호사께서도 확인해주실 수 있을 겁니다. 그러니 혐의를 벗을 수만 있다면 할 수 있는 일은 모두 해야 합니다. 던바 양이 처한 위험이 대수롭지 않은 듯 행동하는 것은 잔인한 기만일 뿐이에요. 진실에 이를 수 있도록 최대한 도와주십시오."

"아무것도 숨기지 않겠습니다."

"그럼 깁슨 부인과 실제로 어떤 관계였는지 말해주십시오."

"부인은 저를 증오했어요, 홈즈 씨. 열대 지방 출신답게 몹시 맹렬한 증오였죠. 무슨 일이든 끝장을 보는 성격이었어요. 부인은 자기 남편을 사랑하는 만큼 저를 증오했답니다. 아마 우리 사이를 오해했을 거예요. 부인을 힘들게 하고 싶지는 않았지만, 워낙 육체적인 사랑에만 몰두하는 분인지라 나와 부군 사이의 정신적인, 어쩌면 영적인 유대를 이해하지 못했어요. 그래서 부군의 힘이 선한 목적에 사용되도록 돕고 싶어서 제가 그 집에 머물렀다는 사실은 상상조차 할 수 없었을 거예요. 지금 와서 생각해보니 제가 틀렸어요. 제가 불행의 원인인데도 계속 남아 있었던 것은 어떤 말로도 옳다고 할 수 없어요. 하지만 그 집을 떠났더라도 부인은 여전히 불행했을 겁니다."

"자, 던바 양." 홈즈가 말했다. "그날 저녁에 일어난 일을 자세히 말씀해주십시오."

"제가 아는 한에서는 다 얘기하겠지만, 저는 아무것도 증명할 수 없어요. 그리고 몇 가지 핵심적인 부분이 있는데, 저로서는 설명할 수도 없고 감도 전혀 안 잡혀요."

"사실을 말씀해주시면 설명은 다른 사람들이 할 수 있을 겁니다."

"그럼 그날 밤 토르교에 갔던 일에 대해 말씀드리죠. 그날 아침 깁슨 부인에게 편지를 받았어요. 아이들 공부방 책상 위에 놓여 있었는데, 부인이 직접 갖다놓은 것 같았어요. 중요한 얘기가 있다며 저녁 식사 후 그곳에서 만나자고 간청하는 내용이었죠. 그러면서 저더러 답장을 써서 정원의 해시계 위에 두라고 했어요. 다른 사람들 몰래 만나고 싶었던 거죠. 그런 일을 비밀에 부칠 까닭이 없었지만, 저는 약속을 받아들이고 부탁받은 대로 했어요. 부인은 자기가 쓴 편지를 없애달라고 했고, 저는 공부방 벽난로에 넣어서 태워버렸죠. 부인은 남편을 무척 무서워했습니다. 남편이 부인을 너무 거칠게 대하기 때문이었어요. 그래서 제가 그 부분에 대해 남편분을 질책하기도 했답니다. 저는 부인이 남편에게 알리고 싶지 않아서 이런 행동을 하는 거라고 생각했어요."

"하지만 부인은 던바 양의 편지를 아주 정성스레 간직하고 있었습니다."

"맞아요. 죽을 때 손에 꼭 쥐고 있었다는 말을 듣고 정말 놀랐습니다."

"그다음은 어떻게 됐죠?"

"약속 장소로 내려갔어요. 다리에 다다르자 부인이 기다리고 있더군요. 그전까지는 이 가련한 여인이 저를 얼마나 증오하는지 짐작조차 못 했어요. 부인은 꼭 미친 여자 같았죠. 정말로 미쳤다고 생각했어요. 진짜 미쳤으면서도 다른 사람을 속일 수 있는 힘을 지닌 미묘한 광기 말이에요. 그렇지 않고서야 그토록 맹렬한 증오를 품고 있으면서도 어떻게 날마다 저를 태연하게 대할 수 있었겠어요? 부인이 한 말은 털어놓지 않겠어요. 부인은 무서운 분노를 터뜨리며 가히 상상도 할 수 없는 끔찍한 악담을 퍼부었어요. 저는 대답조차 하지 않았죠. 할 수가 없었으니까요. 부인을 보는 것만도 무서웠어요. 저는 양손으로 귀를 막고 달아났어요. 제가 달아나는 동안에도 부인은 다리 위에 서서 저주의 말을 쏟아냈답니다."

"그 후 부인이 어디에서 발견되었습니까?"

"그 자리에서 몇 미터 떨어진 곳에서요."

"하지만 던바 양이 떠난 직후 부인이 죽었다면 총소리가 들렸을 텐데요?"

"아니요, 아무 소리도 못 들었어요. 정말이에요, 홈즈 씨. 저는 그 끔찍한 욕설 때문에 너무나 떨리고 무서워서 얼른 아늑한 제 방으로 돌아가고 싶은 마음뿐이었답니다. 그래서 부인에게 무슨 일이 생겼는지 알아채지 못했어요."

"방으로 돌아가셨다고 했는데, 이튿날 아침이 되기 전에 방을 나오셨죠?"

"예. 부인이 돌아가셨다는 말을 듣고 다른 사람들과 함께 달려갔어요."

"깁슨 씨가 보였습니까?"

"예. 그분이 다리에서 막 돌아왔을 때 봤어요. 의사와 경찰을 부르려고 사람을 보내셨어요."

"불안해 보이던가요?"

"깁슨 씨는 무척 강인하고 자제력 있는 분이라서 감정을 겉으로 드러내는 법이 없습니다. 하지만 그분을 잘 알고 있기 때문에 크게 염려하고 있다는 걸 알 수 있었어요."

"그럼 가장 중요한 질문을 드리겠습니다. 던바 양의 방에서 발견된 권총 말입니다. 전에 본 적이 있는 물건인가요?"

"절대 아니에요. 맹세할 수 있습니다."

"그게 언제 발견됐죠?"

"이튿날 아침이요. 경찰이 수색하던 중에."

"옷 틈에서요?"

"예. 옷장 바닥의 드레스 아래 깔려 있었어요."

"언제부터 거기에 있었는지는 모르시고요?"

"그 전날 아침에는 없었어요."

"어떻게 아십니까?"

"옷장을 정리했거든요."

"결정적이군요. 누군가가 던바 양 방에 들어가서 총을 숨겨둔 겁니다. 누명을 씌우려고요."

"틀림없이 그럴 거예요."

"그런데 언제였을까요?"

"식사 시간이었거나 제가 공부방에서 아이들을 가르치고 있을 때였겠죠."

"편지를 받은 곳도 공부방이었다고 하셨죠?"

"예. 그 후 오전 내내 공부방에 있었어요."

"고맙습니다, 던바 양. 조사에 도움이 될 만한 다른 중요한 사항은 없습니까?"

"더 이상은 없는 것 같아요."

"다리의 돌난간에 부스러진 흔적이 있었습니다. 시신 바로 맞은편, 생긴 지 얼마 안 된 흠집이었어요. 뭔가 짚이시는 게 없습니까?"

"단순한 우연이겠죠."

"이상하군요, 던바 양, 아주 이상해요. 하필이면 왜 바로 그 비극적인 시간, 비극적인 장소에서 그런 흠집이 생긴 걸까요?"

"하지만 어떻게 그런 흠집을 낼 수 있죠? 그런 흠집을 내려면 정말 세게 쳐야 하잖아요."

홈즈는 아무런 대답도 하지 않았다. 창백하고 열에 들뜬 홈즈의 얼굴이 돌연 딱딱하고 몽롱한 표정으로 바뀌었는데, 이

것은 바로 홈즈의 천재성이 최대로 발휘되고 있다는 신호였다. 홈즈의 사고가 절정에 이르렀다는 게 워낙 자명해서 아무도 감히 입을 열지 못한 채 변호사, 피의자, 그리고 나는 조용하고 골똘하게 생각에 잠긴 홈즈를 가만히 바라볼 뿐이었다. 그러다 갑자기 홈즈가 당장 실천에 옮겨야 할 일이 떠올랐다는 듯 몸을 부르르 떨며 벌떡 일어섰다.

"가자, 왓슨, 가자고!" 홈즈가 외쳤다.

"무슨 일인가, 홈즈?"

"걱정하지 마세요, 던바 양. 곧 연락드리겠습니다, 커밍스 씨. 정의의 신의 도움으로 잉글랜드를 놀라게 할 사실을 밝혀드리겠습니다. 내일까지는 소식을 들으실 수 있을 겁니다, 던바 양. 그동안 먹구름이 걷히고 있다는 제 말을 믿고 계세요. 곧 진실의 빛이 비쳐들 겁니다."

윈체스터에서 토르 저택까지는 먼 거리가 아니었지만, 조바심이 난 나에게는 먼 여정이었다. 하물며 홈즈에게는 영원처럼 느껴졌을 것이다. 홈즈는 초조하고 불안한 나머지 우리가 타고 있는 일등석 객차 안을 돌아다니거나 길고 섬세한 손가락으로 자기 옆에 있는 쿠션을 두드렸다. 하지만 목적지에 다다랐을 때쯤 홈즈는 갑자기 내 맞은편에 앉더니 두 손을 내 무릎 위에 올리고 악동처럼 장난기 가득한 눈빛으로 내 두 눈을 들여다보았다.

"왓슨." 홈즈가 말했다. "이런 나들이를 할 때마다 자네가 무기를 챙겨왔던 기억이 나는군."

내가 무기를 챙기는 것은 홈즈를 위해서였다. 홈즈는 일단 사건에 몰입하면 자신의 안위는 돌아보지 않기 때문이다. 그래서 위급한 순간에 내 권총이 든든한 친구 노릇을 해준 적이 여러 번이었다. 나는 홈즈에게 그러한 사실을 떠올려주었다.

"맞아, 맞아. 내가 안전 문제에는 무심한 게 사실이지. 그런데 오늘도 권총을 가져왔나?"

내가 바지 뒷주머니에서 권총을 꺼내 보였다. 짧고 편리하면서도 실용적인 권총이었다. 홈즈는 안전장치를 풀고 탄창을 꺼낸 뒤 꼼꼼히 살펴보았다.

"묵직하군. 아주 묵직해." 홈즈가 말했다.

"그래, 튼튼한 물건이야."

홈즈는 잠시 골똘히 생각에 잠겼다.

"그거 아나, 왓슨?" 홈즈가 다시 입을 열었다. "내가 보기에 자네 권총은 우리가 조사하고 있는 수수께끼와 밀접한 관련을 맺게 될 것 같아."

"에이, 농담이겠지."

"아니야, 왓슨. 진담이야. 한 가지 시험해볼 게 있네. 그 시험이 끝나면 모든 게 다 밝혀질 거야. 그리고 그 시험은 이 작은 무기가 어떻게 작동하느냐에 달려 있지. 총알 하나를 빼겠네. 나머지 다섯 발은 도로 넣고 안전장치도 다시 걸었어. 됐네! 총알을 넣어서 더 무거워졌으니 재현하기가 더 좋겠군."

나는 홈즈가 무슨 계획을 세우고 있는지 감을 잡을 수가 없었지만, 홈즈는 가만히 앉은 채 생각에 잠겨 있었다. 이윽고 우리는 아담한 햄프셔 역에 도착했다. 거기서 우리는 덜컹거리는 이륜마차를 잡아타고 15분 정도 달려서 믿을 수 있는 친구인 경사의 집에 도착했다.

"단서라고요, 홈즈 씨? 그게 뭐죠?"

"왓슨 선생의 권총이 어떻게 해주느냐에 달려 있습니다." 내 친구가 말했다. "이겁니다. 그런데 경사, 10미터 정도 되는 끈이 있나요?"

우리는 마을 상점에서 동그랗게 말아놓은 튼튼한 노끈을 구했다.

"준비물은 다 갖춘 것 같군요." 홈즈가 말했다. "자, 괜찮으시다면 우리 모험의 마지막 단계가 되길 바라는 여행을 같이 떠나봅시다."

구릉이 융단처럼 펼쳐진 햄프셔의 황야가 가을의 석양에 아름답게 물들었다. 경사는 우리 옆을 휘청휘청 걸어가며 회의와 불신이 가득한 눈초리로 홈즈를 노려보았다. 내 친구가 과연 제정신인지 심각하게 의심하는 눈빛이었다. 사건 현장에 가는 동안 나는 평소대로 침착함을 유지하고 있는 홈즈가 실은 크게 불안해하고 있다는 것을 알았다.

"그래." 홈즈가 내 말에 답했다. "자네는 내 추리가 빗나간 걸 본 적이 있어. 나는 추리에는 타고났지만 가끔 틀리기도 하지. 윈체스터의 감옥에서 처음 떠올랐을 때는 확실한 추리라고 생각했지만, 쉼 없이 작동하는 두뇌의 약점은 우리의 단서를 거짓으로 만드는 또 다른 가설을 늘 생각해낸다는 거야. 하지만 그럼에도 불구하고 왓슨, 우리는 시도해볼 수밖에 없네."

걸어가면서 홈즈는 노끈의 한쪽 끝을 권총 손잡이에 단단하게 묶었다. 우리는 어느덧 비극의 현장에 다다랐다. 경사의 안내를 받으며 홈즈는 아주 꼼꼼하게 시신이 놓여 있던 정확한 자리를 표시했다. 그런 다음 히스와 양치식물 틈에서 제법 큼직한 돌덩어리를 찾아냈다. 홈즈는 이 돌에 노끈의 다른 쪽 끝을 묶은 뒤 난간 너머로 던져 다리 아래의 물 위에 늘어뜨렸다. 그리고 내 권총을 손에 쥔 채 난간에서 조금 떨어진 사망지점에 서서, 물 위에 늘어뜨린 돌과 권총을 연결한 끈을 팽팽하게 잡아당겼다.

"시작할게!"

이 말과 함께 홈즈는 머리 위로 권총을 치켜들었다가 손을 쫙 폈다. 순식간에 권총은 돌의 무게 때문에 홱 날아가서 다리난간을 날카롭게 후려치고는 수면 아래로 사라져버렸다. 홈즈는 총을 놓자마자 난간 곁으로 와서 무릎을 꿇었다. 그리고 기대한 것을 발견했다는 듯 기쁨의 환호성을 질렀다.

"이보다 정확한 시범이 또 있을까?" 홈즈가 외쳤다. "봐, 왓

슨. 자네의 권총이 문제를 해결했어!" 이렇게 말하며 홈즈는
두 번째 홈집을 가리켰다. 난간 가장자리 아래쪽에 난 첫 번째
홈집과 크기와 모양이 똑같았다.

"우리는 오늘 밤 여관에서 묵겠습니다." 홈즈가 일어서서 놀
란 경사를 마주 보며 말했다. "갈고리를 이용하면 내 친구의
권총을 쉽게 회수할 수 있을 겁니다. 아울러 그 근처에 묵직한
물건을 매단 끈이 묶여진 다른 권총도 찾을 수 있을 거예요.
양심을 품은 여자가 자신의 죄를 감추고 무고한 여인에게 살
인죄를 덮어씌우는 데 사용한 증거물이죠. 깁슨 씨에게 연락

해주세요. 홈즈가 내일 아침에 만나서 던바 양을 변호하기 위한 조치를 취하자고 했다고 말입니다."

그날 저녁 늦게 우리가 마을 여관에서 함께 파이프 담배를 피우며 앉아 있는 동안, 홈즈는 지나간 일들을 간략히 설명해주었다.

"이보게, 왓슨." 홈즈가 입을 열었다. "토르교 사건을 자네의 기록에 추가하더라도 내 명성이 높아질 것 같지는 않아. 내 지성은 날카롭지 못했고, 내 기예의 바탕을 이루는 상상력과 사실의 조화도 부족했네. 솔직히 말하면 돌난간의 흠집만으로도 충분히 해결할 수 있는 사건이었어. 그런데도 더 일찍 해결하지 못했으니 내가 모자랐던 거야.

그 불행한 여자가 교묘하고 솜씨 좋게 술수를 벌였다는 것은 인정해야 해. 그래서 그 여자의 간계를 푸는 건 간단하지 않았지. 우리가 만난 모험 중에 비뚤어진 사랑이 어떤 결과를 초래하는지 이보다 기묘하게 보여주는 사례는 없었던 것 같네. 던바 양의 사랑이 육체적이었든 정신적이었든, 그 여자 눈에는 똑같이 용서할 수 없는 일이었던 것 같아. 그 여자는 자기 남편에게 노골적으로 사랑을 요구했고, 남편은 그 사랑을 물리치기 위해 여자를 가혹하게 대하며 거친 말을 퍼부었지. 그리고 그 여자는 이러한 불행에 대한 책임을 무고한 던바 양에게 돌린 게 틀림없어. 그 여자는 처음에 자살을 결심했어. 그다음 단계는 자신의 희생자를 어떤 갑작스런 죽음보다 더 비참한 운명에 처넣는 것이었지.

이후의 여러 단계들은 아주 명백하게 추리할 수 있네. 그리고 그 단계들은 그 여자가 얼마나 교활한 인물인지 잘 보여주지. 아주 영악한 방법으로 던바 양이 범죄 현장을 고른 것처럼 보이게 만드는 편지를 받아냈어. 그 편지가 발견되지 않을까 불안했던 여자는 죽는 순간까지 편지를 꼭 쥐고 있었네. 이 사실만으로도 나는 좀 더 일찍 그 여자를 의심했어야 했어.

그 후 그 여자는 총기류를 보관하는 방에서 남편의 권총을 하나 빼내고는 자기가 쓰려고 보관해두었지. 그날 아침 여자는 비슷한 총을 던바 양의 옷장에 감춰두었네. 아무도 보는 사람이 없는 숲 속에서 총신의 총알을 하나 빼서 말이야. 그다음 약속 장소인 다리로 갔지. 무기를 없앨 수 있는 기발한 방법은 이미 구상해놓은 상태였지. 던바 양이 나타나자 마지막 숨까지 토해내며 욕을 퍼부었어. 그리고 던바 양이 아무 소리도 들리지 않는 곳으로 갔을 때 끔찍한 계획을 실행했지. 이제 모든 고리가 제자리를 찾아가서 추리의 사슬이 완성되었네. 신문사는 왜 처음부터 연못 바닥을 조사하지 않았느냐고 묻겠지만, 사후에 똑똑한 척하기는 쉬운 일이지. 게다가 찾아야 할 물건과 그 위치도 모른 채 갈대가 무성한 연못 바닥을 훑는다는 것은 쉬운 일이 아니야. 자, 왓슨, 우리는 놀라운 여성과 무시무시한 남자를 도와주었네. 앞으로 이 두 사람이 힘을 합칠 가능성이 전혀 없어 보이지는 않네. 만약 그렇게 된다면 세속의 교훈을 배우는 슬픈 공부방에서 닐 깁슨 씨도 뭔가를 배웠음을 재계는 알게 될 거야."

8
기어 다니는 남자

셜록 홈즈는 프레스베리 교수와 관련된 해괴한 사건을 내가 공개해야 한다고 고집해왔다. 약 20년 전 영국의 대학들을 떠들썩하게 하고 런던의 식자층까지 경악하게 만든 그 추잡한 소문을 지워버릴 수만 있다면 말이다. 하지만 몇 가지 걸림돌 때문에 이 기묘한 사건의 진짜 역사는 내 친구의 숱한 모험 기록이 담겨 있는 양철함 속에 묻혀 있었다. 그러다 마침내 우리는 홈즈가 은퇴하기 전에 다룬 여러 사건들 중 하나인 이 이야기를 발표할 수 있게 되었다. 물론 대중 앞에 이야기를 소개하는 지금도 말을 아끼고 신중을 기해야 한다는 점에는 차이가 없다.

내가 홈즈로부터 간결한 전갈을 받은 것은 1903년 9월 초의 어느 일요일 저녁이었다.

괜찮다면 당장 와주게. 괜찮지 않아도 당장 와줘.

— S. H.

이렇게 뒤로 가면서 우리의 관계는 기이해졌다. 홈즈에게는 몸에 밴 버릇이 몇 가지 있었는데, 나도 그 버릇들 중 하나가 된 것이다. 바이올린, 섀그 잎담배, 오래된 검정 파이프, 색인집, 그리고 그 밖의 잡동사니처럼 나는 홈즈의 곁을 지키는 익숙한 물건 같은 존재였다. 열심히 뛰어야 할 사건을 맡고서 의지할 수 있는 용감한 친구가 필요할 때면 나는 뚜렷하게 할 일이 있었다. 그런데 나에게는 또 다른 쓸모도 있었다. 나는 홈즈의 생각을 예리하게 다듬는 정신적인 숫돌이었다. 그리고 자극제이기도 했다. 홈즈는 내 앞에서 자기 생각을 소리 내어 말하기를 좋아했다. 나에게 하는 말이라고 볼 수는 없었다. 대부분이 침대를 향해 주절거렸어도 되는 말이었으니까. 하지만 그런 행동이 버릇이 되었기 때문에 내가 보이는 반응이나 말참견이 어느 정도 도움이 되었다. 내 느려터진 정신 기능 때문에 짜증이 날 때면, 그로 인해 홈즈의 섬광 같은 직관과 인상이 더욱 생생하고 빠르게 번뜩이는 경우도 있었다. 우리의 협력 관계에서 내가 맡은 작은 역할은 이런 것이었다.

내가 베이커 스트리트에 도착해서 보니 홈즈는 안락의자에 무릎을 세워 웅크리고 앉은 자세로 입에 파이프 담배를 물고 미간을 찡그린 채 생각에 잠겨 있었다. 까다로운 문제를 풀기 위해 고심하고 있는 게 분명했다. 홈즈는 평소 내가 앉는 의자를 손으로 가리켰지만, 그 후 30분 동안은 내 존재를 잊은 듯 생각에만 몰두했다. 그러다 흠칫하며 다시 현실로 돌아오더니 예의 야릇한 미소를 지으며 옛집으로 돌아온 것을 환영했다.

"잠시 정신을 팔고 있었네. 이해해주게나, 왓슨. 하루 전에
꽤 묘한 사건을 의뢰받았는데, 그게 다소 일반적인 성격의 사
색으로 번지고 말았어. 탐정 일에 개를 활용하는 주제로 짧은
논문을 써볼까 진지하게 생각 중이야."

"하지만 홈즈, 그건 이미 연구가 되었잖아." 내가 말했다.
"경찰견, 다른 말로 수색견…."

"아니야, 왓슨. 그런 쪽은 물론 밝혀졌지. 하지만 훨씬 미묘
한 문제가 있네. 자네가 너도밤나무 사건만큼 자극적이라고
말한 사건을 떠올려 보게. 그 사건에서 나는 아이의 속마음을
지켜봄으로써 아주 단정하고 존경할 만한 아버지의 범죄 습관
을 추리할 수 있었지."

"그래. 생생하게 기억하고 있네."

"개에 대한 내 생각도 그와 비슷하네. 개는 가정의 모습을
비추는 거울이야. 우울한 가정에서 활기찬 개를 본 적이 있나?
아니면 행복한 가정에서 슬픈 개를 본 적은? 주인이 짖어대면
개도 짖어대고, 주인이 위험한 자면 개도 위험한 법이지. 주인
의 기분이 변하면 개의 기분도 변한단 말이네."

나는 고개를 저으며 말했다. "홈즈, 그건 너무 억지스러워."

홈즈는 파이프 담배를 다시 채우고 내 말은 들은 체도 하지
않으며 다시 의자에 앉았다.

"내가 말한 내용을 지금 조사 중인 사건에 실제로 적용할 수
있어. 그 사건은 복잡하게 얽혀 있는 실타래인데, 나는 지금 그
실타래를 풀 수 있는 실마리를 찾고 있어. 한 가지 가능성 있

는 실마리는 이 질문과 관계가 있지. '프레스베리 교수의 울프하운드 로이는 왜 자기 주인을 물려고 할까?'"

나는 실망하면서 등을 의자에 붙였다. 고작 이런 시시한 얘기나 하려고 바쁜 사람을 불러냈단 말인가? 홈즈가 나를 슬쩍 쳐다보았다.

"여전하군, 왓슨. 가장 중대한 문제가 가장 사소한 문제에 좌우될 수 있다는 것을 아직도 모르는군. 캠퍼드 대학의 저명한 생리학자인 프레스베리 교수라고 들어봤지? 그 고루하고 늙은 교수가 울프하운드 한 마리를 친구 삼아 기르고 있는데, 그 개가 자기 주인을 두 번이나 물었다는군. 언뜻 보기에도 참 이상해. 자네 생각은 어때?"

"개가 아픈가 보지."

"음, 그 점도 고려해봐야겠군. 하지만 그 개는 다른 사람은 물지 않아. 자기 주인도 그 두 번을 제외하고는 물지 않았어. 정말 이상해, 왓슨. 그런데 지금 초인종을 울린 게 젊은 베넷 씨라면 약속 시간보다 일찍 왔군. 그 사람이 오기 전에 자네와 더 오래 얘기를 나누고 싶었는데."

계단을 오르는 경쾌한 발소리가 들리더니 날카로운 노크 소리와 함께 곧 새로운 의뢰인이 모습을 드러냈다. 30대 중반의 키 크고 잘생긴 남자였다. 옷맵시가 좋고 우아했지만 연륜 있는 남자의 침착한 태도보다는 학생 같은 수줍은 태도를 보였다. 남자는 홈즈와 악수를 나눈 뒤 다소 놀란 눈으로 나를 쳐다보았다.

"이건 민감한 문제입니다, 홈즈 씨." 남자가 말했다. "제가 프레스베리 교수를 사적인 동시에 공적으로 대변하고 있다는 점을 고려해주세요. 제삼자 앞에서는 어떤 얘기도 꺼낼 수가 없습니다."

"염려 마십시오, 베넷 씨. 왓슨 선생은 아주 신중한 분입니다. 그리고 이 사안은 조력자의 도움이 꼭 필요하다는 것을 분명히 말씀드리고 싶습니다."

"그럼 좋으실 대로 하세요. 제가 이 문제에 관해서 신중할 수밖에 없다는 것을 이해해주시기 바랍니다."

"왓슨, 자네도 알 거야. 이 신사는 트레버 베넷 씨야. 훌륭한 그 생리학자와 한 지붕 아래 사는 조수이자, 교수의 외동딸과 약혼한 분이야. 우리는 베넷 씨가 교수에게 충성과 도리를 다해야 한다는 걸 인정해야 해. 하지만 베넷 씨, 이 기묘한 사건을 해결하려면 필요한 조치부터 취하는 게 바람직합니다."

"저도 그러기를 바랍니다, 홈즈 씨. 그게 제 첫 번째 목표에요. 왓슨 선생도 상황을 알고 계시나요?"

"따로 설명할 시간이 없었습니다."

"그럼 새로 벌어진 일들을 설명하기에 앞서 기초적인 사실들을 알려드려야겠군요."

"내가 하겠습니다." 홈즈가 말했다. "내가 사건을 제대로 이해하고 있는지 확인하는 차원에서요. 왓슨, 프레스베리 교수는 유럽에서 명성이 자자해. 교수는 평생을 학문에 매진해오면서 단 한 번도 물의를 일으킨 적이 없어. 교수는 아내를 여의고 에디스라는 외동딸과 지내고 있지. 내가 보기에 교수는 아주 남자답고 적극적인데, 전투적이라고까지 말하는 사람도 있다네. 불과 몇 달 전까지만 해도 그랬어. 그러다 삶의 흐름이 갑자기 바뀌었지. 교수는 예순한 살인데, 동료 교수인 비교해부학과의 모피 교수의 딸과 약혼했어. 노교수가 고심한 끝에 청혼해서가 아니라 젊은 아가씨가 열정적으로 원했다는군. 교수처럼 헌신적인 연인은 없다면서 말이야. 앨리스 모피라는 그 숙녀는 정신적으로나 육체적으로나 완벽한 여성이라서 교수가 충분히 반할 만하지. 그럼에도 교수의 집안에서는 전적으로 결혼에 동의하지는 않았어."

"우리는 그 결혼이 조금 지나치다고 생각했습니다." 손님이 말했다.

"그래요. 지나치고 뜨악하고 부자연스럽죠. 하지만 왓슨, 프레스베리 교수가 부자였기 때문에 숙녀의 아버지는 결혼을 반대하지 않았네. 그런데 딸의 관점은 아버지와 달랐어. 숙녀에게는 세속적인 기준에서 자격은 부족하지만, 나이만큼은 숙녀와 더 잘 어울리는 후보들이 여러 명 있었지. 교수가 괴짜인데도 숙녀는 그 교수를 몹시 좋아한 모양이야. 걸림돌이 되는 건 오직 나이뿐이었지.

그 무렵 다소 수수께끼 같은 일이 벌어지면서 교수의 정상적인 삶에 먹구름이 끼기 시작했어. 교수가 이전에는 결코 하지 않던 행동을 한 거야. 어디로 간다는 말도 없이 집을 나갔다가 보름이 지나서야 지친 행색으로 돌아왔어. 평소에는 솔직한 사람이었지만, 이번에는 어디를 다녀왔는지 입도 뻥긋하지 않았네. 하지만 그러던 중에 여기 계신 베넷 씨가 프라하의 동창에게 편지를 한 통 받았는데, 비록 얘기를 나눌 수는 없었지만 프레스베리 교수를 만나서 반가웠다고 적혀 있었어. 이 편지를 통해 가족들은 교수가 어디에 있었는지 알게 되었지.

이제부터가 중요한 대목이네. 그 이후 교수에게 이상한 변화가 일어났어. 사람이 엉큼하고 교활하게 변한 거야. 주변 사람들은 교수가 딴사람이 되었을 뿐만 아니라 원래의 고매한 성품에 어두운 그림자가 드리운 듯한 느낌을 받았어. 교수의 지성은 그대로였고, 강의 시간에는 여전히 총기가 번득였지. 하지만 어딘가 모르게 낯설고, 사악하고, 불길한 구석이 있었어. 교수에게 헌신적이었던 외동딸은 이전의 관계를 회복하려고 여러 번 노력했고, 아버지가 쓰고 있는 듯한 가면을 벗기려고도 해봤지. 베넷 씨, 내가 알기로 당신도 그런 노력을 기울였지만 허사로 그치고 말았죠. 그럼 편지에 대해서는 베넷 씨가 직접 얘기해주시기 바랍니다."

"왓슨 선생님, 교수님은 저에게 아무것도 비밀에 부치지 않았다는 점을 아셔야 합니다. 그분의 아들이나 동생도 모르는 은밀한 이야기들을 저와는 공유하셨어요. 저는 비서로서 교수님께 오는 모든 서류를 관리했습니다. 편지를 개봉하고 분류했죠. 하지만 여행에서 돌아오신 직후 그 모든 게 변했습니다. 한번은 이렇게 말씀하셨어요. 우표 밑에 십자가 표시가 있는 편지가 런던에서 올 테니 자기만 볼 수 있도록 따로 챙겨달라고 말입니다. 그런 편지가 여러 통 제 손을 거쳐 갔어요. 다들 런던 중동부 소인이 찍혀 있었고, 필체는 글을 모르는 사람의 것이었습니다. 답장을 쓰셨는지는 잘 모르겠습니다. 아무튼 어떠한 답장도 제 손이나 편지 수집 바구니를 거쳐 가지 않았습니다."

"그리고 그 상자." 홈즈가 말했다.

"아, 그래요. 그 상자. 교수님은 여행에서 자그마한 나무 상자를 가지고 오셨는데, 유럽 대륙에 다녀왔다는 걸 암시하는 부분이 있었어요. 상자에 독일과 관련된 진기한 문양이 새겨져 있었거든요. 교수님은 상자를 실험 기구 진열장에 넣어두셨어요. 어느 날 저는 캐뉼러(체액을 빼내거나 약물을 주입하는 데 쓰이는 의료용 튜브―옮긴이)를 찾다가 그 상자를 집어 들었어요. 이를 본 교수님은 깜짝 놀랄 만큼 화를 내셨죠. 그저 호기심에서 한 행동인데 심하게 꾸짖으셨답니다. 그런 일은 처음이었기 때문에 마음의 상처가 컸습니다. 우연히 만진 것일 뿐이라고 애써 해명했지만, 그 일로 마음이 크게 상하셨는지 그날 저녁 내내 저를 사납게 쏘아보셨어요." 베넷 씨는 주머니에서 작은 일기장 같은 책을 꺼냈다. "그 일은 7월 2일에 일어났습니다."

"베넷 씨는 훌륭한 증인이 틀림없군요." 홈즈가 말했다. "기록하신 일기가 도움이 될 것 같습니다."

"훌륭한 스승에게 배운 것들 중 하나죠. 교수님의 비정상적인 행동을 목격한 때부터 그분을 관찰하는 게 제 의무라고 생각했습니다. 그래서 이 일기를 쓰기 시작했는데, 로이가 교수님을 물었던 날짜도 7월 2일이었어요. 교수님이 서재에서 홀로 나오셨을 때였죠. 그리고 7월 11일에도 같은 일이 일어났고, 7월 20일에도 또 그런 일이 기록되어 있군요. 그 후로 로이를 마구간으로 내보낼 수밖에 없었어요. 참 귀엽고 사랑스러운 녀석이었는데 말입니다. 아이고, 제 얘기가 지루했나 보군요."

베넷 씨가 힐난하듯 말했다. 홈즈가 딴생각을 하고 있는 것처럼 보였기 때문이다. 홈즈는 굳은 표정으로 멍하니 천장을 바라보고 있었다. 그러다 애써 정신을 차렸다.

"특이하군. 정말 특이해!" 홈즈가 중얼거렸다. "그 부분은 처음 듣는 이야기군요, 베넷 씨. 기초적인 사실은 다 살펴본 것 같으니 이제 새로 일어난 일들을 들려주세요."

암울한 기억이 떠올랐는지 밝고 숨김없는 베넷 씨의 얼굴에 먹구름이 드리웠다. "지지난밤에 일어난 일입니다. 새벽 2시쯤 잠에서 깬 채 누워 있었는데 복도에서 어렴풋이 무슨 소리가 들리더군요. 문을 열고 내다보았죠. 교수님이 복도 끝 방에서 주무신다는 것을 먼저 말씀드려야겠군요."

"날짜가 언제죠?" 홈즈가 물었다.

손님은 뜬금없이 말을 끊은 홈즈 때문에 짜증이 난 기색이 역력했다.

"지지난밤이라고 했잖습니까? 그러니까 9월 4일이겠죠."

홈즈는 고개를 끄덕이며 미소를 머금었다.

"계속하세요."

"교수님 방이 복도 끝에 있기 때문에 계단을 내려가려면 제 방 문 앞을 지나가야 합니다. 정말이 지 섬뜩한 경험이었어요. 저는 누 구 못지않게 담력이 세다고 자부 하지만, 그 광경을 보니 온몸이 덜덜 떨리더군요. 중간에 달린 창 문으로 빛이 새어 들어오는 것을 빼면 복도는 캄캄했습니다. 제 눈 에 어떤 시커먼 물체가 웅크린 듯 한 자세로 다가오는 모습이 보였

습니다. 그러다 그 물체가 갑자기 빛 속에 모습을 드러냈는데, 바로 교수님이었어요. 교수님이 기어 오고 있었던 겁니다, 홈 즈 씨. 기어 왔다고요! 손과 무릎으로 긴 건 아니었어요. 두 팔 사이에 머리를 둔 채 손과 발로 기다시피 하셨죠. 하지만 불편 해 보이지는 않았습니다. 저는 그 광경에 온몸이 굳어버렸습 니다. 교수님이 제 방문 앞에 이르러서야 저는 겨우 몇 발자국 앞으로 가서 부축해드리겠다고 했어요. 하지만 교수님의 반응 은 기괴했습니다. 벌떡 일어서더니 끔찍한 욕을 내뱉으시더라 고요. 그러고는 쌩하니 저를 지나쳐 층계로 내려가셨어요. 한 시간쯤 기다렸지만 교수님은 돌아오지 않으셨습니다. 정오쯤 되어서야 돌아오셨죠."

"자, 왓슨. 무슨 생각이 들어?" 홈즈가 희귀한 표본을 보여주는 병리학자 같은 태도로 물었다.

"요통이 아닐까 싶어. 통증이 심하면 그렇게 걸을 수도 있다고 들었어. 심한 통증은 성격도 나쁘게 만들지."

"좋아, 왓슨! 자네는 항상 우리가 확고히 현실에 서 있을 발판을 마련해주는군. 하지만 요통이라고 보기는 어려워. 순식간에 몸을 세울 수 있었으니까."

"교수님의 건강은 더할 나위 없이 좋습니다." 베넷 씨가 거들었다. "사실 지난 몇 년 동안에 비해 더 좋아지셨어요. 그런데 그런 일이 생긴 겁니다, 홈즈 씨. 경찰에는 알릴 수 없는 사안이라 이러지도 저러지도 못하고 있는데, 왠지 재앙을 향해 표류하고 있다는 불길한 예감을 떨칠 수가 없네요. 에디스 양도 그렇게 느끼고 있고요. 그래서 더 늦기 전에 무슨 수라도 써야겠다고 생각했습니다."

"참으로 기묘하고 의미심장한 사건이야. 자네 생각은 어떤가, 왓슨?"

"의사로서 정신과 치료를 권하고 싶어. 그 늙은 신사의 두뇌 기능이 사랑 때문에 교란된 거지. 해외여행은 뜨거운 감정을 식히려고 바깥나들이를 한 거겠지. 편지와 상자는 개인적인 거래와 관련이 있을 거야. 이를테면 상자 안에 채권이나 증권 증서가 담겨 있을 수도 있지."

"하지만 울프하운드는 금융 거래로 설명할 수가 없지. 아니, 아니야, 왓슨. 그 이상의 더 깊은 내막이 있어. 그러니까 내 생각에는….”

셜록 홈즈가 무슨 생각을 했는지는 영영 알 수가 없다. 홈즈가 말하려는 찰나에 문이 열리고 젊은 숙녀가 들어왔기 때문이다. 숙녀의 등장에 베넷 씨는 벌떡 일어나 탄성을 지르고는 앞으로 달려가 숙녀가 내민 손을 잡았다.

“웬일이요, 에디스! 무슨 일이 생긴 건 아니겠지?”

“당신을 따라가야 할 것 같았어요. 오, 잭, 너무 무서웠어요. 집에 혼자 있는 게 무서워요.”

“홈즈 씨, 이 사람이 제가 말한 그 숙녀입니다. 제 약혼자 에디스예요.”

“점점 결론을 향해 가고 있군, 안 그래, 왓슨?” 홈즈가 미소를 머금고 말했다. “프레스베리 양, 지금 새로운 일이 벌어지고 있는 모양이군요. 우리에게 알려주실 거죠?”

전형적인 영국 숙녀인 예쁘고 총명하게 생긴 새로운 손님은 홈즈에게 미소로 화답하며 베넷 씨 옆에 앉았다.

“베넷 씨가 호텔을 떠났다는 걸 알고 여기 계실 거라고 생각했어요. 물론 당신을 만난다는 말을 저에게 하셨죠. 오, 그런데 홈즈 씨, 우리 아버지를 위해 무엇이라도 해주실 수 없나요?”

“희망은 있습니다, 프레스베리 양. 하지만 아직은 모호하군요. 아마도 프레스베리 양의 말씀에서 단서를 얻을 수 있지 않을까 합니다.”

“어젯밤이었어요, 홈즈 씨. 아버지가 온종일 이상했답니다. 아버지는 가끔 자기가 무슨 행동을 했는지 기억하지 못하는 때가 있는 게 분명해요. 그럴 땐 기묘한 꿈속을 헤매고 있는 것처럼 보여요. 어제가 그런 날이었어요. 저와 같이 사는 사람은 우리 아버지가 아니에요. 겉모습은 아버지지만 속은 다른 사람이에요."

"무슨 일이 있었는지 얘기해보세요."

"개가 아주 사납게 짖어서 밤중에 깼어요. 불쌍한 로이는 지금 마구간 가까이에 묶여 있죠. 저는 요즘 문을 꼭 잠그고 자요. 잭, 아니 베넷 씨가 말씀드렸을지도 모르는데, 우리는 위험이 임박했다고 느끼고 있거든요. 제 방은 3층에 있어요. 공교롭게도 커튼을 치지 않은 상태였고, 밖에는 달이 환하게 빛나고 있었죠. 네모난 창문을 통해 달을 보며 개가 짖는 소리를

듣고 있는데, 갑자기 아버지 얼굴이 불쑥 나타나는 것을 보고 깜짝 놀랐어요. 너무나 충격적이고 무서워서 죽는 줄 알았어요. 아버지는 얼굴을 창문 유리에 바싹 붙인 채 창문을 밀어서 열려고 한쪽 손을 치켜드는 것처럼 보였어요. 만약 창문이 열렸다면 저는 미쳐버렸을지도 몰라요. 그건 망상이 아니었어요, 홈즈 씨. 그렇게 생각하지 마세요. 누워서 몸이 얼어붙은

채로 20초 정도 바라봤을까. 갑자기 얼굴이 사라졌어요. 하지만 쫓아가서 밖을 내다볼 용기가 나지 않았죠. 저는 누운 채로 아침까지 부들부들 떨었어요. 아침 식사 시간에 아버지는 날카롭고 험악해 보였어요. 간밤의 일에 대해서는 아무런 언급도 하시지 않더라고요. 저도 그랬고요. 그냥 시내에 다녀온다는 핑계로 여기에 왔어요."

홈즈는 프레스베리 양의 이야기를 듣고 아연한 표정을 지었다. "프레스베리 양, 침실이 3층에 있다고 하셨는데 정원에 긴 사다리가 있습니까?"

"아니요, 홈즈 씨. 저도 그 부분이 정말 놀라워요. 창문에 올라올 수 있는 방법은 없어요. 하지만 아버지는 분명 거기에 계셨어요."

"9월 5일이라." 홈즈가 말했다. "문제가 복잡해지는군."

이번에는 프레스베리 양이 놀랐다. "날짜를 두 번째로 언급하시는군요, 홈즈 씨." 베넷 씨가 물었다. "날짜와 이 사건이 관련이 있습니까?"

"그럴 수도 있어요. 가능성이 높습니다. 하지만 아직은 증거가 부족해요."

"혹시 광기와 달의 위상 변화의 관계를 염두에 두시는 건가요?"

"물론 아닙니다. 전혀 다른 생각을 하고 있어요. 일기장을 두고 가실 수 있다면 날짜를 좀 확인하고 싶습니다. 자, 왓슨, 우리가 할 일이 분명해졌어. 이 숙녀분이 중요한 정보를 주셨어. 아버지가 특정 날짜의 일을 거의 혹은 전혀 기억하지 못하는 것 같다는 프레스베리 양의 직감을 나는 믿어. 그러니 우리는 교수가 그런 날에 우리와 만날 약속을 한 것처럼 하고 방문하는 게 좋겠어. 교수는 자기가 기억을 못 하는 줄로만 알 거야. 그러면 가까운 거리에서 교수를 관찰하며 작전을 펼칠 수 있어."

"좋은 생각이군요." 베넷 씨가 말했다. "하지만 교수님은 화를 내면서 포악해질 때가 있으니 조심하세요."

홈즈가 씩 웃었다. "우리가 바로 가봐야 할 이유가 있습니다. 내 가설이 옳다면 아주 설득력 있는 이유죠. 베넷 씨, 우리는 내일 캠퍼드에 갈 겁니다. 왓슨, 내 기억이 맞는다면 거기에 체커스라는 객점이 있는데, 포트와인 맛이 수준급이고, 침대 시트도 깔끔하고 포근하다네. 아무래도 앞으로 며칠 동안 그곳에서 지내야 할 것 같아."

월요일 아침, 우리는 그 유명한 대학 도시로 떠났다. 몸이 홀가분한 홈즈에게는 간편한 여행이었지만, 한창 일이 바쁘던 나는 진료 일정을 새로 짜고 여장을 꾸리면서 미친 듯이 서둘러야 했다. 홈즈는 사건에 대해서 일언반구도 하지 않다가 예의 오래된 여관에 짐을 풀고 나서야 입을 열었다.

"왓슨, 교수는 점심시간 직전에 만날 수 있을 것 같아. 11시에 강의를 마치니까 그 이후에는 집에서 쉬고 있을 거야."

"무슨 구실로 방문할 거야?"

홈즈는 베넷 씨의 일기장을 훑어보았다.

"8월 26일에 광증을 보였으니까 그날 일에 대해서는 가물가물할 거야. 그날 우리와 약속했다고 우기면 교수도 반박하지는 못할 거야. 자네도 뻔뻔스럽게 거짓말할 수 있겠지?"

"해보는 수밖에 없지."

"좋아, 왓슨! '부지런한 꿀벌'과 '더욱더 높이'(Excelsior, 아이작 와츠와 헨리 워즈워스 롱펠로 등 여러 문학 작품에서 인용된 표현—옮긴이)를 한데 섞어보자고. '해보는 수밖에 없다.' 이게 우리 탐정 사무소의 좌우명이야. 그럼 우리를 안내해줄 친절한 주민을 찾아보세."

우리는 친절한 마부가 이끄는 이륜마차를 타고 나란히 서 있는 오래된 대학 건물들을 지나서 나무가 줄지어 늘어선 진입로로 들어서서 마침내 매력적인 저택의 입구에 멈추었다. 잔디밭으로 둘러싸인 저택은 등나무로 덮여 있었다. 프레스베리 교수는 안락한 정도가 아니라 화려한 삶을 즐기고 있다는 것을 금방 알 수 있었다.

우리가 멈추자, 반백의 머리가 거실 창문에 나타났다. 숱이 많은 눈썹 아래 커다란 뿔테 안경 너머의 예리한 두 눈이 우리를 속속들이 뜯어보고 있다는 것을 느낄 수 있었다. 잠시 후 우리는 노인의 성소와 같은 서재로 들어섰다. 해괴한 행동으로 런던에 있던 우리를 이곳으로 불러낸 기묘한 과학자가 바로 앞에 서 있었다. 태도나 외모에서는 별다른 점이 눈에 띄지 않았다. 큰 키에 넉넉한 풍채, 뚜렷한 이목구비와 진중한 인상, 거기에 프록코트를 입은 모습에서 교수가 갖춰야 할 위엄이 넘쳐났다. 무엇보다 눈이 가장 인상적이었다. 날카롭고 주의 깊고 교활해 보일 만큼 총기가 번뜩였다.

교수는 우리의 명함을 보고 나서 말했다. "자, 여기 앉으세요. 그래, 무슨 일로 오셨나요?"

홈즈는 밝은 미소를 머금었다.

"우리가 드릴 질문을 교수님께서 하셨군요."

"나에게 할 질문이었다고요?"

"착각이 있었나 봅니다. 어떤 분이 제게 캠퍼드의 프레스베리 교수님께 도움이 필요하다고 해서 찾아왔거든요."

"오, 그래요?" 순간 강렬한 회색 눈동자에 사악한 섬광이 번뜩이는 것 같았다. "그런 말을 들으셨다니, 누구한테 들은 건지 물어봐도 되겠소?"

"죄송합니다, 교수님. 밝혀드릴 수가 없군요. 착각이 있긴 했지만 아무런 문제도 일어나지 않았으니까요. 죄송하다는 말씀만 드리겠습니다."

"천만에요. 나는 얘기를 더 나누고 싶군요. 흥미로워요. 혹시 당신의 주장을 뒷받침할 만한 글이나 편지, 혹은 전보 같은 게 있소?"

"아니요, 없습니다."

"혹시 내가 당신을 불렀다고 주장하려는 건 아니죠?"

"그 질문에는 대답하지 않겠습니다." 홈즈가 대답했다.

"그래, 그럴 줄 알았소." 교수가 퉁명스럽게 말했다. "하지만 그런 질문에 대한 답은 당신이 도와주지 않아도 쉽게 찾을 수 있소."

교수가 서재를 가로질러서 초인종을 누르자, 우리와 런던에서 만난 베넷 씨가 응답했다.

"들어오게, 베넷 군. 이 두 신사가 누군가의 요청을 받고 런던에서 왔다고 하네. 내 편지는 모두 자네가 취급하고 있지. 그래, 홈즈라는 사람에게 발송된 편지가 있었는가?"

"없었습니다, 교수님." 베넷 씨가 얼굴을 붉히며 말했다.

"결정적이로군." 교수가 말하며 화난 눈으로 내 동료를 쏘아보았다. "이로써." 교수가 두 손을 책상에 올린 채 상체를 앞으로 기울였다. "당신들의 입지가 아주 의심스러워졌군요."

홈즈가 어깨를 으쓱했다.

"괜한 방문을 하게 되어 죄송하다는 말밖에 드릴 수 없군요."

"그 정도로는 안 되지!" 노인이 악랄한 표정을 지으며 새된 소리를 질렀다. 그리고 문을 가로막고 팔을 마구 휘두르며 말했다. "그렇게 쉽게 여기를 빠져나갈 순 없어." 교수는 구겨진 얼굴로 이빨을 드러낸 채 분노를 터뜨리며 횡설수설했다. 방을 빠져나가려면 몸싸움을 벌여야 할 판이었지만, 때마침 베넷 씨가 나섰다.

"교수님, 체통을 지키셔야죠! 학교에 소문이라도 나면 큰일입니다! 홈즈 씨는 저명하신 분이십니다. 이런 결례를 범해서는 안 됩니다."

그러자 우리의 주인은 손님들을 위해 마지못해 길을 열어주었다. 집에서 벗어나 나무들이 늘어서 있는 조용한 진입로로 들어서니 절로 안도의 한숨이 나왔다. 홈즈는 이런 상황이 몹시 유쾌한 모양이었다.

"학식 높은 교수님의 정신에 문제가 있군." 홈즈가 말했다. "불쑥 찾아와 무례를 범하긴 했지만, 그래도 개인적인 접촉을 했으니 성과가 있었어. 그런데 아, 왓슨, 교수가 우리 뒤를 쫓아오고 있네. 아직 포기하지 않았어."

뒤에서 발소리가 들려오긴 했지만, 진입로의 곡선 지점을 돌아서 나타난 것은 다행스럽게도 무시무시한 교수가 아니라 조수였다. 베넷 씨가 숨을 헐떡거리며 우리에게 다가왔다.

"죄송합니다, 홈즈 씨. 대신 사과드리고 싶군요."

"괜찮습니다. 이런 일을 하다 보면 늘 겪는 일이에요."

"교수님이 이렇게 날뛰시는 건 처음 봅니다. 하지만 점점 심해지고 계세요. 이제 저와 프레스베리 양이 왜 그리 불안해하는지 이해가 되실 겁니다. 그런데도 정신은 아주 멀쩡하세요."

"너무 멀쩡해요!" 홈즈가 말했다. "그 점이 계산 착오였습니다. 교수의 기억력은 제 생각보다 훨씬 좋아요. 그런데 돌아가기 전에 프레스베리 양의 창문을 좀 볼 수 있을까요?"

베넷 씨를 따라 관목 사이를 지나니 저택의 측면이 보였다.

"저깁니다. 3층 왼쪽이요."

"맙소사, 도저히 올라갈 수가 없겠군요. 하지만 창문 아래로 담쟁이덩굴이 자라 있고, 수도관이 있어서 발을 디딜 수는 있겠어요."

"저는 절대 못 올라갑니다." 베넷 씨가 말했다.

"그럴 겁니다. 보통 사람이라면 엄두도 못 낼 거예요."

"드리고 싶은 말씀이 하나 있습니다, 홈즈 씨. 교수님이 편지를 쓰는 런던 사람의 주소를 가지고 있어요. 오늘 아침에 편지를 쓰신 모양인데, 압지에 흔적이 남아 있더군요. 신뢰받는 비서가 할 일은 아니지만, 달리 할 수 있는 일이 없지 않습니까?"

홈즈는 종이를 슬쩍 보고는 주머니에 넣었다.

"도랙이라. 희한한 이름이군요. 슬라브 쪽인가? 음, 이건 중요한 연결 고리 같습니다. 우리는 오늘 오후 런던으로 돌아가겠습니다. 더 있어봤자 소득이 없을 것 같아요. 범죄를 저지른 게 아니니 체포할 수도 없고, 미쳤다고 증명할 수도 없으니 가둘 수도 없어요. 딱히 할 수 있는 일이 없습니다."

"그럼 도대체 어떻게 해야 하죠?"

"조금만 더 참으세요, 베넷 씨. 곧 변화가 생길 거예요. 내가 착각한 게 아니라면 화요일이 고비가 될 겁니다. 그날 반드시 돌아오겠습니다. 하지만 전반적인 상황은 어렵다고 말씀드릴 수밖에 없군요. 프레스베리 양이 런던에 더 오래 머물 수 있다면…."

"그건 어렵지 않아요."

"그럼 모든 위험이 확실히 사라질 때까지 런던에 머물게 해주세요. 교수는 그냥 내버려 두세요. 언짢게 하지 마시고. 교수의 기분이 좋을수록 다 좋은 거니까요."

"저기 보세요!" 베넷 씨가 화들짝 놀라며 목소리를 낮췄다. 나뭇가지 사이로 보니 키가 크고 허리를 꼿꼿하게 세운 사람이 현관문으로 나와 주위를 두리번거렸다. 그리고 상체를 앞으로 숙이더니 두 팔을 늘어뜨리고 고개를 좌우로 돌리며 또 주위를 살폈다. 비서가 우리에게 손을 흔들며 잘 가라는 인사를 하고는 나무 사이를 슬며시 빠져나갔다. 이내 교수와 만나는 모습이 보였다. 두 사람은 뭔가 얘기를 나누며 집 안으로 들어갔는데, 활발한 대화 같기도 하고 격렬한 논쟁 같기도 했다.

"노인네 눈치가 9단이군." 우리가 객점으로 걸어가는 동안 홈즈가 말했다. "잠깐 만났지만 몹시 명석하고 논리적이야. 쉽사리 화를 내지만, 교수 입장에서는 그럴 만도 해. 탐정이 몰래 자기 뒤를 캐고 다니는 데다 그 일을 의뢰한 사람이 자기 식솔 중 하나라면 말이야. 우리 친구 베넷이 당분간 고생 좀 하겠어."

도중에 홈즈는 우체국에 들러 전보를 보냈다. 저녁에 도착한 답장을 홈즈가 나에게 건네주었다.

커머셜 로드에 방문해 도랙을 만났음. 말끔한 인상. 초로의 보헤미안. 대형 잡화점 주인.

— 머서

"머서는 자네를 만난 뒤에 알게 된 사람이야." 홈즈가 말했다. "잡다한 일들을 조사하는 쓸모가 많은 사람이지. 교수가 은밀히 편지를 주고받는 사람에 대해 알아봐야 했어. 도랙이 슬라브계라는 사실과 교수가 프라하를 다녀온 일 사이에는 분명 관련이 있네."

"서로 관련 있는 뭔가가 있다니 다행이군." 내가 말했다. "하지만 지금으로서는 서로 관련 없는 일투성이야. 가령 성난 울프하운드와 보헤미안을 방문하는 일 사이에 무슨 관련이 있는 거지? 또 밤에 복도를 기어 다니는 노인과는 어떤 관계가 있는 걸까? 무엇보다 큰 수수께끼는 자네가 말한 날짜야."

홈즈는 미소를 머금고 손을 비볐다. 우리는 낡은 객점의 거실에 앉아 있었다. 둘 사이에 놓인 탁자에는 홈즈가 말한 유명한 포트와인이 놓여 있었다.

"그래, 날짜 얘기부터 해야겠군." 홈즈는 양손 손가락 끝을 붙인 채 강의를 하는 태도로 입을 열었다. "그 탁월한 청년의 일기를 보면 7월 2일에 문제가 발생한 이후 줄곧 9일 간격으로 재발했네. 내 기억으로 딱 한 번 예외가 있었을 뿐이야. 최근에 일으킨 발작은 9월 3일이었는데, 그에 앞서 8월 26일에 발작이 있었으니까 역시 간격이 일치해. 이건 우연의 일치가 아니야."

나는 동의할 수밖에 없었다.

"따라서 우리는 교수가 9일 간격으로 강력한 약물을 복용했다는 가설을 세울 수 있어. 일시적이지만 치명적일 만큼 강력한 효과를 가진 약물 말이야. 원래의 거친 성격이 약물 때문에 더 심해지는 거지. 교수는 프라하에 있는 동안 이 약물을 접했는데, 지금은 런던의 보헤미아 사람에게 공급받고 있어. 모든 게 맞아떨어지네, 왓슨!"

"하지만 개, 창문에 나타난 얼굴, 복도를 기어 다니는 노인은 어떻게 설명할 건가?"

"자, 자, 이제 겨우 시작했을 뿐이야. 다음 화요일이 되어야 새로운 일이 터질 거야. 그동안 우리는 베넷 씨와 연락을 주고받으면서 이 매력적인 마을에서의 생활을 누리자고."

아침에 베넷 씨가 숙소에 들러 새로운 소식을 전해주었다. 홈즈의 짐작대로 베넷 씨는 힘겨운 시간을 보내고 있었다. 교수가 베넷 씨에게 우리의 방문에 대해 노골적으로 책임을 묻지는 않았지만, 더욱 거칠고 험해진 말투에서 강한 불만을 품고 있다는 것을 분명히 알 수 있었다. 하지만 이날 아침 교수는 본래 모습으로 돌아가 평소처럼 훌륭한 강의를 했다. "이상한 발작만 아니라면 교수님은 사실상 전에 없이 원기 왕성하세요. 두뇌도 더욱 명석해졌고요. 하지만 우리가 알던 그 교수님은 아닙니다."

"적어도 일주일 동안은 두려워할 일이 없을 겁니다." 홈즈가 말했다. "나는 바쁜 사람이고, 왓슨 선생도 환자를 돌봐야 해요. 그러니 오는 화요일 이 시간에 여기에서 다시 만나기로 합시다. 그때가 되면 베넷 씨의 고민을 완벽하게 해결하지는 못한다 해도, 적어도 이 모든 상황에 대해 설명해드리는 것 정도는 할 수 있을 겁니다. 무슨 일이 생기면 연락 주세요."

나는 그 후 며칠 동안 친구를 전혀 보지 못했다. 하지만 그다음 월요일에 짧은 편지를 받았는데, 다음 날 기차역에서 만나자는 내용이었다. 캠퍼드로 가는 기차 안에서 내 친구가 들려준 이야기에 따르면 모든 게 무사했다. 교수 집의 평화는 깨지지 않았고, 교수의 행동도 지극히 정상이었다. 그날 저녁 체커즈를 방문한 베넷 씨도 그간의 소식을 알려주었다. "오늘 또다시 런던에서 교수님께 우편물이 왔습니다. 편지와 작은 소포였어요. 둘 다 제가 열어볼 수 없도록 우표 아래 십자 표시가 되어있었죠. 다른 일은 아무것도 없었습니다."

"그것만으로도 일어날 일은 충분히 일어난 셈입니다." 홈즈가 으스스하게 말했다. "자, 베넷 씨, 오늘 밤 우리는 어떤 결론에 이르게 될 겁니다. 내 추리가 정확하다면 우리에게 문제의 결말을 볼 수 있는 기회가 왔습니다. 그렇게 하려면 교수를 지켜봐야 합니다. 그래서 말인데, 베넷 씨가 밤새 감시를 했으면 합니다. 교수가 당신 방문 앞을 지나가는 소리가 들리면 방해하지 말고 몰래 뒤를 밟으세요. 왓슨 선생과 내가 근처에 있을 겁니다. 그런데 전에 말한 상자의 열쇠는 어디에 있나요?"

"교수님의 회중 시곗줄에 매달려 있어요."

"그쪽을 좀 더 조사해봐야 할 것 같습니다. 최악의 경우 자물쇠를 뜯을 생각도 해야 합니다. 이 집에 건장한 남자가 더 있습니까?"

"맥페일이라는 마부가 있습니다."

"그 사람은 어디에서 자죠?"

"마구간 위에서요."

"그 사람이 필요할 수도 있어요. 이제 앞으로 어떤 일이 생길지 지켜보기만 하면 되겠군요. 안녕히 가세요. 하지만 동이 트기 전에 다시 만나게 될 겁니다."

자정 무렵, 우리는 교수 집 현관문 맞은편의 덤불 사이에 자리를 잡았다. 하늘은 맑았지만 쌀쌀해서 외투를 입고 오길 잘했다고 생각했다. 미풍이 일었고, 지나가는 구름이 이따금 반달을 가렸다. 우리를 이 자리로 이끈 기대와 흥분, 그리고 우리의 관심을 사로잡은 일련의 기이한 사건이 막바지에 이르렀다는 내 친구의 확신이 없었다면 이렇게 밤을 새우기는 쉽지 않았을 것이다.

"9일 주기가 맞는다면, 오늘 밤 우리는 최악의 상태에 빠진 교수를 보게 될 거야." 홈즈가 말했다. "프라하 방문 이후 기묘한 증상이 시작되었다는 사실, 프라하의 누군가를 대신하고 있는 런던의 보헤미아 중개인과 은밀하게 연락하고 있다는 사실, 그리고 바로 오늘 그 중개인으로부터 편지와 소포를 받았다는 사실을 감안하면 모든 것이 한 방향을 가리키고 있네. 교수가 무엇을 왜 복용하는지는 아직 알 수 없지만, 그게 프라하에서 왔다는 사실은 분명해. 교수는 9일 주기로 복용하라는 명백한 지침을 따르고 있네. 바로 그 점이 처음에 내 관심을 끌었어. 하지만 교수가 보인 증상은 더욱 놀라웠지. 혹시 교수의 관절을 본 적 있어?"

나는 보지 못했다고 털어놓았다.

"나는 그렇게 굵고 툭 불거진 관절은 처음 봤네. 항상 손을 먼저 보게, 왓슨. 그다음 소매, 바지 무릎, 신발을 봐야 해. 어떤 변화가 진행되고 있다고밖에 설명할 수 없는 아주 희한한 관절이었지." 홈즈는 잠시 말을 멈추더니 갑자기 이마를 탁 쳤다. "옳거니, 왓슨, 왓슨, 나는 정말 바보였어! 믿을 수가 없군. 하지만 틀림없이 사실이야. 모든 것이 한 방향을 가리키고 있어. 모든 것이 연결되어 있는데 왜 못 보고 지나친 거지? 어쩌다 그 관절을 놓쳤을까? 그리고 그 개! 담쟁이덩굴! 꿈에 그리던 작은 농장으로 물러날 때가 된 모양이군. 이봐, 왓슨! 저기 교수가 나왔네. 가서 직접 확인하자고."

현관문이 천천히 열리더니 등불을 뒤로한 채 키가 큰 프레스베리 교수가 나타났다. 교수는 실내복을 입고 있었다. 현관 입구에 선 교수는 윤곽만 보였는데, 두 발로 서 있긴 했지만 지난번에 본 것처럼 두 팔을 늘어뜨린 채 상체를 숙이고 있었다.

교수는 앞으로 나와 진입로에 들어서더니 기괴한 모양으로 변했다. 웅크린 자세를 취하고 두 손과 두 발로 땅을 짚으며 움직이는데, 넘치는 힘을 주체할 수 없는지 이따금 껑충껑충 뛰기도 했다. 교수는 건물 앞면을 따라 이동하다가 모퉁이를 돌았다. 교수가 사라지자 베넷 씨가 슬그머니 현관문을 빠져나와 교수의 뒤를 밟았다.

"가세, 왓슨, 따라가 보세!" 홈즈가 외쳤다. 우리는 최대한 은밀하게 덤불숲을 헤치고 나아가서, 건물의 반대편 측면이 보이는 장소에 자리를 잡았다. 담쟁이덩굴이 자란 측면 벽을 달빛이 환하게 비추고 있어서 그 밑에 웅크리고 있는 교수의 모습이 고스란히 보였다. 우리가 지켜보고 있는 동안 교수는 갑자기 놀라울 만큼 빠른 속도로 덩굴을 타고 올라가기 시작했다. 손으로는 덩굴을 야무지게 잡고, 발로는 단단히 디디면서 덩굴과 덩굴을 마음껏 옮겨 다녔다. 특별한 목적이 있기보다는 그저 자신의 능력이 선사하는 즐거움을 누리고 있는 듯 보였다. 달빛에 물든 벽 위에 커다란 그림자를 드리운 채 실내복을 양쪽으로 휘날리며 자기 집 측면에 붙어 다니는 모습이 마치 거대한 박쥐 같았다. 즐길 만큼 다 즐겼는지, 이윽고 교수는 덩굴을 타고 벽에서 내려와 다시 몸을 웅크렸다가 아까처럼 기어서 마구간을 향해 움직였다.

이때 밖에 나와 있던 울프하운드가 이 모습을 보고 사납게 짖어댔다. 그러다 주인의 모습이 실제로 보이자 더욱 흥분하며 짖었다. 개는 사슬을 팽팽하게 당기며 맹렬하게 몸부림쳤다. 교수는 일부러 개의 코앞에 쪼그리고 앉아서 온갖 방법으로 약을 올리기 시작했다. 진입로의 조약돌을 한 움큼씩 집어 얼굴에 던지기도 하고, 막대기로 쿡쿡 찌르기도 하고, 쩍 벌린 개의 입에 손을 획획 통과시키기도 하면서 이미 눈이 뒤집힌 개를 더욱 미치게 만들었다. 나는 홈즈와 수많은 모험을 해봤지만 이처럼 기괴한 광경은 처음이었다. 냉정하고 근엄한 인물이 개구리처럼 쪼그리고 앉아, 자기 앞에서 사납게 짖어대는 개를 기발하고 계산된 방법으로 자극해 더욱 광분하게 만드는 모습은 가히 충격적이었다.

그러다 순간 일이 터지고 말았다! 사슬이 끊어진 건 아니었다. 목걸이가 빠져나간 것이었다. 목이 굵은 뉴펀들랜드 용 목걸이였기에 울프하운드에게는 다소 헐거웠던 것이다. 찰그랑하고 쇠사슬 떨어지는 소리가 나면서, 동시에 개와 사람이 뒤엉켜 땅바닥에서 뒹굴었다. 개는 무섭게 으르렁거렸고, 교수는 공포에 질려 기묘하고 새된 비명을 질러댔다. 교수에게는 절체절명의 위기였다. 성난 개가 교수의 목을 제대로 물어서 송곳니가 깊이 박혔기 때문에, 우리가 달려가서 둘을 떼어놓기 전에 교수는 이미 정신을 잃은 상태였다. 우리도 위험할 수 있었지만, 베넷 씨의 목소리를 듣고 얼굴을 보자 덩치 큰 울프하운드가 곧바로 온순해졌다. 마구간 위의 방에서 자고 있던 마부도 떠들썩한 소동에 놀라 뛰어나왔다. "결국 이 꼴이 나는군." 마부가 고개를 흔들

며 말했다. "전에도 이러는 걸 봤어요. 조만간 개한테 당할 줄 알았다니까요."

울프하운드를 다시 묶은 뒤 우리는 교수를 방으로 옮겼다. 의학 학위가 있는 베넷이 교수의 찢어진 목을 치료하는 데 도움을 주었다. 날카로운 이빨이 경동맥을 아슬아슬하게 피해갔지만 출혈이 심했다. 30분 후 고비를 넘기고 환자에게 모르핀 주사를 놓자, 환자는 깊이 잠들었다. 그 후에야 비로소 우리는 서로 얼굴을 바라보며 이야기를 나눌 수 있었다.

"유능한 외과 의사가 필요할 것 같습니다." 내가 말했다.

"제발, 그건 안 돼요!" 베넷이 외쳤다. "지금은 우리 가족만이 일을 알고 있습니다. 이 집 안에서는 괜찮아요. 하지만 소문이 담을 넘어가면 걷잡을 수 없게 됩니다. 교수님의 사회적 지위와 유럽 내의 명성을 생각해보세요. 따님의 심정도 헤아려 주시고요."

"정말 그래." 홈즈가 말했다. "이 문제는 우리만의 비밀로 지킬 수 있을 겁니다. 우리가 가진 자유 재량권으로 재발을 막을 수도 있고요. 베넷 씨, 회중 시곗줄의 열쇠를 찾아보세요. 맥페일은 환자를 돌보다가 이상이 생기면 연락해주시오. 왓슨, 자네는 나와 교수의 비밀 상자에 뭐가 들어 있는지 알아보세."

내용물이 많지는 않았지만, 그것으로 충분했다. 빈 약병 하나, 거의 찬 약병 하나, 피하 주사기 하나, 외국인이 쓴 알아보기 힘든 편지 몇 통이 전부였다. 봉투의 십자 표시를 보니 베넷 씨의 일상 업무를 방해한 그 편지들이 맞았다. 모두 커머셜 로드에서 온 것들이었고, 'A. 도랙'이라는 이름이 쓰여 있었다. 내용물을 보니 다들 새 병을 프레스베리 교수에게 보낸다는 송장이거나 돈을 받은 것에 대한 영수증뿐이었다. 하지만 봉투가 하나 더 있었다. 제법 교육을 받은 사람의 필체였고, 오스트리아 우표에 프라하 소인이 찍혀 있었다.

"드디어 찾았어!" 홈즈가 봉투를 뜯고 그 안에 든 내용물을 꺼내며 외쳤다.

존경하는 동료 교수에게

감사하게도 이곳을 방문해주신 이후 귀하에 대해 깊이 고민해보았습니다. 귀하의 처지에서 치료를 받을 만한 특별한 이유가 있겠지만, 그럼에도 각별한 당부의 말씀을 드리지 않을 수 없습니다. 실험 결과에 의하면 어느 정도 위험할 가능성이 있기 때문입니다. 유인원의 혈청이라면 더 좋았을 겁니다. 설명을 드린 대로, 내가 검은 얼굴의 랑구르 원숭이를 사용한 이유는 혈청을 얻기가 쉬웠기 때문입니다. 랑구르 원숭이는 물론 땅을 기어 다니며 나무를 탑니다. 반면 유인원은 직립 보행을 하고 모든 면에서 사람과 유사하죠. 이 일이 너무 빨리 알려지지 않도록 각별히 유의해주시기 바랍니다. 영국 고객이 또 한 명 있는데, 두 분 모두 도랙이 중개인입니다. 반드시 매주 보고해주시기 바랍니다.

— H. 로벤슈타인

"로벤슈타인이라!" 이 이름을 보니 예전에 읽은 신문 기사가 떠올랐다. 어느 무명의 과학자가 비밀스러운 방법으로 회춘과 불로장생의 묘약을 개발하고 있다는 내용이었다. 맞아, 프라하의 로벤슈타인! 정력을 북돋우는 신기한 혈청을 개발한 로벤슈타인은 자료 공개를 거부한 탓에 학계에서 배척당했다. 나는 내가 기억하는 내용을 홈즈와 베넷 씨에게 간단히 들려주었다. 베넷이 책장에서 동물학 입문서를 꺼냈다. "랑구르 원숭이는." 베넷이 읽기 시작했다. "히말라야 산비탈에 서식하는 얼굴이 크고 검은 원숭이로, 나무를 타는 원숭이 중에서 가장 크고 가장 사람과 닮았다는군요. 그 밖에도 자세한 설명이 많이 나와 있어요. 음, 고맙습니다, 홈즈 씨. 우리가 악의 근원을 파헤친 게 분명하군요."

 "악의 진짜 근원은." 홈즈가 말했다. "시기에 맞지 않는 사랑입니다. 욕망에 사로잡힌 교수에게 회춘을 통해서만 염원을 이룰 수 있다는 헛된 생각을 심어주었으니까요. 자연을 딛고 올라서려는 자는 오히려 그 아래로 추락하기 쉽습니다. 운명이 정해준 올바른 길을 벗어나려고 하다가는 가장 고매한 인간도 동물 수준으로 후퇴할 수 있어요." 홈즈는 작은 약병을 손에 들고, 그 안에 들어 있는 투명한 액체를 바라보며 가만히 생각에 잠긴 채 앉아 있었다. "내가 이 사람에게 편지를 보내 이자가 퍼뜨린 약에 대한 법적 책임을 묻겠다고 말했으니, 더 이상은 문제가 없을 겁니다. 하지만 재발의 가능성은 있어요. 다른 누군가가 더 좋은 방법을 찾을 수도 있고요. 인간을 위협

하는 진짜 위험은 늘 존재합니다. 생각해봐, 왓슨. 물질과 쾌락을 밝히는 세속적인 인간들이 모두 자신의 무가치한 생명을 연장하려고 하면 이 세상이 어떻게 될까? 영적인 사람들은 무엇인가 더 높은 것으로의 부르심을 피하지 않을 거야. 그러면 이 세상에는 가장 질 낮은 인간들만 남게 되겠지. 그럼 세상은 시궁창과 다름없는 곳이 되지 않을까?"

갑자기 몽상가가 사라지고 행동파 홈즈가 벌떡 일어섰다.

"더는 할 말이 없군요, 베넷 씨. 큰 틀에서 생각해보면 여러 사건들을 쉽게 이해할 수 있을 겁니다. 그 개는 물론 당신보다 훨씬 빨리 알아챘어요. 냄새로 말이죠. 로이가 공격한 것은 교수가 아니라 원숭이였습니다. 로이를 약 올린 것도 원숭이였고 말이죠. 원숭이는 나무타기를 좋아하니까 프레스베리 양의 침실이 있는 3층 창문까지 올라간 건 우연이었다고 할 수 있죠. 왓슨, 런던행 기차가 아침 일찍 출발하지만 그전에 체커즈에서 차 한잔 마실 여유는 있을 거야."

9
사자의 갈기

오랜 탐정 활동 중에 맞닥뜨린 그 어떤 사건 못지않게 난해하고 희한한 사건이 내가 은퇴한 후, 그것도 바로 내 집 앞에서 일어났다니 참으로 묘할 뿐이다. 그 일은 내가 은퇴하고 서식스의 집으로 내려간 후 일어났다. 당시 나는 우울한 런던에서 오랜 시간을 지내며 이따금 동경했던 대로 대자연의 품에 푹 파묻혀 살고 있었다. 이 시기에는 왓슨과도 거의 연락을 끊고 지냈다. 왓슨이 가끔 주말에 찾아올 때나 한 번씩 만나는 정도였다. 그래서 나는 직접 기록을 남겨야 했다. 아! 왓슨이었다면 이 신기한 사건, 모든 난관을 물리치고 내가 승리하게 되는 이 사건을 참으로 멋들어지게 묘사할 수 있었을 것이다! 하지만 어쩔 수 없이 나는 평범한 방식으로 이야기를 풀어갈 수밖에 없다. 사자의 갈기에 대한 수수께끼를 조사하며 내 앞에 놓인 험난한 길을 한 걸음씩 나아간 과정을 내가 직접 써서 보여줘야 하는 것이다.

내 집은 영국 해협의 멋진 풍경이 보이는 언덕 지대의 비탈에 자리 잡고 있다. 이곳 해안은 전부 백악질 절벽으로 이루어져 있다. 바닷가로 내려가려면 하나밖에 없는 길고 구불구불한 길을 따라가야 하는데, 길이 가파르고 미끄럽다. 절벽 바닥에 닿으면 만조 때도 조약돌이 깔린 해안이 100미터 남짓 펼쳐져 있다. 하지만 여기저기 얕은 만곡부와 구덩이가 있어서 밀물 때마다 새로운 물이 가득 찬 수영장이 생겨난다. 이 아름다운 해변은 풀워스 마을의 작은 만에서 얼마간 끊길 뿐 양쪽으로 수 킬로미터까지 뻗어 있다.

내 집은 적적하다. 모두 해봐야 나, 늙은 가정부, 그리고 벌이 전부다. 하지만 800미터쯤 떨어진 곳에 게이블스라는 헤럴드 스택허스트의 유명한 직업 훈련원이 있다. 꽤 넓은 이 훈련원에는 다양한 직업을 준비하는 수십 명의 젊은이들과 여러 명의 교사들이 있다. 헤럴드 스택허스트는 한때 조정 선수로 이름을 날린, 여러 분야를 두루 섭렵한 학자였다. 스택허스트와 나는 내가 이곳에 처음 왔을 때부터 줄곧 친하게 지냈고, 우리는 서로 초대하지 않아도 저녁에 불쑥 찾아갈 수 있을 만큼 허물없는 사이였다.

1907년 1월 말쯤, 해변에 강풍이 몰아쳤다. 해협에서 불어오는 바람은 절벽 아래로 파도를 몰아붙였고, 나중에 바닷물이 빠져나가자 석호가 하나 만들어졌다. 문제의 바로 그날 아침, 바람은 잦아들었고 자연은 얼굴을 새로 씻은 듯 깨끗해 보였다. 일하기가 싫을 만큼 기분 좋은 날씨여서 아침 식사 전에 상쾌한 공기를 마시려고 산책을 나섰다. 해변으로 내려가는 가파른 길로 이어지는 절벽 위를 걷는데, 뒤에서 누가 나를 큰 소리로 불렀다. 돌아보니 헤럴드 스택허스트가 반가운 얼굴로 손을 흔들고 있었다.

"날씨가 참 좋아요, 홈즈 씨! 밖에 나와 계실 줄 알았습니다."

"수영하러 가시는군요."

"또 추리하는 버릇이군요." 스택허스트가 웃으며 불룩한 주머니를 톡톡 두드렸다. "예, 맥퍼슨이 일찍 시작했어요. 먼저 가 있을 겁니다."

피츠로이 맥퍼슨은 과학 교사이자 착실한 젊은이로, 과거 류머티스성 열병을 앓은 후 심장에 문제가 생겨서 한순간 삶이 무너졌다. 하지만 맥퍼슨은 운동 신경을 타고났고, 심장에 무리가 가지 않는 운동이라면 누구에게도 지지 않았다. 맥퍼슨은 여름과 겨울에 수영을 즐겼는데, 수영이라면 나도 자신이 있어서 종종 어울렸다.

때마침 그 청년이 우리 눈에 띄었다. 길이 끝나는 절벽 끝 위로 맥퍼슨의 머리가 보였다. 그러다 전신이 보였는데, 만취한 사람처럼 비틀거리고 있었다. 맥퍼슨은 두 팔을 번쩍 치켜들더니 외마디 비명을 지르고 앞으로 고꾸라졌다. 스택허스트와 나는 족히 50미터는 되는 거리를 부리나케 달려가서 맥퍼슨을 바로 눕혔다. 청년은 곧 죽을 사람처럼 보였다. 푹 꺼진 멍한 눈과 시퍼런 얼굴은 누가 봐도 죽음의 전조였다. 아주 잠깐 화색이 돌더니 남은 힘을 다해 경고하듯 두어 마디를 내뱉었다. 발음이 분명하지 않았지만, 내가 듣기에 청년의 입에서 날카롭게 튀어나온 마지막 말은 "사자의 갈기"였다. 뜬금없고 엉뚱한 말이었지만, 맥퍼슨이 낸 소리는 분명 그 뜻이었다. 그 후 맥퍼슨은 몸을 반쯤 일으키고 두 팔을 들어 올리더니 옆으로 푹 쓰러졌다. 죽은 것이었다.

내 친구는 갑자기 일어난 끔찍한 사건으로 얼어붙었지만, 나는 탐정답게 경계심을 갖고 촉각을 곤두세웠다. 그럴 필요가 있었다. 우리가 기이한 사건에 연루되었다는 것을 그 순간 알아차렸기 때문이다. 청년은 바지와 끈 없는 캔버스화 차림에, 위에는 달랑 바바리 코트만 걸치고 있었다. 쓰러질 때 코트가 벗겨지면서 몸통이 드러났다. 우리는 깜짝 놀라 몸통을 바라보았다. 가느다란 철사 채찍으로 후려친 듯이 온통 검붉은 줄이 맥퍼슨의 등을 뒤덮고 있었다. 이러한 형벌을 가한 도구는 탄력이 좋은 물건임이 분명했다. 상처 자국이 어깨에서 옆구리까지 길게 이어져 있었기 때문이다. 청년의 턱 아래로 피가 똑똑 떨어지고 있었다. 끔찍한 고통을 참아내며 아랫입술을 깨문 것이었다. 핼쑥하고 구겨진 얼굴을 보니 고통

이 얼마나 심했는지 짐작이 갔다.

　나는 스택허스트를 세워둔 채 시신 옆에 무릎을 꿇었다. 그때 우리 쪽으로 그림자가 드리워져서 고개를 들어보니 이언 머독이 곁에 있었다. 머독은 훈련원의 수학 교사로, 키가 크고 피부가 검은 데다 여윈 남자였는데, 워낙 무뚝뚝하고 곁을 주지 않는 성격이라 딱히 친하게 지내는 사람이 없었다. 마치 타인과는 섞이지 못한 채 무리수와 원뿔 곡선으로 이루어진 고도로 추상적인 세계에서 홀로 사는 사람 같았다. 머독은 학생들 사이에서 괴짜로 통했고, 조롱의 대상이기도 했다. 하지만 머독에게는 낯선 이방인의 피가 흐르고 있었다. 까만 눈동자와 거무스름한 피부뿐만 아니라 이따금 포악하다고밖에 볼 수 없을 만큼 지독한 분노를 터뜨리는 것을 보면 그랬다. 한번은 성가시게 군다는 이유로 맥퍼슨의 작은 개를 집어 들어 유리창을 향해 내던졌다. 실력 있는 교사만 아니었다면 스택허스트한테 틀림없이 해고당했을 행동이었다. 그런 이상하고 복잡한 남자가 우리 옆에 나타났다. 개를 집어 던진 것으로 보아 죽은 남자를 동정할 것 같지는 않았지만, 머독은 눈앞의 광경에 정말로 충격을 받은 듯했다.

　"세상에! 정말 안됐군! 어떻게 하지? 내가 거들 일이 있을까요?"

　"맥퍼슨과 함께 있었나요? 무슨 일인지 말씀해주실 수 있습니까?"

　"아니, 아니요. 나는 오늘 좀 늦었습니다. 해변 근처에는 오지 않았어요. 훈련원에서 곧장 온 겁니다. 뭘 도와드릴까요?"

"얼른 풀워스에 있는 경찰서로 가서 신고해주세요."

머독은 대답도 하지 않고 냅다 달려갔다. 내가 사건을 계속 조사하는 동안 스택허스트는 여전히 시신 옆에 멍하니 서 있었다. 당연하게도 내가 맨 먼저 할 일은 해변에 누가 있지는 않은지 확인하는 것이었다. 절벽 위라서 해안의 모습이 한눈에 들어왔다. 멀리 까맣게 보이는 두세 명의 형체가 풀워스 쪽으로 가고 있는 것 말고는 아무도 눈에 띄지 않았다. 이 점을 충분히 인지하고서 나는 천천히 절벽 아래로 내려갔다. 절벽이 점토나 부드러운 이회토(점토와 석회암이 혼합된 진흙—옮긴이)로 되어 있어서 같은 발자국이 내려갔다 올라온 흔적이 곳곳에 남아 있었다. 이날 아침 이 길을 따라 해안으로 내려간 다른 사람은 아무도 없었다. 어떤 곳에서는 펼쳐진 손자국이 찍혀 있었는데, 손가락 끝의 방향이 절벽 위쪽을 향해 있었다. 맥퍼슨이 올라오다 넘어졌다는 뜻이었다. 동그랗게 움푹 들어간 흔적도 여럿 있었는데, 이는 몇 번 무릎을 꿇었다는 것을 의미했다. 절벽 아래에 다다르자 바닷물이 빠져나가면서 남겨진 커다란 석호가 있었다. 근처 바위에 수건이 놓인 것을 보니 맥퍼슨이 석호 옆에서 옷을 벗은 모양이었다. 수건은 접혀 있었고 마른 상태였다. 물에 들어가지는 않은 듯했다. 나는 딱딱한 조약돌이 깔린 해변을 한두 번 돌다가 모래가 살짝 드러난 장소에 이르러 운동화와 맨발 자국이 찍혀 있는 모습을 보았다. 맥퍼슨이 수영할 준비를 마쳤다는 증거였지만, 한편으로 수건은 그 청년이 정작 수영을 하지 못했다는 사실을 나타냈다.

여기서 내가 경험한 그 어떤 사건 못지않게 기묘한 이 사건을 정리해보겠다. 청년이 바닷가에 머문 시간은 고작 15분 정도였다. 스택허스트가 훈련원에서부터 따라왔기 때문에 그 점에는 의문의 여지가 없다. 맨발 자국에서 알 수 있듯이 청년은 수영하러 가서 옷을 벗었다. 하지만 복장이 흐트러져 있고 단추도 채우지 않은 것으로 봐서, 그 후 갑자기 옷을 다급하게 도로 입었다. 그리고 수영도 하지 못하고, 혹시 했더라도 물기를 닦지도 못하고 발길을 되돌렸다. 목적이 바뀐 이유는 야만적이고 잔혹하게 채찍질을 당했기 때문이다. 입술을 깨물 정도로 끔찍한 고통을 당한 청년은 가까스로 절벽을 기어올랐지만 결국 죽고 말았다. 누가 이런 끔찍한 일을 저질렀을까? 절벽 아래에 크고 작은 동굴이 있기는 했지만, 낮게 떠오른 태양이 그 속을 환히 비추고 있어서 몸을 숨길 장소가 없었다.

멀리 떨어진 곳에 사람의 형체가 보였지만, 범행과 연관 짓기에는 거리가 너무 멀어 보였다. 게다가 맥퍼슨이 들어가려고 한 널따란 석호가 맥퍼슨과 그 사람들 사이를 막고 있었고, 물도 가득 차 있었다. 멀지 않은 바다에 두어 척의 고기잡이배가 있었다. 배에 탄 사람들은 시간 날 때 조사하면 될 터였다. 확인해볼 사항은 몇 가지 있었지만 뚜렷한 소득이 나올지는 두고 볼 일이었다.

시신이 있는 곳으로 돌아가 보니 무슨 일인지 궁금해하는 사람들이 모여 있었다. 스택허스트는 물론 아직 있었고, 이언 머독도 마을 순경인 앤더슨을 데리고 막 도착한 참이었다. 덩치가 크고 연한 적갈색 콧수염을 기른 순경은 우직하고 믿음이 가는 인상이었는데, 진중하고 과묵한 외모 뒤에 예리한 감각을 지닌 서식스 혈통의 사람이었다. 앤더슨 순경은 우리가 하는 얘기를 전부 기록하고 나서 나를 한쪽으로 데려갔다.

"홈즈 씨, 조언을 좀 해주세요. 저는 감당할 수가 없어요. 일이 잘못되기라도 하면 루이스(서식스 지방의 주도─옮긴이)에서 저를 가만두지 않을 겁니다."

나는 순경에게 당장 상관을 부르고 의사도 부르라고 말했다. 그리고 그들이 올 때까지 아무것도 옮기지도 말고, 되도록 새로운 발자국이 찍히지 않도록 하라고 조언했다. 그동안 나는 죽은 남자의 주머니를 조사했다. 손수건, 큰 칼, 접이식의 작은 명함집이 들어 있었다. 명함집에 쪽지가 삐져나와 있어서 그것을 펼쳐 순경에게 건네주었다. 쪽지에는 흘려 쓴 여자 필체로 이렇게 적혀 있었다.

그리로 꼭 갈게요.

— 모드

날짜와 장소는 생략되어 있었지만, 연인 사이에 주고받는 쪽지 같았다. 순경은 쪽지를 다시 명함집에 끼우고 다른 물건들과 함께 코트 주머니에 넣었다. 그 후 나는 더 이상 나올 게 없는 것 같아서 순경에게 절벽 아래를 철저히 수색하라고 일러준 뒤 아침을 먹으려고 집으로 돌아갔다. 한두 시간 후에 스택허스트가 나에게 와서 시신이 훈련원으로 옮겨졌으며, 거기서 부검이 있을 거라고 알려주었다. 아울러 의미심장하고 명확한 소식도 몇 가지 전해주었다. 내 예상대로 절벽 아래의 동굴에서는 아무것도 발견되지 않았지만, 맥퍼슨의 책상 서랍에 있는 서류들을 살펴보니 그중에 풀워스의 모드 벨라미라는 여성과 주고받은 연애편지가 몇 통 나왔다고 했다. 따라서 그 쪽지 주인의 신원이 밝혀진 셈이었다.

"경찰이 편지를 가지고 있어서 가져올 수가 없었어요." 스택허스트가 말했다. "하지만 두 사람이 진지한 연인 사이라는 것은 틀림없습니다. 그런데 그 편지를 이 끔찍한 사건과 연관 지을 이유는 없는 것 같아요. 그 여인이 맥퍼슨과 약속을 했다는 점만 빼면 말입니다."

"하지만 많은 사람이 이용하는 수영장에서 만나기로 하지는 않았을 겁니다."

"단순한 우연이겠지만, 그날 맥퍼슨은 학생들과 함께 있지 않았습니다."

"단순한 우연이었다고요?"

스택허스트가 뭔가를 기억해내려고 미간을 찌푸렸다.

"이언 머독이 학생들을 붙잡고 있었어요. 아침 식사 전에 대수 증명 문제를 풀어야 한다며 고집을 부린 거죠. 불쌍한 사람, 그 때문에 실의에 빠져 있답니다."

"하지만 두 사람은 친구가 아니잖습니까?"

"전에는 분명 아니었죠. 하지만 약 1년 사이에 머독은 맥퍼슨과 아주 가깝게 지냈어요. 그 친구 천성이 정이 많은 성격은 아니죠."

"그렇군요. 하지만 머독이 맥퍼슨의 개에게 심하게 굴었다고 말씀하시지 않았던가요?"

"다 지나간 일입니다."

"그래도 앙금이 조금은 남았을 것 같은데요."

"아니, 아니에요. 두 사람은 정말 친구가 되었습니다."

"음, 그렇다면 여자 쪽으로 넘어가야겠군요. 아시는 분입니까?"

"모르면 이상하죠. 이 일대에서 소문난 미인입니다. 하도 예뻐서 어디를 가나 시선을 끄는 여인이에요. 맥퍼슨이 벨라미 양에게 끌리고 있었다는 건 알았지만, 그런 연애편지가 오갈 만큼 관계가 깊어진 줄은 몰랐습니다."

"어떤 사람인가요?"

"풀워스의 모든 선박과 여성을 위한 막사 수영장을 보유하고 있는 톰 벨라미의 딸입니다. 어부로 시작했지만 지금은 거부가 되었죠. 아들 윌리엄과 사업을 하고 있어요."

"나랑 풀워스에 가서 그 사람들을 만나볼까요?"

"무슨 핑계로요?"

"아, 핑계야 만들기 마련이죠. 어쨌든 죽은 청년이 스스로 자기를 잔혹하게 채찍질한 건 아니잖아요. 그런 상흔을 남긴 게 정말 채찍이었다면, 누군가가 그 채찍을 손으로 들고 휘둘렀을 겁니다. 이런 외진 동네에서 알고 지내는 사람이라고 해봤자 제한돼 있을 수밖에 없습니다. 이 사람 저 사람 다 만나다 보면 틀림없이 범행 동기를 찾을 수 있을 테고, 그러면 범인의 정체도 드러나겠죠."

아침에 목격한 비극으로 마음이 무거워지지 않았다면, 백리향 향기가 짙게 밴 언덕 지대를 걷는 일은 참으로 즐거웠을 것이다. 풀워스 마을은 만을 둘러싼 반원형의 우묵한 지형에 자리 잡고 있었다. 고풍스런 작은 마을 뒤의 언덕에는 현대식 저택이 여러 채 서 있었다. 스택허스트가 그중 한 집으로 나를 안내했다.

"저 집이 헤이븐 저택입니다. 벨라미 양이 그렇게 부르죠. 슬레이트 지붕이 얹혀 있고 모퉁이에 탑이 솟아 있는 집입니다. 맨손으로 시작한 사람치고는 제법, 아니, 저것 좀 보세요!"

헤이븐 저택의 대문이 열리더니 한 남자가 나타났다. 큰 키에 수척하고 머리가 헝클어진 모습을 보니 틀림없이 수학 교사 이언 머독이었다. 잠시 후 우리는 머독과 마주쳤다.

"이보시게!" 스택허스트가 불렀다. 머독은 고개를 끄덕이며 곁눈질로 흘낏 우리를 보더니 그냥 지나가려고 했다. 하지만 원장이 머독을 멈춰 세웠다.

"저 집에서 뭘 하고 있었던 건가?" 스택허스트가 물었다.

머독이 얼굴을 붉히며 발끈했다. "제가 원장님 밑에서 일하는 직원이긴 하지만, 사생활까지 일일이 보고할 필요는 없다고 생각합니다."

스택허스트는 아침부터 겪은 일들 때문에 신경이 극도로 예민해져 있었다. 안 그랬으면 그냥 넘겼을 일이지만, 이번에는 화를 참지 못했다.

"지금 상황에서 그 대답은 참으로 무례하군, 머독 선생."

"원장님의 질문도 무례하기는 마찬가지입니다."

"자네의 불손한 태도를 참아 넘긴 게 한두 번이 아니야. 이번이 마지막이네. 되도록 하루빨리 새 일자리를 알아보는 게 좋을 걸세."

"안 그래도 그럴 생각이었습니다. 훈련원을 지낼 만한 곳으로 만들어준 유일한 사람을 오늘 잃었으니까요."

머독이 차갑게 돌아서서 가버렸다. 스택허스트는 화난 눈으로 머독의 뒷모습을 보며 외쳤다. "정말 참아주기 힘든 사람 아닙니까?"

그 순간 뇌리를 스친 생각은 이언 머독이 범죄 현장에서 달아날 구실을 마련했다는 것이었다. 흐릿하고 모호했던 의혹이 윤곽이 잡히기 시작했다. 벨라미 씨의 가족을 만나보면 좀 더 분명해질 것 같았다. 스택허스트가 진정되자 우리는 집으로 향했다.

벨라미 씨는 새빨간 턱수염을 기른 중년 남자였다. 몹시 화가 난 듯 얼굴이 금방 수염만큼이나 빨개졌다.

"자세한 이야기는 듣고 싶지 않군요. 여기." 벨라미 씨는 무겁고 침통한 얼굴로 거실 구석에 앉아 있는 건장한 청년을 가리키며 말했다. "우리 아들도 나와 생각이 같소. 맥퍼슨 선생을 내 딸과 엮다니 참으로 모욕적이군요. 그래요, '결혼'이라는 말은 입에 올린 적도 없소. 서로 편지도 주고받고 만난 적도 있지만, 그보다 더한 일들이 있었다 해도 우리는 결코 인정할 수 없소. 그 아이에게는 엄마가 없으니 우리가 유일한 보호자요. 우리는 절대⋯."

하지만 숙녀가 나타나자 벨라미 씨의 말이 쏙 들어갔다. 세상 어느 모임을 가도 우아하게 빛날 만큼 아름다운 여성이었다. 이토록 희귀한 꽃이 이런 환경에 뿌리를 내려 자라났다고 누가 상상할 수 있겠는가? 나는 두뇌가 감정을 지배하는 사람이라서 결코 여자에 끌리는 법이 없었지만, 벨라미 양의 두 눈만큼은 똑바로 쳐다볼 수 없었다. 조각처럼 완벽한 이목구비에 고원 지대의 깨끗함처럼 투명한 두 뺨을 보노라면, 심장이 뛰지 않을 젊은이가 없을 듯했다. 바로 그런 여성이 방문을 열고 들어와 눈을 크게 뜨고 격앙된 표정으로 헤럴드 스택허스트 앞에 서 있었다.

"피츠로이가 죽었다는 건 이미 알고 있어요." 벨라미 양이 말했다. "그러니 부담 갖지 말고 자초지종을 들려주세요."

"당신네 훈련원의 다른 신사가 소식을 알려주었소." 벨라미 씨가 설명했다.

"이 일에 내 동생을 연루시킬 이유가 없습니다." 윌리엄 벨라미가 으르렁거렸다.

벨라미 양이 오빠에게 통렬한 눈길을 돌렸다. "이건 내 일이야, 오빠. 내 식대로 처리하도록 내버려 둬. 누구에게 들어도 그건 살인 사건이야. 범인을 밝히는 데 내가 도움을 줄 수 있다면, 고인이 된 그 사람을 위해 적어도 그 정도는 해야 해."

벨라미 양은 침착하게 내 친구의 짧은 설명에 귀를 기울였다. 그 모습에서 나는 그 숙녀가 미모뿐만 아니라 강한 내면도 가지고 있음을 알 수 있었다. 모드 벨라미 양은 가장 완벽하고 놀라운 여성으로 내 기억에 길이 남을 것 같았다. 숙녀는 나를 이미 알고 있었는지 얘기를 다 듣고 나서 나를 돌아보았다.

"홈즈 씨, 그 사람들을 정의의 이름으로 심판해주세요. 무엇이든 진심을 담아 돕겠습니다." 이렇게 말하며 아버지와 오빠를 힐끔 쳐다보는 벨라미 양이 나에게는 반항적으로 보였다.

"고맙습니다." 내가 말했다. "이런 사건에서 여성의 직감이 빛을 발할 수 있죠. 방금 '그 사람들'이라고 하셨는데, 여러 명의 사람이 연루되어 있다고 보시는 겁니까?"

"맥퍼슨 씨는 매우 용감하고 강한 사람이었어요. 혼자서는 그이에게 그런 짓을 할 수가 없어요."

"단둘이 이야기를 나눠도 될까요?"

"모드, 이런 일에 끼어들지 말라고 했잖니?" 숙녀의 아버지가 성난 목소리로 외쳤다.

벨라미 양이 난처한 듯 나를 쳐다보았다. "어쩌죠?"

"어차피 세상이 다 알게 될 일이니 여기서 얘기한들 해가 될 리는 없죠." 내가 말했다. "둘이서만 얘기하고 싶지만, 부친께서 허락하지 않으신다면 다들 입이 무거우시길 바라야겠군요." 그러고 나서 나는 죽은 청년에게서 쪽지를 발견했다고 말했다. "검시 때 쪽지가 분명 증거로 제출될 겁니다. 쪽지에 대해 해주실 말씀이 있습니까?"

"그 쪽지를 이상하게 볼 이유는 없어요." 숙녀가 대답했다. "우리는 결혼을 약속했고, 피츠로이의 삼촌 때문에 그 사실을 비밀에 부쳤어요. 워낙 고령이셔서 언제 돌아가실지 모른다고 들 하더군요. 그런데 그분의 뜻에 반해서 결혼하면 유산을 물려받을 수 없다고 했어요. 다른 이유는 없었습니다."

"왜 우리한테 얘기하지 않은 거냐?" 아버지 벨라미 씨가 으르렁거렸다.

"좀 더 이해하는 모습을 보이셨다면 말씀드렸을 거예요."

"내 딸이 신분이 다른 남자와 사귀는 건 반대다."

"아버지의 편견 때문에 말씀드리지 못한 거예요. 그 약속은…." 벨라미 양이 드레스 안을 더듬더니 구겨진 쪽지를 꺼냈다. "이 편지에 대한 대답이었어요."

사랑하는 벨라미

화요일 일몰 직후 해안가 그곳. 그때만 시간이 있어요.

— F. M.

"오늘이 화요일이고, 저녁에 만나기로 했었어요."

나는 편지를 뒤집어보았다.

"우편으로 온 게 아니군요. 어떻게 받으셨죠?"

"그 질문에는 답할 수가 없어요. 지금 조사 중이신 사건과는 무관한 일이에요. 하지만 사건과 관련된 문제라면 스스럼없이 말씀드리겠어요."

숙녀는 성심껏 답변해주
었지만 유용한 정보는 하
나도 없었다. 다만 약혼자
에게 앙심을 품을 만한 사
람은 없지만, 자신에게 열
렬히 구애하는 남자는 몇
명 있다고 털어놓았다.

"혹시 이언 머독이 그중
하나였나요?"

"그렇다고 생각한 적이
있었어요. 하지만 나와 피
츠로이의 관계를 알고 나
서는 완전히 달라지셨어요."

다시 한 번 그 수상쩍은 남자 주위의 그림자가 한층 또렷해
지는 듯했다. 그자의 기록을 살펴봐야겠다는 생각이 들었다.
그리고 방도 몰래 뒤져볼 필요가 있었다. 속으로 머독을 의심
하고 있는 스택허스트가 기꺼이 도와줄 터였다. 우리는 뒤엉
킨 실타래의 한쪽 실마리를 이미 얻었으리라는 희망을 안고
헤이븐 저택을 나섰다.

한 주가 지났다. 검시에서는 의미 있는 단서가 나오지 않았
고, 새로운 증거가 더 나올 때까지 재판이 연기되었다. 스택허
스트는 머독에 대해 신중하게 조사했고, 선생의 방도 대충 훑

어봤지만 이렇다 할 소득이 없었다. 한편으로 나도 물심양면으로 전체 사건을 재검토했지만, 새로운 결론에 이르지 못했다. 내 연대기를 모두 읽어본 독자라면 내가 이번 경우처럼 철저하게 능력의 한계에 부딪힌 적이 없었다는 사실을 알 것이다. 상상력을 발휘해도 해결책이 떠오르지 않았다. 그러던 중에 개에 대한 사건이 일어났다.

그 소식을 먼저 들은 사람은 우리 집 가정부였다. 그런 시골 사람들은 희한한 무선 통신을 이용해 마을의 소식을 수집한다.

"맥퍼슨 씨 개에 관한 슬픈 소식이에요." 어느 날 저녁 가정부가 말했다.

나는 그런 말에 귀를 기울이지 않는 편이지만, 이번 이야기에는 흥미가 동했다.

"맥퍼슨 씨 개에게 무슨 일이 생겼나요?"

"죽었다네요. 주인을 애도하다가요."

"그 소식을 누구한테 들으셨죠?"

"아이고, 다들 그 얘기인 걸요. 개가 괴로워하면서 일주일 동안 아무것도 먹지를 않았답니다. 그러다 훈련원 학생 두 명이 오늘 개가 죽은 걸 발견했대요. 주인이 죽은 바로 그 자리에서요."

"바로 그 자리." 이 말이 내 뇌리에 콕 박혔다. 잘은 모르지만 중요한 단서라는 생각이 들었다. 개가 주인을 따라 죽는 것은 아름답고 충직한 본성 때문이다. 하지만 왜 하필 '바로 그 자리'일까? 왜 이 쓸쓸한 해변이 그토록 치명적인 장소인 걸까? 그 개 역시 어떤 원한의 희생양인 것은 아닐까? 그게 가능한 일일까? 그랬다. 아직 분명하지는 않지만 내 마음속에서 뭔가가 형태를 갖춰가고 있었다. 몇 분 후 나는 훈련원으로 가서 서재에 있는 스택허스트를 찾았다. 내가 요청하자 스택허스트는 개를 발견한 두 학생 서드베리와 블라운트를 불러주었다.

"예, 개는 수영장 가장자리에 쓰러져 있었어요." 한 학생이 말했다. "죽은 주인의 흔적을 따라간 게 틀림없어요."

충직하고 자그마한 에어데일테리어 종의 개는 홀의 깔개 위에 놓여 있었다. 뻣뻣하게 굳은 몸에 눈이 튀어나와 있었고, 사지가 뒤틀려 있었다. 고통에 시달린 게 분명했다.

훈련원에서 나온 나는 수영장으로 걸어갔다. 해가 저물면서 거대한 절벽이 드리우는 그림자가 납판처럼 어둡게, 일렁이는 바다를 덮고 있었다. 적막한 해변에는 머리 위를 맴돌며 끼룩거리는 두 마리 바닷새를 빼고는 생명의 흔적이 하나도 없었다. 어슴푸레한 빛 속에서 모래 위에 찍힌 작은 개의 발자국이 희미하게 보였다. 주인이 수건을 올려두었던 바위 근처였다. 아주 긴 시간 골똘히 생각에 잠겨 있는 동안 주위는 점점 어두워졌다. 머릿속에 수많은 생각들이 명멸했다. 악몽을 꾸고 있다. 아주 중요한 뭔가를 찾고 있고, 그 뭔가가 있다는 것을 분명히 아는데 여전히 잡힐 듯 잡히지 않는다. 그날 저녁 죽음의 장소에서 홀로 서 있는 동안 느낀 기분이 바로 그랬다. 그러다 결국 나는 발길을 돌려 집으로 향했다.

절벽 꼭대기에 다다랐을 때 문득 그 생각이 떠올랐다. 그토록 붙잡으려고 했지만 붙잡지 못한 그 생각이 섬광처럼 뇌리를 스쳤다. 왓슨의 기록을 보면 알겠지만 나는 막대한 양의 잡다한 지식을 보유하고 있다. 체계적으로 정리되지는 않았지만, 내가 하는 일에는 제법 도움이 되는 지식들이다. 내 머릿속은 갖가지 물건들을 처박아둔 창고와 같다. 든 게 너무 많아서 그 안에 뭐가 있는지 가물가물할 때가 많다. 나는 그 안에 이 사건과 관련된 뭔가가 들어 있다는 것을 알고 있었다. 아직도 막연했지만 적어도 그것을 명확히 알아낼 방법은 알고 있었다. 기괴하고 믿을 수 없었지만, 그래도 가능성은 있었다. 나는 그걸 밝혀낼 생각이었다.

우리 집에는 책들이 가득한 널따란 다락방이 있다. 나는 그 방에 들어가 한 시간 동안 책을 뒤졌다. 한 시간 후 나는 초콜릿색과 은색으로 치장된 작은 책을 들고 나와서 희미한 기억이 가리키는 부분을 펼쳤다. 그랬다. 터무니없고 말도 안 되는 가설이었지만, 정말로 그럴 가능성이 있다는 것을 확인한 후에야 비로소 휴식을 취할 수 있었다. 나는 내일 할 일에 대한 부푼 기대를 안고 밤늦게 잠자리에 들었다.

하지만 성가시게도 그 일은 방해를 받았다. 아침 일찍 차를 마시고 바닷가로 나가려고 하는데, 서식스 경찰대의 바들 경위가 찾아온 것이다. 소처럼 우직하고 성실한 이 남자가 난처한 표정을 지은 채 걱정스러운 눈으로 나를 쳐다보았다.

"홈즈 씨께서 경험이 풍부하다는 걸 알고 있습니다." 경위가 말했다. "물론 비공식적인 방문이고, 금방 갈 겁니다. 하지만 이 맥퍼슨 사건 때문에 골치가 아파요. 문제는 체포를 해야 하느냐, 말아야 하느냐입니다."

"이언 머독을 말하는 건가요?"

"예, 그렇습니다. 그자 말고는 딱히 떠오르는 인물이 없어요. 외딴 마을의 장점이죠. 용의자의 범위를 바짝 좁히고 있습니다. 머독이 아니면 누가 그랬겠어요?"

"증거가 있습니까?"

경위에게 새로운 증거가 있을 리 만무했다. 문제는 머독의 성격과 그자를 둘러싼 의혹이었다. 개와 관련된 사건에서 보듯 머독은 피가 뜨거웠다. 과거에 맥퍼슨과 다툰 적도 있는 데다 맥퍼슨이 벨라미 양에게 관심이 있다는 것을 알고 화가 났을 수도 있다. 경위가 가진 정보는 나와 거의 일치했는데, 머독이 떠날 채비를 거의 마쳤다는 것을 빼고는 새로운 내용이 없었다.

"이 모든 증거가 있는데도 그자가 슬그머니 사라지도록 내버려 둔다면 제 입장이 어떻게 되겠습니까?" 우직하고 차분한 경위가 꽤나 고민이 되는 모양이었다.

"경위의 주장에는 치명적인 결함이 있어요." 내가 말했다. "사건이 일어난 아침에 머독에게는 분명한 알리바이가 있습니다. 동료 교사들과 함께 있다가 맥퍼슨이 절벽 위에 올라오고 몇 분 안 돼서 우리 뒤에 나타났어요. 게다가 머독 혼자서 자기 못지않게 강건한 남자의 몸에 그런 상처를 남긴다는 것은 불가능에 가깝죠. 마지막으로 상처를 입히는 데 사용된 도구가 문제입니다."

"탄력 좋은 채찍이 아니면 뭐겠습니까?"

"상처를 조사해보셨나요?" 내가 물었다.

"봤습니다. 의사도 봤고요."

"나는 돋보기로 꼼꼼히 들여다봤습니다. 특이한 점들이 있더군요."

"뭐가 특이하다는 말씀이신지?"

나는 내 책상 앞으로 가서 확대된 사진을 꺼내 보였다. "이런 경우에 내가 쓰는 방법이죠."

"참 철저하시군요, 홈즈 씨."

"철저하지 않으면 홈즈가 아니죠. 오른쪽 어깨의 부어오른 자국을 자세히 보세요. 이상하지 않습니까?"

"글쎄요, 잘 모르겠습니다."

"부어오른 정도가 고르지 않습니다. 여기 피가 맺힌 자국이 있어요. 여기도 있고, 그 아래도 있어요. 이게 무슨 뜻일까요?"

"잘 모르겠습니다. 홈즈 씨는 아시나요?"

"알 것도 같습니다. 아직은 확신할 수 없지만, 곧 알려드릴 수 있을 거예요. 이 상처를 낸 도구가 무엇인지 알아내기만 하면 범인을 찾기가 한결 수월해질 겁니다."

"물론 터무니없는 생각이지만." 경위가 의견을 말했다. "뜨겁게 달군 철망으로 등을 내리친다면 철망이 서로 겹치는 지점에서 이렇게 더욱 뚜렷한 자국이 남을 것 같습니다."

"아주 기발한 생각이군요. 작고 단단한 매듭이 달린 아홉 가닥 채찍은 어떤가요?"

"아하, 홈즈 씨, 그게 답인 것 같아요."

"아니면 전혀 다른 원인일 수도 있죠. 어쨌든 머독을 체포하기에는 경위의 주장은 설득력이 많이 떨어집니다. 게다가 그 마지막 단어도 문제예요. '사자의 갈기' 말입니다."

"어쩌면 이언을 라이언이라고…."

"예, 나도 생각은 해봤습니다. 두 번째 단어가 머독과 비슷했다면…. 하지만 달랐죠. 맥퍼슨이 비명을 지르듯 내뱉은 말이에요. '갈기'가 확실합니다."

"다른 대안은 없나요, 홈즈 씨?"

"있기는 합니다. 하지만 좀 더 확실한 증거가 나오기 전까지는 얘기하지 않겠습니다."

"그럼 언제쯤 들을 수 있을까요?"

"한 시간쯤 지나서요."

경위가 턱을 문지르며 나를 미심쩍은 눈으로 바라보았다.

"홈즈 씨 속을 들여다보고 싶군요. 혹시 고기잡이배들을 의심하시나요?"

"아니, 아니에요. 배들은 너무 멀리 있어요."

"흠, 그럼 벨라미 부자는요? 맥퍼슨 씨를 탐탁지 않아 했어요. 나쁜 마음을 먹은 건 아닐까요?"

"그것도 아닙니다. 성급하게 굴지 마시고 좀 더 기다려주세요." 내가 미소를 머금고 말했다. "자, 경위, 이제 각자 할 일을 합시다. 정오쯤에 이리로 날 찾아오면…."

우리가 여기까지 이야기했을 때 우리의 대화를 방해하는 엄청난 일이 벌어졌다. 그 일을 기점으로 사건의 종결이 시작되었다. 현관문이 벌컥 열리며 복도에 비틀거리는 발소리가 들리더니 이언 머독이 휘청휘청 들어왔다. 창백한 얼굴에 머리가 헝클어져 있었고, 옷차림새도 엉망이었는데, 앙상한 손으로 가구를 붙잡으며 몸을 가누었다. "브랜디, 브랜디를 줘!" 머독은 숨을 헐떡거리며 말하고는 소파에 쓰러져 신음했다.

머독은 혼자가 아니었다. 그 뒤에 스택허스트가 모자도 안 쓰고 숨을 몰아쉬며 머독만큼이나 넋 나간 표정으로 들어오고 있었다.

"그래, 그래, 브랜디!" 스택허스트가 외쳤다. "생명이 위독합니다. 겨우 여기까지 데려왔어요. 오는 길에 두 번이나 기절했습니다."

물을 타지 않은 술을 반 잔 들이켜자 놀라운 변화가 일어났

다. 머독은 한 팔을 짚고 몸을 일으키더니 어깨에 걸친 외투를 획 벗어 던졌다.

"제발 오일, 마약, 모르핀을 주세요! 이 지옥 같은 고통을 덜 수만 있다면 아무거나!"

경위와 나는 눈앞의 광경에 경악을 금치 못했다. 맨살이 드러난 머독의 어깨에 빨갛게 부어오른 그물 모양의 상처가 있었기 때문이었다. 바로 피츠로이 맥퍼슨에게서 본 죽음의 표식과 동일한 자국이었다.

보기에도 끔찍한 고통은 상처 부위에만 국한되지 않은 것 같았다. 머독은 한동안 숨을 쉬지 못하고 얼굴이 납빛으로 변했다. 그리고 숨을 크게 헐떡이고 가슴을 쥐어뜯는 동안 이마에는 구슬 같은 땀방울이 뚝뚝 떨어졌다. 언제 죽을지 모르는 상황이었다. 브랜디를 머독의 목구멍으로 들이부을수록 생명의 기운이 돌아왔다. 샐러드 오일에 적신 탈지면을 기묘한 상처에 대자 고통도 줄어드는 기색이었다. 마침내 머독은 쿠션 위에 머리를 털썩 떨어뜨렸다. 지칠 대로 지친 자연은 생명력의 마지막 보고에서 안식을 찾았다. 잠이 든 건지 기절한 건지는 알 수 없었지만, 아무튼 고통은 한결 누그러진 모양이었다.

머독에게 질문하기는 불가능했지만, 상태가 회복된 것을 확인하자 스택허스트는 나에게 눈길을 돌렸다.

"맙소사, 이게 무슨 일일까요, 홈즈 씨?"

"머독을 어디에서 찾았나요?"

"해변에서요. 정확히 말하면 맥퍼슨이 죽은 그 장소예요. 머독의 심장이 맥퍼슨처럼 약했다면 아마 이 자리에 있지 못했을 겁니다. 훈련원까지는 너무 멀어서 이리로 데려왔습니다."

"해변에서 발견했다고요?"

"절벽 위를 걷고 있는데 비명 소리가 들렸어요. 만취한 사람처럼 비틀거리며 물가를 걷고 있더라고요. 달려 내려가서 옷을 걸쳐주고 절벽 위로 데려왔습니다. 오, 제발 홈즈 씨, 당신의 능력을 아끼지 말고 쏟아부어서 이곳의 저주를 풀어주십시오. 이 마을이 점차 살 수 없는 장소가 되어가고 있어요. 세계적인 명성을 지닌 홈즈 씨에게 방법이 없는 건 아니겠죠?"

"할 수 있을 겁니다, 스택허스트. 나와 함께 갑시다! 경위도 따라오세요! 살인마를 당신 손에 넘겨줄 수 있을지 알아보자고요."

잠들어 있는 머독은 가정부에게 맡기고, 우리 세 사람은 죽음의 석호를 향해 내려갔다. 자갈이 깔린 해변에는 피해자의 수건과 옷가지가 쌓여 있었다. 나는 천천히 석호 둘레를 걸었고, 동료들은 일렬로 내 뒤를 따랐다. 석호는 대부분 몹시 얕았지만, 절벽 바로 아래의 움푹 들어간 지역은 깊이가 1.5미터 정도였다. 수영을 즐기는 사람들은 이곳을 선호했다. 수정처럼 아름답고 투명한 녹색 웅덩이를 이루고 있기 때문이다. 절벽 바로 아래의 웅덩이 위로 바위들이 열을 지어 튀어나와 있었는데, 나는 이 바위 위를 걸으며 웅덩이 속을 들여다보았다. 수심이 가장 깊고 조용한 위치에 이르자, 찾고 있던 것이 눈에 들어왔고 나는 승리의 환호성을 질렀다.

"키아네아!" 내가 외쳤다. "키아네아다! 여기 사자의 갈기가 있다!"

내가 가리킨 이상한 물체는 정말로 사자의 갈기에서 떼어낸 엉킨 털 뭉치 같았다. 그 물체는 100미터쯤 아래의 암반 위에 놓여 있었다. 물결에 묘하게 흔들리는 털이 많은 생물이었는데, 노란 털 뭉치 사이로 은빛 줄무늬가 보였다. 생물은 느릿느릿 수축과 팽창을 반복하며 움직이고 있었다.

"저 녀석이 못된 짓을 했습니다. 넌 이제 죽었어!" 내가 외쳤다. "날 도와줘요, 스택허스트! 살인자를 아주 끝장냅시다!"

절벽에 돌출된 바위 위에 크고 둥근 돌이 있었는데, 우리가 밀자 돌은 어마어마한 물보라를 일으키며 웅덩이에 빠졌다. 물결이 잔잔해진 뒤 물속을 보니 돌은 암반 위에 얹혀 있었다. 노란 막의 가장자리가 너울거리는 모습에서 해파리가 밑에 깔려 있다는 것을 알 수 있었다. 기름 같은 걸쭉한 체액이 흘러나와 물을 더럽히면서 천천히 수면으로 떠올랐다.

"이게 웬일인가요?" 경위가 외쳤다. "방금 뭐였습니까, 홈즈 씨? 나는 이 마을에서 나고 자랐지만 저런 생물은 처음 봅니다. 서식스에는 저런 게 살지 않아요."

"서식스를 위해서는 다행한 일이죠." 내가 말했다. "강한 남서풍에 떠밀려 왔을 겁니다. 우리 집으로 돌아갑시다. 두 분다. 바다에서 이런 위기를 만난 것을 두고두고 잊지 못하는 사람의 경험담을 들려드리겠습니다."

내 서재에 도착하니 머독은 어느새 기운을 회복하고 앉아 있었다. 하지만 정신은 아직 멍했고 이따금 통증을 느꼈다. 머독은 더듬더듬 자초지종을 털어놓았다. 갑자기 끔찍한 통증이 엄습해서 이를 악물고 물 밖으로 나온 것 말고는 도대체 어찌된 영문인지 모르겠다고 했다.

"바로 이 책이." 내가 작은 책을 꺼내며 말했다. "영원히 어둠에 묻힐 뻔한 진실에 빛을 비춰주었습니다. J. G. 우드가 쓴 《야외》라는 책이죠. 우드 자신도 이 사악한 생물과 만나 거의 죽을 뻔했기 때문에 아주 상세히 기록했습니다. '키아네아 카필라타'가 이 악당의 정식 이름인데, 이 녀석의 독은 코브라만큼 치명적이면서 통증은 훨씬 심하죠. 잠깐 발췌해서 읽어드리겠습니다.

수영을 하다가 황갈색의 막과 섬유로 이뤄진 둥글고 흐물흐물한, 그리고 은색 종이에 사자 갈기처럼 무성한 털이 붙어 있는 생물이 눈에 띈다면 특별히 경계해야 한다. 이것은 무서운 독침을 가진 키아네아 카필라타이기 때문이다.

아까 그 사악한 녀석을 이보다 잘 묘사할 수 있을까요? 우드는 이어서 켄트 주의 바닷가에서 수영을 하다가 이 녀석을 만난 얘기를 들려줍니다. 우드는 이 생물이 눈에 보이지 않는 가느다란 섬유를 15미터 거리까지 방출할 수 있다는 것을 알아냈습니다. 그리고 그 반경 안에 들어가는 생명체는 죽을 수 있다는 사실을 발견했어요. 심지어 멀리 떨어져 있던 우드에게도 치명적인 영향을 미쳤죠.

수많은 섬유에 쏘인 뒤 피부에 연한 자주색 선이 생겼다. 자세히 보니 작은 점이나 농포가 자잘하게 생긴 것이었다. 점 하나하나마다 뜨겁게 달군 바늘로 신경을 콕콕 찌르는 듯한 통증이 느껴졌다.

우드에 따르면 국부적인 통증은 격렬한 고통을 알리는 작은 시작일 뿐이라고 합니다.

고통이 가슴을 타고 내려가자 마치 총에 맞은 듯 고꾸라졌다. 심장은 맥박이 멈췄다가 다시 가슴을 뚫고 나올 것처럼 예닐곱 번 쿵쿵 뛴다.

우드는 조용하고 좁은 수영장이 아니라 험한 바다에서 살짝 쏘이기만 했는데도 거의 죽을 뻔했습니다. 나중에 얼굴이 너무 하얗고 쭈글쭈글하게 변해버려서 자신도 알아볼 수 없을 지경이었다고 하더군요. 우드는 브랜디 한 병을 몽땅 마셨는데, 그래서 목숨을 구한 것 같습니다. 경위, 이 책을 당신에게 맡기겠어요. 맥퍼슨 씨의 비극에 대한 설명이 낱낱이 담겨 있다는 것을 확인할 수 있습니다."

"덕분에 내 혐의도 풀리겠군요." 머독이 쓴웃음을 지으며 말했다. "나는 경위도, 홈즈 씨도 탓하지 않습니다. 누구라도 나를 의심했을 테니까요. 얄궂게도 가엾은 내 친구와 같은 운명을 나눔으로써 체포 직전에 혐의를 벗은 것 같습니다."

"아닙니다, 머독 씨. 나는 이미 실마리를 잡고 있었습니다. 원래 계획대로 일찍 해변에 나갔더라면 당신은 이 끔찍한 일을 겪지 않아도 되었을 겁니다."

"하지만 어떻게 알아내셨죠?"

"나는 닥치는 대로 책을 읽는데, 이상하게 사소한 것들도 기억을 잘하는 편입니다. '사자의 갈기'라는 표현이 뇌리를 맴돌더군요. 어느 책에선가 그 문구를 접한 적이 있었던 거죠. 직접 확인하셨듯이 사자의 갈기는 그 생물의 생김새를 묘사한 겁니다. 맥퍼슨은 분명 그 생명체가 떠다니는 모습을 봤어요. '사자의 갈기'는 자신을 죽음으로 몰고 간 생명체에 대해 경고하기 위해 맥퍼슨이 토해낸 유일한 한마디였어요."

"아무튼 나는 결백해졌군요." 천천히 일어서며 머독이 말했다. "한두 마디만 하겠습니다. 당신들의 수사 방향을 알고 있었기에 드리는 말씀이에요. 내가 벨라미 양을 사랑한 건 사실입니다. 하지만 벨라미 양이 내 친구 맥퍼슨을 선택한 날부터 나는 그녀의 행복만을 바랐습니다. 나는 한쪽으로 비켜서서 두 사람 사이를 이어주는 것으로 만족했어요. 종종 편지를 전달하기도 했습니다. 내가 두 사람의 비밀스런 사랑을 알고 있었으니까요. 또 나는 벨라미 양을 무척 아꼈기 때문에 친구의 죽음을 누구보다 먼저 알려주었습니다. 다른 사람이 그 소식을 느닷없이 몰인정하게 전할까 봐 걱정되었던 거죠. 벨라미 양이 우리 사이의 관계를 밝히지 않은 이유는 내가 공연히 오해를 사서 곤란해질까 염려했기 때문입니다. 하지만 괜찮으시다면 나는 이제 훈련원으로 돌아가고 싶습니다. 내 침대가 몹시 그리워서요."

스택허스트가 손을 내밀었다. "우리 모두 신경이 예민해져 있었네. 지나간 일은 다 용서해주게, 머독 선생. 앞으로는 서로를 더욱 잘 이해하게 되길 바라네." 두 사람은 다정하게 팔짱을 끼고 내 집을 나섰다. 경위는 소처럼 큰 눈으로 말없이 나를 쳐다보았다.

"결국 해내셨군요!" 경위가 마침내 외쳤다. "익히 듣기는 했지만 믿지는 않았습니다. 그런데 정말 놀랍습니다."

나는 고개를 저을 수밖에 없었다. 그런 칭찬을 받아들이면 자신의 기준이 낮아지는 법이다.

"감을 잡는 데 시간이 오래 걸렸습니다. 오점이 될 정도로요. 시신이 물속에서 발견되었다면 단서를 금방 찾았겠죠. 엉뚱한 길로 빠진 이유는 수건 때문입니다. 피해자는 몸을 닦을 겨를이 없었을 뿐인데, 나는 물에 들어가지 않은 걸로 단정했어요. 그러니 수중 생물의 공격은 떠올릴 수도 없었죠. 그 지점에서 빗나간 겁니다. 이거 참, 경위. 나는 평소 경찰서 신사들을 놀려대곤 했는데, 런던 경찰국의 복수를 키아네아 카필라타가 해줄 뻔했군요."

10
베일 쓴 하숙인

셜록 홈즈가 23년간 왕성한 활동을 해왔고, 내가 그중 17년을 함께하며 홈즈의 활약을 기록으로 남긴 것을 고려한다면, 나에겐 분명 셀 수 없이 많은 이야깃거리가 존재할 것이다. 관건은 늘 소재를 찾아내는 일이 아니라 선택하는 일이었다. 책장에는 해마다 기록된 사건집이 길게 늘어서 있고, 서류가 들어찬 문서함도 여럿 있다. 범죄뿐만 아니라 빅토리아 시대 후기의 사교계와 정계의 스캔들에 관심 있는 연구자들에게는 정보의 보고가 아닐 수 없다. 스캔들에 관해서라면, 집안이나 선조의 명예를 흔들지 말아 달라며 고뇌에 찬 편지를 보낸 이들에게 조금도 염려할 것 없다고 말하고 싶다. 이러한 회고담을 고를 때마다 내 친구의 신중한 면모와 높은 직업의식이 발휘되기 때문에 사적인 비밀이 새어 나올 일은 전혀 없다. 하지만 나는 이 기록들을 입수해 없애버리려고 하는 시도에는 강력하게 비난을 표하는 바다. 이런 막돼먹은 행동의 배후는 이미 간파하고 있으니, 이런 시도가 거듭된다면 나는 셜록 홈즈를 대신하여 문제의 정치인과 기타 관련자들에 대한 기록을 대중 앞에 죄다 폭로할 것임을 밝혀둔다. 이게 무슨 말인지 알고 있을 독자가 적어도 한 명은 있을 것이다.

나는 이러한 회고담에서 홈즈의 신기할 정도로 뛰어난 직관과 관찰력을 보여주려고 애를 쓰지만, 홈즈가 그런 능력을 발휘할 기회가 모든 사건마다 주어진다고 볼 수는 없다. 열매를 따기 위해 온갖 노력을 기울여야 한 적도 있었고, 열매가 저절로 무릎 위에 떨어진 적도 있었다. 하지만 가장 끔찍하고 비극적인 사건에서 능력을 선보일 기회를 얻지 못한 경우가 종종 있었다. 이제 소개하려는 사건이 그런 일들 중 하나다. 나는 이 이야기에서 이름과 지명을 살짝 바꾸었지만, 다른 사실들은 실제 사건과 동일하다.

1896년 말의 어느 날 오전이었다. 나는 홈즈에게서 급히 와달라는 전갈을 받았다. 가서 보니 홈즈는 담배 연기가 자욱한 방 안에 앉아 있었는데, 그 앞에 하숙집 여주인처럼 푸근한 인상에 나이가 지긋하고 포동포동한 여성이 앉아 있었다.

"이분은 사우스 브릭스턴에서 오신 메릴로 부인이야." 내 친구가 손으로 부인을 가리키며 말했다. "왓슨, 메릴로 부인은 담배에 대해 관대하시네. 자네가 그 더러운 습관을 탐닉하고 싶다면 피워도 된다는 말이야. 부인께서 흥미로운 사연을 들고 오셨는데, 일이 더 진전되면 자네 도움이 필요할 것 같아."

"뭐든 돕겠네."

"메릴로 부인, 내가 론더 부인을 찾아뵙는다면 목격자가 있었으면 좋겠습니다. 우리가 도착하기 전에 그 점에 대해 양해를 구해주세요."

"오, 감사합니다, 홈즈 씨." 손님이 말했다. "론더 부인은 홈즈 씨를 간절히 뵙고 싶어 한답니다. 안 가시면 교구 사람을 죄다 끌고 올지도 몰라요!"

"그럼 오후 일찍 가겠습니다. 그전에 우리가 사실을 제대로 알고 있는지 되짚어보겠습니다. 그러면 왓슨 선생이 상황을 이해하는 데 도움이 될 테니까요. 론더 부인이 부인의 하숙집에서 지낸 지 7년이나 됐는데, 얼굴을 본 적은 딱 한 번밖에 없다고요?"

"안 보는 편이 나을 뻔했어요!" 메릴로 부인이 말했다.

"얼굴이 심하게 훼손되었다고 하셨죠?"

"글쎄요, 홈즈 씨, 그건 도저히 얼굴이라고 할 수도 없어요. 얼굴 같지가 않아요. 하루는 우유 배달부가 2층 창문으로 밖을 내다보던 부인을 힐끔 보고는 양철통을 떨어뜨려 정원이 우유 바다가 된 적도 있답니다. 그 정도로 참혹한 얼굴이에요. 한번은 우연히 부인의 얼굴을 봤어요. 그러자 부인이 베일을 급히 내리면서 말했죠. '메릴로 부인, 내가 베일을 왜 벗지 않는지 이제 아셨군요.'"

"론더 부인의 과거에 대해 아시는 게 있습니까?"

"전혀 없어요."

"계약할 때 신원 보증서를 받지 않으셨나요?"

"아니요. 대신 빳빳한 현찰을 넘치도록 받았죠. 세 달 치 집세를 미리 내면서 계약 조건에 대해서는 언급도 안 하더군요.

저처럼 나이 든 여성이 그런 기회를 마다할 수는 없죠."

"그 여인이 부인의 하숙집을 고른 이유에 대해 말하던가요?"

"우리 집이 도로에서 떨어져 있어서 인적이 뜸해요. 게다가 저는 독신만 받는 데다 저 역시 가족이 없어요. 아마 다른 집도 알아보고 나서 저희 집이 가장 알맞다는 결론을 내린 게 분명해요. 론더 부인은 사람들 시선을 피하고 싶었던 거예요. 그걸 위해서라면 큰돈도 낼 준비가 되어 있었겠죠."

"딱 한 번 우연히 본 걸 빼고는 시종일관 얼굴을 보지 못했다고 하셨습니다. 참 흥미로운 얘기군요. 아주 흥미로워요. 조사해볼 생각이 드는 것도 무리는 아닙니다."

"그런 게 아니에요, 홈즈 씨. 나는 집세만 받을 수 있다면 충분히 만족해요. 그렇게 조용하고 말썽을 일으키지 않는 하숙인이 또 어디 있겠어요?"

"아니, 그러면 뭐가 문제입니까?"

"부인의 건강이 걱정돼요, 홈즈 씨. 점점 쇠약해지고 있는 것 같아요. 마음속에 무슨 끔찍한 사연을 담고 있는지 '살인, 살인이야!' 하고 외치더군요. 또 '이 잔혹한 짐승! 이 괴물아!' 하고 외치는 소리도 들었어요. 밤중이었고, 그 소리가 온 집 안을 쩌렁쩌렁 울리는데 온몸에 소름이 확 돋더라고요. 날이 밝자 부인을 찾아가서 말했죠. '론더 부인, 괴로운 일이 있으면 목사님이 계시잖아요. 경찰도 있고요. 어느 쪽이든 도움을 요청해보세요.' 그러자 부인이 말했어요. '제발, 경찰은 안 돼요! 목사님도 과거를 되돌릴 수는 없잖아요. 하지만.' 부인이 말을 이었어요. '죽기 전에 누군가에게 진실을 털어놓는다면 마음의 짐을 덜 수 있을 것 같아요.' 그래서 내가 말했죠. '경찰이 안 된다면, 전에 우리가 어디선가 읽은 탐정이라는 사람 있죠?' 이런 표현 용서하세요, 홈즈 씨. 어쨌든 부인은 펄쩍 뛸 정도로 좋아하면서 말했어요. '바로 그 사람이에요. 진작 생각하지 못했다는 게 이상하군요. 메릴로 부인, 그분을 모셔와 주세요. 만약 안 오시려고 하면 내가 바로 맹수 공연을 한 론더의 아내라고 말해주세요. 애버스 파바라는 이름도 일러주시고요.' 그러면서 여기 이름을 적어주었어요. 애버스 파바. 부인은 또 '이걸 보면 꼭 오실 겁니다. 내가 아는 그분이 맞다면'이라고 했어요."

"물론 가야죠." 홈즈가 말했다. "좋아요, 메릴로 부인. 왓슨 선생과 얘기를 좀 나누겠습니다. 점심때까지는 끝날 겁니다. 오후 3시쯤 브릭스턴의 부인 댁에서 뵙죠."

손님이 뒤뚱뒤뚱하다고 말할 수밖에 없는 걸음걸이로 방을 나서자마자, 셜록 홈즈는 구석에 쌓인 잡다한 책에 달려들어 열심히 뒤지기 시작했다. 몇 분 동안 책장을 휙휙 넘기는 소리가 이어지더니 찾던 것을 발견한 듯 마침내 만족스러운 탄성 소리를 냈다. 기쁨에 들뜬 홈즈는 일어나지도 않고 두꺼운 책들에 둘러싸인 채 승려처럼 책상다리를 하고 무릎 위에 책 한 권을 펼쳐놓았다.

"당시에 골머리를 앓던 사건이야, 왓슨. 여기 여백에 메모해 놓은 걸 봐도 알 수 있어. 솔직히 아무런 결론도 못 내렸네. 검시관이 틀렸다는 확신만 있었어. 애버스 파바의 비극에 대해 기억나는 게 있나?"

"없어, 홈즈."

"그때 나와 같이 있었잖아. 하긴 나도 피상적으로만 알았으니까. 뭔가를 판단할 근거도 딱히 없었고, 어느 쪽도 나한테 의뢰하지 않았어. 이 서류들을 좀 보겠나?"

"요점만 짚어주면 안 될까?"

"어려울 것 없지. 내 말을 듣다 보면 기억이 살아날 거야. 물론 론더는 유명한 사람이었어. 당대 최고의 서커스 흥행사인 웜웰과 샌어의 라이벌이었지. 하지만 술독에 빠진 탓에 그 비극이 일어나던 무렵 론더와 그의 쇼는 내리막길에 접어든 상태였어. 그날 밤 서커스단이 버크셔의 작은 마을 애버스 파바에서 잠시 머물렀을 때 무서운 일이 벌어졌다네. 그들은 윔블던으로 가던 길이었는데, 애버스 파바에서 공연은 하지 않고 야영만 했어. 워낙 작은 마을이라 수입을 기대할 수 없었거든.

론더의 서커스단에는 북아프리카의 멋진 사자가 있었네. 사하라의 왕이라고 불렸지. 언제나 론더와 그 아내가 우리 안으로 들어가서 공연을 했지. 자, 여기 공연 사진을 보게. 돼지처럼 뚱뚱한 남자가 론더, 매력적인 여인이 론더의 아내야. 조사 과정의 진술에 따르면, 사자가 위험하다는 징후가 몇 가지 있었어. 하지만 안일하게도 주의를 기울이지 않았지.

보통 론더나 론더의 아내가 밤에 사자에게 먹이를 주었어. 때로는 한 사람이, 때로는 부부가 함께 들어갔는데, 다른 사람이 들어가는 경우는 없었네. 손수 먹이를 주면 사자가 부부를 은인으로 알고 절대 해치지 않을 거라고 믿었기 때문이야. 7년 전 이날 우리에 들어간 부부에게 끔찍한 일이 벌어졌지만, 자세한 이야기는 알려진 바가 없어.

자정쯤 사자의 포효 소리와 여자의 비명 소리를 듣고 단원들은 모두 잠에서 깨어났네. 마부와 단원들이 천막에서 나와 손전등을 들고 달려가 보니 끔찍한 광경이 눈앞에 펼쳐졌지. 문이 열린 우리에서 10미터 정도 떨어진 곳에 론더가 쓰러져 있었는데, 뒤통수가 으스러지고 두피가 사자 발톱에 깊이 파여 있었어. 우리 입구 근처에는 론더의 아내가 등을 바닥에 대고 누워 있었고, 맹수가 그 위에 올라탄 채 으르렁거리고 있었지. 놈이 부인의 얼굴을 어찌나 심하게 훼손했는지 살 수가 없을 것 같았네. 힘센 리어나도와 광대 그릭스가 단원 몇 명을 이끌고 장대로 사자를 우리 안으로 밀어 넣었고, 사자가 우리 안으로 뛰어들자 얼른 문을 잠갔지. 어쩌다 사자가 풀려났는지는 수수께끼로 남아 있네. 부부가 안으로 들어가려고 문을 여는 순간 사자가 덤벼들었다고 추측할 뿐이야. 관심을 끄는 증거는 하나밖에 없어. 극심한 고통으로 정신이 혼미해진 부인이 부부가 머물던 천막 안으로 옮겨지는 동안 '겁쟁이! 겁쟁이!' 하고 계속 소리를 질렀다는 점이야. 부인은 6개월이 지나서야 증언을 할 수 있을 만큼 회복이 되었네. 예정대로 심리가 열렸지만 사고사로 판결이 났어."

"자네는 사건을 다르게 보는 건가?" 내가 물었다.

"그렇다고 할 수 있지. 하지만 버크셔 경찰대의 젊은 순경 에드먼스가 이상하다고 생각한 문제가 한두 가지 있었네. 참 똑똑한 친구야! 나중에 알라하바드로 전출됐는데, 그 덕분에 내가 이 문제를 알게 됐어. 나에게 잠깐 들러서 파이프 담배를 한두 대 피우며 그 이야기를 들려주었거든."

"머리가 노랗고 마른 청년 말인가?"

"맞아. 금방 기억해낼 줄 알았어."

"그런데 뭐가 이상했다는 거지?"

"사실 우리 둘 다 의심을 품었어. 워낙 까다로운 문제라 재구성하기가 쉽지 않았지. 우선 사자부터 생각해보자고. 우리에서 풀려난 사자가 어떤 행동을 보였을까? 몇 걸음 뛰어서 론더에게 다가갔어. 뒤통수에 난 발톱 자국으로 미루어 볼 때 론더는 도망치려고 몸을 돌렸지. 하지만 사자는 그자를 넘어뜨렸어. 그다음 밖으로 달아나는 대신 사자는 우리 근처에 있던 부인을 쓰러뜨려 얼굴을 물어뜯었어. 부인의 비명 소리는 남편이 어떻게든 자기를 도와주지 못했다는 것을 의미했을 거야. 하지만 이미 죽은 사람이 어떻게 도울 수 있었겠나? 여기까지 다 이해되는가?"

"물론."

"그러고 보니 한 가지가 더 있군. 말하다 보니 문득 생각이 났어. 당시 사자가 울부짖고 여자가 비명을 질렀을 때, 어떤 남자가 겁에 질려 소리쳤다는 증언이 있었네."

"보나 마나 론더였겠군."

"글쎄, 뒤통수가 깨진 사람이 소리를 지를 수 있었을까? 여자와 함께 남자의 비명 소리도 같이 들렸다고 말한 증인이 적어도 두 사람이야."

"하지만 그때는 단원이 전부 일어나서 아우성을 치고 있지 않았을까? 다른 문제들에 대해서는 해결책을 제시할 수 있을 것 같군."

"한번 얘기해보게."

"사자가 우리에서 풀려났을 때 부부는 10미터쯤 떨어져 있었어. 남자는 몸을 돌렸지만 사자의 공격으로 금방 쓰러졌지. 여자는 우리로 들어가 문을 잠그려고 했어. 피할 데가 거기밖에 없었으니까. 하지만 우리에 닿기 전에 사자가 여자를 따라잡고 넘어뜨렸지. 여자는 등을 보여서 사자를 자극한 남편에게 화가 났어. 눈을 똑바로 쳐다봤다면 사자가 겁을 먹을 수도 있었으니까. 여자가 '겁쟁이'라고 외친 건 그 때문이야."

"완벽해, 왓슨! 하지만 딱 하나 결점이 있군."

"무슨 결점인데, 홈즈?"

"부부가 우리에서 몇 걸음 떨어져 있었다면, 사자 우리는 누가 열었지?"

"부부를 미워하는 원수가 열었을 가능성도 있지 않을까?"

"그런데 우리 안에서 함께 묘기를 부리면서 가깝게 지내던 사자가 왜 부부를 잔인하게 죽였을까?"

"아마도 그 원수가 사자의 성질을 돋웠겠지."

홈즈는 몇 분 동안 생각에 잠긴 채 아무 말도 하지 않았다.

"자, 왓슨, 자네의 이론을 보충해보겠네. 론더는 주변에 적이 많았어. 에드먼스 말로는 술에 취하면 눈에 뵈는 게 없었다고 하더군. 아무한테나 그 커다란 체구로 위압감을 주면서 욕을 하고 채찍을 휘둘렀다는 거야. 오전에 메릴로 부인이 말한 '괴물'이니 뭐니 하는 소리는 론더 부인이 죽은 남편을 떠올리며 외친 소리일 거야. 하지만 사실을 다 알기 전까지는 이런저런 짐작을 해봤자 쓸데없는 일이지. 찬장에 식은 자고새 고기가 있네. 몽라셰(부르고뉴산 화이트 와인—옮긴이)도 한 병 있어. 다시 사람들을 만나기 전에 기력을 보충해야지."

이륜마차를 타고 낡고 한갓진 메릴로 부인의 집 앞에 당도하니, 통통한 부인이 열린 현관문을 가득 메운 채 서 있었다. 소중한 하숙인을 지키려는 집주인의 열의가 듬뿍 느껴졌다. 메릴로 부인은 우리를 안으로 들이기 전에 달갑지 않은 결과로 이어질 언행은 삼가달라고 신신당부했다. 우리는 부인을 안심시키고 나서 부인을 따라 카펫을 대충 깔아놓은 똑바른 계단을 지나 비밀스러운 하숙인의 방으로 들어갔다.

늘 닫혀 있어서인지 방은 곰팡내가 나고 환기가 잘되어 있지 않았다. 예상한 바였다. 방주인이 외출을 거의 하지 않은 것이다. 방 안에 갇힌 여인의 모습을 보니 짐승들을 우리에 가둔 죄로 벌을 받고 있는 것 같다는 생각이 들었다. 여인은 그늘진 귀퉁이의 부서진 안락의자에 앉아 있었다. 오랫동안 햇빛을 못

본 탓에 초췌해지기는 했지만, 한때 아름다웠을 몸매는 아직도 풍만하고 관능적이었다. 짙은 색의 두꺼운 베일이 얼굴을 덮고 있었지만, 코 바로 아래까지만 가리고 있어서 완벽한 입매와 갸름한 턱선이 고스란히 드러나 있었다. 나는 여인이 보기 드문 미인이었을 거라고 확신했다. 목소리도 곱고 부드러웠다.

"제 이름이 낯설지는 않으실 거예요, 홈즈 씨." 여인이 말했다. "이름을 밝히면 오실 줄 알았어요."

"그렇습니다, 부인. 그런데 제가 부인의 사건에 관심이 있었다는 걸 어떻게 알고 계셨나요?"

"건강을 회복하고 에드먼스 순경에게 조사를 받는 과정에서 알게 되었어요. 그 순경한테 거짓말을 좀 했는데, 그냥 진실을 말하는 편이 더 나았을지도 모르겠네요."

"대개는 진실을 말하는 편이 더 낫습니다. 그런데 왜 거짓말을 하셨죠?"

"다른 누군가의 운명이 달려 있었으니까요. 보호해줄 가치도 없는 사람이었지만, 양심상 그 사람을 파멸시킬 수는 없었어요. 가까운 사이였거든요. 몹시 가까운 사이요!"

"하지만 이제 그 장애물이 사라졌나요?"

"예. 그 사람이 죽었어요."

"그런데 왜 에드먼스 순경이 아니라 저에게 말씀하시려는 겁니까?"

"보호해야 할 사람이 한 명 더 있기 때문이죠. 바로 저예요. 경찰 조사를 받게 되면 참기 힘든 소문이 퍼져요. 얼마 남지 않은 삶이라도 조용히 지내다 죽고 싶어요. 제 끔찍한 이야기를 털어놓을 수 있는 분별 있는 분을 찾고 싶었습니다. 사후에라도 진실이 밝혀질 수 있도록 말이에요."

"과찬이십니다, 부인. 아울러 저는 책임감이 강한 사람입니다. 부인의 말씀을 비밀에 부치겠다고 장담하지는 못해요. 경찰에게 사실을 밝히는 게 의무라는 생각이 들 수도 있습니다."

"물론 그러실 거예요. 몇 년 동안의 활약상을 쭉 지켜봤기 때문에 홈즈 씨의 성격과 일하는 방식은 잘 알고 있답니다. 신문 읽기는 운명이 남겨준 유일한 즐거움이라서 세상 돌아가는 일은 꼼꼼히 파악하고 있어요. 어쨌든 제 비극을 듣고 어떻게 하실지는 홈즈 씨에게 맡기겠어요. 그 얘기를 털어놓으면 속이 후련해질 것 같군요."

"저도 이 친구와 함께 경청하겠습니다."

여인은 의자에서 일어나 서랍에서 어떤 남자의 사진을 꺼냈다. 전문 곡예사가 분명했다. 체구가 우람하고, 탄탄한 가슴 위에 두꺼운 팔로 팔짱을 낀 남자가 무성한 콧수염 아래의 입에 미소를 머금고 있었다. 수많은 여자를 정복해본 남자의 자신감 넘치는 미소였다.

"리어나도예요." 여인이 말했다.

"힘센 리어나도, 증언을 한 사람이군요?"

"맞아요. 그리고 이 사람, 이 사람은 제 남편이에요."

끔찍했다. 인간 돼지, 아니 인간 멧돼지라고 해도 될 만큼 섬뜩하고 짐승 같은 얼굴이었다. 징그러운 입술을 보면 먹이를 우적우적 씹어 먹거나 분노로 게거품을 무는 모습이 떠올랐고, 작고 사악한 눈을 보면 세상을 향해 악랄한 눈빛을 던지는 것 같았다. 악당, 불량배, 짐승 따위의 단어들이 턱살이 축 늘어진 얼굴 위에 적혀 있었다.

"이 두 장의 사진을 보면 사건을 이해하는 데 도움이 될 거예요. 저는 톱밥을 깔고 자면서 성장한 가련한 소녀였어요. 열 살도 되기 전에 불타는 후프를 통과하며 묘기를 했죠. 제가 성인이 되자 이 남자가 구애를 했어요. 욕정도 사랑이라면 말이죠. 불행하게도 저는 그 남자와 결혼했고, 이후 끔찍한 세월을 보냈습니다. 그 인간은 수시로 저를 괴롭혔어요. 남편이 저를 어떻게 대하는지 모르는 단원이 없을 정도였죠. 남편은 저를 두고 다른 여자들과 놀아났어요. 불평이라도 하는 날에는 저를 묶어서 채찍질을 했죠. 다들 저를 동정하고 남편을 혐오했지만, 어쩌지는 못했어요. 모든 단원들이 남편을 두려워했어요. 평상시에는 끔찍한 정도로 그쳤지만, 술에 취하면 살기가 번득였죠. 폭행이나 동물 학대로 수차례 잡혀가기도 했지만, 돈이 많았기 때문에 벌금 따위에 아랑곳하지 않았어요. 그러다 실력 있는 단원들은 죄다 떠나버리고 우리 서커스는 침체되기 시작했어요. 나와 리어나도, 그리고 광대 지미 그릭스만이 겨우 명맥을 이어나갔죠. 불쌍한 지미는 보람을 느끼지도 못했지만 서커스단을 지키려고 무던히 애를 썼답니다.

그러는 사이 리어나도는 내 삶 속에 점점 깊이 들어왔어요. 그 사람의 외모는 홈즈 씨도 보셔서 아실 거예요. 화려한 육체

속에 초라한 정신이 숨어 있었다는 걸 지금은 알고 있지만, 그래도 남편에 비하면 가브리엘 천사(미카엘 천사와 우리 힘을 합쳐 타락한 천사인 루시퍼를 죽인 천사—옮긴이)와 다름없었죠. 리어나도는 내 처지를 불쌍히 여기고 도움을 줬어요. 그러다 결국 친밀한 관계를 넘어 연인 사이로 발전했죠. 아주 깊고 열정적인 사랑이었어요. 늘 꿈꿔왔지만 바랄 수는 없는 사랑이었죠. 남편이 의심을 품었지만, 악랄하면서도 겁은 많았던 모양이에요. 거기에 리어나도는 남편이 두려워하는 사람이었죠. 남편은 나를 더욱 심하게 괴롭힘으로써 나름대로 복수를 했어요. 어느 날 밤, 내 비명 소리를 듣고 리어나도가 우리 천막 앞으로 달려왔어요. 비극이 일어날 뻔한 날이었죠. 나와 리어나도는 더 이상 피할 수 없다는 걸 깨달았어요. 남편을 더 이상 살려둘 수 없다고 여기고 죽일 계획을 세웠습니다.

리어나도는 영리하고 교묘했어요. 그 사람이 계획을 짰죠. 리어나도를 탓하려는 건 아니에요. 저는 모든 것을 그 사람과 함께할 각오가 되어 있었으니까요. 나라면 아무리 머리를 굴려도 그런 계획은 생각해내지 못했을 거예요. 우리, 아니 리어나도가 곤봉을 만들었어요. 그리고 곤봉 머리에 납을 씌우고 거기에 끝이 밖을 향하도록 못을 심었죠. 사자가 발톱을 펼친 모양으로요. 이 무기로 남편을 때린 다음 사자가 죽인 것처럼 보이도록 하는 게 우리의 계획이었어요.

칠흑같이 어두운 밤, 나와 남편은 평소처럼 사자에게 먹이를 주러 갔어요. 양동이에 날고기를 담아서 가져갔어요. 리어나도

는 사자 우리로 가는 길에 있는 커
다란 천막의 모퉁이에 숨어서 기다
리고 있었죠. 하지만 동작이 너무
느렸어요. 곤봉을 휘두르기 전에
우리가 지나가고 말았어요. 하지만
곧 까치발로 쫓아가 곤봉으로 남편
의 뒤통수를 가격하는 소리가 났어
요. 그 소리에 나는 가슴이 두근거
릴 정도로 기뻤어요. 냅다 앞으로
달려가서 거대한 사자가 갇혀 있는
우리의 걸쇠를 풀었죠.

그러고 나서 끔찍한 일이 벌어졌어요. 사자가 인간의 피 냄
새에 얼마나 민감한지, 피 냄새가 얼마나 사자를 흥분시키는
지 들어보셨을 거예요. 사자는 누군가 죽었다는 것을 그 즉
시 본능적으로 알아챘어요. 내가 걸쇠를 풀자 순식간에 나에
게 달려들었죠. 리어나도는 나를 구할 수도 있었어요. 얼른 달
려와서 곤봉으로 위협했다면 사자는 꼬리를 내렸을지도 몰라
요. 하지만 리어나도는 용기를 잃었어요. 겁에 질려 비명을 지
르는 소리가 들리더니, 등을 보이며 달아나 버리더군요.

바로 그때 사자의 이빨이 내 얼굴을 파고들었어요. 뜨겁고
냄새가 지독한 사자의 숨결에 정신을 잃을 지경이어서 고통을
느낄 겨를이 없었어요. 저는 김이 나고 피 묻은 사자의 턱을
죽을힘을 다해 밀어내면서 살려달라고 소리를 질렀습니다. 주

변이 소란스러워지는 느낌이 들었어요. 그리고 몇몇 사람들이 나를 구하러 온 기억이 희미하게 났어요. 리어나도, 그릭스 그리고 다른 여러 사람들이 나를 사자 밑에서 끌어냈죠. 그게 마지막 기억이에요, 홈즈 씨. 그 후 몇 달 동안은 얼이 빠진 채 살았어요. 정신을 차리고 나서 거울에 비친 제 얼굴을 보고는 사자를 저주했습니다. 정말 미치도록 저주했어요! 내 미모를 빼앗아 가서가 아니라 내 목숨을 가져가지 않아서 말이에요. 홈즈 씨, 제가 바라는 건 단 하나였어요. 그에 필요한 돈도 충분히 있었죠. 이 끔찍한 얼굴을 누구도 보지 못하게 가리고, 저를 아는 사람들이 찾을 수 없는 곳에 가서 사는 것이었어요. 제가 할 수 있는 유일한 일이었고, 지금까지 그렇게 살아왔답니다. 죽을 자리를 찾아 굴속으로 숨어든 상처 입은 짐승, 바로 나 유지니아 론더의 말로입니다."

불행한 여인이 자초지종을 다 털어놓자 몇 분 동안 침묵이 이어졌다. 이윽고 홈즈가 기다란 팔을 뻗어 여인의 손을 쓰다듬었다. 홈즈에게서는 좀처럼 볼 수 없는 연민의 몸짓이었다.

"안됐군요!" 홈즈가 말했다. "정말 안됐습니다! 운명이란 종잡을 수가 없어요. 미래의 보상마저 없다면 인생은 참으로 잔인한 농담일 겁니다. 그런데 리어나도라는 사람은 이후에 어떻게 됐나요?"

"다시는 만나지도, 소식을 접하지도 못했어요. 리어나도를 원망하는 건 지나친 걸 수도 있습니다. 그 사람에게는 사자가 뜯다 남긴 흉측한 여자보다는 차라리 우리가 전국을 데리고 다니는 기형 인간을 사랑하는 게 더 나았을지도 모르죠. 하지만 여자의 사랑은 그리 쉽게 정리되는 게 아니랍니다. 그 사람은 나를 사자의 발톱 아래 내버려 두었고, 내가 위험에 처했을 때 나를 버리고 도망쳤어요. 그럼에도 그 사람을 교수대에 세울 수는 없었습니다. 나는 이미 모든 걸 체념한 상태였어요. 내 현실의 삶보다 더 끔찍한 게 어디 있겠어요? 굳이 리어나도의 운명을 쥐고 흔들고 싶지는 않았어요."

"그런데 리어나도가 죽었다고요?"

"지난달 마게이트 근처에서 물놀이를 하다 익사했어요. 신문에서 부고를 봤죠."

"못 다섯 개가 달린 곤봉을 리어나도는 어떻게 처리했죠? 부인이 하신 말씀 중에서 가장 독특하고 기발한 부분입니다만."

"저도 몰라요, 홈즈 씨. 야영지에 백악질의 구덩이가 있어요. 바닥에 깊고 파랗게 물이 고여 있었는데…."

"이런, 지금으로서는 중요하지 않은 얘기군요. 이미 종결된 사건이니까요."

"예." 여인이 대답했다. "종결된 사건이죠."

지리에서 일어나 방을 나서려는데, 홈즈가 여인의 목소리에서 이상한 낌새를 알아채고는 휙 돌아섰다.

"부인의 목숨은 부인 게 아닙니다." 홈즈가 말했다. "바보 같은 짓 하지 마세요."

"살아 있어봤자 소용없잖아요?"

"왜 그런 말씀을 하십니까? 고통을 감내하는 부인의 사례는

팍팍한 세상에서 그 자체로 가장 소중한 교훈이 될 겁니다."

여인은 섬뜩한 행동으로 대답을 대신했다. 베일을 벗고 빛 속으로 들어온 것이다. "이런 몰골로 살 수 있다고 생각하세요?"

참혹한 광경이었다. 얼굴 자체가 사라져버린 그 얼굴의 윤곽을 보니 차마 아무 말도 할 수 없었다. 소름 끼치는 폐허에서 생기 있고 아름답게 빛나는 갈색 눈 때문에 오히려 더 섬뜩해 보였다. 홈즈는 연민과 반대의 뜻으로 손을 들어 보였고, 우리는 함께 방에서 나왔다.

이틀 뒤 친구의 집을 방문했더니 홈즈가 벽난로 위의 작고 푸른 병을 자랑스럽게 가리켰다. 병을 집어 드니 빨간 독약 표시가 있었다. 뚜껑을 열자 산뜻한 아몬드 향이 훅 끼쳤다.

"청산가리?" 내가 물었다.

"맞아. 우편으로 왔어. '나를 유혹하던 것을 보냅니다. 당신 조언을 따르겠어요'라는 글귀와 함께. 그걸 보낸 용감한 여인의 이름은 말하지 않아도 알 거야."

11
쇼스콤 고택

셜록 홈즈는 몸을 구부린 채 저배율 현미경을 한참 동안이나 들여다보았다. 이윽고 허리를 펴며 의기양양한 표정으로 나를 돌아보았다.

"접착제야, 왓슨. 의심의 여지가 없네. 여기 흩어진 것들을 직접 보게!"

나는 몸을 굽혀 눈을 접안렌즈에 갖다 대고 초점을 맞췄다.

"털처럼 보이는 것들은 트위드 코트에서 빠진 실이야. 울퉁불퉁한 회색 덩어리는 먼지고, 왼쪽은 상피 비늘이야. 중간에 있는 갈색 방울들은 틀림없이 접착제야."

"그렇군." 내가 웃으며 말했다. "자네 말이라면 언제든 귀담아들을 준비가 되어 있어. 이건 또 어떤 일과 관련 있는 거야?"

"그건 아주 훌륭한 증거야." 홈즈가 대답했다. "세인트 팽크라스 사건에서 죽은 경찰 옆에 모자가 떨어져 있던 걸 자네도 기억할 거야. 용의자는 자기 모자가 아니라고 했지만, 그자는 노상 접착제를 다루는 액자 제조업자였지."

"그 사건을 맡은 거야?"

"아니야. 내 친구인 런
던 경찰국의 머리베일이
조사를 부탁했어. 내가
소매 솔기에 묻은 아연
과 구리의 줄밥을 발견해
서 위조 동전 제조범을 잡아
낸 이후로 경찰도 현미경의 중요성을 인식
하기 시작했지." 홈즈는 초조한 기색으로 회중시계를 들여다
보았다. "새로운 의뢰인이 오기로 했는데 조금 늦는군. 그나저
나 왓슨, 경마에 대해 아는 게 있나?"

"당연하지. 상이 연금의 절반을 경마에 쏟아 붓고 있다네."

"그렇다면 나를 위해 '경마 길잡이' 역할을 좀 해주게. 로버
트 노버턴 경은 어떤 사람이야? 그 사람에 대해 아는 정보 있
어?"

"음, 그렇다고 할 수 있지. 노버턴 경은 쇼스콤 고택에서 살
고 있는데, 내가 아주 잘 아는 장소야. 한때 여름을 보내던 지
역이거든. 노버턴 경은 자네의 전문 분야에 발을 들여놓을 뻔
한 적이 있지."

"어쩌다?"

"뉴마켓 히스의 커존 스트리트에 사는 유명한 대금업자인
샘 브루어에게 채찍을 휘둘렀거든. 거의 죽일 뻔했지."

"하, 재밌는 자로군! 자주 그러나?"

"그럼. 로버트 경은 위험한 인물로 정평이 났네. 영국에서 가장 저돌적인 기수이기도 하지. 몇 년 전에는 그랜드 내셔널에서 2등을 했어. 샘 브루어는 시대를 잘못 타고났어. 섭정기(조지 3세를 대신해 황태자가 섭정하던 1811년에서 1820년 사이의 시기를 말한다—옮긴이)에 태어났더라면 천하를 주름잡았을 텐데. 그랬다면 권투와 육상에 경마까지 섭렵하고, 금발 미인과 실컷 연애를 즐겼을 거야. 아니면 재기가 불가능할 정도로 폭삭 망했을 수도 있어."

"최고야, 왓슨! 알기 쉽게 요약해주었군. 어떤 자인지 알 것 같네. 이제 쇼스콤 고택에 대해서 알려주겠나?"

"잘은 모르네. 쇼스콤 대정원 복판에 있다는 것, 그리고 유명한 종마 사육장과 훈련소가 딸려 있다는 게 내가 아는 전부야."

"그곳의 수석 조마사는 존 메이슨이지." 홈즈가 말했다. "놀랄 필요 없어, 왓슨. 지금 펼쳐보려는 편지를 그 사람이 보냈거든. 하지만 쇼스콤에 대해서 좀 더 알아보자고. 어쩐지 광맥을 발견한 것 같아서 말이야."

"쇼스콤 스패니얼도 있어." 내가 말했다. "개 박람회에 가면 항상 듣는 이름이지. 영국에서 가장 우수한 종자야. 쇼스콤 고택의 안주인은 그 개에 대한 자부심이 무척 강하다네."

"로버트 노버턴 경의 부인을 말하는 거지?"

"노버턴 경은 결혼을 하지 않았어. 장래를 생각하면 차라리 그 편이 더 낫겠지. 비어트리스 폴더라고, 미망인이 된 누나와 살고 있네."

"누나가 동생 집에서 산다고?"

"아니, 아니야. 그 집은 미망인의 죽은 남편인 제임스 경의 소유였어. 노버턴 경은 집에 대한 권리가 전혀 없어. 폴더 부인한테는 종신 소유권만 있을 뿐이고, 부인 사후에는 시동생에게 권리가 넘어가게 되어 있지. 하지만 살아 있는 동안은 매년 임대 수입을 올릴 수 있다네."

"그리고 동생인 노버턴 경이 그 수입을 받아 쓰는 거겠지?"

"대략 그런 얘기가 되겠군. 그 망나니가 누나를 들들 볶겠지. 들리는 말로는 부인이 자기 동생한테 아주 헌신적이라는군. 그런데 쇼스콤에 무슨 일이라도 생겼어?"

"아, 내가 알고 싶은 게 바로 그 점이야. 마침 그 얘기를 해줄 분이 오셨군."

문이 열리자 키가 크고 깔끔하게 면도한 남자가 사환의 안내를 받으며 들어왔다. 남자는 말이나 마구간지기 소년들을 다루는 사람답게 단호하고 근엄한 표정을 하고 있었다. 존 메이슨 씨는 말과 소년을 많이 거느리고 있었고, 그런 일에 적합해 보였다. 냉정하고 절제된 태도로 고개를 숙여 인사한 뒤 홈즈가 가리킨 의자에 앉았다.

"제 편지는 받으셨죠, 홈즈 씨?"

"예. 하지만 자세한 설명이 없더군요."

"글로 적기에는 너무 민감한 사안입니다. 몹시 복잡하기도 하고요. 직접 대면해서 해야 하는 얘기입니다."

"좋아요. 그럼 말씀하시죠."

"홈즈 씨, 무엇보다 먼저 아무래도 제 고용주인 로버트 노버틴 경이 미친 것 같습니다."

홈즈가 눈썹을 찌푸렸다. "여기는 할리 스트리트(런던 웨스트민스터 지역의 개인 병원이 밀집된 거리―옮긴이)가 아니라 베이커 스트리트입니다. 그런데 왜 그런 말씀을 하시는 겁니까?"

"사람이 한두 가지 이상한 행동을 하면 거기에는 분명 이유가 있을 겁니다. 하지만 하는 행동마다 이상하다면 의구심을 품게 되죠. 내가 보기에는 쇼스콤 프린스와 경마 대회 때문에 로버트 경의 머리가 어떻게 된 것 같습니다."

"쇼스콤 프린스라면 당신이 키우는 경주마를 말하는 거죠?"

"잉글랜드 최고의 경주마죠, 홈즈 씨. 누구보다 제가 잘 압니다. 자, 솔직히 털어놓을게요. 홈즈 씨는 명예를 아시는 분이고, 내가 한 말이 밖으로 새 나가지 않을 거라 믿기 때문입니다. 로버트 경은 이번 대회에서 반드시 우승해야 합니다. 빚에 쪼들리고 있어서 이번이 마지막 기회거든요. 최대한 돈을 긁어모으거나 빌려서 몽땅 그 말에 걸었습니다. 배당률도 제법 좋아요! 처음 돈을 걸었을 때는 100배당에 가까웠죠. 하지만 지금도 40배당은 됩니다."

"그렇게 좋은 말이 어떻게 배당률이 좋을 수 있죠?"

"사람들이 그 말의 진가를 모르니까요. 로버트 경은 염탐꾼들을 보기 좋게 속였습니다. 프린스의 배다른 말이 달리는 모습을 보여준 거죠. 겉으로 봐서는 구분이 안 되지만, 질주할 때는 둘 사이의 격차가 약 200미터에 2마신馬身 정도 벌어집니다. 로버트 경은 지금 온통 말과 경마 생각뿐입니다. 도박에 사활을 걸었죠. 그때까지는 빚쟁이들도 잠자코 있을 겁니다. 프린스가 우승하지 못하면 로버트 경은 끝장이에요."

"아주 필사적인 도박이군요. 그런데 어떤 점에서 미쳐 보이던가요?"

"일단 보기만 하면 알 수 있습니다. 도통 주무시지를 않는 것 같아요. 주야장천 마구간에만 붙어 있죠. 눈에는 광기가 번득이고 흥분이 극에 달했어요. 그리고 누나인 비어트리스 부인에게 하는 행동도 이상합니다!"

"아, 뭐가 이상하죠?"

"두 분은 늘 사이가 좋았어요. 두 분 다 취향이 같고, 부인도 로버트 경 못지않게 말을 아꼈습니다. 매일 같은 시간에 마차를 타고 말들을 보러 가셨어요. 무엇보다 프린스를 좋아하셨죠. 프린스는 아침마다 자갈길 위로 바퀴 구르는 소리가 들리면 귀를 쫑긋 세웠어요. 그러고는 걸음을 재촉해서 여주인이 건네주는 각설탕을 받아먹었죠. 하지만 그것도 이제 다 지난 일입니다."

"지난 일이라니요?"

"글쎄요, 부인께서 말에 대한 흥미를 몽땅 잃어버리신 것 같습니다. 일주일째 마구간 앞을 지나가면서도 말들에게 아침 인사를 건네지 않으신다니까요!"

"두 분이 다퉜다고 생각하십니까?"

"정나미가 뚝 떨어질 만큼 심하게 싸운 것 같습니다. 그렇지 않고서야 부인이 자식처럼 애지중지 아끼던 스패니얼을 남에게 줬을 리가 없죠. 며칠 전 반즈 영감에게 줘버렸습니다. 5킬로미터쯤 떨어진 크렌달에 사는 '그린 드래곤' 여관의 주인이에요."

"그것참 묘하군요."

"물론 부인께서는 심장이 약하고 부종도 있으셔서 동생과 함께 다닐 수는 없어요. 하지만 로버트 경은 매일 저녁 시간을 누님 방에서 보내셨습니다. 부인을 각별하게 여긴 만큼 당연한 행동이었죠. 하지만 이제 다 끝났습니다. 부인 곁에는 얼씬도 하지 않으려고 하세요. 부인은 그게 마음에 맺혔는지, 속으로 앓으면서 시무룩하니 술만 드십니다. 술고래가 따로 없어요."

"관계가 틀어지기 전에도 술을 드셨나요?"

"스티브 집사 말로는 전에는 잔에다 드셨지만, 지금은 이따금 병째로 드신다고 하더군요. 모든 게 변했어요. 꺼림칙한 부분도 있고 말이죠. 그건 그렇고, 로버트 경은 도대체 오래된 교회 지하실에서 오밤중에 뭘 하는 걸까요? 그리고 그곳에서 누구를 만나는 걸까요?"

홈즈가 두 손을 문질렀다.

"계속하세요, 메이슨 씨. 갈수록 흥미로워지는군요."

"로버트 경의 외출을 목격한 건 버틀러 집사였어요. 자정인데다 비까지 퍼붓는 밤이었죠. 그래서 그 이튿날 밤 저는 잠을 자지 않고 기다렸습니다. 아니나 다를까 로버트 경이 밖으로 나가시더군요. 저와 스티브 집사가 뒤를 밟았는데, 가슴이 조마조마했습니다. 그분 눈에 띄기라도 하면 낭패였으니까요. 로버트 경은 수가 틀리면 상대가 누가 되었든 주먹부터 나가는 분이에요. 그래서 되도록 거리를 유지하면서도 뒷모습을 놓치지는 않으려 했습니다. 로버트 경이 향한 곳은 귀신이 출몰한다는 교회의 지하 묘실이었는데, 거기서 어떤 남자가 기다리고 있었습니다."

"귀신이 나온다는 지하실이라니 그게 뭡니까?"

"쇼스콤 대정원에는 폐허가 된 교회가 있습니다. 워낙 오래돼 언제 세워졌는지 아무도 모릅니다. 교회 아래에는 지하 묘실이 있는데, 흉흉한 소문이 도는 곳이죠. 낮에도 어둡고 축축하고 오싹한 정적이 감돌아요. 하물며 밤에 찾아갈 만큼 대담한 사람은 마을에 한 사람도 없을 겁니다. 그런데 로버트 경은 겁이 없어요. 평생 두려움을 모르고 살아온 분입니다. 하지만 대체 밤중에 거기서 뭘 하는 걸까요?"

"잠깐만!" 홈즈가 말했다. "다른 사람이 있다고 하셨죠? 마구간 일꾼이거나 하인이었을 겁니다! 그 사람이 누군지 확인해서 물어보기만 하면 되지 않을까요?"

"제가 모르는 사람입니다."

"어떻게 아시죠?"

"봤으니까요, 홈즈 씨. 이튿날 밤이었습니다. 로버트 경이 가던 길을 되돌아오더니 스티븐스 집사와 제가 숨어 있는 곳을 지나쳤어요. 그 순간 우리는 두 마리 토끼처럼 바들바들 떨었죠. 그날 밤은 달빛이 제법 환했는데, 뒤에서 인기척이 들렸습니다. 누군지는 몰라도 두려워할 필요는 없었죠. 그래서 로버트 경이 사라지자 밤공기를 쐬러 나온 사람인 양 슬슬 걸으며 그 사람에게 다가갔습니다. 그리고 태연하게 말을 건넸어요. '어이, 안녕하십니까? 그런데 누구신지?' 그자는 우리가 오는 소리를 못 들은 것 같았습니다. 우리를 어깨 너머로 돌아본 표정이 마치 도깨비라도 본 사람 같더군요. 비명을 꽥 지르더니 어둠 속으로 부리나케 도망쳤어요. 정말 빠르더군요! 그거하나는 인정합니다. 순식간에 보이지도, 들리지도 않는 곳으로 사라져버려 그자가 누구인지, 또 뭘 하는 자인지 알아낼 수가 없었어요."

"하지만 그자를 달빛 속에서 똑똑히 보셨다고요?"

"예. 누렇게 뜬 얼굴이었어요. 사나운 개처럼 생겼고요. 그자가 로버트 경과 무슨 관계가 있을까요?"

홈즈는 한동안 생각에 잠긴 채 가만히 앉아 있었다.

"비어트리스 폴더 부인의 곁은 누가 지키고 있습니까?"

"캐리 에번스라는 하녀가 있습니다. 5년째 부인의 시종을 들고 있어요."

"물론 헌신적이겠죠?"

메이슨 씨가 당혹스러운 기색을 보이며 뜸을 들였다.

"헌신적인 건 맞아요." 마침내 대답했다. "하지만 누구한테 그런 것인지는 말씀드리지 않겠습니다."

"아하!" 홈즈가 외쳤다.

"집안의 비밀을 누설할 수는 없습니다."

"충분히 이해합니다, 메이슨 씨. 상황은 잘 알겠습니다. 로버트 경에 대해서는 왓슨 선생에게 들은 바가 있어요. 여자를 가만 내버려 두지 않는 성격인 것 같더군요. 그 하녀 때문에 누나와 동생이 싸운 건 아닐까요?"

"글쎄요, 그런 소문이 퍼진 지는 한참 지났습니다."

"하지만 부인은 사실을 몰랐을 수도 있죠. 갑자기 알았다고 칩시다. 부인은 하녀를 당장 내치고 싶겠죠. 하지만 동생이 허락하지 않아요. 병약하고 제대로 운신하지도 못하는 부인에게는 자신의 뜻을 관철시킬 방법이 없습니다. 꼴 보기 싫은 하녀는 계속 들러붙어 있죠. 부인은 결국 입을 꾹 다물고 부루퉁한 얼굴로 술만 마십니다. 로버트 경은 홧김에 부인의 애견을 갖다 버리고요. 모든 게 들어맞지 않습니까?"

"그런 것 같군요, 거기까지는."

"바로 그거예요! 거기까지는. 이 모든 일이 밤에 오래된 지하 묘실에 간 것과 무슨 상관이 있을까요? 이 대목은 설명이 안 되는군요."

"맞습니다. 그리고 설명할 수 없는 게 또 하나 있어요. 로버트 경은 왜 시신을 파내려고 하는 걸까요?"

홈즈가 깜짝 놀라며 등을 세웠다.

"어제서야 알았습니다. 홈즈 씨에게 편지를 부친 뒤였죠. 로버트 경이 어제 런던으로 간 틈을 타 저와 스티븐스는 지하 묘실로 내려가 봤습니다. 모든 게 그대로였습니다. 한쪽 귀퉁이에 시신 한 구가 놓여 있는 것만 빼고요."

"경찰에 신고하셨나요?"

손님이 섬뜩한 미소를 지었다.

"글쎄요. 아마 경찰은 흥미를 느끼지 못할 겁니다. 시신이라고 해봐야 미라처럼 바싹 마른 두개골과 뼈 몇 조각이 전부였거든요. 천 년은 족히 돼 보였어요. 하지만 전에는 없었습니다. 저도 스티븐스도 맹세할 수 있어요. 한 귀퉁이에 뼈를 모아놓고 넓은 판자로 덮어놓았더라고요. 하지만 전에 그 자리는 늘 비어 있었습니다."

"그래서 어떻게 하셨습니까?"

"그냥 두고 나왔습니다."

"잘하셨습니다. 로버트 경이 어제 런던에 갔다고 했는데, 돌아왔나요?"

"오늘 중으로 오실 겁니다."

"로버트 경이 부인의 개를 마음대로 처리한 건 언제였습니까?"

"딱 일주일 전입니다. 개가 오래된 우물집 앞에서 낑낑대고 있었는데, 공교롭게도 그날 로버트 경의 심사가 꼬여 있었어요. 그분이 개를 집어 드는 순간 개를 죽이겠구나 싶었죠. 하지만 샌디 베인이라는 기수에게 건네주면서 '그린 드래곤'의 주인 반즈 영감에게 갖다 주라고 하시더군요. 다시는 보고 싶지 않다면서요."

홈즈는 골똘히 생각에 잠긴 채 가장 오래되고 더러운 파이프에 불을 붙였다.

"메이슨 씨, 당신이 나한테 뭘 원하는지 잘 모르겠습니다." 홈즈가 마침내 입을 열었다. "좀 더 자세히 말해줄 수 없나요?"

"이걸 보시면 더 자세한 사정을 아실 겁니다." 손님이 말했다. 그러고는 주머니에서 접힌 종이를 꺼내더니 살살 펼쳐서 거뭇한 뼛조각들을 보여주었다. 홈즈는 뼈들을 유심히 살펴보았다.

"어디서 났습니까?"

"비어트리스 부인의 방 밑 지하실에는 중앙 난방로가 있어요. 한동안 불을 꺼놓았는데 로버트 경이 춥다고 해서 다시 불을 지피기 시작했습니다. 내 밑에 있는 하비라는 아이가 관리하고 있죠. 오늘 아침 그 아이가 재를 긁어내다 발견했다며 이걸 들고 왔어요. 보기만 해도 소름이 끼친다고 하더군요."

"내가 봐도 그렇습니다." 홈즈가 말했다. "왓슨, 자네는 어떻게 생각하나?"

뼛조각이 검게 타긴 했지만 해부학적으로 분명히 의미는 있었다.

"대퇴골의 상부 관절구로군." 내가 말했다.

"그래!" 홈즈의 표정이 진지해졌다. "그 아이가 난방로에 가는 건 언제쯤인가요?"

"매일 저녁 불을 지피고 나옵니다."

"그렇다면 밤중에 누구라도 들어갈 수 있겠군요."

"그렇습니다."

"집 밖에서도 들어갈 수 있습니까?"

"외부로 통하는 문이 하나 있어요. 또 하나, 비어트리스 부인의 방이 있는 복도와 계단으로 이어지는 문도 있습니다."

"이 사건은 마치 깊은 우물 같습니다. 깊고 더러운 우물 말입니다. 지난밤 로버트 경이 집을 비웠다고 하셨죠?"

"예."

"그렇다면 뼈를 태운 사람이 로버트 경은 아니겠군요?"

"그렇습니다."

"아까 말씀하신 여관의 이름이 뭐였죠?"

"'그린 드래곤'입니다."

"버크셔 지역에 괜찮은 낚시터가 있습니까?" 정직한 조마사의 얼굴에 안 그래도 괴로운 자신의 인생에 또 다른 미치광이가 난입했다는 표정이 역력했다.

"글쎄요. 하천에는 송어, 홀 저수지에는 창꼬치가 잡힌다고 들었습니다."

"그 정도면 괜찮군요. 왓슨과 나는 실력 있는 낚시꾼입니다. 안 그런가, 왓슨? 앞으로는 '그린 드래곤'으로 연락하세요. 오늘 밤 그곳으로 갈 테니까. 메이슨 씨, 우리가 다시 만날 필요는 없을 것 같습니다. 연락은 편지로 하고, 당신을 만날 일이 생기면 틀림없이 찾아가겠습니다. 사건에 대해 좀 더 알아본 뒤 의견을 정리해서 알려드리죠."

그리하여 5월의 어느 기분 좋은 저녁, 홈즈와 나는 일등칸에 몸을 싣고 '요구해야 정차'하는 간이역 쇼스콤을 향해 출발했다. 선반 위에는 낚싯대, 낚시 릴, 바구니 등이 가득 실려 있었다. 역에서 내린 뒤 마차로 잠깐 이동하니 오래된 여관이 나타났다. 활동적인 여관 주인 조사이어 반즈는 근방의 물고기들을 싹쓸이하려는 우리의 계획에 뜨거운 지지를 보냈다.

"홀 저수지에서 창꼬치는 잘 잡힙니까?"

주인이 얼굴을 찌푸렸다.

"그렇지 않을 겁니다. 낚시를 다 마치기 전에 물에 빠질 가능성이 더 높아요."

"아니, 왜요?"

"로브트 경 때문입니다. 지금 경주마 염탐꾼들을 막으려고 혈안이 되어 있죠. 낯선 사람 두 명이 자신의 훈련소 근처에 있다는 걸 알면 틀림없이 쫓아올 겁니다. 로버트 경은 물불을 가리지 않아요. 암, 그럼요."

"내가 듣기로 경주마를 출주시켰다고 하더군요."

"예, 아주 좋은 말이죠. 우리 돈을 죄다 긁어모으고 본인 재산까지 탈탈 털어서 마권을 샀습니다. 그런데…." 여관 주인이 우리를 주의 깊게 쳐다보았다. "당신들, 경마에 돈을 걸지는 않았겠죠?"

"그럴 리가 있나요. 우리는 버크셔의 맑은 공기를 마시려고 찾아온 지친 런던 사람입니다."

"그렇다면 장소를 제대로 찾아오셨군요. 맑은 공기라면 사방에 널렸답니다. 하지만 로버트 경은 조심하셔야 합니다. 말보다 행동이 앞서는 분이니 쇼스콤 대정원 근처에는 얼씬도 하지 마세요."

"명심하죠, 반즈 씨! 그렇게 하겠습니다. 그런데 홀에서 낑낑대고 있던 스패니얼이 아주 멋지더군요."

"그렇습니다. 진짜 쇼스콤 혈통이에요. 런던에서 제일 우수하죠."

"저도 개를 아주 좋아한답니다." 홈즈가 말했다. "실례인지 모르겠지만, 저런 훌륭한 개는 값이 얼마나 됩니까?"

"내 능력으로는 살 수 없는 가격입니다. 이 개는 로버트 경이 준 거예요. 그래서 이렇게 줄로 묶어둔 겁니다. 풀어주면 냉큼 집으로 달려갈 테니까요."

"우리 손에 몇 장의 패가 있네, 왓슨." 여관 주인이 자리를 뜨자 홈즈가 말했다. "만만한 게임은 아니지만 하루나 이틀 후면 길이 보일 거야. 그런데 로버트 경은 아직 런던에 있다는군. 오늘 밤에는 폭행에 대한 염려 없이 신성한 사유지에 들어갈 수 있을 것 같아. 확인하고 싶은 게 한두 가지 있거든."

"홈즈, 세워둔 가설이라도 있나?"

"딱 하나 있어, 왓슨. 일주일 전쯤 어떤 사건이 쇼스콤 고택 사람들의 삶을 파고들었다는 거지. 무슨 일이 벌어진 걸까? 결과를 통해 짐작할 수 있을 뿐인데, 그 결과의 성격이 기묘하게 혼합되어 있어. 하지만 그 점이 분명 우리에게 도움이 될 거야. 아무런 특징도 없이 무난하기만 하다면 오히려 해결될 가망이 없지. 우리의 정보를 정리해보자고. 동생은 사랑하던 병약한 누나를 더 이상 만나지 않아. 그리고 누나의 애견을 남에게 줘버렸어. 그 개! 왓슨, 떠오르는 것 없나?"

"없어. 동생의 못된 심보 말고는."

"그래, 그럴 수도 있지. 하지만 다른 생각도 가능해. 다툰 게 정말 사실이라면, 그 다툼이 시작된 이후로 벌어진 상황을 되짚어보자고. 부인은 예전의 습관과는 달리 방에서 나오지를 않아. 하녀와 마차를 타고 외출할 때 빼고는 볼 수가 없지. 그리고 마구간 앞을 지나갈 때면 멈춰서 아끼던 말에게 아침 인사를 건네던 일도 그만둔 채 술독에 빠져 사는 것처럼 보여. 이만하면 정리가 되었나?"

"지하 묘실만 빼면."

"그건 따로 생각해볼 일이야. 사건은 두 가지니까 혼동하지 말게. 사건 A는 비어트리스 부인과 관련되어 있는데, 왠지 모르게 불길한 예감이 들지 않나?"

"난 전혀 모르겠는데."

"그럼 로버트 경과 관련된 사건 B를 살펴보자고. 그자는 경마에서 우승하는 데 혈안이 되어 있어. 고리대금업자에게 큰 빚을 지고 있어서 언제 재산이 압류되고 경주마를 빼앗길지 모르는 상황이지. 로버트 경은 대담한 데다 궁지에 몰려 있네. 수입원은 누나고, 그 누나의 하녀를 꼭두각시처럼 부리고 있어. 여기까지는 분명한 사실이지?"

"하지만 지하 묘실은?"

"아, 그래, 지하 묘실! 이렇게 가정해보세, 왓슨. 부도덕하긴 하지만, 논리 전개를 위한 전제라 생각하고 말이야. 그러니까 로버트 경이 누나를 살해했다는 가정일세."

"아, 홈즈, 그럴 리는 없어."

"가능성이 아주 높아, 왓슨. 로버트 경이 명망 있는 혈통이 긴 하지만 독수리 틈에도 까마귀가 섞여 있기 마련이야. 일단 이런 전제하에서 논의를 해보자고. 로버트 경은 대박을 터뜨리기 전에는 해외로 내뺄 수가 없어. 그런데 대박을 터뜨리려면 쇼스콤 프린스로 경마에서 성공을 거둬야 하지. 따라서 아직은 자신의 기반 위에 서 있어야 해. 그러려면 희생자의 시신을 처리해야 하고, 누나 역할을 해줄 대역도 있어야 하지. 부인의 하녀와 친하다면 불가능한 일도 아니야. 부인의 시신은 사람의 발길이 거의 닿지 않는 지하 묘실로 옮겨졌다가 밤중에 난방로에서 소각됐을지도 몰라. 그리고 우리가 이미 본 것과 같은 증거물이 남은 거야. 자네 생각은 어떤가, 왓슨?"

"자네의 기괴한 전제를 인정한다면 충분히 가능한 얘기야."

"내일 사건 해결에 도움이 될 간단한 실험을 해봐야겠네. 그동안 우리 정체를 들키지 않으려면 여관 주인을 불러서 주인이 내주는 와인을 마시며 장어와 황어에 관한 대화를 나눠보면 어떨까 싶어. 그렇게 하면 주인의 환심을 쉽게 살 수 있을 거야. 이야기를 나누다 보면 이 지역에 대한 유용한 정보도 얻을 수 있을걸."

다음 날 아침 홈즈는 창꼬치잡이에 필요한 쬠낚시 도구를 두고 왔다는 사실을 알아차렸고, 그 핑계로 하루 동안 낚시를 안 해도 되었다. 오전 11시쯤 우리는 산책을 나섰는데, 검정 스패니얼을 데리고 가도 좋다는 허락을 받았다.

"바로 이곳이야." 가문의 문장인 그리핀(사자의 몸통과 뒷다리에 독수리의 머리와 날개를 가진 신화적 동물—옮긴이) 상이 우뚝 세워진 두 짝의 대문 앞에 이르렀을 때 홈즈가 말했다. "반즈 씨에 따르면, 정오 무렵에 부인이 마차를 타고 바깥나들이를 한다는데, 대문이 열리는 동안 속도를 늦추겠지. 마차가 대문을 통과한 뒤 속도를 올리기 전에 자네가 할 일이 있어. 마부를 불러서 아무 질문이나 해주게. 나는 신경 쓸 것 없어. 호랑가시나무 뒤에 숨어서 내 할 일을 할 테니까."

오래 기다릴 필요도 없었다. 15분도 지나지 않아 지붕이 열린 크고 노란 사륜마차가 긴 진입로를 따라 내려오는 모습이 보였다. 멋진 회색 말 두 필이 발을 높이 들며 마차를 끌고 있었다. 홈즈는 개와 함께 덤불 뒤에 웅크리고 앉았다. 나는 길을 막은 채 태연하게 지팡이를 흔들었다. 문지기가 달려 나와 대문을 열어젖혔다.

마차가 속도를 줄이자 나는 그 안에 탄 사람들을 자세히 볼 수 있었다. 왼편에는 아마빛 머리에 눈빛이 도도한 젊고 혈색 좋은 여인이 앉아 있었고, 오른편에는 등이 구부정한 노인이 얼굴과 어깨에 숄을 친친 둘러서 병약한 티를 내고 있었다. 말

들이 큰길에 들어서자 나는 점잖게 손을 들어 올렸다. 마부가
마차를 세웠고, 나는 로버트 경이 댁에 계시느냐고 물어보았
다. 그때 홈즈가 걸어 나오면서 스패니얼을 풀어주었다. 개는
신나게 짖으며 마차를 향해 달려가 발판에 뛰어올랐다. 하지
만 개의 태도가 돌연 바뀌더니 사납게 짖어대며 위쪽의 검정
치마를 물어뜯었다.

"어서 출발해!" 카랑카랑한 목소리가 울려 퍼졌다. 마부가
채찍을 휘둘렀고, 길에는 우리 둘만 덩그러니 남았다.

"자, 왓슨. 이제 됐어." 홈즈가 흥분한 개의 목줄을 잡아당기
며 말했다. "처음에는 주인이라고 생각했지만, 이내 낯선 사람
이란 걸 눈치챈 거야. 개는 착각하는 법이 없지."

"그런데 남자 목소리였어!" 내가 외쳤다.

"맞아! 이로써 패가 한 장 더 들어왔네, 왓슨. 하지만 여전히
신중을 기해야 해."

그날 내 친구는 더 이상 계획이 없었는지, 우리는 하천으로
가서 진짜로 낚시를 했다. 그 덕분에 저녁 식사로 송어 요리를
먹을 수 있었다. 식사가 끝나자 홈즈는 다시 행동에 나설 뜻을
비쳤다. 우리는 다시 한 번 쇼스콤 정원 대문 앞으로 갔다. 키
가 크고 어두운 형체가 우리를 기다리고 있었다. 런던에서 만
난 조마사 존 메이슨 씨였다.

"잘 지내셨습니까?" 조마사가 인사를 건넸다. "당신 편지를
받았습니다, 홈즈 씨. 로버트 경은 아직 돌아오지 않았지만 오
늘 밤에 오신다고 들었습니다."

"지하 묘실은 저택과 얼마나 떨어져 있나요?" 홈즈가 물었다.

"400미터쯤 될 겁니다."

"그렇다면 로버트 경은 걱정하지 않아도 되겠군요."

"저는 그렇지 않아요, 홈즈 씨. 도착하자마자 나한테 쇼스콤 프린스의 근황을 물어보실 테니까요."

"알겠습니다! 그렇다면 우리끼리 해야겠군요. 지하 묘실까지 안내만 해주시고 돌아가세요."

달빛도 없는 칠흑같이 어두운 밤이었다. 메이슨을 따라 목초지를 지나니 시커먼 건물이 어렴풋이 모습을 드러냈다. 오래된 교회였다. 우리는 한때 현관이었던 무너진 틈새로 들어갔다. 안내자는 곳곳에 무너져 내린 돌무더기 사이를 비틀거리며 건물 모퉁이로 다가갔다. 거기에 지하 묘실로 이어지는 가파른 계단이 있었다. 메이슨이 성냥불을 켜서 음산한 지하실을 밝혔다. 으스스한 분위기에 퀴퀴한 냄새가 났다. 투박하게 깎은 석재로 쌓아올린 벽이 허물어지고 있었고, 납이나 돌로 된 관들이 어두워서 보이지 않는 아치형 천장 꼭대기까지 차곡차곡 쌓여 있었다. 홈즈가 랜턴을 켜자, 샛노란 빛이 작은 터널처럼 뻗어 나가 오싹한 지하를 환하게 비추었다. 불빛 때문에 관에 붙은 명패가 번들거렸는데, 대부분 이 오래된 가문의 문장인 그리핀이나 보관(coronet, 귀족 여성이 쓰는 왕관 모양의 머리 장식—옮긴이)으로 장식되어 있었다. 죽음의 문턱에까지 가문의 명예를 지니고 온 것이었다.

"메이슨 씨, 저번에 뼈 얘기를 하셨는데 가시기 전에 보여주실 수 있나요?"

"여기 이 귀퉁이에 있습니다." 조마사가 지하실을 성큼성큼 가로질러 갔지만, 불빛이 귀퉁이 쪽을 비추자 어안이 벙벙한 표정으로 말없이 서 있었다. "사라졌어요." 메이슨이 말했다.

"그럴 줄 알았습니다." 홈즈가 껄껄 웃었다. "그 뼈들을 태운 재가 아직 난방로에 남아 있을지도 몰라요."

"하지만 천 년 전에 죽은 사람의 유골을 도대체 왜 태운 걸 까요?" 존 메이슨이 물었다.

"그걸 알아내려고 여기에 온 겁니다." 홈즈가 말했다. "조사하는 데 시간이 오래 걸릴 것 같으니 메이슨 씨는 가보셔도 됩니다. 해가 뜨기 전까지는 답을 찾을 수 있을 거예요."

존 메이슨이 떠나자, 홈즈는 아주 신중하게 관들을 조사하기 시작했다. 중앙의 색슨족으로 보이는 오래된 관부터 노르만족인 휴고 가문과 오도 가문의 수많은 관들을 지나 18세기의 윌리엄 폴더 경과 데니스 폴더 경의 관 앞에 이르렀다. 그로부터 약 한 시간 뒤 홈즈는 지하실 입구에 수직으로 세워져 있는 납관 앞에 다다랐다. 나직하고 흡족한 탄성과 함께 서두르면서도 분명한 목적을 갖고 움직이는 것을 보니 목표물을 찾은 모양이었다. 홈즈는 돋보기를 들고 육중한 관의 가장자리를 열심히 살폈다. 그러더니 주머니에서 상자를 여는 데 쓰는 짤막한 쇠지레를 꺼내 틈새에 쑤셔 넣고는 관 뚜껑을 들어올리기 시작했다. 뚜껑은 꺾쇠 두어 개로만 고정되어 있는 것 같았다. 관이 열리면서 비틀리고 찢어지는 소리가 났다. 하지만 경첩이 들리며 내용물이 살짝 드러나려는 순간 예상치 못한 훼방꾼이 나타났다.

지하실 위에서 발소리가 들렸다. 자신이 잘 아는 장소를 뚜렷한 목적을 갖고 찾아온 사람의 확고하고 거침없는 발소리였다. 불빛이 계단을 타고 내려오더니, 이내 전등을 든 사내가 고딕식 아치 밑으로 나타났다. 섬뜩한 인상과 커다란 몸집에 태도도 거칠었다. 사내가 앞에 든 마구간 전등이 짙은 콧수염을 기른 억센 얼굴과 성난 눈을 비추고 있었다. 사내는 이글거리는 눈빛으로 지하실을 샅샅이 훑더니, 마침내 나와 내 친구에게 눈길을 붙박아두고 잡아먹을 듯 쏘아보았다.

"도대체 웬 놈들이냐?" 사내가 고함을 쳤다. "그리고 내 사유지에서 뭣들 하는 거야?" 그러자 홈즈가 아무런 대꾸도 없이 몇 걸음을 앞으로 떼고는 평소 들고 다니는 묵직한 지팡이를 치켜들었다. "내 말 안 들려?" 사내가 외쳤다. "여기서 뭐하는 거냐고?" 지팡이가 허공에서 파르르 떨렸지만, 홈즈는 움츠러들지 않고 앞으로 나서서 사내와 맞섰다.

"나도 당신한테 질문이 있소, 로버트 경." 홈즈가 엄중한 어조로 말했다. "이건 누굽니까? 이게 왜 여기 있는 거요?"

홈즈는 몸을 돌려 뒤에 있는 관의 뚜껑을 열어젖혔다. 랜턴 불빛 속으로 전신을 천으로 감싼 시신이 보였다. 마녀처럼 코와 턱이 도드라진 섬뜩한 얼굴이 시신의 한쪽 끝에 튀어나와 있었다. 변색되고 허물어져 가는 얼굴의 흐릿한 두 눈이 허공을 응시하고 있었다. 소스라치게 놀란 준남작이 뒤로 비틀거리며 석관에 몸을 기댔다.

"이걸 어떻게 알았지?" 로 버트 경이 외쳤다. 그리고 사나운 면모를 다소 회복하며 물었다. "당신들과는 상관없는 일이잖소?"

"나는 셜록 홈즈라고 합니다." 내 친구가 말했다. "아마 들어보셨을 겁니다. 어떤 경우에서든 내 일은 다른 모든 선량한 시민들의 일과 같습니다. 바로 법을 지키는 것이죠. 내가 보기에 당신은

해명해야 할 부분이 많은 것 같군요."

로버트 경은 한동안 무섭게 노려보았지만, 홈즈의 차가운 음성과 냉정하고 확고한 태도가 효과를 발휘했다.

"좋습니다, 홈즈 씨." 로버트 경이 말했다. "정황상 내가 불리하다는 건 인정합니다. 하지만 어쩔 수가 없었소."

"나도 그렇게 생각하고 싶지만, 설명은 경찰 앞에서 해야 할 겁니다."

로버트 경이 넓은 어깨를 으쓱했다.

"흠, 그래야 한다면 그래야겠죠. 우리 집으로 가서 자초지종을 듣고 직접 판단해보시오."

15분 후 우리는 어느 방에 들어섰다. 유리 진열장 안에 잘 닦인 총신들이 줄지어 있는 것으로 보아 고택의 총기실인 것 같았다. 로버트 경은 안락하게 꾸며진 방에 우리 둘만 남겨두고 자리를 비웠다가, 잠시 후 다른 두 사람과 함께 돌아왔다. 한 명은 앞서 마차에서 보았던 혈색 좋은 여자였고, 다른 한 명은 엉큼해 보이는 태도에 생쥐처럼 생긴 왜소한 남자였다. 둘 다 크게 당황한 것을 보니 준남작이 급변한 상황에 대해 귀 띔해줄 겨를이 없었던 모양이었다.

"여기는 놀렛 부부요." 로버트 경이 두 사람을 손으로 가리키며 말했다. "놀렛 부인의 결혼 전 이름은 에번스인데, 몇 년 동안 내 누님을 각별하게 모셨습니다. 내가 두 사람을 이리로 데려온 것은 지금 상황에 대해 사실대로 알려드리는 게 최선이라고 생각했기 때문이오. 그리고 놀렛 부부는 내 말을 입증해줄 수 있는 유일한 증인입니다."

"이럴 필요가 있나요, 로버트 경? 깊이 생각하고 하시는 행동인가요?" 여인이 외쳤다.

"나는 어떤 책임도 지지 않겠습니다." 여인의 남편이 말했다.

로버트 경은 부부를 향해 경멸의 눈길을 던지며 말했다. "모든 책임은 내가 지겠소. 자, 홈즈 씨, 사실대로 털어놓을 테니 잘 들으시오. 당신은 내 문제를 깊이 파고든 게 분명합니다. 그렇지 않다면 그곳에서 당신을 만났을 리가 없소. 따라서 이미 다 알고 있을 공산이 크지만, 나는 더비 대회에 의외의 복병을 출주시킬 계획이고 모든 것이 그 결과에 달려 있습니다. 이긴다면 만사가 풀리겠지만, 진다면 글쎄요, 생각조차 하고 싶지 않소."

"상황은 알고 있습니다." 홈즈가 말했다.

"나는 내 누님인 비어트리스 부인에게 전적으로 의지하고 있습니다. 하지만 쇼스콤 영지에 대한 누님의 권리가 생전까지만 보장된다는 것은 잘 알려진 사실이오. 나는 고리대금업자들에게 발목이 잡힌 상태요. 누님이 죽으면 빚쟁이들이 내 재산에 득달같이 달려들 겁니다. 마구간이며, 말이며, 모든 것을 잃게 될 거란 말이오. 그런데 홈즈 씨, 내 누님이 일주일 전에 세상을 떠났소."

"그런데 아무한테도 알리지 않았군요!"

"어떻게 알릴 수가 있겠소? 그러면 나는 끝장인데. 3주일만 잘 버티면 만사형통이란 말이오. 누님 하녀의 남편, 그러니까 이 사람은 배우입니다. 우리, 아니 나는 이 사람이 잠깐 동안 누님 행세를 하면 되겠다고 생각했소. 하녀 말고는 누님 방에 들어갈 사람이 없기 때문에 매일 마차를 타고 나다니기만 하면 되는 일이었지. 어려울 게 하나도 없었습니다. 내 누님은 지병이었던 수종 때문에 돌아가셨소."

"판단은 검시관이 할 겁니다."

"누님의 증상이 몇 달 동안 악화되어 왔다는 것을 누님의 주치의가 증명해줄 겁니다."

"그건 됐고, 그래서 어떻게 하셨습니까?"

"시신을 방에 놔둘 수는 없었소. 누님이 돌아가신 그날 밤 나와 놀렛이 시신을 지금은 사용하지 않는 낡은 우물집으로 옮겼습니다. 그런데 누님이 키우던 스패니얼이 쫓아와 문 앞에서 줄기차게 짖어대는 거요. 그래서 더욱 안전한 장소가 필요하겠다고 생각했소. 개를 제거하고 나서 시신을 교회 지하실로 옮겼죠. 시신을 욕되게 하는 행동은 하지 않았습니다. 나는 고인에게 잘못한 일이 전혀 없다고 생각하오."

"당신의 행동은 변명의 여지가 없는 것 같군요, 로버트 경."

준남작은 짜증스럽게 고개를 저었다. "설교하는 건 쉬운 법이오. 홈즈 씨가 내 처지였다면 생각이 달랐을 겁니다. 모든 희망과 계획이 마지막 순간에 산산이 부서지는 걸 보고 가만히 있을 사람은 아무도 없습니다. 성지에 누워 있는 매형의 선조 중 한 분의 관에 누님을 잠시 모셔둔다고 해서 그게 부끄러운 안식처라고 생각하지는 않소이다. 우리는 관을 하나 열어 유골을 꺼내고, 홈즈 씨도 보았듯이 누님을 모셨습니다. 관에서 꺼낸 유골은 지하실 바닥에 그대로 둘 수가 없었습니다. 놀렛과 내가 유골을 숨겼다가 놀렛이 밤중에 중앙 난방로에서 태웠소. 여기까지가 내 얘기입니다. 당신이 내 입을 열기 위해 어떻게 진실을 알아냈는지는 모르겠지만 말이오."

홈즈는 잠시 생각에 잠겨 있었다.

"로버트 경." 마침내 홈즈가 말문을 열었다. "당신의 시나리오에 한 가지 허점이 있군요. 당신은 마권을 구입했습니다. 따라서 빚쟁이들이 당신의 재산을 압류한다 해도 미래에 대한 희망은 사라지지 않아요."

"말도 내 재산의 일부요. 내가 경마에 돈을 걸었다고 해서 그자들이 신경이나 쓸 것 같소? 내 말을 출주시키지 않을 수도 있단 말이오. 불행하게도 내 최대 채권자가 최악의 원수라오. 샘 브루어라는 악당인데, 뉴마켓 히스에서 나한테 채찍으로 맞은 적이 있지. 그런 자가 나를 구해주려고 하겠소?"

"자, 로버트 경." 홈즈가 몸을 일으키며 말했다. "이 문제는 경찰에게 넘겨야겠습니다. 내가 맡은 일은 사실을 조사하는 것뿐이니 이제 여기서 손을 떼야 할 것 같군요. 당신 행동의 도덕성과 품격에 대해서는 논하고 싶지 않습니다. 자정이 다 되었군, 왓슨. 이제 우리의 소박한 숙소로 돌아가는 게 좋겠어."

이 독특한 일화는 로버트 경의 소행에 비해 행복한 결말을 맺었다는 것을 이제는 누구나 알고 있다. 쇼스콤 프린스가 더비 대회에서 우승함으로써 모험을 즐기는 주인은 8만 파운드의 배당금을 챙겼다. 빚쟁이들은 대회가 끝날 때까지 인내심을 발휘한 덕분에 빌려 준 돈을 모두 돌려받았고, 로버트 경은 빚을 다 갚고도 많은 돈이 남아서 다시금 화려한 생활로 복귀할 수 있었다. 경찰과 검시관은 로버트 경의 행동을 너그럽게 봐주었고, 고인의 사망 신고를 미룬 일에 대해서는 가벼운 질책으로 마무리했다. 그리하여 쇼스콤 프린스의 운 좋은 주인은 아무런 흠도 없이 이 기묘한 사건의 영향에서 벗어나 명예로운 말년을 보낼 수 있게 되었다.

12
은퇴한 물감 제조업자

셜록 홈즈는 그날 아침 우울하고 철학적인 기분에 빠져 있었다. 예민한 현실론자인 홈즈는 곧잘 그런 모습을 보였다.

"그 사람을 봤나?" 홈즈가 물었다.

"방금 나간 그 노인 말인가?"

"그래."

"응, 문간에서 마주쳤네."

"좀 어때 보이던가?"

"안쓰럽고, 무기력하고, 쇠약해 보이더군."

"맞아, 왓슨. 안쓰럽고 무기력해. 하지만 모든 인생이 그렇지 않은가? 그 노인의 삶이 모든 인생의 축소판 아닐까? 사람들은 손을 뻗으며 뭔가를 움켜쥐려 하지. 하지만 결국 남는 건 뭐란 말인가? 그늘일세. 아니, 그보다 더 심한 것, 바로 비참함이야."

"자네 의뢰인인가?"

"글쎄, 그렇게 불러야겠지. 런던 경찰국이 보낸 사람이야.

의사들이 가끔 불치병 환자를 돌팔이에게 보내는 것과 같은 격이지. 더 이상 방법이 없다고, 무슨 일이 벌어지든 환자가 더 나빠질 수 없다고 우기면서 말이야."

"무슨 일인데?"

홈즈는 탁자에서 지저분한 명함을 집어 들었다. "조사이어 앰벌리. 본인 말에 따르면 미술 재료 제조사인 브릭폴 앤드 앰벌리 사의 부사장이었다는군. 그림물감 상자를 보면 그 회사의 이름을 볼 수 있을 거야. 앰벌리 씨는 약간의 부를 모아 예순한 살의 나이에 은퇴하고 루이셤에 집을 장만했네. 소처럼 일만 하던 삶을 청산하고 안식을 누리려는 거였어. 누가 봐도 안정적인 미래가 보장되어 있었어."

"정말 그랬겠군."

홈즈는 봉투 뒷면에 흘려 쓴 메모를 힐끔 보았다.

"은퇴한 시기가 1896년이야. 그리고 그다음 해에 스무 살 연하의 여성과 결혼식을 올렸지. 그것도 미모의 여인이야. 사진이 특별히 잘 나온 게 아니라면 말이야. 돈 많고, 예쁜 아내에 시간적인 여유까지 있어서 앰벌리 씨의 앞날은 탄탄대로처럼 보였지. 하지만 자네도 방금 봤다시피 2년 만에 딱하고 비참한 벌레 같은 존재가 되고 말았어."

"도대체 무슨 일이 벌어진 건가?"

"익숙한 얘기일세, 왓슨. 친구의 배신과 바람난 아내. 앰벌리 씨에게 취미가 딱 하나 있었던 것 같은데, 바로 체스야. 루이셤의 집에서 멀지 않은 곳에 젊은 의사가 살았는데, 그 의사도 취미가 체스였어. 이름을 적어두었네. 레이 어니스트. 의사 선생이 앰벌리 씨의 집에 자주 드나들면서 앰벌리 부인과의 사이에 자연스럽게 애정이 싹텄어. 자네도 봐서 알겠지만, 안타깝게도 우리 의뢰인은 내면은 어떤지 몰라도 외모는 내세울 만한 구석이 전혀 없거든. 두 사람은 지난주에 함께 사라져 버렸는데, 행방이 묘연하다네. 게다가 부정한 아내는 자기 짐을 꾸리면서 노인이 평생 모은 재산이 든 서류함까지 들고 가 버렸다는군. 그 여자를 찾아낼 수 있을까? 노인의 돈을 되찾을 수 있을까? 지금까지의 정황으로 보면 진부한 치정극이지만, 앰벌리 씨에게는 몹시 중요한 문제야."

"어떻게 할 작정이야?"

"음, 당장의 질문은 '자네가 어떻게 할 것인가?'야, 왓슨. 자네가 내 역할을 대신 맡아준다면 말이야. 자네도 알다시피 나는 두 명의 콥트 교회 대주교 사건에 매여 있는데, 오늘이 고비야. 나는 루이셤까지 갈 시간이 도저히 나지 않는데, 이런 사건은 현장 증거가 무척 중요해. 노인은 내가 직접 가야 한다고 우겼지만, 내가 갈 수 없는 이유를 충분히 일러준 덕분에 지금은 대리인을 맞을 준비가 되어 있어."

"못 갈 이유가 없지." 내가 대답했다. "내가 얼마나 도움이 될지는 모르겠지만, 최선을 다할 용의는 있어." 그러고 나서 어느 여름날 오후 나는 루이셤으로 출발했다. 하지만 내가 개입한 이 사건이 일주일 후 영국을 온통 떠들썩하게 할 줄은 꿈에도 몰랐다.

내가 베이커 스트리트로 돌아와 홈즈에게 일의 경과를 보고한 것은 늦은 저녁이었다. 홈즈는 마른 몸을 쭉 뻗은 채 안락의자에 앉아 있었고, 파이프 담배에서는 매캐한 연기가 모락모락 피어오르고 있었다. 홈즈는 나른하게 눈을 감고 있는 모습이 꼭 잠든 것 같았다. 하지만 내가 보고하다가 잠시 뜸을 들이거나 애매한 말을 하면 양날 검처럼 예리하게 빛나는 회색 눈을 뜨고 날카로운 시선으로 나를 바라보았다.

"헤이븐 저택, 바로 조사이어 앰블리의 저택 이름이야." 내가 설명했다. "자네의 흥미를 끌 만한 집이지. 가난한 중생 가운데 떨어진 인색한 귀족 같은 집이랄까. 쉽게 떠올릴 수 있는 지역이야. 단조로운 벽돌 거리와 왕래가 없는 교외의 도로. 그 가운데 작은 섬처럼 떠 있는 오랜 문화와 안락함이 깃든 저택. 햇빛에 구워진 담장에는 지의류가 덮여 있고, 그 위에는 이끼가 자라고 있지. 그 벽은 마치…"

"시 낭송은 그만두게, 왓슨." 홈즈가 딱 잘라 말했다. "높은 벽돌담이라는 얘긴가?"

"맞아. 담배를 물고 배회하는 사람에게 물어보지 않았다면 어느 것이 헤이븐 저택인지 찾지 못했을 거야. 그 사내를 언급하는 데는 이유가 있어. 큰 키에 피부가 검고, 짙은 콧수

염을 기른 군인 같은 사내였어. 내가 묻자 턱짓으로 집을 가르쳐주고는 의심스러운 눈길로 바라보았는데, 나중에 그 사내를 다시 만나게 되지. 아무튼 내가 대문에 들어서자마자 앰벌리 씨가 진입로를 따라 걸어오는 모습이 보였어. 오늘 아침에 힐끔 봤을 때도 어딘가 묘한 사람이라는 인상을 받았는데, 환한 대낮에 보니 훨씬 더 특이했네."

"나도 물론 자세히 봤지만, 자네한테는 어떤 인상이었을지 궁금하군." 홈즈가 말했다.

"말 그대로 근심에 짓눌린 사람 같았어. 무거운 짐이라도 진 듯이 허리가 휘어 있었네. 그런데 어깨와 가슴이 거인처럼 떡 벌어진 것이 첫인상과는 달리 약골은 아니었어. 하지만 아래로 내려갈수록 가늘어지더니 하체는 꼭 새 다리 같더군."

"왼쪽 신발은 주름졌고, 오른쪽 신발은 반들반들하지."

"그건 눈치채지 못했네."

"그래, 못 봤을 거야. 나는 한쪽이 의족이라는 걸 알아차렸지. 어쨌든 계속하게."

"낡은 밀짚모자 밑으로 구불구불 내려온 반백의 머리칼, 그리고 사납고 열에 들뜬 표정과 깊게 파인 주름이 눈에 띄었네."

"아주 좋아, 왓슨. 그 남자가 뭐라고 하던가?"

"자신의 사정을 하소연하기 시작하더군. 우리는 진입로를 함께 걸었는데, 물론 나는 주위를 잘 둘러보았지. 그렇게 관리되지 않은 정원은 처음 봤네. 완전히 망가졌더군. 사람의 관리는 전혀 받지 못한 채 자연 그대로 자라도록 방치된 듯했어. 품격 있는 안주인이라면 그런 상태는 도저히 참을 수 없었을 거야. 집도 엉망이긴 했지만, 그래도 그런 상태를 의식했는지 개선해 보려는 의지가 엿보였네. 커다란 녹색 페인트 통이 홀 복판에 놓여 있었고, 노인의 왼손에 굵은 붓이 들려 있었거든. 집 안의 목재 부분에 색을 입히고 있었어. 노인은 나를 우중충한 서재로 데리고 갔고, 우리는 거기서 오랫동안 얘기를 나눴어. 물론 노인은 자네가 직접 오지 않아서 실망하며 이렇게 말하더군. '커다란 재정적 손실까지 입은 나처럼 초라한 인간이 홈즈 씨처럼 유명하신 분의 전폭적인 관심을 받을 거라고는 기대조차 하지 않았습니다.'

나는 돈은 문제가 아니었다고 노인을 안심시켰어. 그러자 또 이렇게 말하더군. '물론 그러시겠죠. 홈즈 씨에게 범죄는 예술 그 자체니까요. 하지만 범죄의 예술적 측면에 관해서라도 여기에서 배울 만한 게 있을 겁니다. 그리고 인간의 본성 말입니다, 왓슨 선생. 어떻게 그리 은혜를 모를 수 있는지! 내가 어디 아내의 부탁을 거절한 적이 있답니까? 그렇게 왕비처럼 대접받고 산 여자가 또 있을까요? 그리고 내가 친아들처럼 대해 준 그 젊은 놈…. 그놈은 내 집을 제집처럼 들락거렸습니다. 그런데 그것들이 나한테 어떻게 했는지 보세요! 오, 왓슨 선생, 세상이 너무 무섭고 끔찍합니다!'

그 말을 마치 후렴구처럼 한 시간 넘게 반복하더군. 노인은 간통을 확신하는 듯했어. 낮에 와서 저녁 6시에 돌아가는 가정부를 빼면 부부는 단둘이 살았어. 사건이 일어난 날 저녁, 앰벌리 씨는 아내를 기쁘게 해주려고 헤이마켓 극장의 2층 원형 관람석 표를 두 장 샀었지. 하지만 마지막 순간에 부인이 두통을 호소하며 극장에 가지 않겠다고 해서 노인 혼자 갔어. 그건 분명한 사실인 것 같아. 노인이 쓰지 않은 부인의 표를 보여주었거든."

"정말 희한한 사건이야." 홈즈는 점점 사건에 흥미를 느끼는 것 같았다. "계속 말하게, 왓슨. 얘기가 갈수록 재밌어지는군. 그 표는 직접 살펴봤는가? 좌석 번호는 기억을 못 하겠지?"

"다행히 기억하고 있다네." 내가 자랑스럽게 대답했다. "공교롭게도 내 학창 시절 번호와 똑같더군. 31번. 그래서 기억하기가 쉬웠네."

"훌륭해, 왓슨! 그렇다면 노인의 자리는 30번이나 32번이었겠군."

"그렇겠지." 내가 떨떠름하게 대답했다. "그리고 B열이야."

"아주 흡족해. 노인이 그 밖에 무슨 말을 했나?"

"노인이 스스로 금고실이라고 부르는 방으로 나를 안내했어. 철문에 덧문까지 있어서 정말 은행 금고 같았네. 도난 방지를 위한 시설이라고 하더군. 하지만 부인은 복사한 키를 가지고 있었던 모양이야. 그래서 두 사람이 도망치면서 7000파운드 상당의 현금과 유가 증권을 가져간 거지."

"유가 증권! 그걸 어디다 처분하게?"

"노인은 그들이 증권을 팔 수 없게 하려고 경찰에다 증권 목

록을 제출했다고 말했네. 노인은 자정 무렵 극장에서 집으로
돌아왔을 때 집이 털린 걸 알았어. 문과 창문이 활짝 열린 채
도망자들은 사라지고 없었지. 편지나 메모도 없었고, 그 후로
아무런 소식도 듣지 못했어. 노인은 바로 경찰에 신고했네."

홈즈는 몇 분 동안 곰곰이 생각했다.

"노인이 페인트칠을 하고 있었다고 했는데, 어디를 칠하고
있었나?"

"음, 복도를 칠하고 있었어. 하지만 금고실의 문과 다른 목
재 부분은 이미 칠해져 있었네."

"그런 상황에서 하기에는 다소 엉뚱한 행동이라는 생각은
들지 않았나?"

"노인은 '아픈 마음을 달래려면 뭐든 해야 하는 법'이라고
해명했어. 기이한 행동이긴 했지만, 그 노인이 워낙 기이한 사
람이었어. 내 앞에서 부인의 사진을

발기발기 찢어버리더군. 미친 듯
이 화를 내면서 말이야. 그러면
서 '이 여자의 빌어먹을 얼굴
을 다시는 보고 싶지 않아!'
라고 소리쳤어."

"다른 건 또 없나, 왓슨?"

"무엇보다 이상한 점이
하나 있어. 나는 마차를 타
고 블랙히스 역으로 가서 기

차를 탔어. 그런데 기차가 출발하기 직전에 어떤 남자가 재빨리 내 옆 칸에 올라타는 걸 봤지. 내가 사람 얼굴을 잘 기억한다는 걸 자네도 알 거야. 앞서 마주친 키 크고, 피부가 검고, 콧수염이 무성한 남자가 틀림없었네. 그자를 런던교에서 또 한번 봤지만 인파 속에서 놓치고 말았어. 하지만 그자가 내 뒤를 밟고 있었다는 건 분명해.”

“확실해! 틀림없어!” 홈즈가 외쳤다. “큰 키와 검은 피부, 무성한 콧수염. 거기에 잿빛을 띠는 선글라스를 끼고 있었나?”

“홈즈, 자네 꼭 마법사 같군. 굳이 말하지는 않았지만, 맞아. 잿빛 선글라스를 끼고 있었어.”

“프리메이슨의 넥타이핀도?”

“자네!”

“별거 아니야, 왓슨. 하지만 일단 실제적인 문제에 집중하자고. 솔직히 말하면 이 사건은 주목할 가치도 없는 너무나 단순한 문제라고 생각했지만, 이제 급격하게 다른 국면으로 흘러가고 있어. 자네가 중요한 단서들을 몽땅 놓쳐버린 건 사실이지만, 자네 시야에 저절로 들어온 것들조차 중대한 의미를 담고 있는 듯하네.”

“내가 뭘 놓쳤는데?”

“언짢게 생각하지 말게. 내가 원래 인간미가 없잖아. 어느 누구도 자네보다 잘해내지는 못했을 거야. 훨씬 못하는 사람도 있을 테고. 하지만 중요한 몇 가지를 놓친 건 부인할 수 없어. 이웃 사람들은 앰벌리 부부에 대해 어떻게 평했나? 이 점은 아주 중요하지. 어니스트라는 젊은 의사는? 과연 바람둥이였을까? 왓슨, 자네가 타고난 장점들을 활용한다면 모든 여성들이 자네를 선뜻 도와줄 거야. 우체국의 여직원이나 잡화점 주인의 아내는 어떨까? 자네가 블루 앵커의 아가씨에게 부드럽지만 무의미한 말들을 속삭여주고, 그 답례로 딱딱한 정보를 얻어내는 모습이 내 머릿속에 떠올라. 하지만 자네는 이 모든 일들을 하지 않았지."

"지금이라도 하겠네."

"그럴 필요 없어. 전화기와 런던 경찰국의 도움 덕분에 이 방을 나서지 않고도 중요한 정보들을 모을 수 있거든. 사실 내가 모은 정보들에 의하면 노인의 이야기는 모두 사실이야. 그 동네에서 노인은 지독한 구두쇠에 냉혹하고 엄격한 남편으로 유명하더군. 금고에 엄청난 재산이 있다는 것은 확실해. 앰벌리 씨가 어니스트라는 젊은 의사와 체스를 둔 일도 사실이고, 그 의사가 앰벌리 부인과 정분이 난 것도 맞을 거야. 이 모든 일이 워낙 자명해서 더 이상 볼 것도 없다고 생각하겠지. 하지만 아니야! 아니고말고!"

"복잡한 내막이라도 있는 건가?"

"상상일 수도 있지만, 일단 그냥 넘어가세. 지루한 일상에서 벗어나 잠시 음악의 옆길로 빠져보자고. 오늘 밤에 앨버트 홀에서 카리나의 공연이 있어. 아직 시간이 있으니 옷을 갈아입고 가서 만찬을 들며 즐겨보자."

아침에 일어나 주방으로 가보니, 토스트 부스러기와 달걀

껍데기 두 개가 있었다. 내 친구는 더욱 일찍 일어난 모양이었다. 탁자 위에 쪽지가 있었다.

왓슨에게

조사이어 앰벌리 씨와 만나 확인하고 싶은 게 한두 가지 있네. 그 후에는 이 사건을 매듭지을 수 있을 거야. 아닐 수도 있지만. 자네가 필요할지도 몰라서 그러니, 오후 3시쯤 우리 집에 있어주길 바라네.

— S. H.

온종일 홈즈를 못 봤지만, 쪽지에 적힌 시간이 되자 홈즈는 생각에 잠긴 채 진지하고 냉담한 얼굴로 돌아왔다. 그런 때는 혼자 내버려 두는 편이 상책이었다.

"앰벌리 씨가 여기 다녀갔나?"

"아니."

"이런! 여기로 올 줄 알았는데."

홈즈는 실망할 필요가 없었다. 이윽고 그 노인이 무거운 얼굴에 당황스럽고 근심 어린 표정을 하고 나타났기 때문이다.

"전보를 하나 받았는데, 무슨 말인지 하나도 모르겠습니다."

노인이 전보를 건네자 홈즈가 소리 내어 읽었다.

지체 없이 와주시오. 귀하의 최근 손실에 대해 정보를 줄 수 있습니다.

"리틀 펄링턴에서 오후 2시 10분에 띄운 전보군." 홈즈가 말했다. "앰벌리 씨, 리틀 펄링턴은 에식스 주에 있고, 프린턴에서 그리 멀지 않습니다. 자, 당장 출발하십시오. 사제관이라면 무책임한 인간이 보낸 전보는 아닐 겁니다. 내 크록퍼드 사전(영국 성공회의 성직자 명부―옮긴이)이 어디 있지? 그래, 여기 이름이 나와 있군. 'J. C. 앨먼, 문학 석사, 리틀 펄링턴과 무스무어 교구 담당.' 열차 시간 좀 알아봐 줘, 왓슨."

"리버풀 스트리트에서 오후 5시 20분에 한 대가 있어."

"좋아, 자네가 모시고 같이 가는 게 좋겠어. 도움이나 조언이 필요할 수도 있으니까. 이 사건이 중대한 고비에 이른 게 분명해."

하지만 우리의 의뢰인은 출발할 뜻이 전혀 없는 모양이었다.

"이건 말도 안 됩니다, 홈즈 씨." 앰벌리 씨가 말했다. "이 신부가 나한테 일어난 일에 대해 뭘 알겠습니까? 괜히 돈과 시간만 버리는 꼴이에요."

"아는 게 없었다면 전보를 치지도 않았겠죠. 지금 출발한다고 전보를 띄우세요."

"나는 가지 않겠습니다."

그러자 홈즈는 몹시 굳은 표정을 지었다.

"이렇게 명백한 단서가 생겼는데도 조사하지 않는다면, 나도 경찰도 안 좋은 인상을 받게 될 겁니다. 당신이 수사에 열의가 없다고 판단할 수밖에 없어요."

이 말에 의뢰인은 자못 놀란 듯했다.

"홈즈 씨가 그렇게 보신다면 당연히 가야죠. 교구 사제가 뭔가를 알고 있다는 게 터무니없어 보이지만, 홈즈 씨 생각이 그렇다면…."

"저는 그렇게 생각합니다." 홈즈가 딱 잘라 말했다. 그래서 우리는 길을 떠나게 되었다. 홈즈는 방을 나서기 전에 나를 한쪽으로 데려가서 조언을 해주었다. 이번 여정을 아주 중요하게 여긴다는 뜻이었다. "무슨 일이 있어도 노인이 그곳에 가야 하네. 도중에 새거나 집으로 돌아가면 가까운 전화 교환국에 가서 '도망'이라고 전보를 띄우게. 내가 어디에 있든 전보를 받을 수 있도록 조치를 취해놓을 테니까."

리틀 펄링턴은 지선에 자리 잡고 있어서 찾아가기가 쉽지 않은 곳이다. 내 기억에 즐거운 여행은 아니다. 날씨는 무덥고 기차는 느려터진 데다, 동행자는 뚱한 얼굴로 입을 다물고 있다가 가끔씩 내뱉는 말이 가봤자 소용없다는 것뿐이었기 때문이다. 드디어 작은 역에 도착한 다음 마차로 3킬로미터 정도 더 가서 사제관에 다다르니, 근엄하고 당당해 보이는 거구의 신부가 서재에서 우리를 맞아주었다. 우리가 보낸 전보가 신부 앞에 놓여 있었다.

"자, 신사 여러분, 무엇을 도와드릴까요?" 신부가 물었다.

"우리는 신부님의 전보를 받고 왔습니다." 내가 대답했다.

"전보라고요? 나는 전보를 친 적이 없습니다."

"조사이어 앰벌리 씨에게 그분의 아내와 재산에 관한 전보를 보내신 걸로 압니다만."

"이게 장난이라면, 참으로 의심스러운 장난이군요." 신부가 화난 어조로 말했다. "나는 그런 사람의 이름은 들어본 적도 없고, 누구에게 전보를 띄운 일도 없습니다."

의뢰인과 나는 어리둥절한 표정으로 서로의 얼굴을 바라보았다.

"뭔가 착오가 있었던 모양입니다." 내가 말했다. "혹시 사제관이 두 곳인가요? 여기 전보를 보여드리겠습니다. '앨먼'이라는 이름과 함께 '사제관'이라고 적혀 있어요."

"사제관도 딱 한 곳뿐이고, 신부도 나 한 사람뿐이오. 그리고 이 전보는 가증스러운 조작이 분명합니다. 경찰에 연락해서 출처를 밝혀야겠소. 그럼 이 대화는 여기서 끝내고 싶군요."

그래서 앰벌리와 나는 잉글랜드에서 가장 외진 듯한 마을의 길가로 내쫓겼다. 우리는 우체국으로 향했지만 이미 문을 닫은 뒤였다. 하지만 근처 상점에 전화기가 있어서 홈즈에게 우리 여정의 당혹스러운 결과를 전할 수 있었다.

"참 이상한 일이군!" 홈즈의 음성이 멀게 들렸다. "아주 희한해! 왓슨, 안됐지만 오늘 밤에 돌아오는 기차가 없을 거야. 본의 아니게 자네를 끔찍한 시골 여인숙으로 몰아넣고 말았어. 하지만 왓슨, 자연이라는 친구가 있지 않나. 자연과 앰벌리 씨

를 벗 삼아 오붓한 시간을 보내게." 홈즈가 수화기를 내려놓으며 키득거리는 소리가 들렸다.

나는 내 동행자가 왜 구두쇠라고 불리는지 금방 실감할 수 있었다. 여행 경비에 대해 툴툴거리면서 올라갈 때는 삼등칸을 타자고 우기더니, 그다음은 숙박비가 비싸다며 떠들어댔다. 이튿날 아침 드디어 런던에 도착했을 때, 우리는 누가 더 불쾌한지 알 수 없을 정도로 기분이 잔뜩 상해 있었다.

"가는 길에 베이커 스트리트에 들르는 게 좋을 겁니다." 내가 말했다. "홈즈 씨가 새로운 지시를 내릴 수도 있습니다."

"지난번보다 실속이 있어야 할 거요." 노인이 무섭게 노려보며 말했다. 그러면서도 나와 계속 동행했다. 나는 전보로 홈즈에게 도착 시간을 알려주었는데, 집에 가서 보니 루이섬에서 기다리겠다는 쪽지가 남겨져 있었다. 뜻밖의 일이었지만, 더 놀라운 것은 홈즈가 의뢰인의 거실에 혼자 있지 않았다는 사실이었다. 단호하고 무표정한 남자가 함께 있었다. 그 사내는 거무스름한 피부에 잿빛 선글라스를 쓰고 있었고, 넥타이에 꽂은 프리메이슨의 장식 핀이 도드라져 보였다.

"이쪽은 내 친구 바커 씨입니다." 홈즈가 말했다. "이 친구도 앰벌리 씨의 일에 대한 관심이 많습니다, 조사이어 앰벌리 씨. 우리는 독자적으로 조사를 해왔는데, 둘 다 당신한테 똑같은 걸 묻고 싶습니다!"

앰벌리 씨는 무거운 표정으로 앉았다. 위기가 다가오고 있다는 것을 느낀 모양이었다. 긴장하는 눈빛과 실룩거리는 얼굴을 보니 그런 생각이 들었다.

"무슨 질문인가요, 홈즈 씨?"

"이겁니다. 두 사람의 시신을 어떻게 처리했습니까?"

노인은 날카로운 비명을 지르며 벌떡 일어서더니 앙상한 손으로 허공을 긁으며 입을 떡 벌렸다. 마치 섬뜩한 맹금류 같았다. 그 순간 조사이어 앰벌리의 진짜 모습, 바로 육신만큼이나 뒤틀린 영혼을 지닌 기형적인 악마의 모습을 본 것이었다. 노인은 도로 자리에 주저앉으면서 터져 나오는 기침을 막으려는 듯 손으로 입을 막았다. 홈즈는 잽싸게 달려들어 노인의 목덜미를 붙잡고 고개를 아래로 꺾었다. 그러자 숨이 막혀 벌어진 입술 사이로 하얀 알약이 툭 떨어졌다.

"지름길은 없습니다, 조사이어 앰벌리 씨. 일 처리는 깔끔하고 질서 있게 해야죠. 그건 어떻게 됐나, 바커?"

"문 앞에 마차를 대기시켜놓았네." 무뚝뚝한 동료가 말했다.

"경찰서까지는 몇백 미터밖에 안 되니 함께 가도록 하세. 왓슨, 자네는 여기 있어. 30분 안에 돌아올 테니까."

상체가 발달한 은퇴한 물감 제조업자는 사자만큼이나 힘이 셌지만, 사람을 제압하는 데 이골이 난 두 남자의 수중에서는 꼼짝도 하지 못했다. 몸을 비틀고 비비 꼬면서 노인은 대기 중인 마차로 끌려갔고, 나는 홀로 불길한 집에 남았다. 하지만 30분이 채 되기 전에 홈즈는 젊고 영리해 보이는 경위와 함께 돌아왔다.

"형식적인 절차는 바커에게 맡겼네." 홈즈가 말했다. "자네는 바커와 초면일 거야. 서리 해안의 언짢은 내 라이벌이지. 자네가 키 크고 피부가 검은 남자를 봤다고 했을 때, 어렵지 않게 그 친구의 모습을 떠올릴 수 있었네. 몇몇 사건을 솜씨 좋게 해결한 적이 있어. 그렇지 않나, 경위?"

"간섭한 적이 몇 번 있는 건 분명합니다." 경위가 신중하게 대답했다.

"바커도 나처럼 변칙적인 방식으로 일하지. 경위, 자네도 알겠지만 그런 방식이 통할 때가 가끔 있어. 가령 '당신이 한 말은 당신에게 불리하게 작용할 수 있습니다' 같은 의무적인 경고만으로 범행을 자백받는 것이 실제로 가능하던가?"

"물론 그건 아닙니다. 하지만 우리는 결국 목표를 달성합니다, 홈즈 씨. 우리가 이 사건에 대한 윤곽을 그리지 못했다거나 범인을 잡지 못했을 거라고 속단하지 마십시오. 홈즈 씨가 도중에 끼어들어 경찰이 할 수 없는 방법으로 사건을 해결하고 공을 가로채면 정말로 허망합니다."

"공을 가로채는 일은 결코 없을 거야, 매키넌 경위. 나는 이제 이 사건에서 손을 떼겠네. 그리고 바커에 대해 말하면, 그 친구는 내가 일러준 것 말고는 아무 일도 하지 않았어."

경위는 크게 안심하는 모양이었다.

"참으로 멋지십니다, 홈즈 씨. 칭찬이든 비난이든 홈즈 씨에게는 중요하지 않겠지만, 신문이 이것저것 따져 묻기 시작하면 경찰의 입장이 몹시 곤혹스러워집니다."

"그렇겠지. 하지만 따져 물을 게 확실하다면 답변을 마련해

두는 편이 좋겠군. 똑똑하고 대담한 기자가 자네에게 질문을 던진다면 어떻게 대답할 건가? 가령 자네가 의심을 품게 된 뚜렷한 경위가 무엇이고, 마침내 진실에 대한 확신을 갖게 된 계기가 무엇인지 묻는다면 말이야?"

경위는 당황한 표정을 지었다.

"홈즈 씨, 우리는 아직 진실을 다 알아내지 못한 것 같습니다. 홈즈 씨가 말씀하셨죠. 세 명의 증인 앞에서 용의자가 자살을 기도함으로써 아내와 정부를 살해한 것을 사실상 자백했다고요. 다른 사실이 또 있습니까?"

"가택 수색은 시켰겠지?"

"순경 셋이 하고 있습니다."

"그럼 곧 명백한 증거를 입수하게 될 걸세. 시신은 먼 데 있지 않을 테니까. 지하실과 정원을 뒤져봐. 가망 있는 장소를 찾아보면 오래 걸리지 않을 거야. 이 집은 수도 배관보다 오래되었으니까 어딘가 사용되지 않는 우물이 있을 걸세. 거기서 자네 운을 시험해봐."

"하지만 그걸 어떻게 아셨죠? 도대체 어떻게 된 사건입니까?"

"어찌 된 사건인지부터 말해주지. 그런 다음 자네가, 그리고 무엇보다 시종일관 값진 역할을 묵묵히 감당해준 내 친구가 꼭 들어야 할 사실을 알려주겠네. 하지만 먼저 그 노인의 정신 문제를 짚고 넘어가야 해. 그자의 정신은 참으로 특이하네. 하도 특이해서 노인의 종착점으로는 교수대가 아니라 정신병원이 더 어울린다고 생각했을 정도야. 현대 영국인보다는 중세 이탈리아인의 성향에 훨씬 가깝다고 봐야 하지. 워낙 지독한 구두쇠라서 아내의 삶은 무척 비참했네. 따라서 어떤 유혹에라도 넘어갈 준비가 되어 있었어. 그런데 그런 유혹이 체스를 즐기는 의사라는 인물을 통해서 현실로 다가온 거야. 앰벌리는 체스를 잘 뒀어. 계략을 잘 꾸미는 사람의 특징이지, 왓슨. 구두쇠가 다 그렇듯 앰벌리는 질투심이 많았는데, 그 질투심은 광증으로 발전했어. 맞든 틀리든 노인은 불륜을 의심했어. 그리고 복수를 다짐하고 악마적인 두뇌로 계략을 꾸몄어. 이리 와보게.”

홈즈는 그 집에 살아본 사람처럼 주저 없이 우리를 이끌고 복도를 지나가더니, 금고실의 열린 문 앞에 멈췄다.

“휴! 페인트 냄새가 아주 지독하군요.” 경위가 외쳤다.

“이게 첫 번째 단서라네.” 홈즈가 말했다. “왓슨의 관찰력에 고마움을 표해야 할 거야. 비록 이 단서에서 의미 있는 추론을 끌어내지는 못했지만. 바로 이 대목에서 나는 이상한 낌새를 느꼈어. 왜 하필 그런 때에 노인은 자신의 집을 독한 냄새로 메우려 한 걸까? 분명 지우고 싶은 다른 냄새가 있었기 때문일 거야. 의혹을 품게 할 범죄의 냄새 말이야. 그러다 왓슨 자네가 본 철문과 덧문으로 밀폐된 이 방이 떠올랐어. 이 두 사실을 조합하면 어떤 결론에 이르게 될까? 그건 집을 직접 조사해야만 내릴 수 있는 결론이었지. 나는 이 사건이 심각하다는 것을 일찌감치 확신하고 있었어. 헤이마켓 극장의 매표 기록을 살

퍼봤거든. 이 단서도 왓슨 덕분이야. 앰벌리 부부가 극장에 갔다는 그날 밤, 2층 관람석 B열의 30번 좌석과 32번 좌석은 공석이었네. 따라서 앰벌리는 극장에 가지 않았다는 게 밝혀지면서 알리바이가 무너졌지. 눈썰미가 좋은 내 친구에게 좌석표의 번호를 보인 것은 치명적인 실수였어. 이제 문제는 이 집을 어떻게 조사할 것인가였지. 나는 내가 생각할 수 있는 가장 외딴 마을에 사람을 보내서 노인을 불러내게 했어. 당일 내로 돌아올 수 없는 시간을 택해서 말이야. 그리고 차질이 생기지 않도록 왓슨 선생을 동행하게 했지. 신부의 이름은 물론 내 크록퍼드 사전에서 고른 거야. 혹시 여기까지 애매한 부분은 없는가?"

"완벽하군요." 경위가 존경스럽다는 듯 말했다.

"방해받을 염려를 덜었으니 나는 이 집에 침입했어. 내가 만약 다른 직업을 택한다면 늘 떠오르는 일이 바로 빈집털이야. 사실 처음부터 내가 전면에 나섰어야 했어. 내가 찾은 걸 봐. 여기 벽을 따라 이어지는 가스 배관이 있지? 그래. 벽 모서리에서 배관이 위로 올라가고, 여기 구석에 밸브가 있어. 자네들도 보다시피 배관은 금고실로 들어가서 천장 복판의 석고 장미에서 끝나는데, 그 끝은 장미 장식에 가려서 보이지 않아. 그런데 배관 끝이 활짝 열려 있기 때문에 언제든 바깥에서 밸브를 열면 금고실 안은 가스로 가득 채워지게 되어 있어. 이렇게 작은 방에서 철문과 덧문을 닫고 밸브를 열어두면 누구든 2분도 지나지 않아 의식을 잃고 말 거야. 어떤 사악한 흉계로 두

사람을 유인했는지는 모르지만, 일
단 방에 들어가자 그들의 생사는
노인 손에 달리게 되었지."

경위는 가스 배관을 흥미롭게
살펴보고 말했다. "순경 하나가
가스 냄새가 난다는 말을 했습니
다. 하지만 당시에는 창문과 문이
열려 있었고, 부분적으로 페인트
칠이 되어 있었어요. 노인 말로는 전
날부터 페인트칠을 시작했다고 했습니다.
그런데 그다음은 어떻게 되었나요, 홈즈 씨?"

"아, 그다음에는 예상치 못한 일이 생겼네. 동트기 전 식료
품 저장실 창문으로 빠져나오고 있는데, 누가 내 목깃을 움켜
잡더니 '이 도둑놈, 이 집에서 뭘 하고 있던 거냐?'라고 묻더군.
겨우 고개를 돌려보니 선글라스를 낀 내 친구이자 라이벌인
바커의 얼굴이었네. 참으로 재미있는 조우였기에 우리는 서로
를 보며 웃음을 지었다. 바커는 어니스트 선생 가족의 의뢰를
받고 조사를 시작했다가 나처럼 살인 사건이라는 결론에 도
달한 모양이었네. 며칠 동안 집 주변을 감시하다가 앰벌리를
만나러 온 왓슨을 발견하고 수상쩍다고 여겼지. 왓슨을 체포
할 수는 없었지만, 누가 식료품 저장실 창문으로 내려오는 걸
보니 더는 가만히 있을 수가 없었던 거야. 물론 나는 자초지종
을 털어놨고 우리는 공동으로 조사를 이어왔네."

"왜 우리가 아니라 그 사람과 함께한 거죠?" 경위가 물었다.

"속으로 간단한 실험을 계획하고 있었거든. 결과는 성공적이네. 경찰이라면 그 정도로 잘해내지 못했을 거야."

경위가 씩 웃었다.

"음, 그랬을지도 모르죠. 하지만 홈즈 씨, 이제 사건에서 손을 떼고 결과를 우리한테 다 넘겨주겠다고 하셨습니다."

"물론이지. 난 항상 그렇게 하네."

"그럼, 경찰을 대표해서 감사드립니다. 말씀하신 대로 이 사건은 명백한 것 같습니다. 시신도 금방 찾을 수 있을 것 같고 말이죠."

"자네한테 확실한 증거를 하나 알려주겠네." 홈즈가 말했다. "앰벌리는 그걸 못 본 게 분명해. 경위, 늘 상대방과 입장을 바꿔서 자네라면 어떻게 했을까 생각한다면 좋은 결과를 얻을 수 있을 거야. 상상력이 좀 필요하지만 소득이 있지. 자, 그럼 자네가 이 자그마한 방에 갇혔다고 상상해보게. 살 수 있는 시간은 2분밖에 남지 않았지만, 문밖에서 비웃고 있을 악마에게 복수하고 싶다면 어떻게 하겠나?"

"메시지를 남겨야죠."

"맞아. 자네가 어떤 최후를 맞았는지 세상에 알려야겠지. 종이에 써서는 소용이 없어. 바로 눈에 띌 테니까. 벽에 쓴다면 쉽게 발견할 수 없지. 자, 여길 보게! 가스 배관 바로 위에 지워지지 않는 자주색 연필로 흘려 쓴 글씨가 있네. '우리는 ㅅ….' 이게 전부야."

"무슨 말일까요?"

"바닥에서 불과 30센티미터 위에 적혀 있어. 바닥에 쓰러져 죽어가면서 적은 글귀라는 뜻이지. 다 쓰기도 전에 의식을 잃은 거야."

"'우리는 살해당했다'라고 쓰려고 했군요."

"나도 그렇게 생각해. 자네가 시신에서 지워지지 않는 연필을 발견한다면⋯."

"우리가 찾아보겠습니다. 믿어주세요. 그런데 유가 증권은 어디로 간 걸까요? 분명 도둑맞지는 않았습니다. 노인은 분명 증권을 보유하고 있었어요. 그 점은 우리가 확인했습니다."

"물론 안전한 장소에 숨겨놨을 거야. 가출 사건이 사람들 뇌리에서 잊힐 때쯤 갑자기 찾았다고 세상에 알리려고 했겠지. 양심에 가책을 느낀 남녀가 마음을 고쳐먹고 돌려주었다고 하거나, 그들이 도망치다 흘린 것을 도로 찾았다고 둘러대면서 말이야."

"모든 난제를 해결하셨군요." 경위가 말했다. "그자가 경찰을 찾은 건 당연하겠지만, 왜 홈즈 씨한테까지 찾아갔는지는 이해가 가지 않습니다."

"자만심 때문이야!" 홈즈가 대답했다. "자신의 두뇌를 과신한 나머지 누구한테도 지지 않을 거라고 생각한 거라네. 의혹을 품는 이웃이 있다면 이렇게 말할 수 있었을 테지. '내가 어떤 조치를 취했는지 보시오. 나는 경찰은 물론이고 심지어 셜록 홈즈한테도 의뢰했소.'"

경위가 웃음을 터뜨리며 말했다. "'심지어'라는 표현은 용서해드리겠습니다, 홈즈 씨. 길이 기억될 대가의 면모를 보여주셨으니 말입니다."

2~3일 후 내 친구는 격주로 발행되는 〈노스서리 옵저버〉를 내게 건네주었다. '헤이븐 저택의 공포'로 시작해서 '경찰의 뛰어난 활약'으로 끝나는 화려한 헤드라인 아래로 처음으로 사건의 전모를 밝히는 기사가 빽빽하게 실려 있었다. 맨 마지막 단락에는 기사의 전체적인 특징이 잘 나타나 있었다. 내용은 이러하다.

매키넌 경위는 남다른 통찰력을 발휘해 페인트 냄새가 다른 냄새, 가령 가스 냄새를 지우기 위한 수단으로 사용되었을 것이라고 추리했다. 아울러 금고실이 죽음의 방으로 쓰였을지도 모른다는 대담한 발상을 선보였고, 뒤이은 조사를 통해 개집으로 위장한 버려진 우물에서 두 구의 시신을 발견하기에 이르렀다. 이 모든 성과는 경찰의 수사 역량을 증명하는 사례로 범죄 역사에 길이 남을 것이다.

"흠, 매키넌은 좋은 친구야." 홈즈가 여유롭게 웃으며 말했다. "왓슨, 이 기사를 잘 보관해두게. 언젠가는 진실을 이야기할 때가 있을 테니까."